rororo

ro
ro
ro

Warren Fahy wurde in Hollywood/Kalifornien geboren. Er war Buchhändler, Wirtschaftsanalyst, arbeitete hauptverantwortlich an der Erstellung einer Videodatenbank mit, schrieb Hunderte von Filmrezensionen für Zeitungen. Zurzeit arbeitet er als Werbetexter und lebt in San Diego/Kalifornien.

«Fahys phantasievolles Debüt verleiht dem Survival-of-the-prehistoric-beast-Thema, eingeleitet von Crichtons *Jurassic Park*, einen völlig neuen Dreh.»
(Publishers Weekly)

Warren Fahy

Biosphere

Thriller

Deutsch von Michael Windgassen

Rowohlt Taschenbuch Verlag

Die Originalausgabe erschien 2009
unter dem Titel «Fragment»
bei Bantam Dell/Random House, Inc., New York.

Deutsche Erstausgabe
Veröffentlicht im Rowohlt Taschenbuch Verlag,
Reinbek bei Hamburg, Mai 2010

Tierillustrationen Daren Bader
Landkarte von Henders Island Michael Limber
Redaktion Elisabeth Raether
Umschlaggestaltung any.way, Cathrin Günther, nach dem
Original von HarperCollins Publishers Ltd. 2009
(Foto: Getty Images)
Satz aus der Utopia, PageOne,
bei Dörlemann Satz, Lemförde
Druck und Bindung CPI – Clausen & Bosse, Leck
Printed in Germany
ISBN 978 3 499 25242 6

'Anihinihi ke ola.
(Das Leben ist heikel.)
– Alte hawaiianische Weisheit

Prolog

Als sich die *American Association for the Advancement of Science* 1999 im kalifornischen Anaheim zusammenfand, um über einen dringlichen Bericht zu fremden Spezies zu beraten, war nicht etwa von Außerirdischen die Rede. Der Bericht bezog sich auf Spezies, die von anderen Teilen unseres Planeten in die Vereinigten Staaten eingeschleust worden waren.

David Pimentel, ein Ökologe der Cornell University, und seine Studenten Lori Lach, Doug Morrison und Rodolfo Zuniga rechneten damit, dass diese fremden Spezies der amerikanischen Wirtschaft einen Schaden von jährlich circa 123 Milliarden Dollar zufügten, was in etwa dem Bruttosozialprodukt Thailands entspricht.

Ein 2005 erschienener Bericht mit dem Titel «Millennium Ecosystem Assessment» sprach von Invasionen in epidemischem Ausmaß. Demnach bevölkerten mindestens 170 fremde Spezies die Great Lakes. Eine einzige amerikanische Quallenart hatte im Schwarzen Meer 26 Fischarten verdrängt, und im Baltischen Meer lebten inzwischen über 100 fremde Arten.

Wandermuscheln gelangten 1988 über die Ballastwassertanks eines Schiffes vom Schwarzen oder Kaspischen Meer in den Lake Sinclair und verbreiteten sich über die Great Lakes, den Sankt-Lorenz-Strom und von dort in amerikanische Flüsse. Eine weibliche Muschel legt mit jedem Reifezyklus 30000 bis 400000 Eier. Um 1991 war die kleine hartschalige Molluske bis in den Mississippi gewandert, wo ihre Existenz einen Großteil der heimischen Arten bedroht. Indem sie Algen und Sauerstoff aufnimmt und Ammonium ausscheidet, gefährdet sie das gesamte Ökosystem der Flüsse im Osten Amerikas. Der Vormarsch der Wandermuschel war durch nichts aufzuhalten.

Doch um das Jahr 2000 bekam die Wandermuschel starke Konkurrenz von ihrer Cousine aus dem Kaspischen Meer, der Quagga-Dreikantmuschel, die sowohl in warmem als auch in eiskaltem Wasser leben kann und im Unterschied zur Wandermuschel das ganze Jahr über aktiv ist. Die Weibchen dieser Spezies legen in jeder Brutzeit rund eine Million Eier.

In nur fünf Jahren hatte die Quagga-Dreikantmuschel die Wandermuschel im Lake Michigan fast vollständig verdrängt; sie verstopfte Bewässerungskanäle, setzte sich an Wasserschildkröten und Schiffen fest und brachte die gesamte Nahrungskette durcheinander. Gegen 2007 hatte sie sich nach Westen bis zu den Seen Mojave, Mead und Havasu ausgebreitet.

Anfang der 1990er Jahre reiste der Westliche Maiswurzelbohrer per Flugzeug, wahrscheinlich von Chicagos Flughafen O'Hare aus, nach Jugoslawien und begann dort einen langen Krieg der eigenen Art. Womöglich hat ein einziges trächtiges Weibchen eine Nachkommenschaft hervorgebracht, die sich über Bosnien, Kroatien, Ungarn, Rumänien, Bulgarien, Italien, Frankreich, die Schweiz, Slowakei und Deutschland ausbreitete – und inzwischen Ernteschäden in Milliardenhöhe verursacht.

Solche «feindlichen Übernahmen» heimischer Lebensräume haben im Laufe der Evolution natürlich immer schon und zu jeder Zeit der Naturgeschichte auf der Erde stattgefunden. Vor 50 Millionen Jahren bildete sich zwischen Nord- und Südamerika eine Landbrücke, über die Säbelzahnkatzen in den Süden vordrangen und die fluguntüchtigen und bis zu 500 Kilogramm schweren Terrorvögel (Phorusrhacidae) ausrotteten, die dort seit 20 Millionen Jahren heimisch waren.

Vor nur zwölf Jahrtausenden, als unsere Vorfahren den Büffelherden über eine eisige Landbrücke von Sibirien nach Nordamerika folgten, gab es noch unzählige Säbelzahnkatzen. Tausend Jahre später waren sie, wie auch das Mammut, das Riesenfaultier und das gesamte Ökosystem einer interdependenten Fauna, verschwunden.

Als Kolumbus und andere europäische Entdecker den Kontinent erreichten, schleusten sie Krankheiten wie Pocken und Gonorrhö ein, die die heimische Bevölkerung der sogenannten Neuen Welt fast vollständig auslöschten. Im Gegenzug bescherte sie der Alten Welt wahrscheinlich die Syphilis. Doch die Schiffe der Entdecker und Eroberer brachten nicht nur Krankheiten mit. Die europäische Hausratte und die norwegische Wanderratte gingen ebenfalls an Land, und ihr Eroberungszug war wahrscheinlich erfolgreicher als der der Menschen. Ihre Population ist heute um ein Vierfaches größer als die Gesamtbevölkerung der Vereinigten Staaten. Jahr für Jahr vertilgen diese Ratten Getreide und andere Lebensmittel im Wert von über 50 Milliarden Dollar.

Im 19. Jahrhundert wurde der australische Teebaum in Florida angesiedelt. Während er heute in seiner Heimat unter Naturschutz steht, bedeckt er inzwischen in den Everglades eine Fläche von rund 200 000 Hektar. Mit Brandrodung, Pflanzengiften oder Einschlägen ist diesem Wildwuchs kaum beizukommen, da solche Maßnahmen nur dazu führen, dass sich ihre Samen millionenfach freisetzen. Wissenschaftler führten 1998 eine australische Käferart ein, die von dem Teebaum zehrt und den toxischen Ölen der Blätter widersteht. Dank dieses Käfers verbreitet sich der Baum nun weniger schnell. Mittlerweile erwägt man die Ansiedlung weiterer natürlicher Feinde des Teebaums in den Everglades.

In Europa wurden Mitte des 19. Jahrhunderts Flusskrebse aus Nordamerika ausgesetzt, um Ersatz zu schaffen für die heimische Art, die von der Pest stark dezimiert worden war. Die pestresistente nordamerikanische Spezies war aber leider so erfolgreich, dass sie die Seuche über die Flüsse in ganz Europa verbreitete und alle noch übriggebliebenen Vertreter der heimischen Art verdrängte. Kleinere Populationen sind heute nur noch in Norwegen und Irland anzutreffen.

In den dreißiger Jahren des vorigen Jahrhunderts fand Reichsmarschall Hermann Göring Gefallen an dem possierlichen amerikanischen Waschbären und beschloss, ihn in deutschen Wäldern anzusiedeln. Heute macht sich der Waschbär unter anderem über die Weinberge im Rheinland her und fügt den Winzern erheblichen Schaden zu.

Haustierfreunde tragen ihren Teil zur Migration der Arten bei. Eugene Schiffelin, ein begeisterter Shakespeare-Leser, hatte sich gegen Ende des 19. Jahrhunderts in den Kopf gesetzt, alle Vogelarten, die in den Werken des großen Dichters erwähnt werden, auch in der Neuen Welt anzusiedeln. Eines schönen Märztages setzte er sechzig Stare im Central Park aus. Wegen einer einzigen

Zeile aus *Heinrich IV.* schwirren nun rund 200 Millionen Stare über Amerika, allesamt Nachkommen der dreißig Paare von Schiffelin.

Schwärme grüner Papageien, die Nachfahren freigelassener oder entflogener Haustiere, bevölkern die Vorstädte von Los Angeles, Pasadena und Venice, wo ihnen in den Gärten der Anwohner eine Fülle von Baumfrüchten als Futterquelle zur Verfügung steht. Weitere Kolonien dieser geschwätzigen Vögel sind inzwischen sogar schon in New Jersey gesichtet worden.

Ein Liebhaber von Zierfischen setzte im Jahr 2000 zwei chinesische Schlangenkopfbarsche in einem Teich in Maryland aus. Zwei Jahre später zählte man dort hundert Exemplare dieser gefräßigen Art, deren Vertreter bis zu einem Meter lang werden und mit ihren scharfen Zähnen Fische, Amphibien, kleine Säuger und sogar Vögel reißen. Die Behörden waren alarmiert, zumal sich dieser Fisch an Land auf seinen Flossen fortbewegen und bis zu drei Tagen ohne Wasser auskommen kann. Es gelang ihm also, den nur siebzig Meter entfernten Patuxent River zu erreichen. Denn obwohl man Gift in den Teich pumpte, zeigten sich 2004 erste Exemplare des Schlangenkopfs im Potomac, ja, sogar in Florida.

Die fleißige Honigbiene, die wir in unseren Blumengärten antreffen, wurde im 16. Jahrhundert von spanischen Konquistadoren nach Nordamerika gebracht, wo sie seitdem als ein unerlässlicher Partner der Landwirtschaft lebt und fast alle heimischen Arten, die hiesige Pflanzen bestäuben, vertrieben hat. Weil er unzufrieden mit dem Honigertrag der italienischen Biene war, holte der Agraringenieur und Insektenkundler Warwick Kerr 1956 Königinnen einer afrikanische Bienenart nach Brasilien und züchtete die sogenannte Killerbiene. Aus Versehen entkamen sechsundzwanzig hybride Königinnen. Seitdem breitet sich die Nachkommenschaft dieser aggressiven afrikanischen Honigbiene nach Norden aus und bedroht alle Kolonien der italienischen Biene. 1990 erreichte sie Texas, 1993 Arizona und New Mexico. Gegen 2004 lebte sie sowohl in Kalifornien und Florida als auch in Puerto Rico und auf den Virgin Islands.

Die in Südostasien heimische Varroamilbe gelangte 1986 nach Nordamerika. Während die afrikanischen Honigbienen resistent gegen diesen Schmarotzer sind, fallen ihm die freundlichen Bienen, die unsere Gemüsepflanzen und Obst- und Nussbäume und unsere Blumen besamen, massenweise zum Opfer. In nur sechs Monaten vernichtete die Milbe 2005 vierzig bis sechzig Prozent aller Bienenstöcke in Nordamerika. Zur Rettung der Jahresernte musste in aller Eile Ersatz von anderen Kontinenten herbeigeschafft werden. Züchter arbeiten zurzeit unter Hochdruck daran, die italienischen Bienenkolonien resistenter zu machen.

Zwischen 1918 und 1930 kam die Rote Feuerameise nach Amerika, wahrscheinlich eingeschleppt mit der Erde, die als Ballast in Schiffsrümpfe geschaufelt wurde. In wenigen Jahrzehnten breitete sie sich über den Südwesten der Vereinigten Staaten aus und verdrängte zwei indigene Arten. Heute sind Kolonien roter Feuerameisen bis nach Maryland vorgedrungen. Der Allesfresser fällt über 139 Arten heimischer Wildblumen und 57 Getreidearten her. Wo die Feuerameise auftaucht, dezimieren sich die Populationen anderer Spezies – Feldmäuse, Schlangen, Wasserschildkröten und dergleichen – um die Hälfte. Seit 2002 vermehren sich nicht weniger schnell die «verrückten» Raspberry-Ameisen aus der Karibik: Sie fressen rote Feuerameisen.

Wer an den Küsten Kaliforniens oder am Mittelmeer wohnt und in seiner Speisekammer Ameisen antrifft, hat es aller Wahrscheinlichkeit nach mit einer Art zu tun, die im 19. Jahrhundert an Bord von Schiffen, beladen mit Zucker oder Kaffee, aus Argentinien auswanderte. Die Argentinische Ameise hat über weite Teile Amerikas und Europas ihre heimische Verwandtschaft verdrängt. Eine einzige Superkolonie erstreckt sich von Oregon bis Mexiko, eine andere von Portugal bis nach Italien, über Gebiete mit traditionell hohem Kaffee- und Zuckerkonsum.

Als Wissenschaftler in Laborversuchen einzelne Kolonien Argentinischer Ameisen wie zu einem Gladiatorenkampf gegeneinander antreten ließen, stellten sie fest, dass die Immigranten nicht mehr miteinander um Reviere konkurrierten, ganz im Gegensatz zur einheimischen Verwandtschaft. Und weil es keine Revierkämpfe mehr gab, konnten sie sich in ihrer neuen Heimat effizient ausbreiten.

Ratten, Bienen, Ameisen und Tausende anderer Spezies, die wir zur amerikanischen Biosphäre rechnen, sind tatsächlich Invasoren. Selbst die zahlenmäßig größten Familien der Tauben und Spatzen kommen ursprünglich aus Europa; sie drängten heimische Arten wie die Amerikanische Schwalbe zurück. Die nicht zuletzt durch Tom-und-Jerry-Cartoons berühmt gewordene Hausmaus wanderte aus Südostasien ein, die Hauskatze aus Nordafrika. Selbst die «Wildgräser» hiesiger Landschaften stammen zum großen Teil aus fremden Gebieten.

Seit eh und je hält die riesige Artenvielfalt einer Landschaft sich in einem wackligen Gleichgewicht, das durch

Eindringlinge empfindlich gestört wird – eine Schlange, die auf einem Stück Treibholz herbeigeschwemmt wird, ein Samenkorn in den Ausscheidungen eines Vogels, ein trächtiges Insekt im Fahrwerk eines Flugzeugs. Was wir als stabile Balance wahrnehmen, ist nur eine Momentaufnahme. Die Natur befindet sich im permanenten Kriegszustand. Wir bewundern die Schönheit der Inseln Hawaiis, die es vor fünf Millionen Jahren noch gar nicht gab. Alle Lebewesen dort haben sich aus Arten entwickelt, die als Eindringlinge kamen, Raum eroberten oder untergingen.

Solche Kämpfe, die gemeinhin so langsam vonstattengehen, dass wir sie nicht verfolgen können, gibt es vor allem auf Inseln, dort toben diese Kriege und führen nicht selten zur völligen Vernichtung.

Auf Inseln werden eingewanderte Schildkröten, Fledermäuse, Vögel, Ratten und Echsen zu unbesiegbaren Tyrannen ihrer winzigen Machtgebiete. Viele größere Tierarten verkümmern, so zum Beispiel Elefanten oder jene menschliche Spezies, die vor rund 18000 Jahren auf der indonesischen Insel Flores gelebt hatte, vielleicht an der Seite des Homo sapiens.

Dominante Arten breiten sich auf einer Insel ungehindert aus und bringen eine Vielzahl neuer Unterarten hervor. Nicht weniger als ein Viertel der insgesamt rund 2000 verschiedenen Fruchtsorten, die es auf der Welt gibt, finden sich auf den Inseln Hawaiis.

Besucher tropischer Inseln müssen eine Erklärung unterschreiben, mit der sie verbindlich darauf verzichten, irgendwelche Tiere oder Pflanzen ein- beziehungsweise auszuführen. Trotzdem ist in der Vergangenheit gegen dieses Verbot immer wieder verstoßen worden.

Als die hawaiischen Inseln von Polynesiern besiedelt wurden, brachten diese Hühner mit, die von der Geflügelpest befallen waren und heimische Vögel ansteckten, worauf deren Bestand rapide zurückging. Später kamen Europäer mit Katzen, Schweinen und Baumschlangen, was zu den inzwischen bekannten Folgen führte.

Ratten, die auf Inseln wie Puerto Rico oder Hawaii eingeschleppt worden waren, bekämpfte man im 19. Jahrhundert gezielt mit ausgesetzten Mungos, um das Zuckerrohr zu schützen. Die Ratten konnten sich ihren Feinden gegenüber zur Wehr setzen, nicht so die Vögel Hawaiis, über deren Eier sich die Mungos hermachten, während auf Puerto Rico und den Westindischen Inseln rund ein Dutzend heimischer Amphibien- und Reptilienarten den schnellen Jägern zum Opfer fielen.

Mit dem Schoner *H.M.S. Wellington* gelangten 1826 Moskitos auf die Insel Maui. Die von ihnen übertragene Geflügelmalaria raffte ganze Populationen heimischer Vögel dahin; verschont blieben nur solche, die rechtzeitig in höhere Regionen ausweichen konnten. Wildschweine wühlten den Waldboden auf und legten Schlammsuhlen an, die den Moskitos optimale Brutmöglichkeiten boten. In der Folge verschwanden neunundzwanzig der insgesamt achtundsechzig Vogelarten der Insel für immer.

Nachdem er den Teilnehmern des AAAS-Kongresses seine Forschungsergebnisse vorgetragen hatte, schloss David Pimentel mit den Worten: «Schon eine relativ geringe Zahl an Unruhestiftern kann gewaltige Schäden anrichten.»

Doch keiner der Anwesenden konnte sich vorstellen, dass eine Inselspezies auch einmal den Spieß herumdrehen und die Ökosysteme der Kontinente bedrohen würde. Damals hatte noch niemand von Henders Island gehört.

[Dr. Elinor Duckworth, *Almost Destiny*
(mit ihrer Erlaubnis hier in Auszügen wiedergegeben)]

1791

21. August

17:27 Uhr

«Captain, Mr. Grafton will einen Mann an Land bringen, Sir.»

«Welchen Mann, Mr. Eaton?»

Hundertfünfzig Faden vor der steil abfallenden Felsküste schaukelte die *H.M.S. Retribution* in einer zehn Fuß hohen Dünung. Der Schoner hatte beigedreht, um in Position zu bleiben. Seine grauen Segel hingen schlaff im ablandigen Wind, der eine dunkle Wolkenbank vor sich hertrieb.

Die Mannschaft stand schweigend an Deck und schaute dem Boot nach, das sich der Insel näherte; einige Männer beteten. Die fast siebenhundert Fuß hohe Felswand mit dem tiefen Einschnitt in der Mitte schimmerte im Licht der untergehenden Sonne rötlich gelb.

Die *Retribution* war ein gekapertes französisches Schiff, das früher *Atrios* geheißen hatte und seit nunmehr zehn Monaten unter englischer Flagge der *H.M.S. Bounty* nachstellte. Die britische Admiralität fand nichts dabei, Schiffe fremder Flotten aufzubringen, machte aber unerbittlich Jagd auf solche, die ihr gestohlen wurden, so auch auf die *Bounty*, die fünf Jahre zuvor ihrer meuternden Besatzung in die Hände gefallen war.

Lieutenant Eaton blinzelte durch das Teleskop des Kapitäns und drehte an der Stellschraube des Okularauszugs, bis das Bild scharf war: neun Männer im Ruderboot vor dem Einschnitt in der Felswand. «Sieht aus wie Frears, Captain», meldete er.

Der dunkle Spalt war gezackt wie ein Blitz und reichte bis auf fünfzehn Fuß zum Meeresspiegel herab. Die britischen Seeleute hatten fast das ganze zwei Meilen breite Eiland umschifft, ehe ihnen diese Schwachstelle im Felsmassiv zu Gesicht gekommen war.

Der Kapitän bestand darauf, alle Inseln im Umkreis nach Spuren der Meuterer abzusuchen, war aber nun gezwungen, einer dringlicheren Sache nachzugehen. Es hatte seit fünf Wochen nicht geregnet, die Trinkwasservorräte waren aufgebraucht. Und während die 317 Männer an Bord der *Retribution* zumindest dem Schein nach ihre Arbeit verrichteten, warfen sie immer wieder verstohlene, hoffnungsvolle Blicke auf die Landgänger.

Mit Rudern hielten die neun Männer ihr Boot in der wogenden See auf Abstand zum Felsen. Als es von einer Welle hochgespült wurde, langte Frears, erkennbar an seiner roten Kappe, mit der Hand an den unteren Rand der steinernen Rinne und hielt daran fest, als sich das Boot wieder senkte.

«Er hat Halt gefunden, Captain!»

Die Mannschaft applaudierte verhalten.

Eaton sah, wie die Männer im Boot kleine Fässer auf den Felssims warfen, den Frears inzwischen erklommen hatte. «Sie werfen ihm Barrecoes zu, Sir!»

«Die Vorsehung meint es gut mit uns, Captain», sagte Mr. Dunn, der Geistliche, der sich eingeschifft hatte, um auf der *Retribution* nach Australien zu segeln. «Es war Vorhersehung, dass wir diese Insel finden. Warum hätte sie der Herr im Himmel sonst hier entstehen lassen, so weit entfernt von allen Landen?»

«Aye, Mr. Dunn. Achtet auf des Herrn Wort», entgegnete der Kapitän mit Blick auf das Boot. «Was macht unser Mann, Mr. Eaton?»

«Er ist in der Felsspalte verschwunden.» Nach quälend langen Minuten sah Eaton den Mann mit der roten Kappe endlich aus dem Schatten wieder auftauchen. «Frears gibt ein Zeichen ... Er hat Wasser gefunden, Captain! Er hebt ein Fass in die Höhe.»

Eaton musterte den Kapitän mit skeptischer Miene und lächelte, als auf den Decks Hurrarufe zu hören waren.

Der Kapitän schmunzelte. «Vier Boote klarmachen, Mr. Eaton. Die Männer sollen eine Leiter anlegen und die Fässer füllen.»

«Gnädiger Himmel!», rief der Kaplan über das Gejohle der Männer hinweg. «Der Herr hat uns hierhergeführt.»

Eaton schaute wieder durchs Fernrohr und sah, wie Frears ein weiteres Fass von der Klippe aus ins Wasser schleuderte. Die Männer im Boot holten es ein.

«Das war jetzt schon das zweite!», brüllte Eaton.

Und wieder ging ein Jubeln über die Decks. Lachend schafften Männer Fässer aus dem Laderaum herbei.

«Gott lässt die Seinen nicht im Stich», sagte der Kaplan und ließ das Kinn auf das weiche Polster nieder, das sein Hals war.

Der Kapitän lächelte ihm zu; er wusste, dass der Geistliche hier auf dem Schiff Seiner Majestät während der vergangenen Monate schwer gelitten hatte.

Für seine Männer war Kapitän Ambrose Spencer Henders so bedeutend wie Admiral Nelson, auch wenn er mit seinen roten Haaren und den zahllosen Sommersprossen im Gesicht kaum Ähnlichkeit mit dem Helden von

Trafalgar hatte. «Ein Eiland dieser Größe, ohne Brandung, Vögel oder Seehunde», grummelte er und starrte auf die Felswand, auf der sich schillernd Farben spiegelten. An manchen Stellen glänzte der Fels im Licht der untergehenden Sonne wie blankes Gold. «Was haltet Ihr von dieser Insel, Mr. Eaton?», fragte der Kapitän, eingedenk des sonderbaren Umstands, dass sie auf ihrer Rundfahrt keinen einzigen geeigneten Ankerplatz gefunden hatten.

«Ein seltsames Fleckchen Erde», antwortete Eaton und senkte das Glas, hob es aber sogleich wieder ans Auge, als er bemerkte, dass Frears auf die Knie gesunken war. Durch den vergrößerten Ausschnitt des Fernrohrs erkannte er, dass Frears etwas fallen ließ, den kupfernen Trichter, wie es schien, mit dem er die kleinen Fässer füllte. Der Trichter kegelte über den Felssims ins Wasser.

Im Rücken des Seemanns zuckte ein roter Blitz, und plötzlich schnellte aus dem Dunkel der Spalte ein gewaltiges Maul, das sich über den Kopf und Rumpf des Seemanns stülpte und ihn hinunter in die Spalte riss.

In der Ferne hallte das Echo entsetzter Schreie von den Felsen wider.

«Captain!»

«Was ist los?»

«Ich bin mir nicht sicher, Sir.»

Eaton versuchte das Rohr auf schwankendem Deck ruhig zu halten. Er sah, wie ein zweiter Mann aus dem Boot gestiegen war und den Sims erklomm.

«Sie haben einen weiteren Mann hochgeschickt.»

Ein hoher Dünungsberg verstellte ihm die Sicht. Wenig später, als das Schiff von einer Welle angehoben wurde, sah Eaton, wie der Mann von der Klippe ins Wasser sprang.

«Er ist wieder zurückgesprungen, Sir!»

«Sapperlot, was geht da vor, Mr. Eaton?» Kapitän Henders setzte seinerseits ein Fernglas ans Auge.

«Sie hieven ihn ins Boot. Sie kommen zurück, Sir, und scheinen es eilig zu haben.» Eaton senkte das Glas und starrte auf den Felsspalt. Er hatte Zweifel, ob das, was er gesehen hatte, wirklich geschehen war.

«Ist Frears in Sicherheit?»

«Ich fürchte nein, Sir», antwortete Eaton.

«Was ist passiert?»

Der Leutnant schüttelte den Kopf.

Der Kapitän sah, wie die Männer mit hastigen Schlägen zum Schiff zurückruderten. Der Mann, der ins Wasser gesprungen war, hing am Heckspiegel, seine Kameraden redeten beruhigend auf ihn ein, doch er schien außer sich. «Sagt mir, was Ihr gesehen habt, Mr. Eaton.»

«Ich weiß nicht, Sir.»

Der Kapitän nahm das Rohr vom Gesicht und bedachte seinen Ersten Offizier mit grimmiger Miene.

Die Männer im Boot näherten sich der *Retribution* mit lautem Gebrüll.

Der Kapitän wandte sich an den Kaplan. «Was sagt Ihr, Mr. Dunn?»

Aus der Felsspalte tönte ein Heulen wie von einem Wolf oder einem Wal, das lauter wurde und wieder leiser, eine entsetzliche Stimme, die schließlich Laute hervorstieß, die wie das Brabbeln eines riesigen Säuglings klangen, unterbrochen von spitzen, schrillen Schreien.

Wie alle anderen starrte auch der Kaplan wie vom Donner gerührt auf die Felswand.

Mr. Grafton rief vom Boot aus nach dem Kapitän.

«Was gibt's, Mann?»

«Der Leibhaftige ist hinter uns her!»

Der Kapitän warf einen Blick auf seinen Ersten Offizier, von dem er wusste, dass er ein nüchterner Mann und nicht im Geringsten abergläubisch war.

Eaton nickte mit finsterer Miene. «Aye, Captain.»

Aus der Felsspalte drang nun ein ganzer Chor gespenstischer Laute.

«Wir sollten diesen Ort verlassen, Captain», sagte Mr. Dunn. «Mir scheint, der Herr im Himmel hat diese Insel aus gutem Grund so entlegen sein lassen, auf dass sie niemand finde.»

«Mr. Graves», rief der Kapitän, «holt das Boot ein und setzt die Segel. Wir nehmen Kurs auf Ost.» Dann wandte er sich seinen Offizieren zu. «Tragt diese Insel auf unseren Seekarten ein, aber kein Wort darüber, dass es hier Wasser gibt, noch darüber, was uns heute widerfahren ist. Ich gebiete Stillschweigen, und wer es bricht, wird mit dem Tod durch den Strang bestraft. Haben wir uns verstanden?»

Das fürchterliche Geschrei aus der Spalte nahm kein Ende.

«Aye, Captain!», antworteten die Offiziere.

Als die Männer aus dem Boot an Bord gekommen waren, fragte Kapitän Henders: «Mr. Grafton, was ist mit Mr. Frears?»

«Er wurde von Ungeheuern gefressen, Sir.»

Kapitän Henders erbleichte unter seinen Sommersprossen. «Master Kanonier, ladet die Geschütze mit Kartätschen und gebt zwei volle Breitseiten auf den Felsspalt.»

«Aye, Sir», bestätigte der Kanonier.

Kaum hatte die *Retribution* beigedreht, zuckten steuerbords Feuerzungen und schwarzer Rauch aus den Rohren.

19:02 Uhr

Kapitän Henders tunkte einen Gänsekiel in das Tintenfässchen aus Porzellan, das auf seinem Schreibpult stand, und blickte auf die leere Seite seines Logbuchs. Die pendelnde Öllampe unter der Decke ließ den Schatten der Feder zucken, während sich der Schiffsführer Gedanken darüber machte, was er zu Papier bringen sollte.

Gegenwart

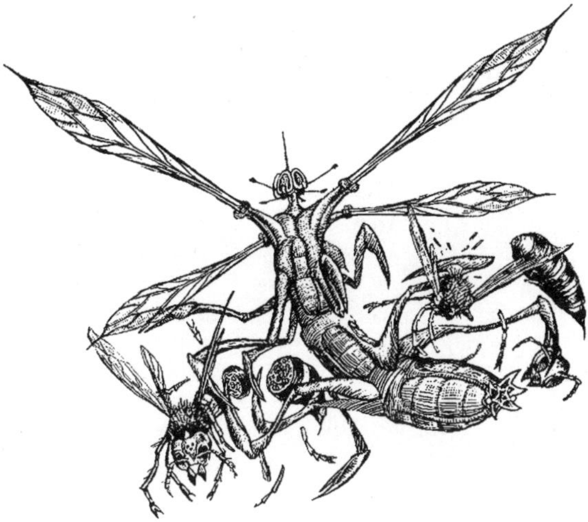

22. August

14:10 Uhr

Die *Trident* pflügte mit ihrem scharf geschnittenen Bug durchs tiefe Wasser. Der Dreikielgleiter sah aus wie ein schlankes Raumschiff, das drei weiße Raketenstreifen in ein blaues Universum zeichnete. Die Sturmwolken, die sie drei Tage lang nach Süden getrieben hatten, waren über Nacht verschwunden. Das Meer spiegelte ein makellos blaues Himmelsgewölbe.

Das sechzig Meter lange Forschungsschiff näherte sich dem Mittelpunkt der über neunzig Millionen Quadratkilometer großen Meeresfläche zwischen Äquator und Antarktis, einer Wasserwüste, die auf Globen und Seekarten für gewöhnlich als «Südpazifik» bezeichnet wird.

Von der Fernsehshow *SeaLife* gechartert, hatte die *Trident*, die normalerweise bis zu vierzig Passagieren Platz bot, eine zehnköpfige Schauspielerbesatzung an Bord, dazu vierzehn Profis, die tatsächlich das Schiff manövrierten, sechs Wissenschaftler und acht Mitglieder des Produktionsteams sowie einen kräftigen Bullterrier namens Copepod.

SeaLife berichtete von der einjährigen Odyssee der *Trident*, die es sich zum Ziel gesetzt hatte, die exotischsten und entlegensten Orte der Welt aufzusuchen. In den ersten Episoden, die wöchentlich ausgestrahlt wurden, hatten die jungen Wissenschaftler und das schicke, fernsehtaugliche Team die Galapagosinseln und die Osterinseln erforscht. Die Sendungen hatten die zweithöchsten Einschaltquoten aller Kabelprogramme erreicht. Jetzt aber, nach drei Wochen stürmischen Wetters, drohte der Show ein vorzeitiges Aus.

Nell Duckworth, die Botanikerin an Bord, betrachtete ihr Spiegelbild im Backbordfenster der Brücke und rückte sich ihre Baseballkappe zurecht. Wie alle anderen Wissenschaftler, die man für die Show ausgesucht hatte, war Nell Ende zwanzig. Vor sieben Tagen hatte sie ihren neunundzwanzigsten Geburtstag gefeiert, allerdings nicht in fröhlicher Runde, sondern über der Schüssel der Schiffstoilette hängend, die nach Chemie und Pfefferminz roch. Sie hatte seit zehn Tagen kein Essen mehr bei sich behalten können und entsprechend an Gewicht verloren. Erst jetzt, da das Unwetter abgezogen war und einem blauen Himmel Platz gemacht hatte, ging es ihr wieder ein bisschen besser. Bislang waren ihr dank einer verlässlichen Sonnencreme und des breiten Schirms ihrer Baseballkappe unschöne Pigmentstörungen im makellosen Teint erspart geblieben. Doch darauf achtete sie jetzt nicht, als sie ihr Spiegelbild betrachtete; was ihr vielmehr auffiel, waren die trüben Augen, die ihr entgegenblickten.

Nell trug graubraune, knielange Cargojeans, ein graues T-Shirt und jede Menge Sunblocker mit Lichtschutzfaktor 24 auf den bloßen Armen und im Gesicht. Wegen ihrer ausgetretenen weißen Adidas-Turnschuhe hatte es Probleme mit der Produktionsleitung gegeben, weil Adidas nicht zu den Sponsoren der Show zählte. Nell aber weigerte sich strikt, andere Schuhe anzuziehen.

Sie schaute durch das Fenster nach Süden. Sie seufzte

und versuchte, das Gefühl der Enttäuschung, das sie wieder einholte, zu verdrängen. Das schlechte Wetter und die gesunkenen Einschaltquoten hatten das Team gezwungen, ausgerechnet jene Insel links liegenzulassen, deretwegen Nell diese Reise überhaupt angetreten hatte und an der Show mitwirkte.

Sie hatte sich nicht davon abhalten können, die Männer auf der Brücke daran zu erinnern, dass sie nur einen Katzensprung entfernt waren von einem Ort, den bislang nur eine Handvoll Menschen betreten hatte – einer Insel, der sie seit neun Jahren ihre Forschung widmete.

Stattdessen aber steuerte die *Trident* nach Westen, auf Pitcairn zu, wo angeblich eine Willkommensparty stattfinden sollte, ausgerichtet von den Nachfahren der *Bounty*-Besatzung zu Ehren der Leute vom Fernsehen.

Nell biss die Zähne zusammen, wandte sich von ihrem Spiegelbild ab und schaute zum Fenster auf der Steuerbordseite hinaus.

Auf dem Deck vor der Brücke hing das kleine U-Boot in den Schwenkarmen eines Davits. Eine weitere Möglichkeit, das Leben unter Wasser zu beobachten, boten die großen Bullaugen im Rumpf der beiden Ausleger, in die sich Nell meist während der Mittagspausen zurückzog, und wenn sie Glück hatte, entdeckte sie Thunfische, einen Marlin oder Sonnenbarsche, die vom Schiff angelockt worden waren.

Die *Trident* führte ein mit neuester Technik ausgestattetes Fernsehstudio mit sich, eine Satellitenstation, ihre eigene Entsalzungsanlage, die täglich 10000 Liter Trinkwasser produzierte, ein Forschungslabor mit allem, was dazugehörte, und sogar ein Bordkino. Lauter nichtsnutzigen Kram, dachte Nell. Dass der wissenschaftliche Anstrich der Expedition nur fürs Auge war, hatte sie schon zu Anfang der Reise gemutmaßt.

Mit Blick nach unten auf das Poopdeck sah sie den Meeresbiologen Andy Beasley, umringt von Mitgliedern der Besatzung, denen er anscheinend einen Vortrag über das Leben unter Wasser hielt.

14:11 Uhr

Andrew Beasley war ein schlaksiger junger Mann mit schmalen Schultern, dichten blonden Haaren und einer Brille mit dickem Schildpattgestell. Sein langgezogenes, vogelartiges Gesicht zeigte häufig ein zuversichtliches Lächeln.

Aufgezogen von seiner geliebten, aber alkoholsüchtigen Tante Althea in New Orleans, hatte sich der sanfte Junge mit Aquarien umgeben – er lebte über dem Fischrestaurant seiner Tante. Jeder Fisch, dem er seine forschende Aufmerksamkeit widmete, entkam seinem Schicksal und landete nicht im Topf.

Er verwirklichte Altheas Traum und wurde Meeresbiologe, schickte seiner Tante tagtäglich E-Mails aus dem College und blieb auch mit ihr in Kontakt, nachdem er seine erste Forschungsstelle angetreten hatte.

Tante Althea hatte den Wirbelsturm Katrina überlebt und eine Krebserkrankung der Bauchspeicheldrüse überstanden, doch vor drei Monaten war sie gestorben, und Andys Trauer war so überwältigend, wie er es nicht für möglich gehalten hätte. Er fühlte sich schrecklich alleingelassen.

Einen Monat nach ihrer Beerdigung erhielt er einen Brief mit der Einladung zu einem Casting für *SeaLife.*

Tante Althea hatte ohne sein Wissen seinen Lebenslauf und ein Foto an die Produktionsleitung geschickt, nachdem sie in einem Zeitungsartikel gelesen hatte, dass Meeresbiologen für die Teilnahme an der Show gesucht wurden. Andy war der Einladung gefolgt, nach New York geflogen und als einer der wenigen ausgewählt worden, die eine Koje an Bord der *Trident* beziehen durften. Tante Altheas letzter Wunsch war somit in Erfüllung gegangen.

Für gewöhnlich trug Andy helle, knallige Farben, die ein wenig clownesk wirkten und ihm manche spöttische Bemerkung eintrugen. Nell Duckworth hatte sich von Anfang an bemüßigt gesehen, ihn unter ihre Fittiche zu nehmen. Er war so naiv optimistisch und verletzlich wie ein kleines Hündchen, dass sie sogleich und zur eigenen Überraschung mütterliche Gefühle für ihn empfand.

Wenn Andy mit seinen Vorträgen loslegte, war er immer voller Eifer und Begeisterung, obwohl ihm seine Zuhörer meist schon nach den ersten Sätzen in die Parade fuhren. Wenn er dann merkte, dass sie sich über ihn lustig machten, wurde er wütend und legte sich umso mehr ins Zeug, was nicht nur die Showteilnehmer an Bord köstlich amüsierte, sondern offenbar auch die Zuschauer vor den Fernsehapparaten, denn die Regie forderte Andy immer wieder auf, seine Vortragsreihe fortzusetzen. Während der vergangenen drei tristen Wochen hatten einzig und allein seine Wutausbrüche für allgemeine Erheiterung gesorgt.

Andy nestelte an dem kleinen drahtlosen Mikrofon herum, das in seiner schmalen gelben Lederkrawatte steckte. Er trug ein Lacoste-Hemd mit blauen, weißen, orangen, gelben, violetten und grünen Streifen, die senkrecht verliefen, während seine Shorts von Hilfinger horizontal gestreift waren – blau, grün, pink, rot, orange und gelb. Die giftgrünen, halbhohen Turnschuhe, Größe 45, fielen dagegen kaum mehr auf.

Andys Anschauungsmaterial, eine Reihe von Handpuppen aus Gummi, die verschiedenes Meeresgetier darstellten, lag durcheinandergewürfelt auf dem weißen Deck zu seinen Füßen. Neben ihm lag schnaufend ein breitnasiger Bullterrier, dem man eine kleine Schwimmweste um die Brust geschnallt hatte.

Zero Monroe, der Erste Kameramann, wechselte den Speicherstick seiner digitalen Videokamera und unterbrach damit Andys Vortrag – die kleine Unterbrechung war von der Regie zu Zeros Verdruss so geplant worden. Man sollte Andy verärgern und einen seiner Ausfälle provozieren.

«Kann es jetzt weitergehen?», fragte er nervös, aber immer noch lächelnd.

Zero hob die Kamera ans rechte Auge und zwinkerte mit dem anderen Andy zu. «Yup.» Er verlor nie viele Worte, schon gar nicht, wenn er unglücklich war. Und dieser Job machte ihn unglücklich.

Mit seiner hageren Gestalt, den grünblauen Augen und seinem trockenen Humor erinnerte Zero an Buster Keaton, obwohl er sehr viel breitere Schultern hatte und an die eins neunzig groß war. Er trug ein graues T-Shirt vom Boston Marathon, an dem er schon dreimal teilgenommen hatte, und abgewetzte blaue Laufschuhe mit orangefarbenen Schnürsenkeln und Gelsohlen. Die verschossene braune Cargohose hatte nicht weniger als vierzehn Taschen, in denen er Speichersticks, Linsen, Filter, Staubtücher, Windschutzaufsätze fürs Mikrofon und jede Menge Akkus aufbewahrte.

Als Tierfilmer hatte er sein Handwerk in den unwirtlichsten Gegenden der Welt erlernt, so etwa in den von Stechmücken verseuchten Mangrovensümpfen Panamas (wo er Winkerkrabben filmte) oder an den Natronseen im kenianischen Rift Valley (der Flamingos wegen). Nach den vergangenen drei Wochen fragte sich Zero, was eigentlich schlimmer sei: der Auftrag hier an Bord der *Trident* oder mit hüfthohen Stiefeln durch ätzenden Schlamm zu waten und von Kriebelmücken zerstochen zu werden.

«Ich bin so weit, Gus», sagte Zero.

Ein Assistent ließ eine Filmklappe vor Andys Gesicht zusammenschnappen. «*SeaLife*, 52. Tag, Kamera 3, Stick 2.»

«Und ... ACTION!», brüllte Jesse Jones.

Jesse spielte die Rolle des unsympathischen Typen – unverzichtbar für jede «Crew», die vor einer Fernsehkamera agierte. Die echte Mannschaft trug Uniform und hielt sich im Hintergrund. Von den Kollegen an Bord und den Zuschauern zu Hause gleichermaßen verabscheut, machte Jesse seinen Job gut. Reality-Shows bedurften wenigstens eines Darstellers, den alle aus vollem Herzen hassen konnten, der Krisen und Konflikte verursachte und früher, von Seeleuten als «Jona» beschimpft, bei der erstbesten Gelegenheit über Bord geworfen worden wäre.

Jesse war braun gebrannt und an den muskelbepackten Oberarmen üppig tätowiert. Die weißgebleichten, kurzen Haare waren büschelweise verzwirbelt, sodass sie wie Dornen vom Kopf abstanden. Bei den zahlreichen Sponsoren der Show hatte niemand so unverfroren abgesahnt wie er. Er trug eine halblange schwarze Neoprenhose mit aufgenähter blauer Schamkapsel und ein

Muskelshirt, bedruckt mit Palmen und Blumen. Die Füße steckten in silbernen Nikes, und auf der Nase saß eine fünfhundert Dollar teure Sonnenbrille von Matsuda mit silbernem Gestell und türkisfarbenen Gläsern.

Jesse ließ eine von Andys Handpuppen unmittelbar vor Zeros Kamera herumzappeln.

«Ich bin nicht hier, Jesse», seufzte Zero. «Und die Kamera auch nicht. Wann kapierst du das endlich?»

«Wie konnten wir das bloß vergessen?» Dawn Kipke, die Surf-Punk-Sirene, warf Zero einen schnippischen Blick zu.

«Wo sind wir stehengeblieben, Zero?», wollte Andy wissen.

«Bei den Ruderfußkrebsen», sagte Zero.

«Ach ja.» Andy lächelte. «Stimmt. Jesse?»

Jesse warf ihm die Handpuppe zu – mit Effet. Sie prallte von Andys Gesicht ab.

Alles lachte, als Andy seine Brille zurechtrückte und mit schiefem Grinsen die Puppe vom Boden aufhob. Er schlüpfte mit der Hand hinein, ließ das Glupschauge zwinkern und bewegte die langen Fühler mit den Fingern. «Ruderfußkrebse, wissenschaftlich: Copepoden. Unser Schiffshund ist also nach diesem winzig kleinen Meeresbewohner benannt.»

Der Bullterrier bellte kurz auf und schnaufte weiter.

«Armer Copey», sagte Dawn, «wie konnte man dir nur den Namen eines so hässlichen Dings verpassen?»

«Allerdings, voll uncool ist das», rief Jesse.

Andy ließ die Hand mit der Puppe sinken. Stirnrunzelnd sah er zu Zero hinüber.

«Wir hängen auf diesem verdammten Schiff fest und haben seit Wochen nichts zu tun», maulte Dawn.

«Ich bin's endgültig leid!», brüllte Jesse.

Alle pflichteten ihm lautstark bei, sogar Copepod knurrte.

Andys Gesicht lief rot an, seine Augen traten hervor. Er warf die Puppe auf die Planken und rief: «Wie soll ich euch irgendetwas beibringen, wenn mir keiner zuhört?»

Jesse schüttelte sich vor Lachen und zeigte auf Andy.

«Was gibt's da zu lachen?», fragte Andy.

«Mann, eh», prustete Jesse, «du bist echt komisch drauf.»

«Du findest das also witzig, oder was? Blödmann.» Andy packte mit beiden Händen mehrere seiner Gummipuppen, führte einen lächerlichen Tanz auf und schlug um sich. Dann warf er die Puppen der lachenden Mannschaft entgegen, blickte in Zeros Kamera und schnauzte: «Leckt mich doch, ihr Arschlöcher!»

Er rannte weg und verschwand im Niedergang.

Die Zurückgebliebenen wandten sich Zero zu.

«He, ich hab hier nichts zu melden», sagte Zero und wich zurück, ohne die Kamera vom Auge zu nehmen. «Wenn ihr was wollt, meldet euch da oben.» Er schwenkte die Kamera auf die Brücke, wo Nell, am Fenster stehend, auf sie herabblickte und ihnen die Zunge herausstreckte.

14:14 Uhr

«Sieht nach Meuterei aus, Captain. Ich glaube, wir sollten bei der nächsten Gelegenheit an Land gehen.»

Kapitän Sol bedachte Nell mit einem Blick über die Schulter. Der weiße, säuberlich gestutzte Vollbart umrahmte ein braungebranntes Gesicht und dunkelblaue Augen. «Hätten Sie wohl gern.»

«Im Ernst!»

Glyn Fields, der Biologe der Show, stellte sich zu Nell ans Fenster. «Sie hat recht, Captain. Da ist was im Schwange.»

Nell hatte Glyn während ihres zweiten Jahrs als Assistenzprofessorin an der NYU kennengelernt, wo sie Grundkurse in Botanik gegeben hatte; Glyn unterrichtete zu dieser Zeit Studienanfänger im Fach Biologie. Sein attraktives Äußeres hatte unter den weiblichen Mitgliedern der Fakultät für einige Unruhe gesorgt. Er war es, der Nell dazu überredet hatte, bei *SeaLife* mitzuwirken.

Glyn war groß gewachsen, schlank und in seinem Erscheinungsbild sehr britisch. Er hatte ein markantes Gesicht, und seine helle Haut kontrastierte überraschend scharf mit den dunklen Augen und den dichten schwarzen Haaren. Für Nells Geschmack war er etwas eitel, vielleicht dachte sie das aber auch nur deshalb, weil er sie kaum zu beachten schien. Auch in seiner Aufmachung wirkte er ausgesprochen britisch. Seine Garderobe bestand aus Oxford-Hemden, Cordhosen, schlichten Lederschuhen und dunkelblauen Blazern. Jetzt trug er ein blaues Oberhemd, eine beigefarbene Hose und Mokassins ohne Socken – eine für seine Verhältnisse äußerst lässige Aufmachung. Shorts, T-Shirt oder gar Turnschuhe wären für ihn nie in Frage gekommen.

Nell erinnerte sich, wie heftig sie sich anfangs gegen eine Teilnahme an *SeaLife* gewehrt und argumentiert hatte, dass ihr wichtige Zeit für ihre Studien verloren ginge. Als aber Glyn erwähnte, die Expedition werde womöglich Station auf der geheimnisvollen kleinen Insel machen, von der sie immer sprach, war sie Feuer und Flamme, ließ Probedrehs von sich machen und wurde zu ihrer eigenen Überraschung ausgewählt, zusammen mit Glyn.

Jetzt, da sich Nell um all ihre Hoffnungen betrogen sah, hatte Glyn Gewissensbisse. «Ein kurzer Zwischenstopp wäre vielleicht gut für die Moral, Captain.»

In diesem Augenblick kam Samir El-Ashwah, der Zweite Offizier, zur Steuerbordluke herein. Wie von der Produktionsleitung vorgeschrieben, trug er eine weiße Uniform nach Art der *Traumschiff*-Offiziere. Dass er, der aus Ägypten stammte, einen australischen Akzent hatte, verblüffte die meisten. «He, Captain, die Turbosegel sind gesetzt. Wie schnell sind wir jetzt? Ich frage nur so aus Neugier.»

«Vierzehn Knoten, Sam», antwortete Kapitän Sol.

«Damit sollten wir hinkommen.»

«Allerdings.» Kapitän Sol kraulte den weißen Haarkranz seines ansonsten kahlen Schädels.

Nell warf einen Blick durch das Oberlicht auf das Turbosegel, einen dreißig Meter hohen, schlanken Zylinder, der wie ein langer Schornstein aussah. Er steckte in einem dicken Rohr, das mitten durch die Brücke führte und mit Fotos und Merkzetteln beklebt war. Nell hörte in diesem Rohr den sogenannten Flettner-Rotor surren.

Solche Turbosegel waren erstmals von Jacques Cousteau in den achtziger Jahren erprobt worden, so auch auf seinem eigenen Forschungsschiff, der *Calypso II*. Der am rotierenden Zylinder vorbeiströmende Seitenwind erzeugt auf der Vorderseite einen Unterdruck, durch den das Schiff nach vorn gezogen wird. Nach Abklingen der Stürme hatte die Mannschaft der *Trident* beide Turbosegel aufgebäumt und so ausgerichtet, dass sie den Nordostwind einfingen.

Zehn Grad südlich des Wendekreises segelte die *Trident* in voller Fahrt schnurstracks nach Westen.

«Captain, so nah heran kommen wir nie wieder», sagte Nell.

«Der Sturm hat uns ziemlich weit nach Süden abgedrängt», gab Glyn zu bedenken. «Nells kleine Insel wäre auch für mich als Biologe durchaus interessant, aber noch verlockender erscheint mir die Aussicht darauf, wieder einmal festen Boden unter den Füßen zu spüren. Es würde bestimmt allen guttun, wenn wir uns mal die Beine vertreten könnten.»

«Was haben Sie nur gegen diesen kleinen Abstecher?», fragte Nell in weinerlichem Tonfall.

Sol Meyers legte die Stirn in Falten. In seinem übergroßen orangefarbenen Polohemd mit dem *SeaLife*-Logo auf der Brusttasche sah er aus wie der Weihnachtsmann auf Urlaub. Seine weißen Shorts hatten wie die *SeaLife*-Uniform goldene Streifen an der Seite. Die nackten Füße steckten in weiß-türkisfarbenen Segeltuchschuhen.

«Tut mir leid, Nell. Wir müssen zwei Tage gutmachen, wenn wir, wie geplant, rechtzeitig zu den Feierlichkeiten Pitcairn erreichen wollen. Uns bleibt keine Zeit.»

Wütend zitierte Nell den Aufmacher der Show: «*Eine wissenschaftliche Expedition zu den entlegensten Orten der Erde.*»

«Wohl eher eine schwimmende Seifenoper, der die Seifenblasen ausgegangen sind», murmelte Glyn.

«Tut mir leid, Nell», wiederholte Kapitän Sol. «Aber diese Partie hat Cynthea gebucht. Sie ist die Produzentin. Ich muss tun, was sie will, und kann mich ihr nur im Notfall widersetzen.»

«Ich habe den Eindruck, Cynthea will uns alle verkuppeln», meinte Glyn. «Anscheinend wird in der Crew munter gevögelt.»

Nell lachte und gab Glyn einen Knuff.

Der Biologe zuckte zurück und rieb sich den Bizeps wie unter Schmerzen. «Wie sanft und feinfühlig du doch bist, Nell», sagte er amüsiert und strich sich den Hemdsärmel glatt.

«Verzeihung, Glyn. Ich habe mir nur ein Beispiel an den Zwergschimpansen genommen, die Körperkontakt suchen, um den Mitgliedern ihrer Sippe ein Gefühl von Sicherheit zu vermitteln.»

«Wir Engländer reagieren in solchen Fällen völlig anders», maulte Glyn.

«He, wie wär's mit mir, Nell?», rief Carl Warburton. Der Erste Offizier an Bord des Schiffes schien ebenfalls wie gemacht für eine Fernsehshow. Er hatte schwarze Locken, grau meliert an den Schläfen, und eine Stimme, mit der er auch das Nachtprogramm im Radio moderieren konnte. Dass er zudem Humor hatte, machte ihn unwiderstehlich. «Betrachten Sie mich als einen Zwergschimpansen.» Er hob die Arme zu einer affenartigen Geste und versuchte, Nell mit schleckender Zunge zu beeindrucken.

«Danke, Carl.» Sie lächelte. «Glyn ist so ein Langweiler.»

«Das bin ich nicht.»

«War nur ein Scherz», seufzte sie.

«Ich werde euch Amerikaner und eure Witzeleien wohl nie verstehen.»

Kapitän Sol sah hinüber zur Kamera, die über dem nach vorn weisenden Fenster installiert war. Cynthea Leeds, die Produzentin der Show, hatte überall auf dem

Schiff solche Kameras anbringen lassen, um alles und jeden im Auge zu haben. Die Show, die einmal die Woche ausgestrahlt wurde, war zusammengeschnitten aus Aufnahmen dieser Kameras und dem, was die insgesamt drei Kameramänner mit ihren Handkameras filmten.

Kapitän Sol hielt die Hand vor den Mund und flüsterte: «Ich fürchte, Cynthea will mich mit Frau Dr. Jennings verkuppeln.»

«Von wegen, die versucht sie *mir* ans Bein zu binden», entgegnete Warburton.

Nell gab eine Parodie auf die Produktionsleiterin und rief: *«Drama!»*

Plötzlich schrillte ein lauter Piepton über die Brücke, und alles fuhr vor Schreck zusammen.

«Captain», sagte Samir, «ein Notruf, gesendet von einer EPIRB.»

«Himmel, und ich dachte schon, es wäre Cynthea», ächzte Kapitän Sol.

«Eine EPIRB?», fragte Warburton. «Hier draußen?»

«Prüfen Sie das, Sam», sagte Kapitän Sol.

«Was ist das, eine EPIRB?», wollte Nell wissen.

«Eine Notfunkbake», antwortete Warburton und schaute Samir über die Schulter.

«Haben wir die Position?», fragte Kapitän Sol.

«Noch nicht», antwortete Samir. «Aber die nächste Satellitenmeldung müsste …»

«Da ist sie.» Warburton sah hinüber zu Nell.

«Und?», fragte sie.

«Sie werden es kaum glauben.»

Samir wandte sich zu ihr um, freudig überrascht, wie es schien. Sein Lächeln entblößte wunderschöne Zähne.

«Den Koordinaten nach kommt das Signal von Ihrer Insel.»

Nell hüpfte das Herz, als sich Samir daranmachte, den Notruf zu bestätigen.

«Moment … warten Sie. Wieso kommt da plötzlich nichts mehr?», fragte Warburton.

Kapitän Sol stellte sich neben Samir und starrte auf den Navigationsschirm. «Seltsam …»

Warburton nickte.

Nell rückte näher. «Was ist seltsam?»

«Man löst keinen EPIRB-Alarm aus, wenn's nicht wirklich ernst ist», sagte der Kapitän. «Und wenn er einmal ausgelöst ist, hält er so lange an, bis der Akku leer ist, also mindestens achtundvierzig Stunden. Aber dieses Signal nimmt jetzt schon ab.»

«Weg», meldete Samir, als sich das neueste Update auf dem Bildschirm zeigte.

«Verständigen Sie die nächste LUT-Station, Sam. Und Sie, Carl, sollten mal checken, ob die Bake bei der NOAA registriert ist.»

Warburton hatte sich bereits in die Datenbank der National Oceanic and Atmospheric Administration eingeloggt. «Sie ist registriert. O Mann … Sie gehört zu einem Dreißig-Fuß-Segelboot.»

«Was zum Teufel hat so ein Ding hier draußen verloren?» Kapitän Sol schüttelte den Kopf.

Warburton überflog die Informationen. «Der Name der Yacht ist *Balboa Bilbo.* Als Eigner ist ein gewisser Thad Pinkowski aus Long Beach, California, eingetragen. Und jetzt hören Sie sich das an: Die Zulassung der Bake ist schon vor drei Jahren verfallen.»

«Ha!», schnaubte Kapitän Sol. «Ein treibendes Wrack.»

«Es sei denn, die NOAA-Daten sind veraltet», schaltete sich Glyn ein.

«Sehr unwahrscheinlich.»

Samir hielt ein Satellitentelefon ans Ohr gepresst. «Laut LUT sind wir am nächsten dran, Captain. Weil es weit und breit keine Landepiste für Suchflugzeuge gibt, bittet man uns zu reagieren, wenn möglich.»

«Wann könnten wir frühestens zur Stelle sein, Carl?»

«Gegen zwei Uhr morgen Mittag.»

«Wir drehen bei. Sam, melden Sie der Bodenstation, dass wir uns auf die Suche machen.»

«Aye, Sir.»

«Und versuchen Sie über VHF, Verbindung aufzunehmen.»

Kapitän Sol drückte auf einen Knopf und sprach ins Bordmikrofon: «Durchsage an die Besatzung. Wir nehmen Kurs auf Süd und werden früher als geplant an Land gehen, morgen Nachmittag, auf einer unbekannten Insel. Beim Abendessen werde ich Ihnen Näheres bekanntgeben. Weitermachen!»

An Deck wurde gejubelt.

Andy jubelte in seiner Koje, in die er sich schmollend zurückgezogen hatte.

Kapitän Sol wandte sich an Glyn. «Meuterei abgewehrt. Fürs Erste. Tja, Nell, es scheint, die Winde treiben uns in Ihre Richtung.»

Der südliche Horizont rückte in das Panoramafenster. Sol zeigte auf den linken Rand des Navigationsschirms, wo ein kleiner weißer Kreis langsam nach oben wanderte.

Warburton lächelte. «Da ist es, Nell.»

Die Männer traten zur Seite, damit Nell einen Blick auf den Monitor werfen konnte.

«Wer ein absolut unberührtes Ökosystem kennenlernen möchte, ist da an der richtigen Adresse», sagte Glyn.

«Ich schätze, der nächste Landflecken ist an die tausend Seemeilen entfernt», erklärte Samir.

«Zwölfhundert», korrigierte Nell. Ihr Herz schlug so heftig, dass sie fürchtete, die anderen könnten es hören. «Auf dieser Insel könnte jede von Insekten bestäubte Pflanze eine für uns völlig neue Art sein.»

Glyn nickte. «Wenn du denn richtigliegst mit deiner Theorie.»

Das rotierende Turbosegel über der Brücke brachte die Motoren auf Touren.

Nell hatte feuchte Augen bekommen, und die anderen fragten sich schon, ob sie sich von Henders Island vielleicht noch mehr versprach als eine unbekannte Blume.

Alle zuckten vor Schreck zusammen, als aus dem Lautsprecher neben der Kamera über dem Fenster eine Frauenstimme brüllte: «DAS KANN DOCH WOHL NUR EIN SCHERZ SEIN, ODER?»

«Nein, kein Scherz, Cynthea», entgegnete Kapitän Sol.

«SOLL DAS HEISSEN, WIR HABEN TATSÄCHLICH EINEN NOTRUF EMPFANGEN?»

«Ja.»

«CAPTAIN SOL, SIE SIND MEIN HELD! SIEHT'S SCHLIMM AUS?»

Der Kapitän warf Warburton einen gequälten Blick zu. «Es handelt sich wahrscheinlich um ein treibendes Wrack. Aber weil eine Notfunkbake aktiviert wurde, müssen wir nachsehen.»

«SAGENHAFT! DAS BRINGT'S DOCH. NELL – WAS HALTEN SIE DAVON? KOMMT IHNEN GELEGEN, ODER?»

Überrascht blickte Nell auf den Lautsprecher über dem Fenster. «Ja, es wäre schön, sich zur Abwechslung mal wieder der Forschung zu widmen.»

«ERZÄHLEN SIE MIR MEHR ÜBER DIESE INSEL, GLYN», kreischte die elektronisch verstärkte Stimme.

«Nun, nach Nells Auskunft wurde sie 1791 von einem britischen Seefahrer entdeckt. Er ankerte vor der Küste, konnte aber keinen Zugang zur Insel finden. Es gab seitdem nur drei weitere Berichte von einer Sichtung, aber zu einem Landgang ist es offenbar nie gekommen.»

Die Steuerbordluke flog auf. Cynthea Leeds stürmte in ihrem schwarzen Newport-Jumpsuit auf die Brücke.

Alles erstarrte.

«Das gefällt mir. Und wie mir das gefällt!», rief Cynthea. «Großartig. Meine Herren – meine Dame – *Glückwunsch!*»

Cynthea grinste breit, bleckte ihre teuren Zähne und strich sich im mädchenhaften Überschwang die Ponyfransen aus der Stirn. An den Füßen trug sie feste schwarze Pumas mit aufgenähten übergroßen Katzenlogos auf beiden Seiten.

Cynthea war mit ihren fünfzig Jahren außergewöhnlich gut in Form und auf geradezu einschüchternde Weise sexy. Ihre Mutter hatte darauf bestanden, dass sie schon als fünfjähriges Kind Ballettunterricht nahm, was sich in Cyntheas Augen im Nachhinein als die einzige Freundlichkeit ihrer Mutter erwies. Bei einer Körpergröße von eins achtzig (ohne Absätze) hielt sie sich noch immer wie eine Ballerina, obwohl sie der Statur nach besser in den kraftstrotzenden Medienzirkus passte, zu dessen Truppe sie jetzt gehörte.

Auf hoher See wirkte sie lachhaft fehl am Platz wie ein

Einsiedlerkrebs außerhalb seiner Muschel. Aber selbst ihr war klargeworden, dass sie die Spielwiesen der Jugend allmählich würde verlassen müssen.

Cynthea hatte mit zwei Reality-Shows, produziert für MTV, großen Erfolg gehabt. Doch das Haifischbecken, in dem sie sich bewegte, duldete nicht den kleinsten Fehler. Weil sie dann mit der scheußlichen Show *Butcher Shop* auf die Nase gefallen war, hatte sie notgedrungen jenen Job angenommen, für den sich kein anderer Produzent ernstlich interessierte: eine Seereise um die Welt unter vergleichsweise spartanischen Bedingungen.

Sie hatte vor der Wahl gestanden, mitzuspielen oder unterzugehen wie Blei, und so hatte sie sich in Absprache mit ihrem Manager für den Auftrag entschieden.

Sie wusste, dass ihr die Produktion von *SeaLife* vor allem deshalb anvertraut worden war, weil sie ein Händchen dafür hatte, eine Show aufzupeppen, was im Fall dieser eher wissenschaftlichen und langweiligen Expedition besonders wichtig sein würde. Doch im Verlauf der vergangenen drei Wochen waren all ihre Bemühungen, unter seekranken Wissenschaftlern und Wissenschaftlerinnen amouröse Leidenschaften zu wecken, auf klägliche Weise gescheitert.

Würde diese Show aus dem Programm genommen, wäre ihre Karriere beendet. Kein Ehemann, keine Kinder, kein Job: Die Prophezeiungen ihrer Mutter hätten sich erfüllt – was vielleicht noch zu ertragen wäre, wenn es ihre Mutter nicht mehr geben würde. Doch die war putzmunter.

Cynthea presste wie zum Dankgebet die Hände aneinander. «Das kommt doch genau zur richtigen Zeit, Leute. Womöglich hätten wir es bis Pitcairn nicht mehr geschafft, uns vorher gegenseitig umgebracht und aufgefressen. Was wissen Sie sonst noch über diese Insel, Glyn?»

«Das Tolle ist, sie wurde nie erforscht. Nell glaubt –»

«Wann können wir an Land gehen?»

«Morgen Nachmittag», antwortete Glyn, «wenn es denn eine Landungsmöglichkeit gibt und vorausgesetzt, der Captain erteilt uns seine Erlaubnis.»

«Könnten wir also um 17:50 Uhr mit unserer Landung auf Sendung gehen? Sie wären mein *Superheld*, wenn's klappt, Glyn.»

«Möglich. Aber wie gesagt, der Captain hat das letzte Wort.» Glyn zuckte mit den Achseln.

«Glyn, Glyn, Glyn!» Cynthea hüpfte vor Freude. «Wie war das noch mit diesem britischen Seefahrer?»

«Die Insel wurde 1791 von Kapitän Ambrose Spencer Henders entdeckt.»

Nell schmunzelte. Ihr Kollege war sichtlich geschmeichelt, dass Cynthea ihm ihre Aufmerksamkeit zuteilwerden ließ.

Glyn wandte sich zu Nell um. «Aber eigentlich ist Nell diejenige –»

«Wir haben das große Los gezogen, Glyn! Wenn Sie der Mannschaft bitte Bescheid geben würden», sagte Cynthea. «Gleich nach dem Abendessen, bei Sonnenuntergang. Und machen Sie es spannend. Bitte, bitte, bitte.»

Glyn warf Nell einen fragenden Blick zu. Sie nickte, erleichtert darüber, dass er diesen Auftritt übernehmen würde. «Na schön.»

«Kennen Sie Dawn? Die Brünette mit den langen Beinen und dem hübschen Tattoo?» Cynthea deutete auf die Gegend um ihr Steißbein herum. «Ja? Sie hat mir unlängst anvertraut, dass sie britische Wissenschaftler für die attraktivsten Männer überhaupt hält.» Sie beugte sich vor und gurrte Glyn ins Ohr: «Ich glaube, sie sprach von Ihnen.»

Glyns Augen weiteten sich. An Kapitän Sol gewandt, fragte Cynthea: «Lassen Sie uns an Land?» Und wieder hüpfte sie wie ein kleines Mädchen auf und ab. «Bitte, bitte.»

«Einverstanden, Cynthea. Sobald geklärt ist, was es mit dem Notruf auf sich hat.»

«Danke, Captain! Wissen Sie eigentlich, dass Jennings, unsere Ärztin an Bord, ganz verrückt nach Ihnen ist?»

Warburton schüttelte den Kopf.

«Jetzt bräuchten wir nur noch jemanden für Nell», meinte Cynthea. «Wie wär's, Herzchen? Auf welchen Typ Mann stehen Sie eigentlich?»

Nell bemerkte, dass Glyn zum Fenster hinausschaute, hinüber zu Dawn, die auf dem Zwischendeck Yogaübungen machte. Dawn – durchtrainiert und schwarzhaarig (gefärbt) – trug ein senffarbenes Mini-T-Shirt, das den Blick auf ihren braungebrannten Bauch freigab. Über dem Rand des schwarzen Bikiniunterteils zeigte sich eine tätowierte Sonne in Violett und Gelb. «Ich steh nicht auf einen bestimmten ‹Typ›, Cynthea», antwortete Nell. «Und ich bin auch nicht scharf darauf, der ‹Typ› irgendeines Kerls zu sein.»

«Aber Sie müssen doch eine Vorstellung haben, sonst wissen Sie doch nicht, wonach Sie suchen.»

Nell schaute Cynthea in die Augen. «Ich werd's wissen, wenn ich ihn vor mir habe», sagte sie.

«Nun, vielleicht finden Sie ja morgen ein unerforschtes Pflänzchen, dem Sie Ihren Namen geben können.

Und machen Sie dann bitte ein *Drama* draus, uns zuliebe.»

Cynthea drehte sich um und stolzierte davon.

Nell sah wieder auf den Monitor und beobachtete, wie sich die Insel langsam auf die Mitte des Bildschirms zubewegte. Fast hätte sie zu atmen vergessen, so gebannt war sie.

Kapitän Sol beobachtete sie wie ein liebevoller Vater. Er legte ihr die Hand auf die Schulter und sagte: «Man könnte fast von Fügung sprechen, wenn es denn so etwas überhaupt gibt.»

Sie blickte mit vor Freude großen Augen zu ihm auf, langte impulsiv nach seiner kräftigen, braungebrannten Hand und drückte sie.

«Auf den Notfrequenzen immer noch keine Reaktion zu hören», meldete Warburton.

Nell fuhr mit dem Zeigefinger über den blauen Plasmabildschirm bis zu dem weißen Kreis, unter dem in winzigen weißen Buchstaben geschrieben stand:

Henders Is.

19:05 Uhr

In dem mit Elektronik vollgestopften Regieraum im Steuerbordrumpf des Trimarans saß Cynthea vor einer Reihe von Monitoren und folgte den Kameraeinspielungen von Kapitän Sol und Glyn während ihrer Ansprache vor der versammelten Mannschaft, die soeben zu Abend gegessen hatte.

Neben Cynthea saß «Peach» McCloud vor der Konsole, an der die Filmbeiträge bearbeitet und zum Sender geschickt wurden. Die einzigartige audiovisuelle Ausstattung, mit der Peach zur Welt gekommen war, lag versteckt unter einem Wust von Haaren, über den er sich nun ein Headset einschließlich VR-Brille geklemmt hatte.

Cynthea hatte mit Peach bereits in Fort Lauderdale und auf der Insel Santorin zusammengearbeitet, und zwar im Rahmen ihrer live ausgestrahlten MTV-Shows. Dass er ihr auch für *SeaLife* als Techniker zur Seite stehen würde, hatte sie in den Verhandlungen mit dem Sender zu ihrer einzigen Bedingung gemacht. Ohne Peach wäre für sie der Job undenkbar gewesen.

Peach hatte sich einverstanden erklärt, wie immer. Er fühlte sich überall zu Hause, vorausgesetzt, ihm stand eine drahtlose Funkverbindung zur Verfügung. Ob er auf Santorin, auf einem Schiff bei stürmischer See oder in seinem Apartment in Soho war, schien ihm einerlei. Seine natürliche Umgebung bestand aus digitalem Equipment, und solange er das bei sich hatte, war Peach glücklich.

Cynthea konferierte über ihr Headset mit der Programmleitung in New York. Peach steuerte derweil das Mischpult und tippte nach Cyntheas Dirigat mit dem Bleistift einzelne Filmsequenzen ein.

«Wir brauchen diese Überleitung, Jack. In zehn Minuten könnte sie bei euch sein. – Fred, wir gehen morgen auf einer unentdeckten Insel an Land. Das passt super in unsere Rubrik *Unverhofft kommt oft* – wirklich, das ist *der* Aufhänger! Und es wird eine Rettungsaktion geben. Wir reagieren auf ein Notrufsignal.»

Cynthea sah Peach fragend an, der ihr mit einer Geste bedeutete, dass er in zwanzig Minuten senden könnte.

«Peach kann in fünfzehn Minuten senden», flunkerte sie. «Mach uns eine Freischaltung über Satellit, Fred. Ja,

Jack, ich wiederhole: kein Sex. Über vier Wochen wurde fleißig gebumst, aber ich habe es jetzt mit *Wissenschaftlern* zu tun, Jack, also bleib locker, Mann. Wie hätte ich riechen können, dass die Besatzung Ecstasy an Bord geschmuggelt hat? Sei's drum, die Sache ist gelaufen, Fred, und wir können von Glück reden, dass die Medienaufsicht keinen Wind davon bekommen hat, okay? – Ich höre wohl nicht richtig. Willst du mich auf den Arm nehmen? Dann soll doch Barry mal versuchen, Wissenschaftler dazu zu bringen, Sex zu haben. Da bin ich aber gespannt, wie er das hinkriegen will, vor allem wenn an Bord alles um die Wette kotzt. Wenn noch was vom Ecstasy übrig wäre, hätte ich meinen Leuten hier längst ein paar Pillen unter ihren grünen Tee gerührt, Jack. Ich schlage vor, wir kommen auf unsere ursprüngliche Idee zurück – Forschung. Richtig, und *Abenteuer*, Fred, EXAKT! Danke für den Hinweis. Und kein Abenteuer ohne *Romanze*, Jack – ich schwöre, wenn das nicht hinhaut, kannst du meine Hinrichtung übertragen. He, Fred, das würde dir doch gefallen, oder? Also schön, Jungs, ich freue mich, den Weg in eure Herzen gefunden zu haben. Keine Sorge, morgen schreiben wir *Fernsehgeschichte.*»

Cynthea stieß Peach in die Seite. «Geschafft!»

Peach grinste und ließ über den Lautstärkeregler Kapitän Sol zu Wort kommen, der gerade die Besatzung informierte. «Hör mal rein, Boss, es lohnt sich.»

19:05 Uhr

Auf dem Zwischendeck filmte Zero die untergehende Sonne, einen lavendelfarbenen Himmel und zinnoberrote Zirruswolken, gemalt wie vom Pointillisten.

Auf dem Vorschiff waren Tische gedeckt, mit brennenden Kerzen darauf. Ein warmer Wind spielte mit den Flammen. Wissenschaftler und Mannschaft hatten sich den Magen vollgeschlagen mit Pilau-Reis, grünen Bohnen und Mandeln. Alle drei Kameramänner kreisten um die Tische. Es herrschte gespannte Aufmerksamkeit.

Kapitän Sol war aufgestanden und schlug zweimal mit der Gabel an sein Glas. Hinter ihm tauchte die Sonne ins Südmeer.

«Sie haben wohl alle inzwischen bemerkt, dass wir nach Süden fahren», hob der Kapitän an und richtete den rechten Arm in dramatischer Geste nach vorn.

Cyntheas Wunsch entsprechend, schaltete Peach die fest stationierte Kamera über der Brücke auf, die den südlichen Horizont ins Bild rückte, und dann eine andere, die den Bug zeigte, der durch die Wellen pflügte, ehe er wieder auf den Kapitän überwechselte.

«Vor wenigen Stunden haben wir das Signal einer Notfunkbake empfangen, die zu einer unter dem Namen *Balboa Bilbo* registrierten Segelyacht gehört.»

Ein Raunen ging durch die Mannschaft.

«Wir wissen, dass der Yachteigner vor fünf Jahren vor Kaua'i bei schwerer See in Seenot geraten ist und von der US-Küstenwache aus dem Wasser gezogen wurde. Seine Yacht blieb verschollen. Es scheint nun, dass sie vor der Insel im Süden auf Grund gelaufen ist. Wir haben Funkkontakt aufzunehmen versucht, aber keine Antwort erhalten. Da eine Suchaktion aus der Luft nicht möglich ist, sind wir gebeten worden, nach dem Rechten zu sehen.»

Von den Tischen kam stürmischer Beifall.

Glyn räusperte sich. Kameras und Scheinwerfer auf sich gerichtet zu sehen machte den Biologen merklich nervös. «Und jetzt die gute Nachricht: Es hat den Anschein, dass das Signal von einer der ganz wenigen noch unerforschten Inseln auf unserem Planeten gekommen ist.»

Nach einundzwanzig schwer erträglichen Tagen auf See war ein Notruf Grund zum Feiern, und die Aussicht, ein unbekanntes Eiland erkunden zu können, löste allgemeinen Jubel aus.

«Die Insel misst nur etwa drei Kilometer im Durchmesser», erklärte Glyn, ermutigt durch den Applaus. Nell hatte ihm einen Spickzettel vorbereitet, und er las nun vor, was sie aufgeschrieben hatte. «Sie liegt unter dem 40. Breitengrad, in einer tückischen Region, die von Seeleuten als ‹Roaring Forties› bezeichnet und seit zweihundert Jahren von Schiffen gemieden wird. Wir steuern also auf einen Ort zu, der geographisch so entlegen ist wie kaum ein anderer auf dem Planeten Erde. Nur selten hat sich ein Schiff in diesen Teil des Ozeans verirrt. Der Meeresgrund hier ist weniger genau kartografiert als die Marsoberfläche!»

Der Mannschaft gefiel offenbar, was Glyn erzählte. Er fuhr fort:

«Es gibt nur wenige Quellen, die von einer Sichtung dieser Insel berichten, und das einzige Zeugnis eines versuchten Landgangs im Jahr 1791 hat uns Ambrose Spencer Henders, Kapitän der *H.M.S. Retribution*, hinterlassen.»

Glyn schlug Henders' Schiffstagebuch auf, an der Stelle, die vor neun Jahren die Neugier der jungen Studentin Nell geweckt hatte. Trotz der schwer leserlichen Handschrift las er durchaus flüssig:

Hart am Wind, der gegen 5 Uhr in der Früh auf WSW gedreht hatte, steuerten wir gen Westen und entdeckten gegen 7 Uhr eine Insel, die, rund 2 Meilen im Durchmesser, auf keiner Karte verzeichnet ist. Ihre Position: 46° südliche Breite, 135° westliche Länge. Das Wasser ist zu tief, um vor Anker zu gehen. Wir umschifften die Insel, fanden aber nirgends eine geeignete Anlegestelle. Hohe Felsklippen gürten die Insel. Unserer Hoffnungen beraubt, aber nicht willens, noch mehr Zeit aufzuwenden, rief ich alle Mann an ihre Positionen, damit wir unsere Fahrt wiederaufnehmen konnten, als eine halbe Stunde nach 4 am Nachmittag einer unserer Männer eine Felsspalte entdeckte, aus der Wasser rann, erkennbar am dunkler gefärbten Gestein. Mr. Grafton meinte, es sei möglich, die Stelle per Langboot zu erreichen. Ich ließ sofort eines klarmachen und schickte Männer los, um Trinkwasser zu holen.
Von dem Rinnsal in der Spalte füllten wir drei Fässer, verloren dabei jedoch einen unserer treuen Männer, Stephen Frears, einen wackeren Kerl, den wir alle schmerzlich missen werden. Das Risiko, einen zweiten zu verlieren, erschien uns zu hoch.
Auf Drängen unseres Kaplans und überzeugt, dass die Insel weder bewohnt noch für die Banditen der H.M.S. Bounty *zu erreichen sei, drehten wir schweren Herzens bei und nahmen Kurs auf Wellington, wo wir auf einen freundlichen Hafen hoffen.*

Kapitän Ambrose Spencer Henders,
am 21. August 1791

Glyn faltete Nells abgegriffene Kopie zusammen. «Das ist der einzige Bericht einer versuchten Anlandung. Wenn es uns gelingt, einen Zugang zu finden, werden wir die Ersten sein, die Kapitän Henders' vergessene Insel erforschen können.» Glyn lächelte Nell zu.

In den allgemeinen Beifall stimmte auch Copepod bellend mit ein.

«Dann hatten die Stürme am Ende doch was Gutes», sagte Kapitän Sol. «Poseidon hat uns vom Kurs abgebracht, damit wir einem Seefahrer in Not zu Hilfe kommen. Und es bietet sich uns die Chance, einen der letzten weißen Flecken der Erde aufzusuchen. Auf zu neuen Ufern!» Kapitän Sol hob seine geballte Faust in die Luft.

19:07 Uhr

«Gott segne unsern Captain», murmelte Cynthea im Regieraum und tippte mit dem Radiergummiende des Bleistifts mal auf den einen, mal auf den anderen Monitor mit den Bildern ausgelassen fröhlicher Männer und Frauen, die einander zuprosteten. «Wir sollten Glyns Rede ein gutes Stück kürzen und mit Musik hinterlegen.»

«Ja, die war viel zu lang», pflichtete Peach bei.

«Such irgendeinen Shanty raus, so was wie in der *Weiße Hai*, wenn Robert Shaw von Haien und Kriegsschiffen erzählt. Das kommt gut. Und wenn du damit fertig bist, Peach, schick den ganzen Mist nach L. A., bevor die Arschlöcher in New York nein sagen können.» Dann schaltete sie das Mikro ihres Headsets ein und sagte zu den Kameraleuten: «Okay, Jungs, wir sind fertig. Ihr könnt jetzt was essen. Gute Arbeit, danke.»

19:08 Uhr

Die Stimmung war gut, und als die störenden Scheinwerfer ausgeschaltet wurden, gab es höhnischen Beifall.

Nell warf einen Blick auf den nächsten Tisch.

Von seinem Auftritt noch ganz berauscht, hatte Glyn Dawn gegenüber Platz genommen. Er schien ihren Worten besonders aufmerksam zu lauschen.

Nell musste sich angesichts der beiden, die so gar nicht zueinanderpassten, ein Lachen verkneifen. Es sah so aus, als würde Dawn den spröden Engländer bei lebendigem Leib verschlingen wollen.

Zero setzte sich zu Nell an den Tisch und beschlagnahmte einen gefüllten Teller, von dem noch nicht gegessen worden war. Er spießte von dem Granatbarschfilet einen Happen auf die Gabel und sah sein Gegenüber an. «Was hat eigentlich ein Mädchen wie dich veranlasst, Botanikerin zu werden?», fragte er, stopfte sich den Happen in den Mund und warf Copepod ein Stück vom Fisch zu.

Nell lächelte. Sie mochte Zero und freute sich über seine Gesellschaft. An ihrem Eiswasser nippend, überlegte sie sich eine Antwort. «Nun, meine Mutter wurde in Indonesien von einer Qualle getötet. Daraufhin habe ich beschlossen, mich dem Studium von Pflanzen zu widmen.»

Zero blickte verwundert auf. «Im Ernst?», fragte er kauend.

«Natürlich im Ernst», sagte Andy, der wie immer neben Nell saß und sich als ihr Beschützer aufspielte, obwohl er für gewöhnlich von ihr beschützt wurde.

Nell hatte ihn überredet, seine Kabine zu verlassen. Er war jetzt ein wenig unauffälliger zurechtgemacht und trug ein blaukariertes Flanellhemd über einem gelben T-Shirt mit aufgedrucktem Smiley-Gesicht – unterschrieben mit den ganz ernst gemeinten Worten «Have a Nice Day».

Nell drückte Andys Handgelenk und tätschelte Zeros Hand, was sich beide gern gefallen ließen.

«Meine Mutter war Meereskundlerin», erklärte sie. «Sie starb, als ich noch ein Kind war. Ich habe nicht viel von ihr gehabt und sie meist nur im Fernsehen gesehen. Sie war fast ständig auf Reisen und drehte Dokumentarfilme an Orten, die für Kinder zu gefährlich sind.» Sie zuckte mit den Achseln.

«Du bist doch nicht etwa die Tochter von Janet Planet?»

«Hmm, so ist es.»

Der Kameramann grinste übers ganze Gesicht in Erinnerung an die TV-Reihe, auf die er als Junge ganz versessen gewesen war. «Doktor Janet erforscht die wilde Welt», sagte er und imitierte perfekt die Stimme des Sprechers im Intro. «Stimmt's?»

Nell nickte. «Ja. Du erinnerst dich?»

«Na klar. Die ersten Unterwasserbilder in Farbe! So was vergisst man nicht. In meinen Kreisen wird deine Mutter als Pionierin gefeiert. Wie kommt's, dass du nicht Nell Planet heißt?»

Nell lachte. «Unser echter Nachname eignete sich nicht so gut fürs Fernsehen.»

«Du bist also in die Fußstapfen deiner Mutter getreten.»

«Habe mich aber für Botanik entschieden», entgegnete Nell. «Pflanzen sind weniger gefräßig.»

Sie gabelte sich eine grüne Bohne vom Teller und lächelte Zero zu.

Zero schnappte sich ein Glas Eistee vom Tablett, mit dem eine Kellnerin durch die Reihen ging, und prostete Nell zu: «Auf dass wir unsere Ängste bezwingen.»

Nell stieß mit ihm an und legte die Stirn in Falten, als sie zum dunklen Horizont blickte. «So ungefähr.»

23. August

6:29 Uhr

Sie saß vor dem Fernseher, umgeben von bläulichem Licht, und hielt eine seltsame Blume in der Hand.

Auf der bauchigen Mattscheibe zeigte sich ein Bild ihrer Mutter, in einer Khakiuniform und mit einem Helm aus Kokosfasern auf dem Kopf wie eine Witzfigur aus einem Sonntagmorgen-Cartoon in der fahlen Farbpalette der siebziger Jahre – eine kranke Rückblende des Unterbewusstseins.

Hinter ihrer Mutter wogte ein Cartoon-Dschungel aus Blättern, Dornen, Pelzen, Augen und pulsierenden Formen, die sich zu einem wässrigen Körper miteinander vermischten. Der Dschungel gerann zu einem riesigen Gesicht, das schon immer dort zu sein schien. Ihre Mutter stand winkend da, während sich das Maul des Dschungelgesichts hinter ihr öffnete, *wie es das immer tat,* weit und schwarz wie ein mitternächtlicher Himmel.

Nell schrie, lautlos. Der ganze Traum war stumm bis auf das Kratzen ihrer Fingernägel auf Glas. Ihre Mutter streckte immer die Hand aus, reichte aber nicht an sie heran, weil der Bildschirm zwischen ihnen war. Plötzlich fiel Nell ein, dass sie die Scheibe zerbrechen könnte.

Nell schlug mit der Blume wie mit einer Axt auf den Bildschirm ein, und das Monster heulte vor Wut, bis sein Gebrüll von den Pieplauten des Radioweckers neben ihrem Kopf abgelöst wurde.

Nell schreckte auf und stellte den Wecker ab.

Auf den Ellbogen abgestützt, blinzelte sie in graues Licht, das durch die Bullaugen in ihre Kabine fiel. Brust und Nacken waren kühl vor Schweiß.

Aha, dachte sie, als sie sich an den Traum erinnerte; das Monster war also wieder einmal zu Besuch.

Sie hatte schon seit vielen Jahren nicht mehr diesen Traum gehabt, der sie wieder so sehr in Angst und Schrecken versetzte wie damals als Zehnjährige.

Hastig zog sie sich an. Schlüpfer, Jeans, Sport-BH, Socken, ihre ausgetretenen Adidas und die Baseballkappe.

Heute würde sie auf Henders Island eine neue Blume finden und nach ihrer Mutter benennen, die sie dann in einer stillen kleinen Feier hier, fernab von zu Hause, endlich würde beisetzen können.

Und mit der Blume würde sie auch schließlich das Ungeheuer bezwingen, indem sie ihm ein neues, schönes Gesicht gäbe.

12:01 Uhr

Eine Lichtspur glühte am Horizont, dahinter tauchte eine Felsfront auf, wie mit Schnee von einer dicken Schicht Guano bedeckt.

Nell und die anderen versammelten sich auf dem Zwischendeck und schauten der aus dem Meer aufsteigenden Insel entgegen.

«Was für eine Wand!», rief Dante De Santos, der dreiundzwanzigjährige Küchenassistent. Seine kräftigen braungebrannten Arme zierten Tattoos nach Art der Maori. Er hatte Augen wie aus blaugrünem Opal und pechschwarze, straff zurückgekämmte Haare.

Er war, wie Nell wusste, ein leidenschaftlicher Bergsteiger, der darauf brannte, seine Ausrüstung hervorzuholen und in Gebrauch zu nehmen.

«Die schaff ich, kein Problem», sagte er. «Erinnere den Captain daran, mir Bescheid zu geben, wenn er nirgends anlanden kann, okay, Nell?»

Sie lächelte. «Okay, Dante.»

Nach Nells Schätzung war die Felswand doppelt so hoch wie die Freiheitsstatue. Da draußen am Ende der Welt wirkte sie geradezu einsam. Einen Moment lang spürte Nell so etwas wie Beklommenheit.

17:48 Uhr

Der Lärm aufgedrehter Motoren hallte von den Klippen wider, als vier Zodiac-Boote auf eine kleine Bucht in der Steilküste zurasten.

Zwei 150 PS starke Außenbordmotoren trieben das große Schlauchboot an, das mit Jesse am Steuer vorneweg fuhr. Die Passagiere fürchteten um ihr Leben: Geschüttelt vom Auf und Ab der Wellen, hielten sich Nell und Glyn verzweifelt an der Fangleine über den prall aufgeblasenen Schläuchen fest.

Die buntmarmorierten und wie von Farbe übergossenen Felsen ragten über zweihundert Meter senkrecht in die Höhe. Aus einem tiefen dunklen Einschnitt waren Gesteinsmassen ins Wasser gestürzt und bildeten dort eine Art natürliche Mole. Der kräftigen Rot- und Grünfärbung des Gerölls nach zu urteilen, schien der Fels an dieser Stelle erst vor relativ kurzer Zeit aufgerissen zu sein.

Auf der Mole lag angeschwemmt der Rumpf einer

zehn Meter langen Segelyacht, auf der Seite, wie ein geschwollener Walkadaver.

«Die Spalte sieht frisch aus», rief Glyn.

Nell nickte lächelnd. «Vielleicht finden wir darüber einen Zugang.»

Die *Trident* lag vor der Bucht und ankerte an einer der Riffkanten, die mit dem Echolot ausfindig gemacht worden waren. Sie hatten fast die gesamte Insel umfahren und schließlich diesen möglichen Einstieg entdeckt, den sie, wenn sie nur die andere Richtung eingeschlagen hätten, schon nach wenigen Minuten gefunden hätten.

Danach fehlte ihnen die Zeit einer gründlichen Vorbereitung, und so waren sie in die Boote gesprungen und aufs Geratewohl losgefahren.

Im Regieraum hatte Peach eine Satellitenverbindung hergestellt, über die er verschicken konnte, was die Kameraleute in den Schlauchbooten aufnahmen.

Mit wasserdichten Kameras und Sendern mit einer Reichweite von einem Kilometer ausgerüstet, standen sie mit Peach über Funk in Kontakt.

Cynthea stand auf dem Achterschiff und gab ihren Leuten Anweisungen. «Okay, aber immerhin hat die verdammte Insel so was wie einen Strand, und wir sind in einer Minute auf Sendung, Fred. Peach, sag mir, wann der Uplink steht.»

«Two – One – ZERO. Wir sind im Netz», meldete Peach und gab damit das Stichwort für Zeros Einspielung.

Cynthea eilte über den Niedergang nach unten in den Regieraum im Steuerbordrumpf. «Glyn! Glyn? Können Sie mich hören, Glyn?»

17:49 Uhr

Glyn trug einen schnurlosen Clip-on-Kopfhörer am rechten Ohr. Er saß im Bug des Schlauchbootes und ließ die *SeaLife*-Flagge im Wind flattern. Mit seiner Aufmachung – einem orangefarbenen *SeaLife*-T-Shirt, Shorts und Turnschuhen – hatte er alle verblüfft. «Ja, Cynthea, ich höre Sie.»

«Stecken Sie die Flagge in den Strand», brüllte ihm Cynthea so laut in den Kopfhörer, dass Nell jedes Wort verstehen konnte.

Nell strahlte übers ganze Gesicht. Voller Vorfreude auf das, was sie erwartete, wäre sie am liebsten aus dem Boot gesprungen und an Land geflogen.

17:50 Uhr

Auf den Monitoren im Regieraum waren Nahaufnahmen der Felsküste aus drei verschiedenen Blickwinkeln zu sehen, als Cynthea zur Tür hereinplatzte.

Der kleine Zodiac legte als Erster an. Zero und Copepod sprangen an Land. Copepod rannte bellend auf und ab, während Zero ins Wasser zurückwatete und den anderen Schlauchbooten beim Anlegen half.

Von den Decks der *Trident* sah die Mannschaft gespannt dem Geschehen zu.

Andy kam in einem gestreiften Schlafanzug herbeigerannt. «Warum hat mich niemand geweckt?», brüllte er. «Schlimm genug, dass ich die halbe Nacht Wache schieben musste, und jetzt hat man mich nicht einmal rechtzeitig geweckt. Ich bin's leid, ständig verarscht zu werden.»

Andy drehte sich um und sah eine Kamera auf sich

gerichtet. Aus der Gruppe der uniformierten Besatzungsmitglieder schallte ihm Gelächter entgegen. «Leckt mich doch alle!», schrie er.

Cynthea schaltete auf die Kamera, die zeigte, wie Glyn die *SeaLife*-Flagge in den Sand rammte.

«Hiermit nehme ich diese Insel für *SeaLife* in Beschlag!», rief Glyn.

In Wohn- und Schlafzimmern rund um den Globus jubelten die Fans; aus Glyn war auf Anhieb ein Star geworden.

Die Programmchefs schmunzelten, lehnten sich nach einem Monat zum ersten Mal wieder erleichtert zurück.

Millionenfach machte es *«Oooh!»*, als die Regie Dawn ins Bild brachte, die Glyn einen verzehrenden Blick zuwarf, und dann auf Nell schwenkte, der dies gar nicht zu gefallen schien.

Cynthea zwinkerte Peach zu.

«Drama», nickte er.

17:51 Uhr

«Also gut. Sehen wir uns das Boot einmal an», sagte Glyn.

Die Landgänger kletterten über die Geröllhalde.

Zero und die anderen Kameramänner machten Aufnahmen mit ihren leichten schnurlosen Handkameras und funkten die Signale über Sender im Rucksack zur *Trident*. Peach schnitt die Szenen zusammen und speiste sie in die Verbindung zum Satelliten ein, der über Relaisstationen Hunderte von Kabelnetzwerken und Millionen Bildschirme damit fütterte.

Die Gruppe näherte sich dem Bootswrack, das von

einer dicken Muschelschicht überkrustet war. In verblichenen grünen Buchstaben stand auf dem Heckspiegel der Name:

Balboa Bilbo

«Das ist unser Mädchen!», rief Jesse und schlug mit der Faust auf den Rumpf.

Sie gingen um das Boot herum. Das Oberdeck neigte sich ihnen in einem 30-Grad-Winkel entgegen. Mast und Takelage fehlten. Offenbar hatte die Yacht lange im Meer gedümpelt, bevor sie hier auf Grund gelaufen war.

«Schauen wir uns die Sache einmal näher an», improvisierte Glyn und warf einen Blick auf Zero, der abwinkte.

Jesse kletterte aufs Deck.

Glyn und Zero folgten.

Jesse stieg in die Kabine. Die Glasscheiben in den Luken und Fenstern waren zerschlagen. Ein Großteil der Inneneinrichtung schien herausgerissen zu sein. Die Schranktüren waren mitsamt Beschlägen verschwunden. In der Pilotenkanzel entdeckte Jesse die Notfunkbake. Er nahm sie in die Hand.

«Na bitte, die EPIRB. Immer noch eingeschaltet.»

Er richtete die Antenne des zylindrischen gelben Geräts wie einen Pistolenlauf auf Glyn und lachte.

«Was hat das zu bedeuten?», fragte Glyn mit Blick in die Kamera. Zero schwenkte sie schnell von ihm weg.

Jesse sah sich in der verwüsteten Kabine um. «Tja, irgendwie muss das Ding eingeschaltet worden sein, Professor.»

In der Ferne bellte Copepod wie wild.

«Vielleicht hat ein Vogel darauf herumgepickt oder

so.» Glyn deutete auf das zerschlagene Fenster. «Da könnte er reingeflogen sein.»

Jesse schaute in die Kamera und schüttelte den Kopf. «Um eine EPIRB einzuschalten, müssen schon mindestens drei Vögel im Team arbeiten, Spinner», sagte er und zeigte ihm einen Vogel.

Glyn nickte. «Mag sein.»

Nell stand auf einem Felsvorsprung über dem gekrängten Wrack. Die Hand an den Schirm ihrer Baseballkappe gelegt, suchte sie den Fuß der Klippe ab. Links von der Spalte fiel ihr ein violetter Fleck Vegetation ins Auge. Sofort war alles andere ringsum für sie vergessen.

«He, wo ist Copepod?», rief Dawn.

Die Kameramänner schwenkten auf sie ein. Das Bellen war verstummt, der Bullterrier nirgends zu sehen.

Nell sprang über Steine, bis sie den groben rötlichen Sand des schmalen Strandstreifens erreichte, und lief dann weiter auf die Klippen zu. Die Nachmittagssonne traf auf die Felswand und das hellviolette Gewächs an deren Fuß. Nell sah goldene Reflexionen im Sand glitzern. *Katzengold,* dachte sie. Die Felsen schienen jede Menge Pyrit zu enthalten.

Erleichtert stellte sie fest, dass ihr kein Kameramann gefolgt war. Die spannenderen Szenen gab es weiter hinten. Voller Erwartung ging sie schneller.

Außer Atem ließ sie sich vor den violetten Sprossen am Fuß der Klippe auf die Knie fallen.

Was sie sah, erinnerte sie auf den ersten Blick an einen Pfennigbaum, nur waren die Stiele dieser Pflanze gerade gewachsen, unverästelt und von lavendelfarbener Tönung. Die fleischigen Blätter glichen denen von Artischocken und waren an den flaumig behaarten Stellen grün gefärbt. Zu welcher Familie die Pflanze gehören mochte, wusste sie nicht zu bestimmen, geschweige denn Gattung oder Art.

Sie versuchte, ihren Puls zu beruhigen, bemühte ihre taxonomischen Kenntnisse und fürchtete, vor lauter Aufregung Entscheidendes zu übersehen.

Sie streckte die Hand nach der größten Pflanze aus und zupfte eins der stacheligen Blätter ab. Es löste sich wie alter Filz und zerschmolz zu einem Saft, der auf den Fingerkuppen brannte.

Erschrocken schüttelte sie ihre Hand und wischte den blauen Saft an ihrem weißen Hemd ab. Hastig öffnete sie dann die Wasserflasche, die sie bei sich trug, und spülte Hand und Hemd.

Zu ihrer Verwunderung sah sie, dass die Pflanze auf die Berührung wie Seemoos reagierte, ihre blattähnlichen Glieder an den Stängel anlegte und sich in den Boden zurückzog, wofür ein Muskel oder Mechanismus nötig war, den Pflanzen nicht haben.

Sie wollte schon die anderen rufen, als sie eine langgezogene Kolonne weißen Getiers am Fuß der Klippe entlangwandern sah, große, käferartige Wesen, die im gleichmäßigen Abstand voneinander auf einen toten Krebs zusteuerten, schneller als jedes andere Krabbeltier, das sie kannte.

17:52 Uhr

«Copey wird in diese Schlucht gelaufen sein», sagte Jesse.

«Copey!», brüllte Dawn.

«Vielleicht haben sich auch die Schiffbrüchigen dahin

zurückgezogen», spekulierte Glyn. «Wenn es denn welche gab, versteht sich.»

«Natürlich gab es die, Dussel», entgegnete Jesse und schlug kopfschüttelnd mit der Faust auf den Rumpf. «Wer hätte die Yacht wohl sonst auseinandergenommen und die Bake eingeschaltet?»

Cynthea meldete sich auf Glyns Frequenz. «Los, Glyn, Beeilung. Wir sind nur noch sieben Minuten auf Sendung.»

«Auf geht's», sagte Glyn.

Cynthea tippte mit ihrem Bleistift auf den Monitor von Kamera zwei.

«Jawoll!», rief Jesse und hob die Faust wie zum Angriff.

Die drei Kameramänner setzten den fünf Wissenschaftlern und sechs Crew-Mitgliedern nach, die über die natürliche Mole auf die Felskluft zuhasteten.

17:53 Uhr

Nell griff nach einer von der Sonne gebleichten Bierdose, die es an diese Küste verschlagen hatte, und blockierte damit den Pfad der Käfer.

Eins der Tierchen kippte auf die Seite und lag wie eine Scheibe, weiß und wächsern, reglos im Sand.

Nell warf die Bierdose weg und schaute genauer hin. Am Rand der im Durchmesser zwei Zentimeter großen Scheibe staken etliche Beinchen hervor, paarweise angeordnet, die nun zu strampeln anfingen und den platten Körper wie ein Frisbee über den Sand wirbeln ließen.

Eine Vielzahl weißer Käfer rottete sich vor ihr zusammen. Sie kamen wie kleine Räder auf sie zugerollt. Innerhalb von Sekunden hatten sich Dutzende versammelt. Plötzlich schwärmten sie aus wie zur Vorbereitung auf einen Angriff.

Nell richtete sich auf und wich ein paar Schritte zurück. So was gibt's doch nicht, dachte sie.

Sie sah sich nach den anderen um. Aber sie waren verschwunden.

Sie rannte auf die Kluft zu und brüllte: «Zurück! Weg hier!»

17:54 Uhr

Vom Regieraum aus beobachtete Cynthea den Einstieg des Suchtrupps in die enge Schlucht, deren steil aufragende Wände sich im Dunst weit oben verloren. Das Licht der schräg einfallenden Nachmittagssonne umriss die Schlagschatten der Klippen in harten Konturen. Wasser tröpfelte herab.

Auf dem Anstieg über natürliche Steinstufen nahm Glyn beide Arme zu Hilfe, um Dawn hinaufzuhelfen, unter deren tiefgeschnittener Jeans das hübsche Tattoo am Steiß zum Vorschein kam.

«He, alle mal hergucken!», rief Jesse. «Dawns Spalte!»

Peach wechselte nach Cyntheas Anweisungen von einer Kamera zur anderen. «Sagenhaft, Boss.»

«Unsere Rettung, Peach», bestätigte sie.

20:44 Uhr EDT

Auf dem wandmontierten 55-Zoll-Flachbildschirm in seinem Büro in Manhattan sah Jack Nevins zufrieden zu, wie Glyn Dawn über einen Felsblock half.

«Das hat was, Fred», sagte er in sein Handy.

Fred Huxley saß im Büro nebenan, ebenfalls vor einem Fernseher. Er hatte sich gerade eine Cohiba angesteckt. «Das ist der HAMMER, Jack!»

«Ich würde sagen, das Luder hat uns aus der Patsche geholfen.»

«Ich könnte sie küssen.»

«Ich könnte sie ficken.»

«Die Alte hat einen Superriecher.»

«Die nächsten Folgen werden der Renner sein, Baby Fred.»

«Sie werden einschlagen wie eine Bombe, Bruder Jack.»

17:57 Uhr

Der Suchtrupp verteilte sich auf einem Felssims, hinter dem sich die Kluft weiter öffnete. Üppige Vegetation klebte an den Wänden. Seltsame violette Flechten lösten sich unter den Füßen in Schmier auf.

Wie ein Füllhorn voller Pflanzen erstreckte sich vor ihnen der Tunnel, an dessen Ende fahles Licht schimmerte, durchschnitten von Strahlen der untergehenden Sonne.

«Nell, du hast uns in den Mutterschoß zurückgeführt», murmelte Glyn.

Manche der großen, glänzenden Pflanzen sahen aus wie Kakteen, andere wie Korallen. Ein buntes, zitterndes Laubdach breitete sich über ihnen aus. Die Luft schmeckte süß und duftete nach Blüten und Mehltau; darunter mischte sich ein schwefeliger Hauch.

Glyn warf einen skeptischen Blick nach oben. Schweißperlen rannen ihm durch die Brauen und brannten in den Augen. Der anstrengende Anstieg hatte ihn kurzatmig gemacht. Was er für bunte Blätter gehalten hatte, sah auf den zweiten Blick aus wie eine Kolonie von vielfarbigen Pilzen, die aus einem weitgespannten Zweiggeflecht wucherten. «Augenblick», keuchte er und wischte sich die Augen.

«Ja, verschnaufen wir kurz», sagte Zero.

Die «Pflanzen» und «Bäume» waren strahlenförmig belaubt wie Agaven, Yuccas oder Palmen, trieben aber eine Vielzahl von Ästen, die wie im Wind schwankten, obwohl sich kein Lüftchen rührte.

Ein sonores Brummen und Schnarren wurde laut wie aus tiefgestimmten Trillerpfeifen. Das Grün des Tunnels nahm eine violette Färbung an und kräuselte sich, wie von einem starken Windstoß in Wallung gebracht.

«He!», brüllte Jesse so laut, dass alle vor Schreck zusammenfuhren. «Die Pflanze bewegt sich, Mann!»

Jesses Stimme hallte aus den Tiefen der Schlucht ein ums andere Mal wider. Schlagartig verstummte der Insektenchor. Bis auf das Rauschen der Brandung in der Ferne war es plötzlich absolut still in der Schlucht.

Von Zeros Kamera zufällig eingefangen, huschte ein Schatten über die Zweige hinweg.

Der Chor setzte wieder ein und schwoll noch lauter an als zuvor.

Dawn stieß einen Schrei aus. Nadelförmige Dornen, die an dünnen Schlingen von einem Baum herabhingen, hatten sich ihr in die nackte Haut über dem Hosenbund gebohrt. Vor den Augen der anderen schleuderte ihr der Baum drei weitere Dornen in den Nacken.

Die durchsichtigen Schlingen verfärbten sich rot.

Schreiend rannte sie auf die anderen zu. Aus den gerissenen Schlingen tropfte ihr Blut.

Glyn sah, wie sich die Zweige über ihn herabsenkten. Dann nahm er am Rand seines Gesichtsfelds eine andere Bewegung wahr. Eine Welle dunkler Schemen stürzte durch den Tunnel auf die Gruppe zu.

Wenige Augenblicke später verspürte er einen scharfen Biss in der Wade. «Scheiße!», schrie er und blickte auf seine käsig weißen Beine, die seit Wochen zum ersten Mal unbedeckt waren, weil er sich darauf eingelassen hatte, für den Landgang diese blöden Chino-Shorts zu tragen. Erst auf den zweiten Blick erkannte er, was ihn da attackiert hatte: Auf seiner linken Wade klebte eine weiße, tellerförmige Spinne.

Als er mit der Hand ausholte, um sie abzuschlagen, sah er, wie Hunderte winziger Ebenbilder aus dem Rücken der Spinne hervorschwärmten. Gleichzeitig platzte seine Wade auf, und noch bevor sich die Wunde mit Blut füllen konnte, waren weitere weiße Scheibentiere darüber hergefallen.

Glyn hatte nicht einmal Zeit zu schreien, denn schon flog ihm etwas entgegen, das einen schrillen Pfiff ausstieß.

Als er den Kopf hob, sah er ein Tier von der Größe eines Wasserbüffels aus der Tunnelöffnung herbeistürmen.

Zero schwenkte die Kamera weg, als Glyn aufschrie und das Biest sein Maul aufriss, so groß wie das eines Flusspferdes, aber mit senkrecht verlaufenden Kieferknochen, und den Biologen zu fassen bekam. Krachend fuhren ihm die glasklaren Zähne durch die Knochen und zerschnitten den Körper des Engländers auf Höhe des

Solarplexus. Helles Arterienblut spritzte aus dem pumpenden Herzen zehn Meter weit über Zeros Hemd und Kameraobjektiv.

Zero senkte die Kamera und sah einen Zyklon aus kreischenden und schnarrenden Tieren über den Rest von Glyns Leiche herfallen.

Fliegende Käfer und weiteres Getier folgten, attackierten die ganze Mannschaft, die schreiend zu fliehen versuchte.

Zero schleuderte seine Kamera den Angreifern entgegen; einige wenige, an denen sie vorbeiflog, wirbelten herum und jagten ihr nach.

In heilloser Flucht machte er kehrt und sprang im Zickzackkurs über Steine und Geröll nach unten auf den Ausgang der Schlucht zu.

17:58 Uhr

Cynthea, Peach und die halbe Welt sahen nur noch jäh verrissene Bilder.

«Scheiße!», brüllte jemand, worauf ein entsetzliches Knacken laut wurde.

Übersteuerte Schreie gellten aus den Lautsprechern. Eine der Kameras fiel zu Boden. Blut und blaue Flüssigkeit spritzten aufs Objektiv.

Die Zuschauer weltweit hörten nur noch die Schreie; die Bildschirme waren plötzlich schwarz geworden.

Cynthea schaltete auf die letzte verbliebene Kamera, als ihr gerade ein Schatten entgegenflog. Dann schien auch diese Kamera zu fallen und von wimmelnden Schemen eingeschwärzt zu werden.

«Wir haben keinen Uplink mehr, Boss», sagte Peach.

Einhundertzehn Millionen Menschen saßen vor ihren Fernsehgeräten, als die letzte Übertragung abrupt beendet wurde.

Cynthea starrte auf die Bildschirme. «Großer Gott!»

20:59 EDT

«Wir sind erledigt», sagte Jack Nevins.

«Das war's, Buddy», entgegnete Fred Huxley und drückte seine Cohiba aus.

18:01 Uhr

Nell hüpfte über Geröllsteine auf die Schlucht zu, als Zero in der schmalen Öffnung auftauchte und auf sie zurannte. Sein graues T-Shirt war rot und blau verschmiert. Er hatte weder seine Kamera bei sich noch den Rucksack mit Sender.

Nell rief ihm etwas zu, doch er rannte an ihr vorbei, die weit aufgerissenen Augen starr nach vorn gerichtet. Instinktiv lief sie ihm nach, blieb aber nach wenigen Schritten stehen und blickte zurück in den dunklen Felsspalt.

Aus dem Schatten im Inneren trat ein Lebewesen zum Vorschein, das wie ein Hund aussah.

Es schnupperte am Boden und schien Zeros Fährte zu folgen. Als es auf einen von der Sonne beschienenen Felsbrocken sprang, leuchtete sein Fell hellrot auf. Es war kein Hund. Allein die Größe passte nicht. Es war mehr als zweimal so groß wie ein Bengalischer Tiger.

Das Tier blickte sie an.

Nell schreckte zurück, machte auf dem Absatz kehrt und stolperte um das Wrack der Segelyacht herum.

Sie sah das kleinere Schlauchboot am Strand und hastete darauf zu.

Zero war ins Wasser gesprungen und schwamm der *Trident* entgegen.

Ohne sich noch einmal umzudrehen, rannte Nell über den feuchten Sand, erreichte das Schlauchboot und schob es ins Wasser, sprang hinein und stemmte die Füße gegen den Heckspiegel.

An der Starterleine zerrend, sah sie zurück.

Drei Bestien sprangen über die Felsen herbei.

Von dem gestreiften Fell abgesehen, hatten sie kaum etwas mit Säugetieren gemein. Mit ihren sechs Beinen erinnerten sie vielmehr an Spinnen. Die kräftigen Hinterläufe katapultierten sie mit jedem Sprung fünfzehn Meter weit über den Sand.

Endlich sprang der Motor hustend an, und das Schlauchboot jagte über die Wellen. Die drei Tiere wichen im Krebsgang vor der Brandung zurück, erhoben sich zur vollen Größe und sperrten die Mäuler auf – Kieferpaare, die sich zur Seite hin öffneten. Ihre Schreie klangen wie Sirenengeheul und hallten von den Felsen wider.

Nell warf einen Blick zurück und sah, wie sie mit weiten Sätzen in Richtung Felskluft davonsprangen.

Sie starrte nach oben auf den Überhang der Klippen, und es verschlug ihr den Atem. Das Schreckgespenst ihrer Kinderträume nahm in den Felsen Gestalt an, als habe es die ganze Zeit nur auf diese Begegnung mit ihr gewartet.

Ihr schwindelte, der Magen krampfte. Sie erbrach sich.

Keuchend spülte sie Gesicht und Mund mit salzigem Wasser. Mit diesem Schauerbild war, das wusste sie, kein

Frieden zu schließen; es ließ sich nicht in ein schönes Gesicht oder eine Blume verwandeln, geschweige denn besänftigen. Sie würde dagegen kämpfen müssen. Bittere Tränen liefen ihr über das Gesicht, als sie das Schlauchboot auf Zero zusteuerte.

Rufend machte sie ihn auf sich aufmerksam. Er streckte die Hand nach ihr aus. Sie griff ihm unter die Arme und half ihm ins Boot.

24. August

12:43 Uhr

Die vor den Mund geschnürte OP-Maske dämpfte Geoffrey Binswangers überraschtes Lachen. In kindlicher Freude blinzelte er.

Ein Laborant bog den Schwanz eines großen Pfeilschwanzkrebses nach oben und führte eine Injektionsnadel durch die offengelegte Falte direkt in die Herzkammer des lebenden Fossils. Die klare Flüssigkeit, die durch die Kanüle rann, verfärbte sich im Auffangbecher blassblau. Die Farbe erinnerte Binswanger an eine Limonade von Gatorade.

Der Direktor der Associates of Cape Cod Laboratory in Woods Hole, Massachusetts, hatte Geoffrey eingeladen, um ihm vorzuführen, wie sein Institut das Blut von Pfeilschwanzkrebsen extrahierte. Weil nicht eisen-, sondern kupferhaltig, wurde das Blut, wenn es mit Sauerstoff in Verbindung kam, blau statt rot.

Geoffrey war längere Zeit als Gastforscher an der Woods Hole Oceanographic Institution, kurz WHOI (von den Einheimischen «hooey» genannt), tätig gewesen, hatte aber noch nie das Laboratorium der Cape Cod Associates von innen gesehen. An diesem Tag war er zum ersten Mal auf seinem metallic grünen Q-Pro-Fahrrad über die drei Kilometer auf der Route 28 zu der Einrichtung geradelt, die in einem Wald aus Weymouthskiefern, Weißeichen und Birken versteckt lag.

Geoffrey trug einen kastanienbraunen OP-Kittel über seiner Biker-Montur, eine sterile Papierhaube, unter die er seine Dreadlocks gestopft hatte, Gummistiefel und Latexhandschuhe. Ähnlich gekleidete Laboranten fischten aus blauen Kunststofffässern zappelnde Gliederfüßler und spannten sie in Halterungen ein, die auf den vier Werkbänken befestigt waren.

«Ich hoffe, die Prozedur tut den Tierchen nicht weh», sagte Geoffrey.

«Nein», erwiderte der Laborant, dem die Aufgabe zugefallen war, den Gast durchs Haus zu führen. «Wir entnehmen ihnen nur ein Drittel ihres Blutes und werfen sie dann zurück ins Meer. In ein paar Tage haben sie sich wieder erholt. Viele von ihnen geraten früher oder später in die Netze von Trawlern, um schließlich als Fischköder zu enden. Es ist also sinnvoll, wenn einige davon uns wieder zur Verfügung gestellt werden. An den Narben vieler dieser Exemplare ist zu erkennen, dass sie schon ein- oder zweimal Blut gespendet haben.»

Geoffrey wusste, dass es sich bei den primitiven Lebewesen, die da aufgereiht vor ihm auf den Edelstahltischen lagen, nicht wirklich um Krebse handelte. Sie sahen aus wie riesige Triboliten aus dem Paläozoikum. Urzeit und Hightech kamen hier zusammen. Aber was war nun was?, fragte sich Geoffrey. Diese niedere Lebensform war im Grunde sehr viel weiter entwickelt als die fortschrittlichste Technologie. Mit großem Aufwand an Gerätschaften und Fachwissen wurde hier lediglich versucht, den Geheimnissen dieser scheinbar primitiven Organismen auf die Spur zu kommen, um sie nutzbar zu machen.

«Wie ist ihr wissenschaftlicher Name?», fragte Geoffrey.

«*Limulus polyphemus.* Ich glaube, übersetzt heißt das ‹schielender einäugiger Riese›.»

«Offenbar nach Polyphem benannt, dem Ungeheuer, mit dem Odysseus auf der Insel der Zyklopen kämpfte.»

«Echt?»

«Wie alt können sie werden?»

«An die zwanzig Jahre.»

«Tatsächlich? Und wann werden sie geschlechtsreif?»

«Ungefähr mit acht oder neun Jahren, glauben wir.»

Geoffrey nickte und notierte die Daten im Stillen.

«Unser Labor wurde eigens zu dem Zweck eingerichtet, den Krebsen Blut abzuzapfen, um daraus dann das sogenannte Limulus-Amoebocyten-Lysat oder kurz: LAL zu destillieren, ein besonderes Protein, das gefährliche Endotoxine von Bakterien wie zum Beispiel die der Kolibakterien bindet.»

Geoffrey schaute in ein Fass voller Krebse. Das meiste von dem, was ihm gesagt wurde, war ihm schon bekannt, doch er wollte dem jungen Laboranten ein freundlicher Zuhörer sein. «Endotoxine kommen häufig in unserer Umwelt vor, nicht wahr?», fragte er.

«O ja», antwortete der junge Mann. «Normalerweise bestehen sie aus Resten von Bakterien, die frei in der Luft herumschwirren. Schädlich werden Endotoxine erst dann, wenn sie in den Blutkreislauf gelangen. Leitungswasser ist zwar gefahrlos trinkbar, könnte aber zu ernsten gesundheitlichen Problemen führen, wenn man es zum Beispiel intravenös injiziert. Gleiches gilt für destilliertes Wasser, wenn es abgestanden ist.»

«Wie wird LAL destilliert?»

«Wir zentrifugieren das Blut der Krebse, um die Zellen zu isolieren, brechen diese dann per Osmose auf und extrahieren das Protein, das den für uns wichtigen Wirkstoff enthält. Zur Gewinnung einer Menge von einem Gramm Lysat braucht man circa hundert Kilo Blutzellen.»

«Warum haben diese Krebse eigentlich einen so ausgeklügelten Schutz gegen Bakterien?»

«Nun, sie schwimmen in schlammiger Brühe», antwortete der Laborant.

Geoffrey nickte. «Verstehe.»

«Sie haben kein Immunsystem ausgebildet und würden an jeder kleinen Infektion sterben, wenn sie diesen Schutz nicht hätten.» Der Laborant entfernte die Injektionsnadel, nahm das Tier aus seiner Halterung und drückte ihm wieder den Schwanz nach unten. Dann legte er es zurück in das Fass. «Früher wurde statt des LAL-Tests der sogenannte Kaninchenfiebertest angewendet, um festzustellen, ob in Medikamenten oder Impfstoffen bakterielle Verunreinigungen enthalten sind.» Der Laborant fischte einen neuen Spender aus dem Fass und reichte ihn einem seiner Kollegen. «Wenn das Kaninchen Fieber bekam oder starb, war daraus zu schließen, dass die verabreichte Probe Endoxine enthielt. Seit 1977 werden Medikamente, Injektionslösungen und alles, was mit menschlichem oder tierischem Blut in Berührung kommt, mit dem Lysat unserer Limulidae getestet. Wenn das Protein klumpt, wissen wir, dass ein Problem vorliegt. Mit diesem Mittel konnten schon Millionen von Leben gerettet werden.»

«Nicht zuletzt Kaninchenleben, vermute ich.»

Der Laborant lachte. «Ja, genau.»

Geoffrey berührte die harte rötliche Schale eines der Krebse. Sie fühlte sich an wie die Oberfläche von Tupperware. Als der Laborant ihm ein auf den Rücken gelegtes Exemplar reichte, lachte er nervös.

Vorsichtig nahm er das Tier entgegen. Zu beiden Seiten des Mundraums in der Mitte kraulten fünf Beinpaare durch die Luft, vier davon mit Scheren bewehrt. Geoffrey hütete sich davor, mit ihnen in Berührung zu kommen.

«Keine Sorge, sie sind harmlos. Und dabei sehr robust. Einer unserer Wissenschaftler behauptet, dass er einmal einen dieser Krebse in seinen Kühlschrank gelegt und vergessen hat. Als er ihn zwei Wochen später endlich rausholte, lebte er immer noch und strampelte mit den Beinen.»

Geoffrey sah mit kindlichem Vergnügen zu, wie der Gliederfüßer seinen Schwanzstachel aufrichtete und die sogenannten Buchkiemen entblößte, plattenförmige Gebilde in der Nähe der Schwanzwurzel. «Herrje, was für ein Ungetüm!»

«Als ich hier anfing, dachte ich noch, dass nur Außerirdische in Science-Fiction-Filmen zehn Augen und blaues Blut haben können.» Der Laborant lachte. «Diese Kerle hier haben sogar am Schwanz ein lichtempfindliches Auge.»

«Die Natur hat jede Menge unterschiedlicher Blutfarbstoffe hervorgebracht.» Geoffrey musterte die Mundöffnung in der Mitte der Unterseite; sie erinnerte ihn an die der urzeitlichen *Anomalocaris*, jener Arthropoden, die während der ersten kambrischen Explosion komplexen Lebens vor einer halben Milliarde Jahre die Meere beherrschten. Was ihn auch verblüffte, war die Farbe dieses Tieres. Sie entsprach in etwa dem ins Rötliche spielenden Grün der fossilen Triboliten, die er als Junge am kalifornischen Marble Mountain gesammelt hatte. Ja, die

Pfeilschwanzkrebse waren in der Tat lebende Fossilien. «Die Vielborster haben violettes und grünes Blut», sagte er, «gelbgrünliches Blut die Seegurken. Krebse, Hummer, Kraken, Tintenfische und nicht zuletzt Asseln, die mit diesen Tieren hier verwandt sind, haben alle blaues Blut, weil es Kupferionen enthält.»

Der Laborant legte die Stirn in Falten. «Kann es sein, Dr. Binswanger, dass Sie mir die ganze Zeit etwas vorgemacht haben und sehr viel besser Bescheid wissen als ich?»

«Nennen Sie mich Geoffrey. Nein, ich habe eine Menge von Ihnen gelernt», versicherte er. «Solche Tiere habe ich noch nie gesehen. Danke, dass Sie mir diese Einblicke gewährt haben.»

«Keine Ursache. Haben Sie gestern Abend *SeaLife* gesehen?»

Geoffrey verzog das Gesicht. Er war an diesem Tag nun schon das vierte Mal danach gefragt worden. Zuerst von seiner attraktiven Nachbarin, als er sein Häuschen verlassen hatte. Dann von Sy Greenberg, einem alten Studienfreund, der am Marine Biological Laboratory die Neuriten von Tintenfischen erforschte und ihm dieselbe Frage gestellt hatte, als sie sich in der Nähe der Steamboat Authority auf dem Fahrrad begegnet waren. Und zuletzt der Hafenmeister vom WHOI, als er vor seinem Büro in der Water Street sein Fahrrad abgeschlossen hatte.

«Ähm, nein», antwortete Geoffrey. «Warum?»

Der Laborant schüttelte den Kopf. «Ich hätte Sie sonst gefragt, ob man ernst nehmen kann, was da gezeigt wurde.»

Das hatten auch die anderen drei gesagt. Fast wortwörtlich.

In diesem Moment klopfte es an der Fensterscheibe des Reinraums. Im Flur dahinter stand Dr. Lastikka, der Laborchef, der die Führung organisiert hatte. Er gab Geoffrey mit einer Handbewegung zu verstehen, dass er am Telefon verlangt wurde.

«Oje, meine Mittagspause. Na schön, wir sind eh jetzt durch.» Geoffrey gab dem Laboranten den Pfeilschwanzkrebs zurück. Er bedankte sich noch einmal bei ihm. «Es hat mir sehr gefallen.»

«Halten Sie heute Abend Ihre Vorlesung, Dr. Binswanger … ähm, Geoffrey?»

«Ja, sicher.»

«Dann komme ich.»

«Ich werde Sie ohne Maske nicht wiedererkennen.»

«Dann trage ich eine.»

«Gut.» Geoffrey nickte.

Genau das gefiel ihm an Woods Hole so gut: das allgemeine Interesse an der Wissenschaft, gerade auch seitens der Anwohner. Woods Hole war wohl, wie er glaubte, die neugierigste und am besten unterrichtete Gemeinde überhaupt. Und wie an keinem anderen Ort wurden Wissenschaftler so sehr geschätzt wie hier. Zu seinen abendlichen Vorträgen kam immer die halbe Stadt, und anschließend ging man in die Kneipe, um über das Gehörte zu diskutieren.

Geoffrey verließ den Reinraum durch die Schleusentür. Nachdem er Kappe und Maske abgelegt hatte, drückte ein Assistent ihm das Telefon in die Hand. «Hier Geoffrey.»

«Da bist du ja, *El Geoffe.*»

Es war Angel Echevarria, der Kollege, mit dem er sich sein Büro am WHOI teilte. Angel erforschte Stomatopoden und setzte damit die Arbeit seines Vorbildes Ray

Manning fort, der auf diesem Gebiet Pionierarbeit geleistet hatte. Angel hatte ihm am Morgen eine Nachricht hinterlassen und ihm mitgeteilt, dass er erst später ins Büro zurückkommen werde. Jetzt schien er ganz aus dem Häuschen zu sein.

«Geoffrey! Geoffrey! Hast du das gesehen?»

«Was? Und beruhige dich mal, Angel.»

«Du hast doch hoffentlich *SeaLife* gesehen, oder?»

Geoffrey stöhnte. «Solche Shows guck ich mir nie an.»

«Aber es sind immerhin Kollegen dabei.»

«Ja, als Touristen, die auf der Osterinsel und den Galapagosinseln Urlaub machen. Ziemlich billig, für meinen Geschmack.»

«Aber du hast davon gehört, oder?»

«Ja ...»

«Weißt du auch von dieser Katastrophe? Die halbe Mannschaft ist draufgegangen.»

«Was?! Das ist eine Fernsehshow, Angel. Das ist doch alles inszeniert ...» Geoffrey pellte sich aus dem Schutzanzug und nickte einer Assistentin dankend zu, die ihm ihre Hilfe anbot.

«Es ist eine Reality-Show», betonte Angel.

Geoffrey lachte.

«Ich habe die Sendung aufgenommen. Du musst sie dir ansehen.»

«Wenn du meinst ...»

«Komm her! Und bring Sandwiches mit.»

«Na schön. Wir sehen uns in einer halben Stunde.» Geoffrey legte auf. Die Assistentin hielt seinen Schutzanzug über dem Arm.

«Haben Sie gestern Abend *SeaLife* gesehen, Dr. Binswanger?», fragte sie.

13:37 Uhr

Geoffrey betrat das Büro, das er sich mit Angel teilte, und winkte mit einer Tüte voller Sandwiches, die er unterwegs bei *Jimmy's* gekauft hatte. «Wir können essen …»

Eine Gruppe von Kollegen gab ihm zu verstehen, leise zu sein. Sie waren gekommen, um Angel dabei zuzusehen, wie er seinen Fangschreckenkrebs fütterte.

Wie diese Stomatopoda ihre Beute jagte, war wirklich ein Schauspiel.

Geoffrey legte die Tüte ab und nahm den Helm vom Kopf. Angel hatte das große Salzwasseraquarium mit einer dicken Schicht Korallenkies ausgelegt und eine orientalisch anmutende Keramikvase darauf platziert, auf der ein Tiger dargestellt war. Die Vase ruhte auf der Seite; ihre Öffnung zeigte auf die Rückwand des Aquariums.

Angel hielt eine Blaukrabbe mit einer Pinzette gefasst. «Die habe ich von Don. Danke, Don.»

«Dass ich sie dir gegeben habe, bedaure ich bereits», sagte Don und schob seine Brille über den Nasenrücken nach oben.

«Whoa!», riefen einige, als Angels Liebling aus der Vase auftauchte.

«Banzai!» Angel ließ das unglückliche Krustentier ins Aquarium fallen. Alle schauten fasziniert zu.

Einem urzeitlichen Drachen gleich glitt das über zwanzig Zentimeter lange, gegliederte Lebewesen durchs Wasser. Die lamellenartig überlappten Thoraxsegmente schillerten wie Jade und bewegten sich in eleganter Abstimmung mit der komplizierten Schrittfolge der zahlreichen Beine. Die auf Stielen sitzenden Augen blickten in unterschiedliche Richtungen.

«Da kommt sie», flüsterte Don.

Mit eingezogenen Beinen sank die Blaukrabbe nach unten. Als sie ihren Fressfeind bemerkte, suchte sie sofort hinter der Vase Deckung. Doch schon hatte der Räuber mit seinen kräftigen Fangarmen zugeschlagen, so schnell, dass das menschliche Auge der Bewegung nicht folgen konnte. Die Krabbe trudelte zurück. Ihr Kopfpanzer war zwischen den Augen zerschmettert.

Der Fangschreckenkrebs packte seine Beute und schaffte sie in die Vase.

Die Zuschauer waren merklich beeindruckt.

«Das, meine Freunde, war ein Beispiel der erstaunlichen Fähigkeiten der Stomatopoden.» Angel klang wie ein Zirkusdirektor. «Die Durchschlagskraft ihrer Fangarme lässt sich mit der eines Kleinkalibergeschosses vergleichen. Ihre Augen sehen Millionen Farben mehr als unsereins und können sich unabhängig voneinander fokussieren. Kein anderes Lebewesen auf der Erde hat so schnelle Reflexe. Dieses Wunder der Natur ist so einzigartig, dass es von einem fremden Planeten zu stammen scheint. Und wer weiß? Vielleicht wird es uns eines Tages aus unserem Lebensraum verdrängen. *Bon appétit,* Freddie.»

«Apropos, *Jimmy's* bittet zu Tisch», sagte Geoffrey.

«Wird aber auch Zeit», meinte eine der Labormitarbeiterinnen.

«Schön, dass du endlich da bist», erwiderte Angel in Geoffreys Richtung. «Ich muss dir was zeigen.»

Auf einem der Labortische stand ein Computermonitor, eingeschaltet auf einen Kabelsender, der Nachrichten übertrug. Der Ton war heruntergedreht. Hinter dem Nachrichtensprecher sah man das Logo von *SeaLife.*

Als die Sandwiches verteilt waren, drehte Angel die Lautstärke auf.

«Ihr Durchmesser beträgt nur etwa drei Kilometer, aber wenn wahr ist, was vor drei Tagen von dort übertragen wurde, könnte die Entdeckung dieser Insel nach Meinung einiger Wissenschaftler ebenso bedeutungsvoll sein wie Charles Darwins Reise zu den Galapagosinseln vor fast zweihundert Jahren. Andere äußern die Vermutung, dass das Drama von SeaLife *inszeniert wurde. Gestern Abend präsentierte die Show Liveaufnahmen von einer Insel, die von entsetzlichen Ungeheuern bewohnt zu sein scheint. Angeblich sollen ihnen mehrere Mitwirkende an dieser Show zum Opfer gefallen sein. Die Programmleitung hat sich dazu bislang noch nicht geäußert. Ich freue mich, einen Experten begrüßen zu dürfen, und bitte Dr. Thatcher Redmond um eine Stellungnahme.»*

Im Labor wurde ein abfälliges Stöhnen laut, als die Kamera auf den Studiogast schwenkte. Thatcher Redmond trug eine Cargo-Weste, die sein Markenzeichen war wie auch der rote Schnauzbart und die buschigen Favoris.

«Dr. Redmond, ich darf Sie zunächst beglückwünschen zu dem Erfolg Ihres Buches The Human Effect *und zur Verleihung des Tetteridge Award, der Ihnen gestern zuerkannt wurde, völlig zu Recht, wie ich finde. Und vielen Dank, dass Sie sich bereit erklärt haben, auf unsere Fragen zu antworten»*, sagte der Nachrichtensprecher. *«Wie lautet Ihre Einschätzung? Sind die Bilder, die wir gesehen haben, echt?»*

«Fotosynthese in Aktion», sagte Angel. «Im Scheinwerferlicht lebt dieser Typ regelrecht auf.»

«Du bist doch nur neidisch, Angel», foppte Geoffrey ihn. «Dr. Redmond weiß wirklich alles.»

Thatcher lächelte und zeigte seine offensichtlich erst

vor kurzem gebleichten Zähne. «*Danke für diese freundliche Einführung. Tja, offen gesagt, kann ich nur hoffen, dass die Insel keinen Schaden daran nimmt, dass sie nun von Menschen entdeckt worden ist.*»

«Allerdings», meinte eine der Wissenschaftlerinnen und biss in ihr Sandwich.

Thatcher fuhr fort. «*Sogenannte intelligente Lebewesen sind die größte Bedrohung für jede natürliche Umwelt. Ein Ökosystem, das mit einer solchen Spezies in Berührung kommt, ist wahrhaftig nicht zu beneiden. Darum geht es auch in meinem Buch* The Human Effect, *und ich fürchte, dass ich, wenn diese Show namens* Sea-Life *kein schlechter Scherz ist, meinem Buch ein weiteres tragisches Kapitel hinzufügen muss.*»

«O Mann», stöhnte Geoffrey.

«Dass der überhaupt schreiben kann», spottete Angel.

«*Was glauben Sie? Handelt es sich um einen schlechten Scherz oder nicht?*», fragte der Moderator nach.

«*Na ja*», antwortete Thatcher, «*als neugieriger Wissenschaftler würde ich mir wünschen, dass die Berichte zutreffen, aber weil ich eben auch ein skeptischer Wissenschaftler bin, glaube ich doch eher an einen schlechten Scherz, Sandy.*»

«Vielen Dank, Dr. Redmond.» Der Nachrichtensprecher blickte wieder in die Kamera.

«Von wegen schlechter Scherz», sagte Angel.

Heftig diskutierend zogen sich die Kollegen mit ihren Sandwiches in ihre Büros zurück.

«Also, sieh dir das an, Geoffrey. Ich habe hier die ganze Sache auf Band.»

«Okay, okay.»

In ihrem vollgestopften Büro mit Ausblick auf Great

Harbor betrachteten Angel und Geoffrey die chaotischen Bilder der letzten mitgeschnittenen Minuten von *SeaLife.*

Geoffrey hielt das, was er sah, für einen schlecht gemachten Low-Budget-Schocker nach dem Vorbild von *The Blair Witch Project.* Es war für ihn offensichtlich, dass die Kameraleute absichtlich nur kurz streiften, was sich bei näherem Hinsehen als lächerliche Attrappen entpuppt hätte.

«Da ist doch kaum was zu erkennen», sagte Geoffrey.

«Warte.» Angel drückte auf die Rücklauftaste der Fernbedienung. «Da!»

Er hielt den Film an der Stelle an, wo ein Schwarm schattenhafter Gestalten das Bild fast völlig verdunkelte. Mit einem Bleistift zeigte Angel auf Umrisse in der Form eines Krebsbeins.

«Na und?», fragte Geoffrey.

«Das ist ein Maxilliped – ein *Stomatopoden*-Mundwerkzeug!»

Geoffrey lachte. «Das ist ein Rorschach-Testbild, Angel. Du siehst das, woran du seit fünf Jahren arbeitest. Das siehst du auch in deinen Träumen, in deinem Müsliteller und auf den Stockflecken unter der Decke.»

Angel runzelte die Stirn. «Vielleicht. Aber ich glaube nicht.»

Dann bemerkte Geoffrey etwas. Als Angel den Film langsam weiterlaufen ließ, sah er rote Tropfen aufs Kameraobjektiv spritzen, und kurz bevor das Bild schwarz wurde, mischte sich ein hellblauer Tropfen darunter.

Angel öffnete den Minikühlschrank, auf dessen Tür «Nur für Lebensmittel» geschrieben stand. Er holte eine Packung Milch heraus und schnüffelte an der Tülle. «Willst du heute wieder einen Polterabend veranstalten?»

Geoffrey kehrte dem Bildschirm den Rücken. «Ja. Vielleicht kann ich ja den Fernsehshows Konkurrenz machen.»

Der «Polterabend» war eine Tradition, die Geoffrey seit seinen Studententagen an der Oxford-Uni pflegte. Er leitete ein Forum für ketzerische Ideen, das sich in unregelmäßigen Abständen zusammenfand und jedes Mal seine Kollegen auf die Palme brachte, die ihn anschließend mit Hohn und Spott überschütteten.

«Alle werden dich über *SeaLife* ausfragen.»

«Ich fürchte, du hast recht.»

«Du solltest mir dafür danken, dass ich dich vorgewarnt habe.»

«Ich werde daran denken.»

«‹Die Ontogenese rekapituliert die Phylogenese.› Machst du damit weiter?»

«Ja. Schnall dich an, Angel, du wirst heute Abend ordentlich durchgeschüttelt.»

«Kannst du dir eigentlich schon aussuchen, mit welchen Groupies du nach Hause gehst, Geoffrey? Du giltst doch inzwischen als Don Juan und könntest dir die Hübscheste raussuchen, vorausgesetzt, du lässt dich nicht auf diese bescheuerten Diskussionen mit Neunmalklugen ein und würdest lieber ein bisschen mehr auf deine Bewunderinnen achten.»

«Na schön, lass ich mich heute zur Abwechslung mal auf eine bescheuerte Diskussion mit einer meiner Bewunderinnen ein. Eine solche Art von Vorspiel macht mich richtig an.»

Angel zog die Brauen zusammen. «Du kriegst nie eine ins Bett, mein Freund.»

«Hör doch auf, das ist doch Unsinn.»

«Im Gegensatz zu dir finde ich, dass das überhaupt kein Unsinn ist. Das Leben ist wirklich ungerecht. Aber ich behaupte, du hast es noch nötiger als ich, mit einer Frau ins Bett zu gehen. Es gibt mehr als nur die Wissenschaft.»

«Du hast ja so recht.»

Geoffreys Ruf als Don Juan war alles andere als verdient. Ihm fehlte die Geduld für freundlichen Smalltalk, Charmeoffensiven wehrte er ab. Er ließ sich nur von Ideen und tatsächlichen Inhalten begeistern und konnte mit Flirts nichts anfangen.

In seinen vierunddreißig Jahren hatte er insgesamt nur neun Affären gehabt, kurzlebige Romanzen in langen Abständen. Er zog vor allem Möchtegernrebellinnen an, die sich aber bald als eher bieder erwiesen und ihn zum Spießbürgertum bekehren wollten. Dann ließ er sie sitzen.

Auch wenn er sich manchmal darüber Sorgen machte, bis ans Ende seiner Tage allein zu bleiben, wusste er doch, dass er nicht für die Zweisamkeit gemacht war. Zu dieser Einsicht war er nicht gekommen, weil er sich für eine Beziehung zu schade war oder gar aus irgendeinem noblen Prinzip heraus – sondern schlicht weil er wusste, wie eigen er war. Und darum hatte er sich damit abgefunden, möglicherweise allein zu bleiben.

Für ihn war die Liebe das einzige Geheimnis, dem man sich nur auf Treu und Glauben annähern konnte, mit der Hoffnung auf Erfüllung wider alle Wahrscheinlichkeit. Diese irrationale Hoffnung gab ihm Mut, und er richtete seinen Blick auf den Horizont, ohne etwas Besonderes zu erwarten. Umso mehr störte es ihn, wenn Angel immer wieder auf dieses Thema zu sprechen kam.

«Und in welchem Ornat wirst du heute Abend vor den Aufständischen erscheinen?», fragte Angel.

Zur Polterabendtradition gehörte es, dass der Sprecher ein exotisches oder historisches Kleidungsstück trug, einen portugiesischen Fischerhut etwa oder einen Etruskerhelm oder einen marokkanischen Burnus. Beim letzten Mal hatte Geoffrey eine schlichte Toga getragen, was vom Publikum laut bemängelt worden war.

«Ich habe da an einen Kilt gedacht», antwortete Geoffrey.

«Mein Freund», sagte Angel, «du bist verrückt.»

«Vielleicht ziehe ich mir auch was anderes an, ich weiß noch nicht. Warum tragen eigentlich alle immer das Gleiche? Immerhin hat doch jeder seinen eigenen Kopf. Trotzdem gehen die meisten mit der Mode – aus Mangel an Selbstbewusstsein. Ein typisches Beispiel für ängstliches Verhalten, Angel.»

«Wie du meinst. Klingt gut.»

«Danke. Finde ich auch.»

Geoffrey hatte das Video wieder zurückgespult und angehalten. Während er sich mit Angel unterhielt, starrte er auf den Tropfen hellblauer Flüssigkeit am rechten Rand des Bildes.

Irgendjemand schien tatsächlich so clever gewesen zu sein, zwei versteckte Hinweise zu geben, mit denen nur Experten etwas anfangen konnten: das Mundwerkzeug einer Stomatopoda und einen Spritzer blaues Blut. Vielleicht sollten Biologen damit verschaukelt und alle anderen in Atem gehalten werden, dachte er. Wahrscheinlich aber war es nicht, dass sich die Macher einer solch billigen TV-Show derartig raffinierte Wendungen ausdachten, zumal sie davon ausgehen mussten, dass nur ganz wenige Fachleute darauf anspringen würden.

Geoffrey zuckte mit den Achseln und beließ es dabei.

19:30 Uhr

Mit großem Applaus wurde Geoffrey auf der Bühne des Lillie-Auditoriums willkommen geheißen.

Das Publikum im vollbesetzten Saal bestand vor allem aus Studenten, die sich für den ungewöhnlichen Evolutionsbiologen begeisterten. Aber es hatten sich wie immer auch ein paar skeptische Fakultätsmitglieder eingefunden, denen der Kollege ein Rätsel war. Sie wollten ihm auf den Zahn fühlen.

Geoffrey Binswanger war ein außergewöhnlich gut aussehender Mann, der von seiner jamaikanischen Mutter die karamellfarbene Haut und von seinem deutschen Vater himmelblaue Augen geerbt hatte. Seine Dreadlocks und die athletische Figur ließen bei manchen seiner Kollegen Zweifel an seiner akademischen Ernsthaftigkeit aufkommen. Andere waren so angetan von ihm, dass sie versuchten, ihn für sich und ihre politischen Interessen zu gewinnen.

In seiner wissenschaftlichen Arbeit nahm Geoffrey keinerlei Rücksicht auf Allianzen oder das, was sich aus taktischen Gründen empfahl. Er hatte sich noch nie einer Gruppe zugehörig gefühlt und urteilte stets nach eigenem Dafürhalten. Er zog seine eigenen Schlüsse und ließ nur Ergebnisse gelten, die nachgewiesen und unter Laborbedingungen reproduziert werden konnten.

Schon als Kind hatte sich Geoffrey als Wissenschaftler verstanden. Wenn ihn Erwachsene fragten, was er denn einmal werden wolle, verstand er gar nicht, was sie meinten. Seine ersten formalen Experimente führte er im Alter von vier Jahren durch. Anstatt die Eltern zu fragen, warum manche Gegenstände vom Boden abprallten, andere aber zerbrachen, suchte er selbst nach einer Antwort und markierte in seinen Malbüchern jene Gegenstände, die der Schwerkraftprobe standhielten, mit einem einzigen dicken Punkt und alle anderen mit einem Kringel – was seine Mutter mit Freude, aber auch Besorgnis registrierte.

Den Eltern war schließlich klar, dass sie ein ganz besonderes Kind zur Welt gebracht hatten. Als sie eines Abends von der Arbeit im Jet Propulsion Lab der NASA nach Hause zurückkamen – die kleine Familie wohnte in La Cañada-Flintridge, einem vornehmen Vorort von Los Angeles –, stellten sie fest, dass die Babysitterin schlafend vor dem Fernseher lag und der sechsjährige Sohn auf der Veranda hinterm Haus saß und einen Gartenschlauch in der Hand hielt, aus dem in hohem Bogen Wasser sprudelte. «Willkommen in Triphibien», rief das Kind und zeigte stolz auf sein Werk.

Geoffrey hatte den gesamten Hinterhof unter Wasser gesetzt, um dem Nachwuchs der Kröten, die am Devil's Gate Dam laichten, zusätzlichen Lebensraum zu bieten. Tausende kleiner grauer Amphibien waren unter dem Zaun durch einen Graben geschlüpft, den Geoffrey ausgehoben hatte, und bevölkerten nun eine Metropole aus Kanälen und Inseln, über die Gartenzwerge aus Keramik herrschten.

Von diesem Zeitpunkt an taten seine Eltern alles, um die Neugier ihres Sohnes in konstruktivere Bahnen zu lenken. Sie schickten ihn in ein Freizeitlager auf Catalina Island, wo er für einen Eklat sorgte, weil er einen Garibaldifisch – den Emblemfisch Kaliforniens – seziert hatte.

Als ihn die Eltern zu einem Seminar für hochbegabte Kinder am Caltech, der technischen Hochschule Kaliforniens, anmeldeten, fühlte er sich dort gleich wie zu Hause. Mit seinen genialen Freunden erkundete er das Unigelände einschließlich der Installationsschächte und Abwasserkanäle unter dem Campus, wofür er fast von der Schule verwiesen worden wäre.

Mit fünfzehn Jahren machte Geoffrey seinen Abschluss an der Flintridge Prep und qualifizierte sich zum Entsetzen seiner Eltern sofort für ein Studium an der Oxford University. Doch seine Mutter war beruhigt, denn Geoffrey studierte fleißig und machte einen Abschluss in Biologie, Biochemie und Anthropologie.

Geoffrey hatte im Laufe seines Studiums mehrere Preise gewonnen, die er aber nie ausstellte. Sie zu sehen war ihm unangenehm. Er beargwöhnte alles, was ihn verpflichtet und eingeengt hätte. Die Preise hatte er nur aus Höflichkeit angenommen, im Grunde widerwillig.

Sein jüngstes Buch verkaufte sich für ein wissenschaftliches Werk außerordentlich gut. Zum Leidwesen seines Agenten schlug er jedoch jede Einladung zu TV-Talkshows aus, weil er keiner dieser Sprücheklopfer sein wollte, die der Mehrheit nach dem Mund redeten und zu allem Blödsinn ihren Senf dazugeben mussten. Er wand sich innerlich, wenn er Kollegen in solchen Runden sah, offenbar stolz darauf, im Fernsehen zu erscheinen.

Ein Forum wie dieses war eher nach seinem Geschmack. Er betrachtete das Lillie-Auditorium von Woods Hole als Kirche der Wissenschaft. Im Laufe des vergangenen Jahrhunderts hatten in diesem bescheidenen Saal über vierzig Nobelpreisträger Vorträge gehalten.

Als das Auditorium um 1900 gebaut worden war, hatte sich in Woods Hole bereits eine kleine Forscherkolonie etabliert, die verschiedene Laboratorien unterhielt und eine fortschrittliche, campusähnliche Kultur pflegte. Von Anfang an herrschte hier Gleichberechtigung: Männer mit weißen Anzügen und Strohhüten auf dem Kopf und Frauen in ihren Miedern, am Gesäß gepolsterten Baumwollkleidern und mit Sonnenschirmen bewaffnet gruben Seite an Seite im Dreck nach Larven, Würmern und Insekten.

Das Lillie-Auditorium bot rund zweihundert Zuhörern Platz. Seine hohe, von viktorianischen Säulen getragene Decke hatte die gelblich weiße Farbe von Talgkerzen. In den Holzstuhllehnen steckten immer noch die Drahtbeschläge, über die die Männer früher ihre Strohhüte gehängt hatten.

Die Vorträge, die regelmäßig freitagabends von renommierten Wissenschaftlern aus aller Welt gehalten wurden, zählten zu den beliebtesten Veranstaltungen in Woods Hole. Aber fast ebenso attraktiv waren die Polterabende, die für gewöhnlich donnerstags stattfanden.

Geoffreys erster Auftritt vor acht Jahren hatte die Gemüter so sehr erhitzt, dass es fast zu Handgreiflichkeiten gekommen wäre. In der Hoffnung auf ähnlich hitzige Debatten hatten die Veranstalter auch in diesem Jahr die Donnerstagabende für ihn reserviert.

Zu seiner Zeit an der Oxford-Uni hatte Geoffrey die Polterabende erfunden, um mit Gleichgesinnten in einem eigens für sie reservierten Hinterzimmer des King's Head Pub an jedem Donnerstagabend wissenschaftliches Porzellan zu zertrümmern. Trotz oder gerade wegen der zum Teil lächerlichen Theorien, die dort vorgetragen wurden, hatte die Veranstaltung einen so großen Zulauf, dass die Leute keine Sitzplätze mehr bekamen. Es ging an solchen Abenden nicht darum, recht zu behalten, sondern überkommenes Wissen in Frage zu stellen und wissenschaftliche Argumente auszutauschen. Am Ende wurde ein Preis verliehen, der Icarus Award, und zwar für die am schnellsten falsifizierte Theorie.

Wissenschaftliche Schnellschüsse, Theorie in Aktion, Methode in Bewegung – so lauteten die Schlagworte, und in den verkohlten Hypothesen war am Ende nicht selten die Glut einer vielversprechenden Lösung zu finden. Eine kühne Idee zu entwerfen und sie dann nach allen Regeln der Kunst auseinanderzunehmen – das hatte für Geoffrey einen unwiderstehlichen Reiz, und so hatte er diese Tradition fortgesetzt, neuerlich mit Betonung auf das, was er «Experten-Preview» nannte.

In einem Tartan-Kilt des Royal-Highland-Regiments betrat er unter großem Beifall die Bühne, stellte sich hinter das Rednerpult und klopfte zum Test auf das Mikrofon. Um das Publikum zu beruhigen, winkte er mit der Hand ab, trat noch einmal hinter dem Pult hervor und verbeugte sich.

Über dem Schottenrock trug er ein rostrotes T-Shirt mit dem Aufdruck der Insel Kaua'i: In grünen Blockbuchstaben stand quer über die Brust der Slogan «CONSERVE ISLAND HABITATS» geschrieben. Geoffrey hatte sechs Sommer auf der kleinen Hawaii-Insel verbracht, wo sein Onkel ein Haus bewohnte, das auf Stelzen im Regenwald bei Tunnels Beach stand. Hinter einer Tauchermaske versteckt und mit Schwimmflossen an den Füßen war er so auf seine Art der Zivilisation entflohen. Er hatte die uralten Lavakanäle unter Wasser erkundet, Halfterfische gescheucht und die dreisten Jungen der Humuhumunukunukuapua'a – der «kleinen Fische mit dem großen Namen» – gefüttert. Auf seinen Tauchgängen hatte er häufig ebendieses T-Shirt getragen, und es war inzwischen sein Lieblingsoutfit für seine Polterabende geworden.

Er hob eine Hand und deutete auf die Tafel, wo das Thema des heutigen Abends geschrieben stand:

Räuber und Beute:
Ursprung der Sexualität?

Wieder wurden Beifall, Pfiffe und Gejohle laut.

Geoffrey verschanzte sich hinter dem Rednerpult.

«Guten Abend, sehr verehrte Damen und Herren. Hier zunächst ein kurzer Abriss der Geschichte unserer Welt.»

Das amüsierte Publikum kam erst zur Ruhe, als der Saal abgedunkelt wurde.

Geoffrey drückte auf eine Fernbedienung. Auf der Leinwand hinter ihm zeigte sich die schematische Darstellung zweier aufeinanderprallender Himmelskörper.

«Als ein Planet von der Größe des Mars auf unsere Erde traf und sich tief in sie eingrub, wurde ein Ejakulat aus heißem Gestein und Rauch ins All geschleudert, aus denen in Millionen von Jahren, während die Erde allmählich abkühlte, der Mond entstand.»

Geoffrey rief das nächste Bild auf, eine Großaufnahme des vollen Mondes über dem Meer.

«Es war ironischerweise dieser verheerende Gewaltakt, der die Hand hervorbrachte, die die Wiege des

Lebens schaukelte. Vor vier Milliarden Jahren, als das Mondkind seine Mutter Erde auf einer niedrigen Bahn zu umkreisen begann, bildeten sich die ersten Ozeane reißender Fluten. Vierhundert Millionen Jahre später waren Erde und Mond weiteren Bombardements von Meteoriten ausgesetzt, während sich unser Sonnensystem zu jenem Uhrwerk zusammensetzte, das wir heute beobachten.»

Das nächste Bild auf der Leinwand zeigte einen Weltraumausschnitt voll farbiger Sphären.

«Im Verlauf dieser unvorstellbar wilden Zeit, die als das Archaikum bezeichnet wird, bildeten sich in den Meeren erste Moleküle aus, die in der Lage waren, sich selbst zu reproduzieren. Wir können in unseren Laboratorien solche Moleküle nachbauen, indem wir dasselbe anorganische Material und jene Kräfte zu Hilfe nehmen, die auf unsere urzeitlichen Meere einwirkten. Im Laufe der nächsten Jahrmilliarden entstand aus der Akkumulation von Replikationsfehlern dieser Moleküle die RNA, die sich nicht nur selbst kopieren, sondern auch chemische Reaktionen katalysieren konnte, primitive Stoffwechselprozesse. Replikationsfehler der RNA führten zur Entwicklung der DNA, eines Moleküls, das, weil stabiler als die RNA, exaktere Kopien ihrer selbst hervorbrachte und ihrerseits imstande war, RNA zu produzieren.»

Geoffrey zeigte die computergenerierte Abbildung eines DNA-Moleküls.

«Aus dieser replikationsfähigen molekularen Maschine entstand das früheste Leben als einfache Organisation chemischer Reaktionen. Die ersten Bakterien machten sich Methan, Schwefel, Kupfer, Sonnenlicht und wahrscheinlich auch thermische Energie aus den Tiefen des Meeres zunutze, um Stoffwechselprozesse in Gang zu setzen.»

Auf der Leinwand im Hintergrund leuchtete die Abbildung prokaryotischer Zellen auf.

«Die ersten einfachen Organismen trafen aufeinander, verschlangen sich gegenseitig und mischten ihr genetisches Material. Ein winziger Prozentsatz der aus dieser Mischung hervorgegangenen Hybride entwickelte entscheidende Vorteile.»

Geoffrey zeigte eine Bilderfolge von schäumenden Brandungswellen, die sich an Felsklippen brachen.

«Die extremen Gezeiten, verursacht vom Mond, der früher noch sehr viel näher zur Erde lag, und der unablässige Beschuss ultravioletter Sonnenstrahlung rührten über anderthalb Milliarden Jahre eine Ursuppe auf, in der das Leben unendlich viele Innovationen hervorbrachte.»

Das nächste Bild brachte das Publikum zum Lachen.

«Ja, es sieht aus wie eine Spermazelle, ist aber in Wirklichkeit ein Protozoon namens *Euglena viridis*, ein Einzeller, halb Tier, halb Pflanze. Das Meer hatte ein erstes Lebewesen hervorgebracht, das dank seines Schwanzes, des sogenannten Flagellums, Jagd auf andere Einzeller machen konnte. Diese ersten Räuber nutzten mitunter sogar die Reproduktionssysteme ihrer Beute, um eigene Nachkommen hervorzubringen; dabei geschah es nicht selten, dass sich die Beute über die Gene des Angreifers selbst fortpflanzte.

Und hiermit komme ich zur These des heutigen Abends: Ich behaupte, die ersten Jäger und deren Beute entwickelten neue, wechselseitig gewinnbringende Beziehungen, die wir heute Sex nennen. Als sich bestimmte Einzeller darauf spezialisierten, ihre Reproduktion zu sichern, indem sie sich andere Einzeller einverleibten, wurden diese ihrerseits zu Reproduktionsschmarotzern, um die eigene DNA vor dem Untergang zu bewahren. Sex ist der Friedensvertrag zwischen Räuber und Beute. Die Nachkommen einer solchen Verbindung haben die Merkmale beider Teile fortentwickelt und Sperma- bzw. Eizellen ausgebildet. Hier zusammengefasst meine These, über die fleißig diskutiert werden darf: Schon Einzeller hatten Sex miteinander. Meine Antwort auf die uralte Frage, was wohl zuerst da gewesen sei, Huhn oder Ei, lautet: das Ei … und Sperma.» Geoffrey trat hinter dem Rednerpult hervor und verbeugte sich.

Aus dem hinteren Teil des Saals drangen laute Rufe nach vorn, auf die wiederum die Wissenschaftler in den vorderen Reihen, insbesondere die mit den grauen Haaren, mit Unmutsäußerungen reagierten.

Geoffrey zeigte mit dem nächsten Dia ein von Spermatozoen umschwirrtes menschliches Ei und schmunzelte über das Getuschel der Zuhörer, die zu erkennen schienen, was es damit auf sich hatte.

«Ei und Sperma sind vielleicht der lebendige Widerhall jenes revolutionären Moments vor anderthalb Milliarden Jahren in den frühen Ozeanen der Erde. Ja, ich glaube, dass sich diese ursprüngliche Lovestory seit der ersten Reproduktion eukaryotischer Zellen – das sind Zellen mit Zellkern und Membran – in ununterbrochener Folge fortgesetzt hat. Als die ersten jagenden Einzeller Geißelhärchen ausbildeten, um anderen Einzellern nachstellen zu können, absorbierte die Beute das Erbgut des Jägers zur eigenen Reproduktion, womit das Überleben beider Einzeller gesichert und aus Krieg Partnerschaft wurde.

Die Verschmelzung genetischen Materials führte zu einer Vielzahl morphologischer Variationen und beschleunigte die Evolution höherer Formen – sozusagen im Tandem und unter Wahrung der ursprünglichen Zellen als Träger männlichen und weiblichen Erbguts. Aus dieser dynamischen Partnerschaft gingen zunehmend komplexere Organismen hervor, die unterschiedlichste Umweltreviere bevölkerten.»

Die Unruhe im Publikum nahm zu. Geoffrey musste lauter sprechen.

«Ich behaupte, derselbe urzeitliche Vorgang wiederholt sich jedes Mal, wenn eine Samenzelle ein Ei penetriert und damit Neues hervorgebracht wird. Alles Leben ist im Grunde eine immer komplexer werdende Inszenierung dieses ursprünglichen Tanzes zweier Einzeller. Ob Tintenfisch, Mensch, Pottwal oder Farne – sie alle sind Ausdruck und Ergebnis dieser ersten Verbindung zum Zwecke der Reproduktion.»

Geoffrey kam zum Schluss:

«Warum, verehrte Zuhörerinnen und Zuhörer, bedarf es überhaupt komplexer Lebewesen zur Fortsetzung dieser Partnerschaft von Samen- und Eizelle? Weil sich höherentwickelte Tiere im Unterschied zu diesen Zellen an alle möglichen Umweltbedingungen anpassen können. Die Evolution hat eine erstaunliche Vielfalt an Trägern von Erbgut hervorgebracht, schließlich auch uns Menschen, die wir uns jeden Lebensraum auf der Erde erobert haben.

Solch elaborierte Vehikel von Erbgut haben gegenüber Einzellern natürlich einen großen Vorteil: Ihre Fortpflanzung macht Spaß. Nichts begünstigt den Output mehr als ein geeigneter Anreiz. Aber ich schlage vor, wir verschieben dieses Thema auf einen anderen Polterabend.»

Geoffrey verbeugte sich erneut, diesmal unter frenetischem Beifall, während die vorderen Reihen verdrießlich guckten.

Jetzt konnte das eigentliche Vergnügen beginnen. Einer der Kollegen meldete sich sichtlich verärgert zu Wort. «Ja, Dr. Stoever?»

«Nun, ich weiß gar nicht, wo ich anfangen soll, Geoffrey», sagte der kahlköpfige Wissenschaftler geziert. «Sex beginnt mit der Isogamie von Gameten: Zwei Keimzellen derselben Art verschmelzen miteinander, tauschen Erbinformationen aus und teilen sich mit einer neuen Kombination der jeweiligen Gene in Zellhaufen auf. Bei Prokaryoten kann von Sex keine Rede sein. Das wäre mir neu.»

«Mag ja sein», antwortete Geoffrey heiter. «So geht es jedem von uns, an Detailwissen hapert es bei allen. Ich nehme an, Sie kennen das Haeckel'sche Prinzip, Dr. Stoever.»

«Natürlich. Ontogenese rekapituliert die Phylogenese. So viel dürfte allen bekannt sein, Geoffrey.»

Geoffrey hob die Hand, um das schallend lachende Publikum zur Ruhe zu bringen. «Nun, lassen Sie mich auch die anderen hier im Saal an Folgendes erinnern: Schon vor langer Zeit haben Wissenschaftler beobachtet, dass der menschliche Embryo in einer frühen Entwicklungsphase, mit Schwanz und Kiemen ausgestattet, bemerkenswerte Ähnlichkeiten mit einer Kaulquappe aufweist und in den einzelnen Stadien seiner weiteren Entwicklung wiederum anderen Tieren ähnlich ist. Haeckel folgert aus dieser Beobachtung, dass die Entwicklung des Embryos tatsächlich eine Zusammenfassung der tierischen Evolutionsgeschichte ist.»

«Haeckels Theorie ist längst überholt», rief ein Wissenschaftler aus den hinteren Rängen.

«Außerdem bezieht sie sich nur auf die Entwicklung von Embryos», protestierte ein anderer. «Nicht auf Spermium und Eizelle.»

Geoffrey nickte. «Und warum nicht? Denken Sie doch einen Schritt weiter, Dr. Mosashvili. Und Ihnen, Dr. Newsom, muss ich widersprechen: Haeckels Theorie ist nicht überholt. Dazu müsste sie widerlegt sein, und das ist nicht der Fall.»

«Sie können unmöglich behaupten, Spermium und Ei wären – wie sagten Sie? – der lebendige Widerhall der ersten eukaryotischen Zellen», rief ein anderer aufgebracht.

«Warum nicht?», fragte Geoffrey ebenso energisch nach.

«Weil sie sich mit anderen Organismen nicht vergleichen lassen. Sie tragen nur einen haploiden Chromosomensatz mit sich.»

«Den sie dann in der nächsten Phase als sogenannte Zygoten miteinander verschmelzen», entgegnete Geoffrey. «Und als solche spezialisieren sie sich im Zuge der Anpassung an ihre jeweilige Umwelt. Dass Spermium und Eizelle nur den halben Chromosomensatz ihrer Nachkommenschaft tragen, ist womöglich ein Ergebnis dieser Spezialisierung in Richtung auf eine symbiotische Reproduktion; es könnte aber auch als Beweis dafür herhalten, dass Sexualität ihren Ursprung in separaten Organismen hatte, die sich zusammentaten und ihre

Chromosomen verdoppelten, woraus dann geschlechtsspezifische Träger mit jeweils halbem Chromosomensatz entstanden sind. Ich behaupte, Haeckels Prinzip, das ich für stimmig halte, ist noch gar nicht in all seinen Konsequenzen weitergedacht worden.»

«Aber den Ursprung in der Beziehung Räuber / Beute anzusetzen ... nein, das kaufe ich Ihnen nicht ab», brummte Dr. Stoever.

«Denken wir an Bienen und Blumen», sagte Geoffrey. «Als Insekten an Land kamen, machten sie sich über Pflanzen her. Die Pflanzen passten sich dieser Invasion an. Sie machten die Insekten zu Helfershelfern ihrer eigenen Reproduktion, indem sie ihnen den Nektar ihrer Blüten und den Samen ihrer Früchte anboten. Es gibt zahllose Beispiele solcher Räuber-Beute-Beziehungen, aus denen sich symbiotische, ja, sogar reproduktive Beziehungen entwickelten. Jeder Einzelne von uns ist eine Kolonie kooperativer Organismen. Millionen solcher Organismen bewohnen unseren Verdauungstrakt, weiden auf unserer Epidermis und vertilgen die Bakterien, die wir mit unseren Augenlidern von den Augäpfeln zwischen die Wimpern schieben. All diese Organismen waren ursprünglich Räuber, haben sich aber dann auf eine Kooperation mit unserem Körper eingelassen, der ihr Wirt wurde und dem sie jetzt nach Kräften helfen, damit er überlebt und gesund bleibt. Ohne die riesige Menge jener Mikroorganismen, die uns bewohnen, würden wir sterben. Wir hätten uns ohne sie nicht weiterentwickeln können, und Gleiches gilt umgekehrt für sie. Ich glaube, dieser Kooperationsvertrag – und nicht der permanente Kriegszustand – ist das eigentliche Thema des Lebens, das wesentliche Merkmal eines existenzfähigen Ökosystems.

Viele sehen in der Natur ein prekäres Gleichgewicht des Schreckens wirken, ich aber glaube, dass die Evolution seit eh und je auf ein höheres Maß an Stabilität ausgerichtet ist, auf Friedensschlüsse und Allianzen, von denen alle Beteiligten profitieren. Der Grundbaustein ist der Vertrag zwischen dem ersten einzelligen Räuber und seiner Beute: *Sex*. Kommt es nicht zu diesem Friedensschluss, wird die erbarmungslose Gewalt zwischen Räuber und Beute unausweichlich zum Untergang beider Spezies führen, was im Einzelfall auch immer wieder geschieht.»

«Die Entwicklung der Geschlechter aus eukaryotischen Zellen ist immer noch ein Rätsel», bemerkte ein anderer Wissenschaftler und schüttelte seinen ergrauten Kopf.

«Vielleicht haben wir die Antwort auf dieses Rätsel bislang übersehen, weil sie auf der Hand liegt, Dr. Kuroshima», entgegnete Geoffrey. «Vielleicht suchen wir die Erklärung an der falschen Stelle, anstatt einmal unter unserem Kilt nachzusehen. Trauen wir uns womöglich nicht?»

Pfiffe und Gelächter hallten durch den Saal, so laut, dass der alte Japaner schützend seine Hand über das Hörgerät im Ohr hielt. Er lächelte Geoffrey zu, für den er große Sympathie empfand, trotz oder gerade weil der junge Kollege immer wieder für Unruhe sorgte.

Eine der Studentinnen meldete sich.

«Ja?»

«Dr. Binswanger, dürfte ich eine Frage stellen, die jetzt nicht zum Thema passt?»

«Natürlich», antwortete Geoffrey. «Es gibt keine Regeln außer der einen, dass der Polterabend keine Regeln hat.»

Das Publikum klatschte begeistert Beifall.

«Sie beschäftigen sich vor allem mit insularen Ökosystemen als geo-evolutionärer Metapher», zitierte die junge Frau aus dem Vorlesungsverzeichnis. «Habe ich das richtig verstanden?» Sie kicherte nervös und erntete damit wohlwollendes Lachen unter den Zuhörern.

«Na ja, ich versuche, Musteranalysen zu erstellen, speziell im Bereich biologischer Kommunikationssysteme», erwiderte Geoffrey. «Hier in Woods Hole arbeite ich derzeit an einer Studie der Evolutionsfaktoren Gendrift und Inselformationen, das heißt konkret: Ich untersuche das indigene Leben auf Madagaskar und den Seychellen im geo-evolutionären Kontext. Meine Antwort auf Ihre Frage lautet also: ja.»

Es wurde gekichert, und Angel Echevarria verdrehte die Augen. Dass die junge Frau ausgesprochen hübsch war, schien Geoffrey wieder einmal nicht zu bemerken.

«Haben Sie … die letzte Folge von *SeaLife* gesehen?», fragte sie.

Jetzt brüllte alles vor Lachen.

«Übrigens, Sie haben tolle Beine», fügte sie noch hinzu.

Geoffrey schmunzelte und gab ein paar Varieté-Tanzschritte zum Besten, was den Saal zum Toben brachte.

Er dachte an Angels Video und das blaue Blut, das ihn stutzig gemacht hatte, an die unscharfen Bilder der Pflanzen, die zwar befremdlich aussahen, aber nicht künstlich oder wie eine Attrappe. Trotzdem, er mochte auf diesen Blödsinn keinen ernsten Gedanken verwenden.

Er schüttelte den Kopf. «In Anbetracht dessen, was mir über isolierte Ereignisse und Entwicklungen in kleinen Ökosystemen bekannt ist, und weil ich weiß, dass in Hollywoodfilmen mit jeder Menge Spezialeffekte gearbeitet wird … kurzum, ich halte diese Sendung für einen Scherz – wie die Geschichten über Nessie und Bigfoot.»

Die einen buhten, andere klatschten Beifall.

«Tut mir leid, Freunde.»

«Aber wie können Sie das sagen, ohne sich selbst vor Ort ein Bild gemacht zu haben?», rief eine andere Studentin, ebenfalls hübsch.

Geoffrey lächelte. «Zugegeben, nur so kann man sich sicher sein. Aber ich glaube, die Macher dieser Show haben kein Interesse daran, Experten zu Rate zu ziehen. Der Ort, den sie sich ausgesucht haben, bietet sich für ein Spektakel dieser Art doch geradezu an, so entlegen, wie er ist. Allein das macht mich skeptisch, und weil ich nun mal von Natur aus skeptisch bin, habe ich große Vorbehalte. Ähm, ja, dahinten, Sie haben eine Frage?»

Angel wand sich innerlich und machte die Augen zu. Geoffrey ahnte anscheinend nicht, dass seine Unfähigkeit, amouröse Gelegenheiten beim Schopf zu ergreifen, Grund genug dafür war, an seiner Theorie zu zweifeln, wonach die Verschmelzung von Einzellern deren Überleben in Gestalt komplexerer Tiere sicherstellte. Stünde Geoffrey am Ende dieser Entwicklung, wäre das Aussterben aller Arten sicher.

3. September

14:30 Uhr

Das rund 1200 Seemeilen südsüdöstlich von Pitcairn Island gelegene felsige Eiland war mit einem Durchmesser von drei Kilometern so klein und unbedeutend, dass man es auf fast allen Seekarten unterschlagen hatte. Jetzt aber wurde die Insel umzingelt von einem gewaltigen Flottenverband der US Navy, bestehend aus dem Flugzeugträger *U.S.S. Enterprise*, den Lenkwaffenkreuzern *U.S.S. Gettysburg* und *U.S.S. Philippine Sea*, zwei Panzerschiffen, drei Zerstörern, einer mit Raketen bestückten Fregatte, einem Linienschiff, zwei Jagd-U-Booten der Seewolf-Klasse, zwei Begleit-U-Booten und drei Versorgungsschiffen. Die «Enterprise Joint Task Group» war auf dem Weg ins Japanische Meer gewesen, als der Präsident den Befehl ausgab, die winzige Insel zu belagern. Drei Tage nach der letzten Folge von *SeaLife* hatte sich inmitten des südlichen Pazifiks eine schwimmende Stadt aus über 13000 Männern und Frauen wie aus dem Nichts aufgebaut.

Es waren nunmehr acht Tage vergangen, seit die US-Navy die Region unter Quarantäne gestellt hatte, nachdem seltsame Gerüchte über die Insel von den Hubschraubern an die Schiffe weitergeleitet worden waren, die in dieser Gegend kreuzten. Allen Mannschaften war daraufhin verboten worden, mit den Medien in Kontakt zu treten oder auch nur mit der Außenwelt zu kommunizieren. Doch trotz strengster Geheimhaltung ließ sich nicht verhindern, dass es allenthalben Gerüchte gab.

Die Besatzung der *Enterprise* beobachtete nun, wie das letzte Modul von StatLab, einem von der Nasa entwickelten mobilen Labor für den Einsatz in Seuchengebieten, von einer MH-53E Sea Dragon von Deck gehievt wurde.

Mit lautem Knattern neigten sich die schweren Rotoren des Hubschraubers in Richtung Insel. Dann stieg die Maschine mit dem weißen achtkantigen Zylinder im Schlepp vor der fast dreihundert Meter hohen Felswand auf.

Den Männern und Frauen an Bord des großen Flugzeugträgers mochte diese ungewöhnliche Fracht wie der Teil einer Weltraumstation vorkommen. Sie hatten keine Ahnung, warum das Labor von drei schnellen Tragflügelbooten von Cape Canaveral hierher gebracht worden war oder was man auf der Insel damit anstellen wollte. Ihnen war lediglich gesagt worden, dass man einer möglichen Umweltkatastrophe vorzubeugen versuche.

Keiner der vielen Männer und Frauen des Flottenverbandes konnte sich vorstellen, was auf der anderen Seite der Insel ihren Einsatz rechtfertigte. Manche wollten es auch gar nicht wissen.

14:56 Uhr

Nell zog die OP-Haube vom Kopf. Sie strich die Haare zurück und schaute angestrengt durchs Panoramafenster.

Ein dichter, nur an wenigen Stellen unterbrochener Dschungelstreifen umkränzte die zur Mitte hin abfallende, schüsselförmige Oberfläche von Henders Island.

Sie befand sich in Section One, jenem Teil des Labors, der auf einem kahlen Fleck am Rand des Urwalds platziert worden war.

Vor dem Fenstersegment auf der Nordseite des Labors ragte eine Phalanx kakteenähnlicher Baumstämme zehn bis dreizehn Meter hoch in den Himmel. Nell sah die breiten grünen Wedel im Wind schaukeln.

Diese «Bäume», vermutete sie, waren ebenso wenig pflanzlicher Natur wie jene lavendelfarbenen Stiele, die sie vor nunmehr dreizehn Tagen am Strand angefasst hatte. Argwöhnisch beobachtete sie ihre Bewegungen und erinnerte sich an Zeros Worte, der gesagt hatte, in der Felskluft von baumähnlichen Gebilden *angegriffen* worden zu sein.

Als ihr mitgeteilt worden war, dass die NASA die Untersuchungen durchführte und Wayne Cato, ihr alter Professor von der Technischen Hochschule, das Expeditionsteam anführte, hatte Nell ihn angebettelt, mit von der Partie sein zu dürfen. Ohne zu zögern, hatte Dr. Cato ihr die Leitung des Observationsteams an Bord des mobilen Labors angetragen.

Auf dem Hang hinter Section One waren zwei weitere Labormodule installiert worden. Teleskoprohre aus undurchlässigem Spezialkunststoff verbanden die einzelnen Sektionen wie die Waggons eines Eisenbahnzugs.

Unter der Decke aus sechs Millimeter starkem Stahl waren ringsum Leuchtstoffröhren angebracht. Die obere Hälfte der achteckigen, langgestreckten Hülle bestand aus fünf Zentimeter dickem PC-Glas. Um zu verhindern, dass im Falle eines Lecks Luft von außen einströmte, wurde im Labor ein Luftdruck gehalten, der ein wenig über dem der Umgebungsatmosphäre lag.

Nach und nach fanden sich Nells Kollegen vor dem Panoramafenster ein. In Kürze sollte eine erste Falle am Rand des Dschungels aufgestellt werden.

Alle wussten, dass Nell zu der Gruppe gehört hatte, die als erste an Land gegangen war. Inzwischen hatte jeder auch die erstaunliche letzte Folge von *SeaLife* gesehen, die auch längst jemand auf YouTube gepostet hatte. Sie begegneten ihr mit Respekt, konnten aber eine gewisse Skepsis nicht verhehlen. Sie hatte ihnen ihre Zeichnungen des von ihr so genannten «Spiger» gezeigt, jener Bestie, von der sie, wie sie sagte, gehetzt worden sei. Es gab jedoch kein einziges Foto, und darum zweifelten die meisten. Außer Frage stand jedoch, dass elf Personen verschollen waren und etwas Schreckliches auf der Insel passiert sein musste, zumal die junge Frau immer noch unter Schock zu stehen schien.

Von der außergewöhnlichen Flora abgesehen, war den sechs Wissenschaftlern und zehn Laboranten noch nichts Bemerkenswertes, geschweige denn Gefährliches aufgefallen, seit sie vor zwei Tagen das Labor bezogen hatten. Die wenigen kleineren Lebewesen, die am Waldrand in Erscheinung getreten waren, hatten sich so schnell wieder verzogen, dass nicht einmal Zeit geblieben war, genauer hinzuschauen oder Filmaufnahmen zu machen.

Alle sechs Wissenschaftler und drei der Laboranten sahen nun zu, wie der Roboterarm ausfuhr und die erste Falle in Position brachte – einen zylindrischen Behälter aus klarem Acryl, in etwa so groß wie eine Hutschachtel.

«Essen kommen!», sagte Otto, der den Roboter bediente und die Falle am Waldrand absetzte.

Otto Inman, ein mondgesichtiger junger Mann mit

Ponyfrisur, war Exobiologe bei der NASA und von der Navy von Kennedy eingeflogen worden. Als typischer Computerfreak war er gleich nach dem College in einer Forschungsabteilung der NASA gelandet, wo er sich im siebten Himmel wähnte. Ein Angebot von Disney Imagineering hatte er ausgeschlagen, und nach drei Jahren bei der NASA konnte sich Otto immer noch nicht vorstellen, jemals einer geregelten Tätigkeit nachzugehen.

Nun aber hatte er ausnahmsweise einen Job zu erledigen, der ihm einiges abverlangte. Viele der von ihm entworfenen Maschinen, die er bislang nur als Spielzeug betrachtet hatte, sollten nun zum ersten Mal im Einsatz erprobt werden, so zum Beispiel die Probensonde und die ferngesteuerten Fahrzeuge. Otto freute sich riesig auf die Feuertaufe seiner Konstruktionen.

Er manövrierte den Roboterarm mit Hilfe eines Mo-Cap-Handschuhs und senkte die Falle über einer verdorrten Grasnarbe am Waldrand behutsam ab. Als Köder diente ein von der US Navy gestifteter Hotdog.

«Ein Hotdog?», fragte Andy Beasley nach.

«He, wir mussten improvisieren, okay?», entgegnete Otto. «Und außerdem sind auf so was schließlich alle Lebewesen scharf.»

Nell hatte Wert darauf gelegt, dass Andy ins Team geholt wurde. Der Meeresbiologe war sofort Feuer und Flamme gewesen, allerdings fürchtete sie, dass er die Gefahr nicht wirklich ernst nahm. Als sie ihm und den Leuten von der NASA das spinnenartige Riesentier beschrieben hatte, hatten alle nur betreten geschwiegen und die Stirn gerunzelt. Umso entschlossener war sie nun, herauszufinden, was auf Henders Island in Wahrheit vor sich ging.

Otto hob die Klappe an der Seite der Falle an und

schaltete die Fernbedienung aus, um den Roboterarm an Ort und Stelle zu halten.

Sie warteten.

Nell hielt den Atem an.

Nach wenigen Sekunden rollte eine Tellerameise, groß wie ein halber Dollar, zwischen den Bäumen hervor, langsam, aber geradewegs auf die Falle zu. Ungefähr einen halben Meter davor blieb sie stehen.

«Da ist ja eins deiner Viecher, Nell», flüsterte Otto. «Du hattest also recht.»

Unversehens waren sechs weitere Exemplare zu sehen, die sich aus dem Wald näherten, als folgten sie ihrem Anführer. In der Vorwärtsbewegung neigten sie ihren tellerartigen Körper mal zur einen, mal zur anderen Seite. Schließlich machten sie sich, wie Frisbeescheiben horizontal über den Boden schwirrend, über den Hotdog in der Falle her.

«Himmel!», hauchte Otto.

«Mach die Klappe zu!», sagte Nell.

Als Otto einen Moment lang zögerte, schossen zwei rötlich braune Tiere, so groß wie Eichhörnchen, aus dem Wald und in die Falle. Ihnen folgten zwei fliegende Käfer, die noch so eben unter der zufallenden Klappe mit hineinschlüpften.

«Gut gemacht.» Nell klopfte Otto auf die Schulter.

«Scheint so, als hätten wir auch ein Rattenpärchen mit im Sack. Seht mal!» Andy zeigte aus dem Fenster.

In der zylindrischen Falle am Ende des Roboterarms war die Hölle los.

«Igitt.» Die Falle wackelte so heftig hin und her, dass Otto die Rückholaktion unterbrach. Auf den transparenten Wänden bildete sich blauer Schmier.

«Heiliger Bimbam», stöhnte Andy.

«Curaçao, mein Lieblingsgesöff», sagte Otto.

Als die Falle endlich zu schaukeln aufhörte, schien es, als wäre aus dem Fang ein Blaubeershake geworden.

«Okay, holen wir sie rein. Mal sehen, was sich davon noch sezieren lässt», sagte Nell. «Wenn wir eine zweite Falle aufstellen, Otto, achte bitte darauf, dass die Klappe eher zuschnappt.»

«Aye, aye.»

Er setzte die Falle in einer Schleuse ab, von wo sie auf einem Laufband durch eine zweite Tür in ein Abteil transportiert wurde, das alle «den Trog» nannten und die gesamte Länge von Section One einnahm.

Dieses StatLab-Modul war als Lager für Gesteinsproben vom Mars konzipiert worden, und zwar im Rahmen eines Pilotprojekts zur Erprobung erdgebundener Anwendungstechnik, das mit zusätzlichen Staatsgeldern, ausgewiesen als Mittel für «Dual-Planet Technologies», finanziert wurde. Es eignete sich durchaus auch als mobiles medizinisches Labor für Seuchengebiete, doch niemand hatte damit gerechnet, dass das StatLab jemals zum Einsatz kommen würde. Entsprechend nervös waren alle beteiligten NASA-Techniker, die nun jeden Quadratzentimeter gründlich inspizierten und sicherzustellen versuchten, dass alle Aggregate, die mindestens doppelt redundant ausgelegt waren, zuverlässig funktionierten.

Über dem langgezogenen «Trog» hingen sechs hochauflösende Bildschirme. Sechs Videokameras, die, nicht größer als Pfefferminztabletten, auf einem Koordinatenkreuz aus silbernen Schienen hin und her bewegt werden konnten, deckten jeden Winkel der Kammer ab.

Der Roboterarm hatte die Falle auf das Laufband gesetzt. Zischend schloss sich dahinter die luftdichte Schleuse. Sechs Wissenschaftler waren zusammengekommen, um die Falle im Trog zu begutachten.

«Hoffen wir, dass die Suppe auch noch ein paar Brocken enthält», murmelte Quentin Brancato, ein weiterer Biologe, der von der NASA eingeflogen worden war. Er steckte seine Hände durch zwei Ziehharmonikaärmel aus Kevlarfasern in Handschuhe aus Butylkautschuk, mit denen er in die Kammer griff, um die Klappe der Falle zu öffnen.

«Vorsichtig», warnte Nell.

«Keine Sorge», entgegnete Quentin. «Die Handschuhe sind ziemlich robust, Nell.»

In der Kammer befanden sich neben dem gerade geborgenen Kunststoffzylinder noch mehrere kleine Behälter, die per Fernsteuerung geöffnet und geschlossen werden konnten. Sie enthielten unterschiedliche Köder: ein Wursttückchen, einen Löffel voll Bohnensuppe, eine eingetopfte Venusfliegenfalle, ein Häufchen Salz, einen Napf voller Honig sowie eine Schale mit frischem Wasser. All das stammte aus der Kombüse der *Enterprise*, abgesehen von der Venusfliegenfalle, die Quentin heimlich eingeschmuggelt hatte. Zur Strafe dafür musste er nun seine «Audrey» der Wissenschaft opfern.

Kurz entschlossen hatte Nell weitere Pflanzenproben angefordert, unter anderem mehrere Büschel Fingerhirse, Fichtensetzlinge, Weizen und Kakteen. Sie sollten in der Nähe des Labors ausgesetzt und beobachtet werden.

Einer der Wissenschaftler steuerte die Kameras und richtete sie auf die Falle mit den eingefangenen Proben.

Quentin löste die Versiegelung und öffnete die Klappe des Zylinders. Sofort entfleuchten ihm zwei fliegende Lebewesen. Sie stiegen wie kleine Hubschrauber aus der Luke auf und schwebten in der Luft. Es schien, als sonderten ihre Flügel, fünf an der Zahl, bläulichen Nebel ab. Die Eingeweide hingen wie eine lange Schleppe herab, als sie auf die Falle zustürzten, die das Wurststück enthielt.

Ein Augenkranz, der ihre Köpfe krönte, war sichtlich auf der Hut, während sie mit dünnen Beinen das Fleisch zerteilten und in eine Bauchhöhle stopften. Sofort nahmen sie an Körperumfang zu.

Der Wissenschaftler, der die Falle steuerte, war so verdutzt, dass er erst mit Verspätung die Klappe zufallen ließ.

«Die haben wir!»

«Prima», murmelte Nell.

Quentin stülpte den Zylinder auf links und schüttete den Inhalt über dem beleuchteten weißen Boden des Trogs aus. In dem blauen Brei zappelten mehrere formlose Körper.

Er zog einen Schlauch, der von einer Feder zurückgehalten wurde, aus der Seitenwand des Trogs hervor und spritzte die Probe mit Wasser ab, das zusammen mit dem blauen Blut in den zwei Abflussöffnungen zu beiden Seiten der Kammer versickerte.

Drei große Tellerameisen rollten aus der Brühe und hinterließen eine Spur blauer }}}}}}}}}-Zeichen. Dann kippten sie zur Seite, krochen wie Pillenkäfer über den Boden und putzten dabei mit den vorderen Gliedmaßen Blutstropfen vom Panzer, die wie Tinte aus einem Füllfederhalter nach allen Seiten hin spritzte. Dann warfen sie sich auf die andere Seite, wiederholten den Putzvorgang und richteten sich schließlich wieder auf, um rollend Anlauf zu nehmen für einen Sprung durch die Luft direkt auf die Gesichter der Wissenschaftler zu, die wie gebannt zusahen.

Beim Aufprall auf die Scheibe zogen sich die Beine in weiße konische Hülsen zurück, die offenbar so hart waren, dass sie das Acrylglas zerkratzten. Als sie wieder auf dem Boden landeten, brachen Dutzende winziger Tellerameisen aus ihnen hervor, die nach allen Seiten hin ausschwärmten und Fäden hellblauer Flüssigkeit hinter sich herzogen.

Der für die Kameras zuständige Techniker zoomte den Ameisennachwuchs heran, der sich über die Köder in den kleinen Fallen hermachte. Das rollende Getier schlürfte vom Honig und der Suppe, ja, es fand offenbar auch Geschmack an der fleischfressenden Pflanze. Eine Klappe nach der anderen schnappte zu.

«Adieu, Audrey», trauerte Quentin. Nell tätschelte ihm tröstend die Schulter.

Eine der größeren Tellerameisen rollte auf die Falle zu, die den Salzköder enthielt. Sie legte sich zum Fressen auf die Seite, wich aber blitzschnell zurück, als sich die Klappe schloss, und entwischte.

«Es wäre gut, wenn wir die Jungen separierten», sagte Nell. «Und wir brauchen auch Gewebeproben von den anderen, Otto, damit wir Bakterienkulturen anlegen und HPLC- und GC-Profile erstellen können. Wir müssen alle Tiere auf eventuelle Giftstoffe hin untersuchen.»

Auf Nells Drängen wurden die kleinen Fallen mit Hilfe der Greiferhandschuhe in die Luftschleusen an der Seite des Trogs gehoben. In der Nahaufnahme einer der Kameras war zu sehen, wie die winzigen Wesen hinter der Plexiglasscheibe auf die Hände zustürzten.

«Sie scheinen alles anzufallen, was sich bewegt», bemerkte Nell.

«Ja, egal wie groß es ist», sagte Andy.

«Keine Sorge, den Butylkautschuk werden sie nicht durchbeißen können», meinte Quentin.

«Kennt ihr den Film *Tödlicher Staub aus dem All*?»

«Oder *Alien, das unheimliche Wesen aus einer fremden Welt*?», fragte Andy.

«Beruhigt euch, Jungs.»

Nachdem die Wissenschaftler die Außenwände der Fallen in den Schleusen mit Chlordioxid sterilisiert hatten, verteilten sie sie auf kleine separate Observationskammern, wo die gefangenen Tierchen freigelassen werden konnten.

Die anderen Proben aus der großen Falle schienen dem Blutbad zum Opfer gefallen und tot zu sein. Von dem Hotdog war nichts übrig geblieben.

Die beiden Tiere, die zuerst in die Falle getappt waren, sahen auf den ersten Blick aus wie schwanzlose Bisamratten oder Eichhörnchen, hatten aber acht Beine. Eines der toten Tiere war weniger entstellt, obwohl seine ganze Seite aufgerissen war. Es hatte dem Rivalen den Kopf abgebissen und schien daran erstickt zu sein.

«Was … ist das?», stotterte Quentin.

«Mein Gott, so was habe ich noch nie gesehen», flüsterte einer der anderen.

«Herrje», kicherte Andy.

«Okay, kommen wir zur Sache.» Auch Otto war merklich durcheinander. «Ich nehme mir das Kerlchen mal vor. Quentin, du bedienst die Kamera.»

«Herzlich gern.» Quentin gab den Handschuhkasten für Otto frei.

Otto schlüpfte mit den Armen in die Gummimanschetten und räumte die anderen Tiere beiseite: ein paar zerfetzte Tellerameisen, einen angefressenen Zweibeiner, der wie eine Kreuzung zwischen Heuschrecke und Kröte aussah, das Tier mit dem abgerissenen Kopf, das Andy als «Ratte» bezeichnet hatte, sowie die Überreste einer mausartigen Spezies.

Alle Körperteile wurden am Rand des Trogs abgespült und für spätere Untersuchungen konserviert. Beim Anblick dieser nie gesehenen Formen verschlug es allen den Atem.

«Ich glaub, ich spinne», sagte einer.

«Nicht zu fassen», stammelte ein anderer.

«Also, Leute», erklärte Otto, «wir führen jetzt die erste Sektion eines Bewohners von Henders Island durch.»

Otto legte das größere rattenartige Tier auf den Bauch und wusch das blaue Blut vom samtenen Fell, das, wie sich nun zeigte, kaffeebraun und am Hinterteil schwarzweiß gestreift war. Strahlenförmig verlaufende Strähnen auf dem tennisballgroßen Kopf schillerten in allen Farben des Regenbogens. Unter dem Kopf des anderen Exemplars fiel eine Ausbeulung auf, die so aussah, als sei ein Hühnerei im Schlund stecken geblieben.

«Okay, wie gehen wir jetzt am besten vor?» Ottos Stimme klang brüchig. Seine Hände zitterten.

«Immer mit der Ruhe», sagte Nell.

Quentin fuhr die Kamera unter der Kammerdecke zur Mitte hin, bis sie direkt über dem Kadaver stand, zoomte ihn dann so weit heran, dass auf den Plasmabildschirmen über dem Trog ein stark vergrößerter Ausschnitt des seltsamen Lebewesens zu sehen war.

Otto wölbte seine geschützte Hand über Kopf und

Hals des Tieres. Nell saß auf einem hohen Hocker neben Otto. Sie schlug ihren Skizzenblock auf und fing zu zeichnen an. «Die Keulen sind ähnlich gemustert wie bei einem Okapi», sagte sie.

«Ja, der Vergleich ist nicht schlecht.» Andy nickte und runzelte die Stirn. «Als Okapis von Entdeckungsreisenden zum ersten Mal gesichtet wurden, glaubten sie, eine Kreuzung zwischen Giraffe, Zebra und Büffel vor sich zu sehen.»

«Dieses Exemplar hätte ihnen völlig die Sprache verschlagen», meinte Quentin.

«Solche Streifen sollen Fressfeinde irritieren», erklärte Nell.

«Das Ding ist doch selbst ein Räuber», widersprach Otto.

«Ich glaube, es ist beides, Raub- und Beutetier», entgegnete sie. «Von vorne sieht es gefährlich aus, aber das Hinterteil verrät, dass es auch manchmal seinen Arsch in Sicherheit bringen muss und Reißaus nimmt.»

«Jäger, die selbst gejagt werden?»

«Nimm dir mal den Schwanz vor.»

«Können wir sicher sein, dass es tot ist?»

«Wir werden sehen», sagte Otto. «Fürs Protokoll: Beginn der Untersuchung …», er warf einen Blick auf seine Uhr, «… 14:42. Wir sezieren zum ersten Mal eine Henders-Probe. Es handelt sich um ein achtbeiniges, circa fünfunddreißig Zentimeter langes Pelztier mit Zebrastreifen am Hinterteil, einem rötlich braunen, samtartigen Rückenfell und einer farbig changierenden Musterung auf dem Kopf.»

Er hob den Kopf, und alle sahen, dass die schillernden Streifen einen Strahlenkranz rund um das mit Zähnen bewehrte Maul bildeten.

«Allmächtiger», sagte Andy. «Es hat ja Krebsscheren im Gesicht!»

«Das Musterexemplar hat vier vordere Gliedmaßen, die als Greifarme funktionieren könnten», fuhr Otto fort. «Sie sind haarlos, paarweise unter dem Unterkiefer angeordnet und laufen scherenförmig aus … sehr seltsam. Die breiten frosch- beziehungsweise vogelähnlichen Kiefer sind voller langer, scharfer Zähne von dunkelgrauer Farbe. Das Maul hat dunkelblaue Lippen, die zurückgezogen sind und die Zähne anscheinend überdecken können.»

«Was ist das? Sieht aus wie eine Kappe.» Nell zeichnete mit schnellen Strichen. «Da oben auf dem Kopf.»

«Auffällig ist auch die hellblaue, haarlose Kalotte», sagte Otto.

«Jesusmaria», murmelte Quentin. «Entweder ich träume, oder wir schreiben Geschichte, Leute.»

«Du träumst nicht», erwiderte Nell.

Die Wissenschaftler machten ihrer Beklemmung Luft, indem sie ausgelassen jauchzten und klatschten.

Mit konzentrierter, verbissener Miene skizzierte Nell die krumm und schief stehenden Zähne im Maul des rundlichen Kopfes.

Das Tier sah aus wie eine kleine Variante der gefährlichen Bestie, vor der sie am Strand Reißaus genommen hatte, außer dass dessen Kieferknochen horizontal und nicht vertikal gebaut waren.

«Hat gewisse Ähnlichkeiten mit einem Anglerfisch», bemerkte Andy.

«Für mich sieht es aus wie eine Kreuzung zwischen Katze und Spinne.» Mit überfestem Bleistiftdruck gravierte Nell die Umrisse tief ins Papier.

Hendersratte
Rodentocaris hendersi
(aus: Echevarria et al, Proceedings of the Woods Hole Scientific Meetings, Bd. 92: S. 87–93)

«Ja, wie diese Spiger, von denen du gesprochen hast.»

«Genau.» Nell nickte.

«Das Exemplar hat zwei große Augen mit jeweils drei Gesichtsfeldern in den Farben Grün, Rot und Blau», diktierte Otto und untersuchte die Beweglichkeit der Augen mit dem Zeigefinger. «Die Augen sitzen auf kurzen Stielen, die anscheinend über einen raffinierten Gelenkmechanismus verfügen.»

«Ich kann wirklich nur hoffen, das Ding ist tot», sagte Andy.

Otto ignorierte ihn und zog an den hinteren Gliedmaßen. «Die relativ großen Beine sind behaart, sehr muskulös und laufen zu einem schwarzen spitzen Stachel aus Chitin oder Horn aus.»

«Wie bei einer Gottesanbeterin.»

«Ja, so sind diese Glieder angewinkelt», stimmte Otto zu. «Vielleicht dienen sie auch als Scheren oder Kneifzwingen.»

«Oder Stichwaffen», schlug Nell vor. Sie erschauderte bei dem Gedanken, was den anderen in der Felskluft widerfahren sein mochte. «Der Spiger stemmte die Vorderläufe in den Sand, um sich nach hinten wegzukatapultieren.»

Otto fuhr fort: «Diese mantisartigen, scherenähnlichen Greifer stecken in einem Knochenring unter der Haut, mit dem auch die Nackenmuskulatur verbunden ist. Bei dem nächsten Gliederpaar handelt es sich offenbar um Werkzeuge der Fortbewegung. Sie gleichen den Vorderläufen von Vierbeinern ... haben aber ein zusätzliches Gelenk und scheinen in einem breiten Knochenring in der Mitte aufgehängt zu sein, der unter der Haut zu erfühlen ist und einen sichtbaren Höcker ausbildet.»

«Das sind Augen!», rief Nell.

«Was? Wo?», fragte Andy.

«Da oben auf dem Buckel.»

«Oh», staunte er.

«Auf dem Rückenhöcker befinden sich weitere Augen», bestätigte Otto und entfernte Reste blauen Blutes. «Ähnlich den Augen vorne am Kopf.»

«Mir scheint, das sind nicht nur lichtempfindliche Rezeptoren, sondern tatsächlich hochentwickelte Organe für räumliches Sehen.»

«Dann müsste es entweder über außergewöhnlich lange Sehnerven verfügen oder über ein zweites Gehirn direkt unter dem Höcker.»

Otto sprach weiter: «Die drei Glaskörper auf dem Rückenhöcker erinnern an die Haupt- und Nebenaugen der Springspinne. Ein Auge ist direkt nach hinten gerichtet, die beiden anderen zur Seite hin. Ich glaube, du hast recht, Nell. Vielleicht befindet sich unter dem Höcker eine Art Ganglion. Es gibt hier an dieser Stelle eine ähnliche Panzerung wie auf dem Kopf.» Otto tippte mit dem Finger auf eine braune chitinöse Kappe zwischen den Augen, um zu prüfen, ob sich noch irgendwelche Reflexe auslösen ließen. Dem war nicht so.

Er nahm eine Sezierschere zur Hand und schnitt vorsichtig die Kappe entlang der Mittellinie auf. Mit einer Pinzette klappte er die Hälften zur Seite. «Tatsache, es hat ein zweites Gehirn.» Er blickte zu Nell auf. «Das ist nicht bloß ein größeres Ganglion.»

«Es hat Augen hinter dem Kopf», fasste Quentin zusammen.

«Und einen Kopf hinter den Augen», fügte Andy hinzu.

«Seht ihr die beiden Nervenstränge, die zum Kopf hinführen?», fragte Nell mit Blick auf das vergrößerte Bild auf dem Monitor.

«Ja, und da ist noch ein Paar, das nach hinten führt. Seht ihr?» Quentin zeigte auf zwei dünne weiße Fäden.

«Vielleicht ist das die Fernsteuerung für den hinteren Bewegungsapparat», mutmaßte Nell.

«Das kann doch nicht sein», widersprach Otto. «Unmöglich.»

«Vielleicht hat es spezialisierte Ganglien zur Beschleunigung von Angriffen, für Fluchtreflexe oder für die Verdauung, wie es sie auch bei manchen Arthropoden gibt», meinte Andy.

«Mit einer Sektion wird sich das nicht klären lassen», entgegnete Otto mit gekrauster Stirn. «Wir müssten an Lebendexemplaren eingehende neurologische Untersuchungen vornehmen. Vertagen wir das auf später. Am

Hinterleib des Tieres sehen wir zwei sehr kräftige känguruartige Extremitäten mit zusätzlichem Gelenk. Diese Glieder entspringen einem breiten subkutanen Hüftgürtel, der wie die anderen Gliederwurzeln ring- oder röhrenförmig gebaut ist. Der Schwanz –»

«Ich glaube nicht, dass das ein Schwanz ist», unterbrach Quentin.

«Das ist ein Bein», sagte Nell.

Otto kniff die Brauen zusammen.

«Na schön, das Bein hat eine breite Basis und reicht eingezogen bis zu den Vorderläufen. Auf der Oberseite befinden sich gezackte Hornplatten und Stacheln in geometrischer Anordnung.»

«Saugnäpfe», sagte Nell. «Und Stollen wie an den Sohlen von Fußballschuhen.»

«Der schwanzähnliche Fortsatz scheint eine Art neuntes Bein zu sein.» Otto schüttelte verwundert den Kopf. «Vielleicht katapultiert sich das Tier damit, wenn es springt, noch höher in die Luft und weiter nach vorn.»

«Sieht aus wie ein Gliederfüßer, aus dem ein Säuger geworden ist. Findet ihr nicht auch?»

«Ja», sagte Andy. «Daran habe ich auch schon gedacht. Spinnen sind behaarte Krebse oder zumindest Kieferklauenträger.»

«Das ist kein Gliederfüßer», entgegnete Otto. «Nicht mit diesem Maul und diesen Kiefern. Und es hat ein Fell, keine Spinnenhaare.»

«Es blutet wieder», bemerkte Nell.

«Das Tier scheidet eine hellblaue Flüssigkeit aus, bei der es sich um Blut handeln könnte.»

«Das Blut enthält offenbar Hämocyanin, also einen kupferhaltigen Blutfarbstoff wie bei manchen maritimen

Arthropoden. Da, wenn es an die Luft kommt, wird es noch blauer.»

«Ich entnehme jetzt eine Blutprobe.» Otto zog eine Injektionsspritze aus dem Instrumentenfach in der Seitenwand des Trogs.

«Kupferhaltiges Blut?», fragte Nell mit Blick auf Andy.

«Es könnte auch Hämoglobin sein», sagte er. «Manche eisenhaltigen Blutpigmente sind violett.»

«Aber das ist *blau*», korrigierte Quentin. «Bist du farbenblind?»

«Bin ich nicht», gab Andy verärgert zurück.

«Hätte ja sein können.» Quentin musterte Andys Hawaiihemd in den Farben Rosa, Gelb und Blau.

Nell klopfte Quentin auf die Schulter. «Schauen wir uns das Innenleben unseres Freundes an.»

«Ich versiegele jetzt die Blutprobe», berichtete Otto.

«Sorg auch gleich für eine Gewebeprobe, Otto», sagte Quentin. «Zur Bestimmung der Nukleinsäure für den Fall, dass das Blut keine Leukozyten enthält.»

«Jaja.» Otto füllte die blaue Flüssigkeit in ein Röhrchen um, das er mit einer Kappe verschloss und in die Halterung für Proben stellte. Dann sezierte er ein Stück Gewebe und gab es in eine kleine Petrischale. «So, Quentin, das sollte für eine Genanalyse reichen», sagte Otto, nachdem er die Petrischale verschlossen und zusammen mit dem Glasröhrchen in die Luftschleuse gelegt hatte.

Quentin besprühte die Behälter mit Isopropylalkohol und flutete daraufhin die kleine Schleuse mit gelb-grünem Chlordioxidgas. Als das Gas abgesaugt war, nahm er die Proben heraus und reichte sie den Laboranten, die sich sofort daranmachten, Blutagarkulturen anzusetzen. Einer verkleinerte die Gewebeprobe mit einem Gerät, das wie ein kleiner Pürierstab aussah, eingetaucht in ein Glasgefäß, das dicht verschlossen war, damit keine eventuell gefährlichen Schwebstoffe entweichen konnten.

«Möglich, dass die Proben Parasiten enthalten», sagte Nell. «Könntet ihr deren DNA von der DNA unseres Patienten unterscheiden?»

«Kein Problem», antwortete einer der Laboranten.

Auf der anderen Seite von Section One bereiteten die Laboranten die Proben vor; sie pipettierten das Blut und das Gewebe, homogenisierten beides, fügten Reagenzien hinzu, mischten, zentrifugierten, dekantierten, erhitzten, kühlten und füllten schließlich das so bearbeitete Material in andere Gefäße um.

«Paradiesisch», jubelte Nell mit Blick auf die vielen Gerätschaften auf der anderen Seite des Labors. «Wenn ich mir vorstelle, wie lange solche Untersuchungen während meines Studiums an der CalTech gedauert hätten …»

«Ja», lachte Quentin, «von all den Spielsachen, die uns hier zur Verfügung stehen, haben wir früher nur träumen können.»

«Ich kann mich noch erinnern, wie ich mir meine eigene Agarose für elektrophoretische Bestimmungen zusammenrühren musste. Das ist inzwischen so einfach wie Brottoasten.»

«Na, ich würde sagen wie Zimtbrottoasten», meinte einer der Laboranten lakonisch.

Nell lachte. «Wir mussten sogar unsere eigene Taq-Polymerase herstellen.»

«Verschon mich mit deinen Sentimentalitäten», maulte Andy.

«Hört euch den an», erwiderte Quentin. «Ich versteh

dich, Nell. Unsereins weiß solche neuen Instrumente zu schätzen. Und du, Andy? Wann beschäftigst du dich endlich mal mit Molekularbiologie? Hast du eigentlich jemals was von PCR gehört? Zugegeben, als ich studiert habe, gab's diese Methode noch nicht, aber immerhin habe ich geahnt, wo der Hase langläuft, und meine Hausaufgaben gemacht. Aber an dir, Andy, scheint die Entwicklung vorbeigegangen zu sein.»

«Tja, irgendjemand muss ja auch noch die Drecksarbeit machen», wehrte sich Andy.

«Bravo», sagte Nell. «Wir brauchen beides, Andy – Feldforschung und Hightech. Das Gerät, an dem Steve sitzt – hi, Steve –, ist ein Bioanalyzer. Damit lässt sich in wenigen Sekunden klären, wie rein unsere RNA-Auszüge sind und wie viel RNA in jeder Probe enthalten ist. Dafür hätten wir früher ein Vielfaches an Material gebraucht.» Sie streckte den Arm aus. «Und wenn eine RNA-Probe da drüben in den Thermozykler gesteckt wird, liefert er uns die komplette cDNA-Bibliothek. Gleichzeitig wird eine quantitative PCR durchgeführt, die die cDNA tausendfach kopiert, sodass wir in dem Autosequenzer gleich daneben eine Sequenzierung der Gene oder Microarrays in dem Gerät da vorn vornehmen können.»

«Ich verstehe nur Bahnhof», grummelte Andy.

«Ist im Grunde ganz einfach, Andy», sagte Nell. Ihre Augen leuchteten. «Alle lebenden Zellen enthalten RNA-Moleküle, die diese Zellen mit genetischen Informationen der DNA versorgen. Mit Hilfe eines Enzyms, der Reverse-Transkriptase, können wir aus der RNA die komplementäre cDNA herstellen, das sind DNA-Klone. Um dann festzustellen, mit wem unsere Tierchen verwandt sind, führen wir entweder Microarrays durch, was im

Handumdrehen passiert ist, oder wir isolieren, klonen und sequenzieren die einzelnen DNA-Gene, was ein bisschen länger dauert. Nach zwei, drei Stunden Training kannst du das auch selbst, Andy.»

«Ich habe in meinen Biokursen von diesen Verfahren gehört», erwiderte Andy, «kann mir aber nicht vorstellen, wie normale Menschen an solchen Geräten arbeiten sollen.»

«Du hältst dich tatsächlich für normal?», stichelte Quentin.

«Andy», sagte Nell, bevor er Anstoß nehmen konnte, «unseren Jungs da drüben in den Laborkitteln wär's wohl kaum möglich, Arthropoden von Anthropoiden zu unterscheiden, es sei denn, du legst ihnen deren Genome vor. Nichts für ungut, meine Herren.»

Otto räusperte sich. «Können wir hier weitermachen und unsere Genjockeys ihre Arbeit machen lassen?»

«Dann zerteil mal unseren Truthahn!», sagte Quentin.

Nell drehte sich auf ihrem Stuhl herum und schlug eine neue Seite ihres Skizzenblocks auf, als Otto das Tier auf den Rücken legte und wieder Wasser darüberspritzte.

«Das Fell auf der Unterseite ist hellbraun. Mitten auf dem Unterleib befindet sich zwischen den mittleren Extremitäten eine Öffnung, vielleicht ein Ausscheidungsorgan. Zwischen den hinteren Extremitäten scheinen die Geschlechtsorgane zu liegen – ein penisartiger Appendix und etwas, das eine Vagina sein könnte.»

«Ein Zwitterwesen?», sagte Nell.

«Wenn ja, können wir unsere Arthropoden-Theorie vergessen», entgegnete Otto. «Kein Gliederfüßer ist zweigeschlechtlich –»

«Stimmt», unterbrach Quentin. «Aber es gibt etliche

Tierfamilien, die zumindest in einigen Unterarten zweigeschlechtlich sind. Schnecken und Würmer zum Beispiel.»

«Auch Seepocken», sagte Andy. «Und die zählen zu den Gliederfüßern.»

«Im Ernst?», fragte Otto.

«Ja.»

«Seltsam.»

«Wir wissen nicht, seit wann dieses Ökosystem isoliert ist», sagte Nell. «Theoretisch wäre es zwar möglich, dass sich über Tausende von Jahren ganz eigene Arten entwickelt haben, wahrscheinlich ist das aber nicht.»

«Vielleicht gibt es auf der Insel starke radioaktive Strahlung», spekulierte Andy.

«Nein.» Quentin schüttelte den Kopf. «Das sind keine Mutanten.»

«Und unser Exemplar stammt jedenfalls nicht von Arthropoden ab», meinte Otto. «Und es muss eine verdammt lange Evolution hinter sich haben.»

«Wie erklärst du dir das, Otto?», fragte Quentin. «Glaubst du, es ist vom Mars herabgefallen?»

«Ich weiß nicht, woher es kommt», blaffte Otto. «Du etwa?»

«Schauen wir uns die inneren Organe an», versuchte Nell zu schlichten.

«Okay.» Otto blickte auf den Bildschirm und senkte das Skalpell mit zitternder Hand. «Ich setze den Schnitt hinter der Afteröffnung an und führe ihn bis zur Schwanzwurzel.»

«Himmel, ich hoffe, es ist wirklich tot», wiederholte Andy.

«Hör endlich auf damit!», fauchte Otto, als er die

dünne, aber feste Haut durchtrennte und die Bauchhöhle öffnete.

«Hey!», rief jemand.

Alle fuhren herum und starrten den Laboranten an, der auf das Panoramafenster zeigte.

Vor dem Fenster aber war nur der Waldrand zu sehen.

«Jetzt ist es weg. Soeben, ich schwör's, hat an dem Baum da drüben ein großes Viech gehangen, eines mit etlichen Armen. Tut mir leid. Aber es hing da, ehrlich.»

«Mensch, Todd!», knurrte Quentin. «Du trinkst einfach zu viel Kaffee.»

«Ich bilde mir doch nicht bloß was ein. Ich hab's deutlich gesehen.»

Otto seufzte und wandte sich wieder seiner Arbeit zu. «Unter der Haut befindet sich eine durchscheinende weißgraue Membran mit leicht bläulicher Tönung. Ich durchschneide sie jetzt ... sie scheint aus hydrostatischen Epithelien zu bestehen, aus denen eine klare Flüssigkeit sickert. Darunter zeigt sich Muskelgewebe, das an den Gelenken der Extremitäten besonders stark ausgeprägt ist. Und schaut euch mal das hier an ... sieht aus wie ein Tracheensystem. Es durchzieht die Muskulatur und scheint mit der Außenhaut verbunden zu sein.»

«Wie bei Insekten und Spinnen», bemerkte Andy.

Otto nickte. «Ja, und das sind dann wohl Atemlöcher, hier, in der Haut, vom Fell überdeckt.»

«Wow, so werden die Muskeln direkt mit Sauerstoff versorgt», sagte Andy. «Wiederum sehr ungewöhnlich für ein so großes Tier.»

«Die Atemlöcher – seht nur – sind in Reihen angeordnet, und das in ganz präzisen Abständen.» Quentin deutete auf den Bildschirm. «Die setzen sich da auf den Beinen fort …»

Otto räusperte sich wieder. «Also, weiter im Text. Unter der äußeren Muskulatur liegen zwei grüne Drüsen, beide mit einer hellgrauen Blase versehen –»

«Könnte eine Harnblase sein», sagte Andy, offenbar froh darüber, etwas halbwegs Bekanntes zu entdecken.

«Ja. Es scheint, dass sie sich an den Gelenken der Extremitäten entleeren.» Otto setzte Klammern an, um die aufgeschnittene Bauchdecke auseinanderzuziehen. Dann saugte er eine Pfütze sirupartigen Blutes ab.

«Coxaldrüsen … wie bei Königskrabben», staunte Andy.

«Die haben auch Spinnen», ließ Quentin wissen.

«Ich verlängere jetzt den Schnitt von der Afteröffnung nach vorn», sagte Otto, «und decke den Rest eines breiten, dünnen Knochenrings auf, der zur Bauchseite hin geöffnet ist. Die vorderen Extremitäten stecken in schulterartigen Gelenken.»

«Sieht aus wie ein Hummerschwanzsegment.»

«Ein Hautskelett innerhalb des Körpers?», entgegnete Otto unwirsch. «Ist doch Unsinn …»

«Sinn?», fragte Nell. «Auch wir als Menschen sind, wenn man so will, wahllos zusammengestoppelt und nur ein paar Evolutionsschritte von Arthropoden entfernt. Ist bei uns irgendetwas sinnvoll angeordnet?»

«Es sind schon noch etliche Schritte mehr als nur ein paar», sagte Otto. «Und überhaupt, Hautskelette stoßen Schuppen ab. Wo sollten die bleiben?»

«Vielleicht lösen sie sich auf», schlug Nell vor. «In der Chirurgie werden ja auch Materialien verwendet, die der Körper abbauen kann.»

«Es gibt Krustentiere, die ihre abgestoßenen Schalen auffressen, um darin enthaltene Mineralien wiederzuverwerten», gab Andy zu bedenken.

«Also gut», sagte Otto, aber er klang nicht überzeugt. «Ich setze jetzt den Schnitt bis zu den mantisartigen Greifern fort. Hier muss ich eine Menge Flüssigkeit absaugen. Offenbar liegt hier der Magen, aus sechs Teilen bestehend, wenn ich es richtig sehe. Sie enthalten noch Teile der zuletzt gejagten Beute und scheinen über Mahlwerkzeuge zu verfügen, geradeso wie Vogelmägen –»

«Oder die Filter- und Kaumägen der Krebse.»

«Jedenfalls scheint die Nahrung hier zerkleinert zu werden. Jeder Magenteil ist mit Drüsen versehen –»

«Ganz so wie das Hepatopankreas bei Gliederfüßern», bemerkte Andy.

«– sowie mit einem jeweils eigenen kurzen Darmtrakt.»

«Wenn ein Magen-Darm-Trakt ausfällt, stehen immer noch fünf andere zur Verfügung.» Nell hatte zu zeichnen aufgehört und starrte fasziniert auf das tote Tier.

«Ja, vielleicht.» Otto nickte, sah aber skeptisch aus.

«Alle Därme scheinen sich in eine Kloake zu entleeren», murmelte Quentin.

«Krustentiere haben keine Kloake», sagte Otto.

«Ja», stimmte Andy zu. «Davon war bislang auszugehen.»

«Seht mal, auch die Harnröhren der Nieren führen zur Kloake. Und was hat es wohl mit dieser Gewebemasse da auf sich, die wie dünne Spaghetti aussieht?»

«Sieht aus wie die Malpighischen Gefäße bei Insekten und Spinnen. Hier ist deutlich zu erkennen, wie sie alle nahe der Kloake zusammenlaufen.»

«Unmöglich, Krustentiere haben keine Malpighischen Gefäße.»

«Exakt», sagte Otto.

«Vielleicht solltet ihr euch beide allmählich verabschieden von dem, was ihr für gesichertes Wissen haltet.» Nell machte sich zu ihren Skizzen Notizen. «Es spricht immerhin einiges dafür, dass diese Tiere seit Hunderten von Jahrmillionen eine andere Evolution als Krustentiere durchlaufen haben.»

Otto schüttelte den Kopf und fuhr fort: «Die Kloake ist mittig in der Bauchdecke platziert und von einem Knochenring umgeben. Ich entnehme ihr nun Ausscheidungsreste, eine feste weiße Masse, die wir später untersuchen werden.»

«Wahrscheinlich scheißt unser Freund beim Springen und wenn der Schwanz nach hinten ausgestreckt ist, sonst würde er sich immer selbst besudeln.» Andy grinste.

«Mag sein. Vielleicht drückt er mit Hilfe der Sprungmuskulatur auch seinen Kot aus», sagte Quentin. «Der käme dann wie aus der Pistole geschossen.»

«Könnten Urate sein.» Otto stocherte mit seinem Skalpell in der weißen Masse. «Vogeldreck.»

«Igitt», sagte Andy.

«Hey, ihr da. Wir haben unsere ersten RNA-Ergebnisse», rief einer der Laboranten namens Steve.

Alle wandten sich ihm zu. Er zeigte auf einen Monitor, auf dem eine Reihe spitzer Kurven zu erkennen war, ähnlich denen eines Elektrokardiogramms.

«Scheiße», murmelte Steve mit Blick auf die Grafik. «Tut mir leid, Leute. Fehlalarm. Wir müssen wohl von vorn anfangen.»

«Warum?», fragte Otto.

«Diese Ergebnisse können nicht stimmen.»

«Es müssen sich irgendwelche Verunreinigungen eingeschlichen haben», bestätigte der Cheflaborant.

«Warum können die Ergebnisse nicht stimmen?», wollte Nell wissen.

Steve zuckte mit den Achseln. «Weil hier drei ribosomale RNA-Peaks zu sehen sind.»

«Und wieso schließt ihr auf eine Verunreinigung?», fragte Andy.

«Weil nichts auf der Erde drei ribosomale Peaks hat, mein Freund.»

«Ausgenommen Krustentiere», sagte Andy.

«Ernsthaft?»

Andy verdrehte die Augen. Er sah Nell an. «Unsere Genjockeys bräuchten mal Nachhilfe in Zoologie.»

«Verdammt, das wusste ich nicht.» Steve schaute wieder auf das Diagramm. «Tja, dann haben wir's wohl mit einem Krustentier zu tun.»

«Bravo, Andy.» Nell zwinkerte ihm zu. Er lächelte.

«Dann wären wir wieder bei den Arthropoden, Otto», sagte Quentin.

Otto schüttelte den Kopf, resigniert, wie es schien. «In dem Fall käme unser Exemplar tatsächlich vom Mars.»

Quentin zuckte mit den Achseln. «Vielleicht sind ja alle Krustentiere vom Mars.»

Andy sagte: «Geh nochmal mit dem Skalpell in die andere Richtung, Otto.»

«Okay. Ich schneide die Bauchdecke weiter auf. Was da zum Vorschein kommt, ist anscheinend weiteres pankreatisches Gewebe – mit einem Geflecht aus blind endenden Tubuli.»

«Mann, das Ding scheint Massen von Nahrung zu verdauen, und das ruck, zuck.»

«Auch das ist typisch für Krustentiere», bemerkte Andy.

«In der Tat», sagte Otto. «Ich setze den Schnitt fort. Oh ...»

Der Unterleib zuckte spasmisch, als Otto das Skalpell in den Beckenbereich vorzog.

«Vorsicht, Otto», flüsterte Nell.

Kleine Beine zerrten an den Einschnitträndern.

«Da ist jemand nicht einverstanden damit, gefressen worden zu sein», sagte Quentin.

«Nein», hauchte Nell. «Ein Embryo.»

«Ja, pass auf, unsere Mutter ist lebendgebärend», warnte Andy.

«Lass lieber, Otto», drängte Nell.

Otto zog seine Hände zurück, als ein mausgroßes Wesen zum Vorschein trat, mit seinen Vorderklauen ein Stück vom Fleisch seiner Mutter abriss und mit zahnigem Grinsen ins Maul stopfte. Dann schüttelte es den Kopf und schlenkerte blaues Blut ab.

«Nicht anfassen, Otto», flüsterte Nell. «Und komm aus den Handschuhen raus.»

Ein zweites Baby zwängte sich aus dem Mutterleib und krabbelte über den Wundrand.

«Die sind ja schon voll aktiv», staunte Quentin.

«Ja, und wir haben sie gerade mit einem Kaiserschnitt auf die Welt gebracht.»

«Sie verteidigen den Kadaver, Otto», sagte Nell.

«Komm ihnen nicht zu nahe», warnte Quentin.

«Komm aus den Handschuhen raus!», wiederholte Nell.

«Ich will ihnen nur ein bisschen Angst machen, damit wir sehen, wie sie sich bewegen –»

«Zurück, Mann», rief Andy.

Otto lachte. «Sie laufen auf den vier hinteren Beinen und heben die Arme wie eine Gottesanbeterin. Seht ihr?»

«Sie sind schnell», beobachtete Quentin.

Otto grinste. «Hast du jemals von lebendgebärenden Arthropoden gehört, Quentin?»

«Manche haben tatsächlich Beutel, in denen sie ihre Jungen herumtragen», sagte Andy.

«Sie lassen sich keine Angst machen und werden nur noch aggressiver», warnte Nell. «Hör auf damit!»

«Da.» Otto zeigte auf eines der Jungen, das sich auf dem eingezogenen Schwanz aufrichtete.

Alle schreckten zusammen, als es sich auf Ottos Hand stürzte.

«Verdammt!», schrie Otto und zerrte die Hände aus den Handschuhen. «Mein Daumen!»

«Mach die Luken zu, Quentin.» Nell reagierte schneller als die anderen.

«Hat mir dieses Miststück doch tatsächlich den Daumen aufgebissen. Scheiße, Scheiße!»

«Okay, Ende des Protokolls», sagte Andy.

Quentin starrte fassungslos auf Ottos Hand. Nell schlug mit der Faust auf den Schalter, der die Luken des Handschuhkastens versiegelte.

«Sie fressen ihre Mutter auf», murmelte Andy mit Blick in den Trog.

«Quentin!» Nell rüttelte den Kollegen bei den Schultern. «Gib eine Meldung an Section Three durch. Und verständige die *Enterprise.* Sag ihnen, dass wir sofort ärztliche Hilfe brauchen. Und einen Krankentransport.

Unsere Blutagarkulturen sind gerade erst angesetzt. Ob dieses Viech hämolytische Bakterien in sich trägt, wissen wir frühestens in sechs Stunden. Frag nach, ob sie uns Gentamicin, Vancomycin und Ceftriaxon mitbringen können. Wir müssen von einer MRSA-Infektion ausgehen, bevor wir Näheres wissen. Los jetzt!»

«Mein Gott!», stöhnte Andy, als er sah, dass Ottos Daumen wie von einem Bolzenschneider in der Mitte aufgetrennt war.

«Andy, gib mir deinen Schlips», sagte Nell.

«Was?»

Nell zerrte ihrem Kollegen die Lederkrawatte vom Kragen und schlang sie um Ottos Oberarm. «Quentin, was hast du in Erfahrung gebracht?»

«Sie schicken ein paar Leute und organisieren den Transport.»

«Gut. Okay, Otto, streck dich aus und bleib schön ruhig.»

Otto legte sich auf eine Bank und fluchte. Rotes Blut tropfte auf den weißen Boden.

«Andy, hol ein paar Handtücher», sagte Nell. «Und den Erste-Hilfe-Kasten. Quentin, du könntest schon mal den Trog sterilisieren.»

«Wozu denn das?»

Nell fuhr herum und herrschte ihn an: «MACH ES EINFACH!»

«Schon gut, schon gut.» Er drückte einen Knopf.

Gelbgrünes Gas vernebelte die Kammer.

16:35 Uhr

Die *Trident* lag in der Bucht vor Anker. Von den Felsen hallte das Geräusch der Brandung wider. Auf dem Achterdeck lief Cynthea hin und her wie ein Tier im Käfig.

Es war ihr unerträglich, die Story des Jahrhunderts aufgetan zu haben und nicht darüber berichten zu können. Sie glaubte, verrückt werden zu müssen, wenn nicht bald etwas passierte.

Den anderen gefiel es auch nicht besonders, auf der *Trident* unter Quarantäne zu stehen beziehungsweise gefangen gehalten zu werden.

Die Navy hatte ihnen freundlicherweise an Bord geliefert, was sie brauchten, einschließlich aktueller Zeitungen und DVDs. Trotzdem machte sich Langeweile breit.

Ungefähr zwei Stunden nach Ausstrahlung der letzten Folge von *SeaLife* hatte die US-Regierung eine Nachrichtensperre verhängt, die *Trident* an der Weiterfahrt gehindert und der Besatzung strengstens untersagt, an Land zu gehen.

Cyntheas Show war offiziell und unwiderruflich abgesetzt worden. Sie schäumte vor Wut über die Anmaßung derer, die so entschieden und buchstäblich schweres Geschütz aufgefahren hatten, um ihre Forderungen durchzusetzen. Das musste man der Navy lassen: Im Machtkampf mit den Fernsehchefs saß sie am längeren Hebel.

Zero lag mit geschlossenen Augen auf einem Liegestuhl an Deck und bräunte seinen schlanken, athletischen Körper.

Cynthea redete auf ihn ein, doch er schien sie zu ignorieren.

«Du *musst* auf diese Insel, Zero», verlangte sie zum x-ten Mal. «Eine Stunde Filmmaterial würde so viel einbringen, dass wir uns zur Ruhe setzen könnten. Hörst du mir überhaupt zu, Arschloch?»

Zero öffnete ein Auge. «Yup.»

«Und?»

«Kommt gar nicht in Frage», antwortete er und machte das Auge wieder zu.

«Ich könnte es ja mal versuchen», schaltete sich der Kombüsengehilfe Dante ein, der ein wenig abseits stand.

In Palo Alto aufgewachsen, hatte er in den High Sierras zu klettern gelernt und achtzehnjährig den El Capitan im Alleingang bezwungen. Zwei Jahre zuvor war er, mit einer Seilschaft unterwegs, in einer vierhundert Meter hohen Steilwand unter dem Gipfel des Lost Arrow von einem Blitz getroffen worden. Die feuchten Seile, an denen er hing, hatten einen Großteil der Hochspannung ableiten können; trotzdem hatte er drei Monate im Krankenhaus liegen müssen, ehe er wieder laufen konnte.

Dante zeigte auf die Felsspalte. «Wenn ich da hochgehe, wird mich niemand sehen.»

Zero schlug für einen kurzen Moment die Augen auf. «Du weißt nicht, wovon du sprichst, Kleiner.»

«Ich habe die Aufnahmen gesehen. Was euch angegriffen hat, kam von unten, über die Sohle der Schlucht. Ich würde gleich in die Wand einsteigen.»

Zero richtete sich auf. «Zweihundertfünfzig Meter hoch? Du hast sie wohl nicht alle.»

«Was würden Sie sagen?», fragte Dante Cynthea. «Wollen Sie, dass ich's versuche?»

Zero schaute der Produzentin in die Augen, die kurz aufzuflackern schienen. «Nein. Nein, das wäre zu gefährlich.» Sie presste die Lippen zusammen und begegnete Zeros Blick. «Aber es muss irgendwie möglich sein.

Komm, Zero-Schatz, lass dir was einfallen. Ich mache dich zum glücklichsten Mann auf der Welt. Ich könnte einen Superdeal für uns aushandeln …»

Zero lehnte sich wieder zurück und schloss die Augen. «Ich höre.»

«Ich könnte eine Kamera mitnehmen», sagte Dante.

Cynthea wandte sich ihm zu und lächelte. «Das wäre –»

«Cynthea!», knurrte Zero.

«– viel zu gefährlich, Dante. Aber danke für den Vorschlag, Herzchen. Du bist heute mein Held.»

Sehnsüchtig schaute Cynthea auf die steil aufragenden Felswände über der Bucht. «Verflucht! Das muss doch irgendwie möglich sein.» Und mit Blick auf Zero, der wieder zu schlafen schien: «Hätte Nell, diese blöde Ziege, doch wenigstens meinen Camcorder mitgenommen.»

Zero kicherte.

«Zero, womit würdest du dich umstimmen lassen? Los, besorg mir Filmmaterial von der Insel.»

«Ich bin gespannt, was du mir vorschlägst.» Er wälzte sich auf den Bauch. Dante schubste ihn wütend weg.

Cynthea starrte auf die Klippen. Millionen von Jahren hatten sie Tsunamis, Eisschollen und Abenteurern getrotzt, doch ihr zu widerstehen würde ihnen nicht gelingen.

20:33 Uhr

Ein Hubschrauber brachte Otto an Bord der *Enterprise*, wo sich Ärzte um ihn und seinen Daumen kümmerten. Man hatte ihn mit schmerzlindernden Mitteln, Antibiotika und Virustatika vollgepumpt und auf die Quarantänestation verlegt, wo er rund um die Uhr beaufsichtigt wurde.

Die ersten Specimen und Gewebeproben von Henders Island waren auch schon eingetroffen, sorgfältig verpackt und mit demselben Hubschrauber transportiert, um anschließend zur *Philippine Sea* weitergeschickt zu werden, wo man sie kernspintomografieren, röntgen, biochemisch aufbereiten und DNA-sequenzieren würde. Das Wissenschaftlerteam an Bord des Kreuzers konnte nun damit anfangen, die Spezies der Insel physiologisch und taxonomisch zu bestimmen oder es zumindest zu versuchen.

Weil es nicht erlaubt war, lebende Musterexemplare von der Insel zu schaffen, musste sich Nell damit begnügen, die Präparation der toten Tiere zu beaufsichtigen und das Leben auf der Insel zu beobachten. Die Kollegen auf Trab zu halten und zu verhindern, dass sie sorglos wurden, erwies sich als ermüdende Doppelbelastung, doch jetzt, da die Untersuchungen endlich begonnen hatten, schaffte es Nell, zwanzig Stunden am Stück zu arbeiten.

Die Nacht brach herein, als sie sich eine erste Verschnaufpause gönnte. Versonnen schaute sie durch das lange Fenster auf die vom Mond bestrahlte Landschaft draußen vor dem Labor.

Eine Bewegung ließ sie aufmerken. Sie rieb sich die Augen und blickte näher hin.

Aus dem Boden reckten und streckten sich dünne Ranken mit farnartigen Wedeln. Sie wuchsen in strahlenförmig angeordneten Clustern und tasteten mit den Wedeln den Boden ringsum ab, was zur Folge hatte, dass kleine Staubwolken aufstiegen.

«Die scheinen zu weiden.»

Nell schreckte auf und bemerkte, dass Andy hinter ihr stand.

«Entschuldige», sagte er. «Quentin meint, dass diese Dinger fressen, was auf den Hängen wächst.»

«Nur bei Nacht? Na ja, warum nicht?» Nell massierte sich die Stirn und lächelte.

«Bei Dunkelheit wechseln sie ihre Farbe, Nell. Quentin hat eine Taschenlampe draufgehalten, da waren sie noch violett, aber nach ein paar Minuten wurden sie im Licht der Lampe gelb und dann wieder grün.»

«Es könnte sich um eine Flechtenart handeln.» Sie schüttelte den Kopf. «Wir haben noch viel zu lernen.»

«Pass mal auf.» Einer der Laboranten drehte den Verstärker auf, an den die Außenmikrofone angeschlossen waren.

Über die Geräusche des Dschungels hinweg tönte eine Musik wie von Altsaxophonen, die über das riesige Amphitheater der Insel hallte. Sie hörte sich an wie der Gesang von Walen, rhythmisch akzentuiert und mit trillernden Vokalskalen verflochten.

Andy stieß staunend einen Pfiff aus. «Danke, Nell, dass ich mitkommen durfte.»

«Nichts für ungut. Wir brauchen dich.»

Andy grinste. «Das hat mir noch niemand gesagt, meine Tante ausgenommen.»

Spontan drückte ihm Nell einen Kuss auf die Wange. «Du solltest nicht so streng mit dir sein, Andrew Beasley.»

«Ich wünschte, du wärst meine Freundin, Nell», rutschte es aus Andy heraus.

Jetzt wurde auch Nell rot. «Danke für das Kompliment.» Sie fuhr ihm zausend durchs Haar. «Aber ich bin niemandes Freundin», sagte sie. «Und vielleicht werde ich das auch nie sein. Jedenfalls nicht nach dem Muster unserer seltsamen Paarungstradition, die ich, ehrlich gesagt, nicht so richtig verstehe.»

«Du verdienst einen tollen Kerl, Nell. Allerdings bin ich mir nicht sicher, ob er dich verdient.»

Sie lachte.

«He, Leute. Ihr glaubt es nicht!», rief Quentin von der anderen Seite des Labors und zeigte auf eine Falle voll fliegender Insekten. «Sie leuchten im Dunkeln.»

«Seht mal nach draußen», brüllte jemand.

Am Waldrand wirbelten grüne Funken durch die Luft, die sich zu DNA-förmigen Spiralketten zusammenschlossen.

«Vielleicht paaren sie sich», sagte Quentin. «Luftverkehr wie bei Libellen.»

«Eine Riesenhelix», flüsterte Nell.

Sie seufzte lächelnd. Der erste Tag im Labor auf der Insel war vergangen, und sie hatte vor lauter Arbeit seit sechsundzwanzig Stunden kein Auge zugemacht. «Ich ziehe mich jetzt für ein paar Stunden in Section Two zurück.»

«Recht so», sagte Andy. «Aber von der Technik ist zu hören, dass die Installationen dort noch nicht abgeschlossen sind.»

«Egal, Hauptsache, es ist ruhig.» Nell nickte müde und ging auf die Schleuse zu. Plötzlich spürte sie, wie erschöpft sie war.

«Morgen sind die ROV einsatzbereit. Dann können wir einen Blick auf den Dschungel werfen.»

«Ja. Otto wird sich freuen, wenn er zurück ist», sagte

sie über die Schulter hinweg. «Sorg bitte dafür, dass unsere jüngsten Proben, alle Daten-Zips und Sektionsprotokolle für den Transport zur *Enterprise* zusammengepackt werden. Um fünf kommt der Hubschrauber. Ich werde mich für ein Weilchen bewusstlos stellen. Bitte nicht stören, okay?»

«Okay.» Andy nickte. «Gute Nacht, Nell.»

Sie winkte ihm noch einmal zu und öffnete die Schleuse zum Verbindungsgang, der zu Section Two führte. Sie trat ein, zog die Tür zu und hörte das beruhigende Zischen der Versiegelung.

Gähnend stieg sie über Aluminiumstufen nach oben. Die grünen LEDs der Sensoren für Mikroben glitzerten wie smaragdene Sterne an der gewölbten Wand der Kunststoffröhre. *Kein Leck*, dachte Nell.

Sie passierte die zweite Schleuse und betrat die verlassene Section Two.

In den vergangenen drei Tagen, als das Labor von den Technikern der NASA zusammengebaut worden war, hatten sich die Wissenschaftler bei Gelegenheit hierhin zurückgezogen, um ein wenig zu schlafen.

In der erst vor kurzem herbeigeschafften Section Three gab es, wie Nell wusste, bequemere Etagenbetten, aber dort wimmelte es zurzeit von Technikern, die damit beschäftigt waren, Strom anzuschließen und die Computer zum Laufen zu bringen.

In Section Two roch es nach Kunststoff, Verpackungsmaterial und den Ozonausdünstungen elektronischer Geräte. Der Boden war übersät mit Drahtspulen, hastig geöffneten Kartons, zerrissenen Plastiktüten, zerbrochenen Styroporformen, Kabelsalat und anderem Müll, der noch entsorgt werden musste. Fürs Erste musste irgendeine Freifläche als Schlafplatz reichen. Also kletterte sie auf einen der langen Handschuhkästen, die ähnlich gebaut waren wie der in Section One, denn es war die einzige Stelle, die nicht erst entrümpelt werden musste.

Ausgestreckt in einem großen Müllbeutel als Schlafsack und den Kopf auf eine Plastiktüte gebettet, in die sie ein paar Packungen Erdnüsse gestopft hatte, starrte Nell durch das Kuppelfenster auf einen sternklaren Himmel. Ein paar leuchtkäferartige Insekten zogen wie Meteore darüber hin. Für einen flüchtigen Moment glaubte sie, ein Gesicht zu sehen, das mit vielfarbenen Augen auf sie herabblickte. Dann war sie eingeschlafen.

4. September

Mitternacht

Thatcher Redmond winkte die Stewardess zu sich.

Er grinste schief, als die junge Asiatin zu ihm kam. «Könnte ich was zu knabbern haben?», fragte er.

«Selbstverständlich.»

Sie war sehr hübsch, doch Thatcher wandte sich von ihr ab. Der kurzfristig anberaumte Flug nach Phoenix hatte ihm zu schaffen gemacht, und jetzt, nach erfüllter Mission, da er glaubte, alles hinter sich lassen zu können, wartete er nun schon seit sechs Stunden im Flugzeug vor dem Terminal, weil ein paar Komiker von der Sorte Keystone Cops nicht zuließen, dass die Maschine in die Luft ging. Er ahnte den Grund der Verzögerung und wurde nervös. Möglicherweise erkannt zu werden passte ihm ganz und gar nicht.

Sein sauber ausrasierter Backenbart ging in einen dicken Schnauzer über. Dieses W aus roten Gesichtshaaren war Thatcher Redmonds Markenzeichen oder, wie sein Agent meinte, ein einprägsames Signaturkürzel, wie es sich für einen renommierten Professor und von der Öffentlichkeit gefeierten Intellektuellen gehörte. Darum konnte er sein Äußeres ebenso wenig verändern wie seinen Namen. Manchmal ertappte er sich dabei, dass er seine Kollegen beneidete, die dank ihrer Anonymität immerhin die Freiheit hatten, sich zu rasieren. Manchmal, aber nicht sehr häufig …

Immerhin hatte er während des Rückflugs ein wenig arbeiten können. Auf dem Hinflug nach Phoenix Stunden zuvor war er zwischen zwei stämmigen, eineiigen Zwillingen eingezwängt gewesen, die aus irgendwelchen Gründen den Fenster- und Gangplatz reserviert hatten. Bevor sie eingeschlafen waren und zu schnarchen angefangen hatten, hatten sie ihm erzählt, dass sie durch den Südwesten reisten und ihren Urlaub mit einem Besuch in Las Vegas krönen wollten. Dass er in diese Pläne eingeweiht worden war, hatte Thatcher irritiert.

Er war ein leidenschaftlicher Spieler. Obwohl gegenwärtig mit Spielschulden von 327 000 Dollar belastet, war er immer noch davon überzeugt, mathematische Fähigkeiten zu besitzen, die ans Geniale grenzten. Er glaubte, Gewinnchancen wie im Display eines Spielautomaten vor seinem inneren Auge erkennen zu können.

Ob er mit seiner Intuition in über fünfzig Prozent der Fälle richtiglag oder nicht, blieb dahingestellt. Immerhin hatte es häufig genug so ausgesehen, und er hatte gelegentlich so hohe Gewinne gemacht, dass das Spiel in seinem heimlichen Doppelleben eine seiner liebsten Beschäftigungen wurde. Erst in jüngster Zeit war er in eine schwere Krise geraten, und die Scheidung von seiner dritten Frau gestaltete sich immer mehr wie ein hässlicher Rosenkrieg.

Zu allem Überfluss drohte nun auch noch seine ehemalige Assistentin mit einer Vaterschaftsklage. Behauptete diese Harpyie doch tatsächlich, einen Sohn von ihm zu haben, ein angeblich inzwischen zweieinhalbjähriges «Kind der Liebe». Sie verlangte nun von ihm, sie zu heiraten, oder eine «gütliche Einigung».

Was ihn ärgerte, war weniger ihre Forderung als der

Umstand, dass sie ihn erpressen wollte. Sedona hatte ihn angerufen und zu seinem Erfolg als Bestsellerautor und gerngesehener Gast von Talkshows beglückwünscht. Und im gleichen Atemzug hatte sie ihm ganz nebenbei mitgeteilt, dass er Vater sei und Verantwortung für das gemeinsame Kind zu übernehmen habe.

Jahrelang war es ihm gelungen, seine Spielleidenschaft geheim zu halten und nicht in Konflikt geraten zu lassen mit seiner Karriere als Professor der Zoologie am Massachusetts Institute of Technology. Doch war er nach seinen jüngsten Exzessen sein ganzes Vermögen los, und so warf er sämtliche Regeln über Bord. Denn auch als Wissenschaftler und Autor spielte er inzwischen va banque. Tatsächlich hatte er so seinen bislang größten Gewinn gelandet.

Mit seinem Buch *The Human Factor* war es ihm mit neunundfünfzig Jahren endlich gelungen, den Jackpot zu knacken; der Titel hatte ihm nicht nur viel Geld, sondern nun auch schon zwei angesehene Auszeichnungen eingebracht, vor zwölf Tagen erst den begehrten Tetteridge Award für populärwissenschaftliche Werke.

Mit etwas Glück würde er eine weitere Trophäe einheimsen, den mit einer halben Million Dollar dotierten MacArthur-Genius-Preis, der in wenigen Wochen vergeben werden sollte. Zwar wurden die Nominierungen offiziell geheim gehalten, doch er wusste, dass sein Name im Spiel war.

Falls er das Rennen machte, hätte er auch gute Aussichten auf den Pulitzerpreis. Thatcher war auf dem aufsteigenden Ast.

Nachdem er jahrelang trockene Aufsätze über genetische Korrelationen zwischen Fruchtfliegen und derglechen veröffentlicht hatte, Arbeiten, die allenfalls eine Handvoll Kollegen und zwangsverpflichtete Studenten zur Kenntnis nahmen, setzte Thatcher nunmehr auf das, was allenthalben nachgefragt und entsprechend einträglich war. Wissenschaftliche Ernsthaftigkeit oder Kompetenz spielte keine Rolle mehr.

Der Pool aus Preisgeldern, Honoraren und Tantiemen war tief und warm, und Männer seines Schlages fühlten sich darin wohl, die das Zeug dazu hatten, den Medien und der Politik ihre Expertise zur Verfügung zu stellen und somit der Tagesaktualität wissenschaftlichen Rückhalt zu bieten. In diesem Pool tummelten sich seriöse und unseriöse Vertreter ihres Faches, Idealisten und Opportunisten gleichermaßen. Thatcher bedauerte nur eines: nicht schon früher darin eingetaucht zu sein.

Er genoss seinen Ruhm und das öffentliche Interesse an seinen Kommentaren, zu welchen Themen auch immer, und solange er die Trends in der Wissenschaft bediente, nahmen die Einladungen zu Talkshows und Interviews kein Ende.

Thatcher wusste den Zeitgeist zu nutzen und prangerte die Umweltgefährdung durch den Menschen wortreich an; sie war auch das Thema seines Buches gewesen, mit dem ihm ein Wurf gelungen war, der alle Konkurrenten altbacken und ungelenk aussehen ließ. Seine Strategie hatte Erfolg.

Weil ihm durchaus bewusst war, dass er eine Nische zu erobern versuchte, die schon von vielen seiner Kollegen vor Jahren besetzt worden war, hatte sich Thatcher vorgenommen, die Nahrungskette an ihrem Ende aufzugreifen. Von wissenschaftlichen Skrupeln unbehelligt, sprach er der nichtakademischen Öffentlichkeit aus dem

Herzen. Schließlich wusste er, wer seine Zunft alimentierte. Auf lange Sicht würde er mit dieser Strategie wahrscheinlich scheitern, doch das kümmerte ihn nicht. Er wollte seine Chance nutzen, absahnen und rechtzeitig das Weite suchen. In Costa Rica hatte er sich bereits ein standesgemäßes Domizil ausgesucht, das er zu erwerben beabsichtigte. Darüber, dass er der Wissenschaft oder gar der Sache der Umweltschützer am Ende schaden könnte, ließ er sich keine grauen Haare wachsen; im Gegenteil, diese Möglichkeit reizte ihn sogar als eine Art Entschädigung für all die Jahre fruchtloser Plackerei.

Die Vermarktung seines Buches brachte ihm so viel ein, dass er nicht nur die Gläubiger der Spielbank, sondern auch seine geschiedene Frau auszahlen konnte. Thatcher Redmond hatte sich entgegen aller Wahrscheinlichkeit behauptet.

Und dann kam Sedona mit dieser leidigen Sache und machte ihm einen Strich durch die Rechnung.

Endlich setzte sich der Airbus A321 in Bewegung, bog auf die Startbahn ein und beschleunigte. Die Passagiere jubelten, und auch er atmete auf, als die Maschine abhob.

Zum wiederholten Mal ließ er sich die Ereignisse des Tages durch den Kopf gehen. Vor gut sieben Stunden war er mit dem Taxi nach Camelback Mountain gefahren, wo die Hautevolee von Phoenix zu Hause war. Die bizarren Felsformationen draußen vor dem Fenster hatten ihn an die *Flintstones* aus dem Fernsehen erinnert. Obwohl Sedona, die Harpyie, dank ihrer vermögenden Familie und Freunde im reichsten Viertel der Stadt eine Villa bewohnte, hatte sie ihn zu sich zitiert, um die Hand aufzuhalten für ein Kind, das er nicht kannte und schon gar nicht gewollt hatte.

«Warte hier, Thatcher.» Er erinnerte sich an ihre Worte.

«Hier» war ein luftiger, sonnendurchfluteter Salon mit hoher Decke und kostbarem Interieur. Die Glasschiebetür zur Terrasse und dem Swimmingpool dahinter stand einen Spaltbreit auf und ließ ein trockenes Lüftchen in den Raum.

Der kleine rothaarige Rotzlöffel rannte kreischend umher und stolperte alle naselang. Sedona hatte Thatcher gebeten, auf ihn aufzupassen, und gesagt, das kleine Monster würde, wenn man es aus den Augen ließe, nach draußen laufen und geradewegs in den Pool springen, und zwar ohne seine Schwimmhilfe in Form einer aufblasbaren Seeschlange.

Aber sie könne doch die Glasschiebetür zumachen, hatte er entgegnet.

«Ich warte darauf, dass die Katze zurückkommt. Keine Sorge, der Kleine ist noch nicht in der Lage, die Tür weit genug aufzuschieben.»

Dann war sie gegangen, um die Haustür zu öffnen, angeblich einem Lieferanten …

Hatte sie ihm eine Falle gestellt? Nach alter Gewohnheit waren ihm wieder die Zahlenwalzen der Spielautomaten durch den Kopf gerattert, als er schon seine Chancen ausrechnete. Argwöhnisch schaute er sich um, weil er fürchtete, dass womöglich irgendwo eine Kamera versteckt war.

Er lehnte sich jetzt in seinem bequemen Flugzeugsessel zurück und rieb die Ränder seiner Schuhsohlen aneinander. Nach dem strapaziösen Hinflug hatte er sein Ticket umbuchen und für den Rückflug einen Platz in der Business Class reservieren lassen. Sechs Stunden Wartezeit hatte er dafür in Kauf nehmen müssen, dass er jetzt seine Beine ausstrecken konnte und ganz allein in seinem Abteil war.

Beim Abschied von Sedona hatte er versprochen, ihr zu helfen und sich bald wieder zu melden, ja, er hatte ihr sogar einen Kuss auf die Wange gegeben, als die rauchgraue Katze aus dem Haus gelaufen kam und um seine Beine strich, sodass er auf dem Weg zum Taxi fast gestolpert wäre.

Als dem Taxi nach wenigen Kilometern ein Krankenwagen mit Sirene und Alarmlicht entgegengekommen und in Richtung Camelback Mountain gerast war, hatte er die Assoziation einer Slotmaschine, die den Höchstgewinn ausspuckte.

«Hallo, Sie sind doch Thatcher Redmond, nicht wahr?», meldete sich eine laute Stimme hinter ihm.

Er fuhr erschrocken herum. «Ja.»

«Ich habe Ihr Buch gelesen.» Ein braungebrannter Mann, seinem Akzent nach offenbar aus Australien, schüttelte ihm herzlich die Hand. «Sie sind also wirklich der Meinung, dass die Menschen den Planeten kaputt machen, eh?»

Ja, du Trottel, dachte Thatcher, *wenn ich dich so sehe, erscheint mir eine solche Möglichkeit umso wahrscheinlicher.* «Die Gefahr besteht durchaus.» Thatcher lächelte gnädig.

«Ich weiß nicht.» Der Mann schüttelte den Kopf. «Ich reise viel, und wenn ich hier durchs Fenster blicke, ist auf weiter Flur kein Mensch zu sehen.»

«Mit bloßem Auge ist ja auch kein tödlicher Virus zu erkennen, der einen Körper befallen hat.»

«Ja, da ist was dran.»

«Ein solcher Virus ist der freie Wille. Wenn der um sich

greift und auch noch mit Vernunft unterfüttert wird, ist die Katastrophe vorprogrammiert. Darauf können Sie sich verlassen.»

«Hört sich nicht gut an. Tja, also …»

«Keine Sorge. Noch sind wir in Sicherheit. Brenzlig wird's erst in hundert Jahren oder so.» Thatcher zwinkerte dem Mann zu und grinste.

«Schön für uns, aber schlecht für unsere Kinder, schätze ich. Oh, tut mir leid, wenn ich störe. Mir scheint, Sie waren gerade in Gedanken.»

«Nichts für ungut», entgegnete Thatcher, erleichtert, dass die Unterhaltung zu Ende war.

«Hier sind Ihre Erdnüsse, Sir.»

Die Stewardess war so unvermittelt aufgetaucht, dass Thatcher verschreckt zusammenzuckte.

«Danke!», blaffte er, verärgert darüber, erkannt worden zu sein. Womöglich würde er deswegen noch Scherereien bekommen.

Thatcher schaltete das Spotlight über seinem Kopf aus und schaute ins schwarze Fenster. Er versuchte sich auf seinen Auftritt morgen Abend bei CNN zu konzentrieren, wo er sich wieder einmal zum Thema Henders Island würde äußern müssen. Aber seine Gedanken schweiften ab, als er sein Spiegelbild in der dunklen Scheibe sah. *Egal,* dachte er. *Natürlich habe ich sie besucht. Aber niemand kann mir irgendetwas nachweisen.*

Er griff sich ein Glas Champagner vom Tablett eines vorbeigehenden Stewards.

Endlich konnte er sich ein wenig entspannen, er prostete sich zu und spürte in der Magengegend jenen Kitzel, den er immer spürte, wenn er einen Jackpot geknackt hatte.

5. September

17:10 Uhr

Das gesamte Panoramafenster am Ende von Section One war von grünen, gelben und violetten Pflanzen überwuchert.

Vom Waldrand aus hatten sich ähnliche Gewächse ausgebreitet; sie bedeckten inzwischen ein Viertel der Seitenfenster des Labors.

Vor den noch frei gebliebenen Fenstern waren die Pflanzen und eingetopften Baumsetzlinge zu sehen, die auf Wunsch des Teams eingeflogen und auf dem Hang ausgesetzt worden waren, begleitet von jeweils einem ROV, das deren Schicksal aufzeichnete.

Quentin gratulierte Andy. Sie saßen beide vor dem Trog und beobachteten die erste lebende und erwachsene «Ratte», die man hatte einfangen können.

«Woran erinnern dich die Augenbewegungen?», fragte Quentin und führte die Kamera so weit wie möglich über das Tier, ohne es zu erschrecken.

Andy nickte. «Wahrhaftig, o Mann!»

«Was?», fragte Nell. Das grinsende Gesicht des Tieres ließ ihr ein Schaudern über den Rücken laufen. Die Stielaugen folgten jeder ihrer Bewegungen.

«Die meisten Tiere auf der Insel scheinen Augen wie die eines Fangschreckenkrebses zu haben», erklärte Quentin.

«Ach ja?»

«Die Augen von Fangschreckenkrebsen sind aus Tausenden von Einzelaugen zusammengesetzt und können drei Bilder gleichzeitig aufnehmen.»

«Trinokulares Sehen», sagte Andy.

«Das heißt, sie sehen mit jedem Auge ein Objekt dreimal und haben darum mit nur einem Auge ein besseres dreidimensionales Wahrnehmungsvermögen als wir mit zweien.»

Quentin deutete auf die vergrößerten Augen der Ratte im Monitor und ging mit dem Zeigefinger vor der Glasscheibe hin und her. «Seht ihr, wie jedes Auge meinen Finger abscannt?»

«Eines von oben nach unten, das andere von einer Seite zur anderen. Wahnsinn!» Andy lachte staunend.

«Sie analysieren polarisiertes und farbiges Licht, geradeso wie ein Mars Rover, nur sehr viel schneller», dozierte Quentin. «O ja, die Ratte kann uns sehen, und das Acrylglas stört sie kein bisschen.»

«Auch ihre Augen bewegen sich in Sakkaden», sagte Andy. «Genau wie unsere. Sie springen ruckartig hin und her.»

«Aber sie können fünfmal mehr Farben unterscheiden, mindestens», ergänzte Quentin.

«Wirklich?», fragte Nell mit Blick auf Andy.

«Unsere Farbrezeptoren nehmen nur Grün, Blau und Rot wahr. Den Fangschreckenkrebsen stehen dagegen bis zu zwölf Farbkanäle zur Verfügung.»

«Unser Weihnachtsbaum ist hin.» Quentin zeigte nach draußen auf die Reste der Zimmertanne, eine der ausgesetzten Pflanzen, über die sich flatterndes Ungeziefer hergemacht hatte.

Am anderen Ende des Labors schrillte ein Alarmsignal, als sich die Schleuse öffnete und Jedediah Briggs, der Cheftechniker der NASA, zum Vorschein trat.

«Dieser Teil des Labors ist vollgeschissen, fast einen Meter hoch», informierte Briggs. Er war ein großer, athletischer Mann mit einem Kirk-Douglas-Kinn, das über den weiten Kragenrand seines blauen Schutzanzuges hinausragte. Vor ihm hatten alle ziemlichen Respekt. «Und soeben ist uns aufgefallen, dass der Druck langsam abfällt. Wir müssen Section One räumen, Leute.»

«Wie viele ROVs haben wir noch, Otto?», fragte Nell.

«Von den vierundneunzig, die unter StatLab-One parken, bleiben uns noch achtundsechzig.»

«Lassen die sich auch von den anderen Labormodulen aus fernsteuern?»

Otto dachte kurz nach. «Ja.»

«Okay, ziehen wir in Section Four um», sagte Nell, und an Briggs gewandt: «Bis dort alles für uns eingerichtet ist, schlage ich vor, dass wir die Sektionen zwei und drei nutzen. Was halten Sie davon, Briggs?»

«Von mir aus.» Briggs nickte. «Aber jetzt nichts wie raus hier. Das ist ein Befehl!», brüllte er.

Alle packten ihre Laptops zusammen, sammelten so viele Specimen wie möglich ein und stiegen durch den Treppentunnel in Section Two.

20:10 Uhr

An Bord der *Trident* war zu Abend gegessen worden: eingelegte Kartoffeln, Mandarinensalat und Fangschreckenkrebse, die der Koch am Abend zuvor aus dem Wasser gefischt hatte.

Zero lag, den geleerten Teller auf dem Schoß, in einem

Faulenzer, kaute noch auf einem letzten Happen Krebsfleisch und schaute in den glitzernden Sternenhimmel.

«Du willst es doch auch.»

«Ich weiß nicht, wovon du sprichst, Cynthea.» Er seufzte und lehnte sich zurück.

«Eine solche Gelegenheit kannst du dir nicht entgehen lassen.»

«Was du nicht sagst.»

«Ich biete dir, verdammt nochmal, die Hälfte der Einnahmen. Was willst du noch?»

Zero grinste. «Nur zu, rede weiter, Herzchen.»

Dante stand ein paar Schritte entfernt. Er hatte alles mit angehört, schmunzelte vor sich hin und ging nach unten.

21:31 Uhr

Vor dem Bullauge seiner Kajüte glitzerte im Mondlicht das gekräuselte Wasser der Bucht.

Dante packte nur das Nötigste zusammen: seinen Black-Diamond-Klettergurt, Bandschlingen samt Haken, Cams und Karabinern sowie ein paar Grigris. Dann knotete er noch sechs Edelweiß-Kletterseile von je sechzig Metern zusammen.

Er überprüfte die Kamera – eine Voyager Lite – und den Sender, die er sich heimlich aus dem Lager von *Sea-Life* besorgt hatte. Der Akku war fast voll, und als er die Kamera auf Nachtsicht einstellte, erschien, wie zu erwarten, ein grünliches Bild im Display. Der Schalter für die Übertragung der Aufnahmen befand sich, günstig platziert, auf dem kleinen Rucksack, in dem der Sender steckte.

Er packte alles – Rucksack, Seil und Klettergerät – in einen wasserdichten Seesack und schaffte dann sein Body-Surfing-Raft herbei, mit dem er die Ausrüstung unter dem Radar der Navy hinweg an Land bringen wollte.

Der Vollmond stand fast senkrecht über ihm, als er achtern zwischen den großen Zodiacs ins Wasser schlüpfte und den Seesack auf das Floß legte. Dann streifte er Schwimmflossen über die Füße und paddelte leise und kraftschonend mit der Flut dem Ufer entgegen.

21:32 Uhr

In Section Four blickte Nell zum Fenster hinaus und beobachtete die nächtlichen Pflanzenfresser, die aus der Erde sprossen und im Mondschein glänzten. Was für eine Symbiontenart mochte das sein, die so unterschiedliche Nahrung verstoffwechseln konnte?, grübelte sie und massierte sich die Stirn.

Andy musterte Nell. «Worüber denkst du nach?»

«Das sind keine Flechten.»

«Was dann?»

«Ich bin mir nicht sicher. Flechten wachsen höchstens ein bis zwei Zentimeter im Jahr. Aber dieses Zeug hier wuchert schneller als Bambus. Und die geometrische Struktur erinnert mich an fossile Ediacara-Fauna, jene ganz frühen Metazoa. Was es auch ist, es scheint eines der ersten Glieder der Nahrungskette hier zu sein.»

«Wenn keine Flechte, was dann?», fragte Andy wieder.

«Klee? Klee fotosynthetisiert am Tag und nimmt nachts Mineralien zu sich. Und diese Gewächse hier kommen in der Nacht zum Vorschein und fressen Klee, vielleicht der Mineralien wegen. Kann auch sein, dass ihnen Chlorophyll nicht schmeckt. Wir wissen, dass sich manche Grünalgen zum Schutz vor zu viel Licht oder Salz rot verfärben, aber ein solcher Farbwechsel dauert Tage.»

«Hmmm ...»

«Flechten sind bekanntlich eine Lebensgemeinschaft aus Pilzen und Algen.» Ihre Augen waren auf Andy gerichtet, doch es schien, dass sie nach innen sah. «Die Algen liefern Sauerstoff und organische Moleküle wie Zucker und Adenosintriphosphat. Der Pilz sorgt für die Aufnahme von Nährstoffen, die auch den Algen zugutekommen. Kannst du mir folgen?»

«Klar.»

«Okay, Frage: Was macht unseren Klee hier violett? Dazu fällt mir nur eines ein. Purpurbakterien.» Sie schaute wieder zum Fenster hinaus und konnte nun anscheinend klarer sehen. «Vielleicht haben wir es mit einer Symbiose von Cyano- und Proteobakterien zu tun, die als Energiequelle Schwefel nutzt – und sich violett verfärbt. Hier auf der Insel gibt es jede Menge Schwefelkies vulgo Katzengold. Das ist mir schon am Strand aufgefallen ... Angenommen, wir haben es mit einer Cyano-Proteobakterien-Symbiose zu tun, dann produziert sie in ihrer violetten Phase Schwefelwasserstoff, was wie faule Eier stinkt, und so ein Geruch war Zero ja schon aufgefallen. Bei Tage, wenn sie fotosynthetisiert, entsteht Sauerstoff, während sich die Schwefel abbauenden Bakterien vielleicht in den Boden zurückziehen.»

Nach vorn gebeugt, beobachtete sie, wie die farnartigen Gewächse mit ihren durchscheinenden Wedeln den Boden betätschelten und weißen Rauch aufwirbeln ließen.

«Natürlich!» Ihre Augen gingen weit auf, als in ihrem

übermüdeten Kopf gleich drei Gedanken auf einmal zusammentrafen. «Wenn diese Gewächse nur bei Nacht hervortreten, stammen sie vielleicht noch aus einer Zeit, in der es kaum Sauerstoff gab. Sie brauchen den Schwefelwasserstoff, um sich zu schützen und um jene urweltliche Atmosphäre zu erzeugen, in der sie entstanden sind. Verstehst du?»

«Sprich weiter.»

«Wenn diese Gewächse da draußen das Zeug fressen, wenn es violett ist, nehmen sie womöglich Purpurbakterien wie den *Thiobazillus* in sich auf und wandeln Schwefelwasserstoff in Schwefelsäure um, womit dann der Klee von den Felsen geerntet werden könnte.»

«Nell», hauchte Andy. «Du bist erstaunlich. Ich habe zwar keine Ahnung, wovon du sprichst, aber es klingt phantastisch. Ich habe unten in Section Two allen gesagt, dass du das Zeug für Flechten hältst, und davon gehen jetzt alle aus. Tut mir leid.»

Sie lachte matt. «Halb so schlimm, Andy. Ich kann kaum glauben, dass wir noch auf unserem Planeten sind. Aber ich bin froh, hier zu sein. Wenn es auf dem Schiff so weitergegangen wäre wie gehabt … also wirklich, ich wäre wahrscheinlich übergeschnappt.»

«Ja, ich kann es dir nachempfinden. So was nennt man, glaube ich, das Schuldgefühl der Überlebenden.»

«Nein», entgegnete sie, plötzlich verärgert. «Wir haben keinen Grund, uns schuldig fühlen.»

«Wie heißt es noch gleich? Es obliegt den Lebenden, die Toten zu rächen.»

Sie starrte hinaus auf den dunklen Dschungel und dachte an die elf getöteten Mannschaftsmitglieder. «So in der Art», flüsterte sie.

«Aber kann man sich wirklich an Tieren rächen, Nell? Wir waren es doch, die in ihren Lebensraum eingedrungen sind. Tiere sind für das, was sie tun, nicht verantwortlich zu machen. Sie handeln nicht aus freien Stücken. Ich weiß, was deiner Mutter widerfahren ist, Nell, aber –»

Ihr Blick brachte ihn zum Schweigen.

«Entschuldige», sagte er nur noch und zog sich zurück.

Sie blickte wieder nach draußen auf die schimmernden Gewächse, die aus den violetten Hängen der Insel emporwucherten.

Aus dem Wald schwärmten Wolken leuchtender Insekten herbei, die sich auf den Feldern niederließen, wo sie ihr Futter fanden.

21:45 Uhr

Dante streifte die Schwimmflossen ab und zog das Floß auf den steinigen Strand. Er legte die Flossen auf einen hohen Felsblock, sicherte das Floß und ging mit geschultertem Seesack auf die Steilwand zu.

Dort angekommen, stieg er in den Klettergurt, befestigte die Bandschlingen und zog ein neues Paar Kletterschuhe seiner Lieblingsmarke Five Ten an. Dann schlang er den Seesack über die Schultern und machte sich auf den Weg in die Felsspalte.

Nach zwanzig Schritten fand er auf der linken Seite einen geeigneten Einstieg. Er warf einen argwöhnischen Blick nach vorn auf den Geröllhang der Schlucht, bestäubte die Hände mit Magnesia, das er in einem Beutel am Gürtel mit sich führte, und griff dann an den Felsen, um die Oberfläche zu befühlen.

Der Fels war stark verwittert, voller Klüfte und Risse, in die er seine Haken würde schlagen können. Er fühlte sich zuversichtlich und beschloss, die ersten Meter frei, ohne Absicherung zu klettern. Den Ehrgeiz hatte er.

Im Mondlicht nahm er die nächsten Griffmöglichkeiten ins Visier, zurrte dabei die Gurte fest und prüfte, wie die Gewichte verteilt waren. Das Ergebnis konnte ihn nicht zufrieden stimmen. Die schwere Ausrüstung beeinträchtigte seinen Gleichgewichtssinn, und mit der Kamera, die er vor der Brust trug, würde er sich nicht an den Fels drücken können. Kurz entschlossen schnallte er die Kamera auf den Rucksack, was den Schwerpunkt zwar noch weiter nach hinten verlagerte, aber alles in allem günstiger war.

Er blickte nach oben. Die Wand ragte senkrecht vor ihm auf. Auf einer Höhe von rund dreißig Metern aber war eine Rampe zu erkennen, ein schräg ansteigender Sims, der bis ganz nach oben führte. Kitzlig würden noch einmal die letzten zehn Meter sein, weil dort der Fels leicht überhing.

Er hoffte, zwei Drittel des Wegs zügig durchklettern zu können, und wollte sich dann an geeigneter Stelle ausruhen und den Sonnenaufgang abwarten. Dann würde er mit Cynthea Kontakt aufnehmen, den Rest seines Aufstiegs filmen und die ersten Liveaufnahmen von Henders Island in alle Welt schicken.

Zero hatte seine Chance vertan.

Er stapelte die sechs miteinander verbundenen Seilballen vor den Fuß der Wand, befestigte das Ende an einem Camalot und hakte diesen in seinen Gurt ein. Dann langte er hoch hinauf in eine erste Griffmulde, stieg in die Wand ein und zog das Seil hinter sich her.

Er war erst wenige Meter geklettert, als aus der tiefen Stille der Nacht ein Lärm dröhnte, der wie das Signalhorn eines schweren Lastwagens klang. Instinktiv duckte er sich an den Felsen.

«Was zum Teufel ...», brüllte er und warf einen Blick über die Schulter zurück. Was er sah, erinnerte an eine Riesenspinne, groß wie ein Chevy Suburban, mit glänzendem, gestreiftem Fell. Das Tier prallte unter Dantes Füßen gegen die Wand.

Ein schwarzer Stachel reichte nach oben, schlug neben seinem rechten Bein ein und kratzte eine Riefe in den Fels. Dante sprang nach oben und schnappte mit den Händen nach den nächsten Griffen.

Das Adrenalin raste durch seine Adern, er wich an einer Rinne zur Seite hin aus und kletterte die nächsten zehn, fünfzehn Meter schneller, als er je zuvor geklettert war. An einer Felskante angelangt, hielt er kurz inne, um nach Luft zu schnappen, und schaute nach unten. Am Fuß der Wand liefen drei große Gestalten hin und her, tigerähnliche Wesen, die im Dunkeln glühten. «Bitte, sagt mir, dass ihr nicht klettern könnt», flüsterte er keuchend.

Er langte in den Magnesiabeutel, puderte die Hände ein und warf im Weiterklettern immer wieder nervöse Blicke nach unten. Die Rampe über ihm war noch gut fünfzehn Meter weit entfernt.

Unwillkürlich zog er seine Hand zurück, als er eine seltsam glatte Oberfläche spürte: eine Art Kakerlake, wie er sah, groß wie ein Schuhkarton und mit bumerangförmigem Kopf. Sie bewegte sich nicht, und er erkannte, dass es sich um ein Fossil handelte. Ringsum erblickte er weitere, dunkel und glänzend auf der vom Mond beschienenen Wand.

Als er die Rampe erreichte, sicherte er sich mit einem zweiten Cam samt Grigri, kroch bis zur Ecke vor und warf einen Blick in die Kluft, die ihm wie das Innere eines Füllhorns vorkam, voll wuchernder Vegetation und ausgeleuchtet von schwirrenden Funken zahlloser Leuchtkäfer. Um möglichst unauffällig zu bleiben, zog er sich wieder in den Schatten der Wand zurück.

Er traversierte auf einen felsigen Auswuchs zu, der wie ein scharfgeschnittener Bugspriet aussah, setzte dort einen weiteren Cam und schätzte die Höhe, die er erreicht hatte. Rund fünfundsechzig Meter. Noch über zwanzig Meter musste er klettern, durch eine senkrechte, ungeschützte Wand bis zur nächsten Rampe, die ihn zur schwierigsten Stelle, dem Überhang, bringen würde.

Wieder puderte er die Hände ein. Dann setzte er seinen Weg fort und bewegte sich auf einen schimmernden Buckel zu. Was er für eines der Fossilien gehalten hatte, sprang plötzlich vom Fels und schnappte mit dem Maul nach einem glühenden Käfer, der an seinem Kopf vorbeigeschwirrt war.

Dante erschrak so sehr, dass er den Halt verlor und stürzte.

Der Cam, den er soeben gesetzt hatte, verkeilte sich in dem Spalt, das Grigri blockierte den Seildurchlauf. Um rund zehn Meter abgestürzt, pendelte Dante vor der Wand, den entsetzten Blick auf das Tier gerichtet, das, einem riesigen fliegenden Fisch gleich, über den Fels huschte.

Dante hangelte sich an dem Seil in die Höhe, fand Halt in der Wand und sah weitere Exemplare dieser lebenden Fossilien auftauchen und nach den Insekten schnappen, die ihn umschwirrten.

22:08 Uhr

«Quentin, wir sollten uns die restlichen ROVs für die Stunden aufbewahren, in denen es hell ist, okay?», sagte Nell. «Machen wir bis dahin ein paar Aufnahmen, gut ausgeleuchtet und mit Zeitraffer.»

Quentin schaltete die Außenscheinwerfer für die Kameras ein, die alle dreißig Sekunden Bilder von den Pflanzen einfingen.

«Himmel!», sagte sie, als sie die Zeitrafferaufnahmen der letzten fünfundvierzig Minuten abspielte. Sie schaute aus dem Fenster und sah, dass einige der Specimen bereits ausgerissen waren.

«Herrje, was ist das?», fragte einer der NASA-Techniker.

Ein sonderbares Summen erfüllte die Luft. Das ganze Labor fing zu vibrieren an und schaukelte dann sanft hin und her.

«Vielleicht ein Beben», sagte Quentin. «Die Navy meldet, dass vor ein paar Tagen leichte seismische Aktivitäten auf der Insel gemessen worden seien.»

«Festhalten, Leute», warnte Andy.

Den Blick nach draußen gerichtet, hielt sich Nell am Rand des Labortisches fest. Die Bäume am Waldrand zitterten.

22:09 Uhr

Dante spürte das Schüttern, bevor er es hörte. Zuerst glaubte er, die Felswand stürzte ein, doch dann bemerkte er, dass es nur die Steinplatte war, an der er gerade hing – sie löste sich von der Wand. Schnell wich er zur Seite aus, griff mit der Linken hoch über den Kopf in einen Riss und pendelte bis zum toten Punkt nach rechts, wo er mit der weit ausgestreckten Rechten Halt fand. Es war der gewagteste Dynamo, den er je riskiert hatte, worüber er sich aber vor lauter Angst und Schrecken nicht richtig freuen konnte.

Felssplitter regneten auf ihn herab. Die letzte Sicherung, die er gesetzt hatte, befand sich über fünfzehn Meter unter ihm. Er musste hinauf zur Rampe, und zwar schnell.

Das fliegende Krebsgetier wurde immer dreister. Es streifte seine Schultern und Beine und schwirrte in immer größer werdender Anzahl um ihn herum. «Nur keine Panik», schärfte er sich ein.

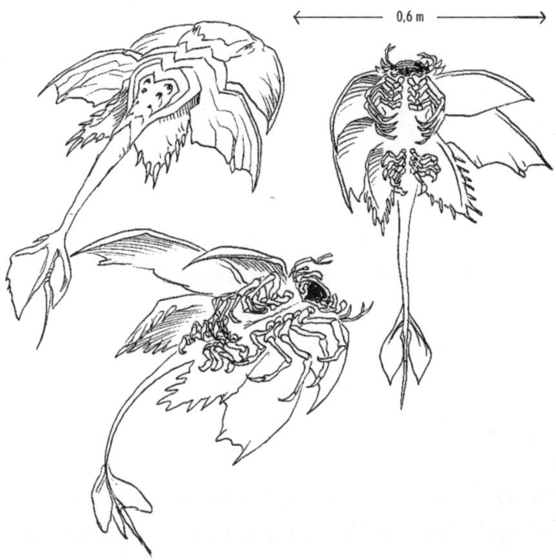

Felssegler
Triops hemapteryx
(aus: Joel, Neue Erkenntnisse über Rückschaler)

22:09 Uhr

Das Summen riss ab.

Andy stöhnte. «Jetzt weiß ich auch, wie sich ein Erdbeben anfühlt.»

«Okay, es ist vorbei», sagte Nell hoffnungsvoll.

Briggs kam durch die Schleuse. Der Cheftechniker der NASA wirkte besorgt.

«He, Briggs. Ich glaube, ich habe meine Baseballkappe in Section One liegenlassen. Ist es möglich, dass ich sie hole?», fragte Nell schmunzelnd.

«Sehr komisch. Natürlich nicht. Wir haben es jetzt also auch noch mit Erdbeben zu tun, was?»

«Halb so wild.»

«Ach ja?» Briggs verzog das Gesicht. «Fehlen nur noch Erdrutsche und Wirbelstürme.»

22:11 Uhr

Die überbeanspruchte Muskulatur in Dantes Unterarmen fing zu brennen an und schwächte die Kraft der Finger. Er versuchte, sein Gewicht mehr auf die Füße zu verlagern. Unter Schmerzen schaffte er es, den Spalt zu erklimmen, wo er sich einkeilen und endlich verschnaufen konnte. Er schüttelte die Arme aus, verankerte einen Cam und klinkte einen Karabiner ein.

Hier in der Felswand zu biwakieren behagte ihm nicht; an Schlaf war nicht zu denken. Er kroch tiefer in den Spalt hinein und entdeckte einen senkrecht verlaufenden Riss, der wie eine natürliche Leiter bis hinauf zu dem Überhang führte. Hoffnung keimte in ihm auf. Wenn alles glattginge, würde er in einer Viertelstunde das Plateau erreichen können.

Er beschloss, die ersten Nachtaufnahmen zu schicken, schaltete sein Funksprechgerät ein und meldete sich.

22:26 Uhr

Peach spielte Halo 5 auf Level 26 und steckte sich alle dreieinhalb Minuten eine Erdnuss in den Mund. Plötzlich sah er in einer Ecke seines Monitors ein Signalicon blinken.

Er klickte das Icon an, als schösse er einen weiteren Alien ab, rief aber stattdessen die Einspielung aus Dantes Kamera auf. «*Ich bin hier auf Henders Island*», kommentierte Dante, «*ungefähr hundert Meter unter dem Plateau. Könnt ihr mich verstehen? Ich hoffe, ihr habt eure Walkie-Talkies eingeschaltet …*»

Peach schaute sich nach seinem Walkie-Talkie um, konnte es aber nirgends entdecken.

22:26 Uhr

Cynthea schlief in ihrer Kabine, als auf dem Nachttischchen ihr Walkie-Talkie zu piepen anfing. Sie sprang auf und hörte Dantes Stimme.

Mit dem Funksprechgerät am Ohr stürmte sie in ihrem marineblauen Schlafanzug in den Regieraum. «Dante! Bist du wahnsinnig?», brüllte sie.

«Hey, ich hab's geschafft, Cynthea. Wie gesagt, ich komm da rauf, und hier bin ich.»

«Oh, mein Gott!», ächzte sie.

Kaum hatte sie den Regieraum erreicht und die Liveeinspielung – unterbelichtet und verwackelt, wie sie war – auf dem Monitor gesehen, langte sie zum Satellitentelefon und drückte auf eine der Kurzwahltasten.

«Hier ist Cynthea Leeds, könnte ich mit Barry sprechen? Wecken Sie ihn. Vertrauen Sie mir, okay? Los jetzt!» Sie warf einen Blick auf Peach, runzelte die Stirn und deckte die Sprechmuschel mit der Hand ab. «Kannst du das Bild irgendwie heller machen und ein bisschen Kontrast rausnehmen? Wir brauchen mehr davon.» Sie nahm die Hand von der Sprechmuschel. «Barry, wir haben hier einen Kletterer mit Kamera hundert Meter unter dem Plateau, bereit, die ersten Aufnahmen von der Insel zu senden. Wach auf, Barry. Wir müssen sofort auf Sendung gehen, live. Wir umgehen die Nachrichtensperre und bringen die Sensation des Jahrhunderts. Verdammt, das ist *die* Chance!»

Peach hörte Barry in den Hörer brüllen.

«Weißt du, wie spät es bei uns an der Ostküste ist, Cynthea? Halb zwei morgens.»

«Umso sensationeller wird die Nachricht sein, Barry.» Cynthea schüttelte den Kopf und sah Peach an. «Tu, was ich dir sage, und du hast die Exklusivrechte an Millionen Wiederholungen. Das ist so, als hätten wir die ersten Bilder vom Mond!» Wieder legte sie die Hand auf die Muschel. «Sag Dante, er soll noch eine Weile bleiben, wo er ist. Barry muss erst seinen dicken Hintern in Bewegung bringen. In zehn Minuten wären wir dann so weit.» Sie führte das Telefon ans Ohr zurück. «Okay, Barry-Schatz. Ich danke dir, Herzchen.»

22:27 Uhr

«Ich hoffe, der Restlichtverstärker reicht aus. Ich habe mir jetzt die Kamera vor die Brust geschnallt. Zu sehen ist die Felswand über mir», berichtete Dante. «Ich klettere durch einen Riss. Vielleicht erkennt man draußen vor der Spalte ein paar fliegende Tiere. Hier drinnen bin ich vor ihnen sicher, trotzdem kommen sie mir für meinen Geschmack ein bisschen zu nah. Eines hat mich in den Ellbogen gezwickt. Sie scheinen auf diese großen Leuchtkäfer Jagd zu machen, die mich in Massen umschwirren …»

Dante kletterte rund fünfzehn Meter weiter hoch, bevor er eine neue Sicherung anbrachte.

Plötzlich schnarrte Peachs Stimme aus dem Funkgerät. *«Könntest du zehn Meter unterhalb des Plateaus eine kleine Pause einlegen und warten, bis wir grünes Licht geben?»*

«Kein Problem. Aber lasst mich nicht zu lange warten. Das letzte Stück ist ein Überhang.»

«Okay», meldete sich Cynthea. *«Lass die Kamera laufen. Wir sind auf Empfang. Nochmal, was du da machst, ist Wahnsinn, Dante. Aber du wirst ein Superstar sein, Baby.»*

Dante grinste und kletterte weiter, ohne sich von den Luftgleitern irritieren zu lassen, die ihm bisweilen bedrohlich nahe kamen.

22:39 Uhr

«Kommen die Bilder bei dir an, Barry?»

«Ja. Sensationell.»

«Werden wir live übertragen?» Es blieb eine Weile still in der Leitung. «Barry?»

«Die Aufnahmen sind phantastisch, Cynthea, aber ich glaube … Ich bin morgen Abend mit dem Abgeordneten Murray zum Abendessen verabredet. Er ist Mitglied des Medienkontrollausschusses. Wir werden uns über Details der geplanten Fusion unterhalten –»

«Was soll das heißen, du mieses, hinterhältiges Miststück?», fauchte Cynthea.

«Hör zu, Cynthea, wir könnten eine bessere Sendezeit und ein Special für einen späteren Zeitpunkt aushandeln, ohne dass uns der Kontrollausschuss in die Parade fährt oder irgendwelche Anwälte Klage einreichen. Wir müssen vernünftig sein.»

«Lass mich nur ja nicht hängen, Barry!», drohte Cynthea.

22:40 Uhr

Zehn Meter unter der oberen Kante der Felswand hing Dante an zwei Cams, die er in einer Spalte des Überhangs verkeilt hatte. Als er einen Blick über die Schulter zurück warf, war ihm, als bewegte sich die gegenüberliegende Wand, mal auf ihn zu, mal von ihm weg. «Ziemlich ungemütlich hier oben, Mann. Mir scheint, wir haben wieder ein Beben. Wie ist die Übertragung?»

«Okay. Versuch die Kamera möglichst ruhig zu halten», antwortete Peach durch das Walkie-Talkie, das Dante mit Klebestreifen an den Oberarm gebunden hatte.

«Du hast gut reden», knurrte Dante.

Er schlug zwei Haken in einen schmalen Riss, um die Cams zu entlasten. Kliffgleiter sausten an ihm vorbei und schnappten nach den Leuchtkäfern, die von ihm angelockt wurden.

Mit Schwung langte er hinauf in den Überhang, stützte sich mit dem rechten Arm ab und platzierte mit der Linken einen letzten Cam.

Er war nur noch wenige Meter vom oberen Rand entfernt. «Beeilt euch, Leute, okay?»

22:42 Uhr

«Komm schon, Barry! Wir haben hier Liveaufnahmen von Henders Island, verdammt nochmal.»

Peach hörte Barrys Antwort mit. «Ich will kein weiteres Blutbad im Fernsehen.»

Im Hintergrund berichtete Dante: *«Ich hab's gleich geschafft … was zum Teufel …»*

Die von ihm geführte Kamera zeigte auf die gegenüberliegende Wand, die bis auf sechzehn oder siebzehn Meter herangerückt zu sein schien. Die geflügelten Wesen, die wie fliegende Trilobiten aussahen, hatten sich zu einer dunklen Wolke über Dante versammelt.

«Sieht nicht gut aus», sagte Peach an Cynthea gerichtet.

«Diese Dinger gefallen mir nicht, Mann», war Dante zu hören. *«Au! Scheiße, sie stürzen sich aus allen Richtungen auf mich. Ich kann mich nicht mehr lange halten. Ich muss hoch.»*

«Okay, wir gehen in fünf Sekunden auf Sendung», sagte Barry. «Du bist am Ball, Cynthea, verdammtes Luder!»

«Ich würde dich heiraten, Barry.»

«Okay», ächzte Dante. *«Gleich bin ich oben, auf Henders Island …»*

«Wir haben hier Liveaufnahmen von Henders Island»,

berichtete Cynthea, «von einem Mitglied der *Sea-Life*-Crew, das sich allen Verboten widersetzt hat und heimlich an Land gegangen ist. Gleich wird unser Mann das Plateau der Insel erreicht haben und die ersten Bilder von der Oberfläche einfangen. Dante? Was siehst du?»

«Verflucht – die Scheißviecher haben Zähne. Uh, Augenblick, nur noch zwei Armlängen. Bleibt dran.» Die Kamera schwenkte über kahlen Fels. Man hörte Dante keuchen und ächzen.

«Kommentiere, was du siehst, Herzchen», drängte Cynthea. «Aber bitte nicht fluchen.»

22:40 Uhr

Dante hievte sich über den Rand der Klippe. Vor Erschöpfung zitterte er am ganzen Körper und blieb atemlos einen Moment lang einfach liegen. Er hatte es geschafft.

Er stand auf.

«O shit!»

Vor ihm hockte eines jener Ungeheuer, die mit ihrem gestreiften orange- und pinkfarbenen Fell wie riesige Tiger aussahen. Es hatte die Größe eines Traktors.

Dante fuhr herum und rutschte über die Kante zurück in die Wand, um Deckung zu suchen. Von der gegenüberliegenden Klippe sprang plötzlich eine hell schimmernde Gestalt mit vier Gliedmaßen, die wie zu einem X nach allen Seiten hin ausgestreckt waren.

«O shiiiiiit!», schrie der Angreifer. Es schien, als äffte er Dantes Stimme nach.

22:44 Uhr

«Wir blenden aus, Cynthea», brüllte Barry.

«Bist du wahnsinnig?», zeterte sie.

22:44 Uhr

Vom Grigri aufgefangen, zerrte das Seil am Klettergurt und der Cam-Sicherung.

Kopfüber baumelte Dante in schwindelnder Höhe, umschwirrt von Käfern, die von springenden Gleitern gejagt wurden.

Er hangelte sich am Seil nach oben und suchte Halt an der Wand.

Über ihm lauerte der spinnenartige Tiger im sanften Mondlicht. Er fuhr zwei lange schwarze Stacheln aus, die das Seil ergriffen und Dante wie einen Fisch an der Angel hinaufzogen.

Das weit aufgerissene Maul entblößte dunkle Kauwerkzeuge. Ein säuerlicher Luftschwall schlug Dante entgegen; er spürte stinkenden Seim ins Gesicht tropfen. Die Bestie nahm jetzt zwei Arme zu Hilfe, um das Seil einzuholen. Sie reckte ihren elastischen Hals über den Klippenrand und stieß einen Schrei aus, der durch Mark und Bein ging.

Gleichzeitig höhnte das andere Tier aus der Luft: *«O shiiiiit!»*

Um nicht im geifernden Schlund dieser Bestie enden zu müssen, beschloss Dante, auf andere Weise zu sterben.

«Adieu, Leute», sagte er und löste sich vom Seil.

In die Tiefe stürzend, vernahm er das heisere Geschrei des Monsters, das langsam schwächer wurde.

22:45 Uhr

Das Letzte, was man auf dem Monitor sah, waren die Bilder einer in die Tiefe trudelnden Kamera, begleitet vom gellenden Schrei der Bestie. Mit dem Aufprall am Boden riss die Verbindung ab.

«Cynthea, um Himmels willen. Was tust du mir an?», brüllte Barry.

«O Gott», kreischte Cynthea. «Wann hast du den Schnitt gemacht?»

«Viel zu spät, verdammt nochmal!»

22:58 Uhr

Kapitän Sol stellte mit einer Pinzette eine kleine Kanone aus Messing auf das Batteriedeck der *Golden Hind.*

«Prima.» Zero nickte.

«Steht das Ding so richtig?»

«Ja», antwortete Zero.

«Gut», bestätigte Samir.

Kapitän Sol hob sein mit Tequila Añejo gefülltes Schnapsglas. «Zum Wohl.» Er prostete Zero zu.

Zero stieß mit ihm an.

Kapitän Sol dabei zuzusehen, wie er sein Modellschiff zusammenbaute, war in letzter Zeit die einzige Unterhaltung an Bord der *Trident.*

Plötzlich klingelte das Telefon. Samir stand von seinem Stuhl auf und nahm den Hörer ab. Nach etwa zehn Sekunden, in denen er ausschließlich zugehört hatte, reichte er dem Kapitän den Hörer und sagte: «Ähm, ich glaube, da will Sie jemand sprechen, Captain.» Zero blickte neugierig auf.

Der Kapitän runzelte die Stirn und nahm den Hörer.

«Captain Sol, hier ist Lieutenant Scott von der USS Enterprise. *Ich muss Ihnen mitteilen, dass wir Nachrichtensignale empfangen haben, die in der Nähe Ihres Schiffes ausgestrahlt wurden. Tatsächlich gehen wir davon aus, dass sie von Ihrem Schiff ausgegangen sind. Die Übertragung von Nachrichten ist unstatthaft und eine Verletzung geltender Bestimmungen, verordnet von der US Navy. Wir haben eine Überprüfung veranlasst.»*

«Cynthea», knurrte Kapitän Sol.

«Wie bitte? Würden Sie bitte wiederholen, was Sie gesagt haben?»

«Danke für den Hinweis, *Enterprise.* Ich werde sofort nach dem Rechten sehen. Over.»

«Wir werden Ihnen dabei behilflich sein. Verstanden?»

Die Motoren von drei Schlauchbooten waren zu hören, die auf die *Trident* in der Bucht zusteuerten.

«Ja, verstanden.» Kapitän Sol biss die Zähne aufeinander und legte den Hörer auf. «Verdammt, was nun?»

7. September

19:23 Uhr

STREITGESPRÄCHE – HEUTE ABEND:
Warum wir sterben
Mit Dr. Geoffrey R. Binswanger

An einem frischen, herbstlichen Donnerstagabend war das Lillie-Auditorium wieder einmal bis auf den letzten Platz gefüllt.

Die Lichter wurden gedimmt, als Geoffrey in gelben Turnschuhen, Jeans, seinem Kaua'i-Shirt und einer limonengrünen Samtjacke mit Stehkragen und roten Biesen auf die Bühne kam.

«Guten Abend, meine Damen und Herren. Warum leben Galapagos-Schildkröten bis zu hundertfünfzig Jahren, Eintagsfliegen nur wenige Stunden und Menschen selten länger als achtzig Jahre? Liegt es einfach bloß daran, dass unsere Organe unterschiedlich schnell altern? Oder birgt ein kurzes beziehungsweise langes Leben Vorteile im Sinne der Evolution? Wäre es, wenn dem so ist und die Evolution die Zeitschaltuhr bereits gestellt hat, sinnvoll, Leben zu verlängern?»

Per Fernbedienung ließ Geoffrey auf der Leinwand hinter ihm die Nahaufnahme einer Eieruhr im Stil der fünfziger Jahre aufleuchten. Im Publikum wurde gekichert.

«Ich möchte heute Abend eine mögliche Antwort geben auf die Frage: *Könnte der Prozess des Alterns, an dessen Ende der Tod steht, für das Überleben von Vorteil sein?* Oberflächlich betrachtet erscheint dieser Gedanke geradezu paradox, doch ich glaube, dass sich die unterschiedlich großen Lebensspannen einzelner Tierarten auf ganz einfache Weise erklären lassen: Dass Tiere alt werden und sterben, verhindert deren Paarung mit dem eigenen Nachwuchs.»

Geoffrey zeigte ein Bild von Cousin Itt aus der *Addams Family*, was mit vereinzeltem Lachen quittiert wurde.

«Seit undenklichen Zeiten gilt ein striktes Inzesttabu. Bei fast allen Lebewesen auf der Erde führen nämlich Eltern-Kind-Kreuzungen zu schweren genetischen Schädigungen und zur Sterilität. Bevor die Menschen ein Verbot aussprachen, hat vielleicht schon die Natur einer solchen Gefahr den Riegel vorgeschoben.»

Auf dem Bildschirm zeigte sich nun die mikroskopische Aufnahme von Zellen in einer blauen Lösung.

«In den Urmeeren der Erde bildeten sich die ersten einzelligen Lebewesen, deren Lebensdauer praktisch unbegrenzt war. Bakterien und die meisten Einzeller hatten es nicht nötig, sich geschlechtlich fortzupflanzen, und wenn sie es trotzdem taten, ging die Wahrscheinlichkeit, auf den eigenen direkten Nachwuchs zu stoßen, gegen null. Manche Wissenschaftler gehen davon aus, dass gewisse Bakterienstämme tatsächlich unsterblich sind. Im Jahr 2000 fanden Forscher der West Chester University in Salzkristallen tief unter der Erde 250 Millionen Jahre alte lebende Bakterien.»

Geoffrey schaltete auf ein Bild um, das ein mit Hamstern überfülltes Terrarium zeigte.

«Höherentwickelte Tiere haben ein Problem. Je zahlreicher mit jeder Schwangerschaft der Nachwuchs ist, desto größer wird die Gefahr für den Genpool – es sei denn, die DNA schützt sich, indem sie solchen Tieren eine Zeitbombe implantiert, die hochgeht, ehe es zur Paarung zwischen Eltern und Kindern kommen kann.»

Auf dem nächsten Dia war ein mit Muscheln vollbepackter Poller zu sehen.

«Um nachweisen zu können, ob diese Vermutung zutrifft oder nicht, habe ich damit begonnen, die Lebensdauer einzelner Arten in Beziehung zum jeweiligen Reproduktionsverhalten zu bringen. Muscheln können hundert Jahre alt werden. Sie leben in Kolonien und sondern zeitgleich Milliarden von Geschlechtszellen ab. Da das Wasser mit dem Laich je nach Gezeiten in eine Richtung fließt, ist in Anbetracht der schieren Masse aller Beteiligten die Wahrscheinlichkeit einer inzestuösen Produktion winzig klein. Riesenmuscheln, die sich auf ganz ähnliche Weise fortpflanzen, erreichen ein Lebensalter von bis zu fünfhundert Jahren. Bartwürmer, die in der Nähe von heißen Quellen am Meeresgrund leben, sowie viele Korallenarten mit ähnlichen Reproduktionseigenschaften werden, wie man glaubt, viele Jahrhunderte alt.»

Geoffrey zeigte eine weitere Nahaufnahme.

«Seepocken hingegen, die gleichfalls in Kolonien leben, haben eine Lebenserwartung von lediglich einem oder zwei Jahren. Warum? Seepocken sind Zwitter und reproduzieren sich auf gänzlich andere Weise. Sie fahren zur Fortpflanzung einen Penis aus, der neunmal länger ist als ihr Körper – ein im gesamten Tierreich unübertroffenes Rekordmaß.»

Im Publikum wurde gekichert. Geoffrey lachte.

«Die Größe hat also vielleicht doch Vorteile, ist aber nicht entscheidend. Seepocken steht nur eine begrenzte Anzahl von Partnern zur Verfügung. Das Risiko einer Kreuzung unter Verwandten ersten oder zweiten Grades ist so hoch, dass zur Erhaltung der Art ein Ableben notwendig ist, ehe die nächste Generation geschlechtsreif wird. Die Zeitintervalle zwischen Geburt und Geschlechtsreife beziehungsweise zwischen Geschlechtsreife und Tod sind in etwa gleich groß.»

Geoffrey wechselte zum nächsten Dia über, das den riesigen, von Farnkraut gesäumten Fuß eines kalifornischen Mammutbaums zeigte.

«Koniferen sind die ersten Bäume, die zu ihrer Fortpflanzung Pollen ausgebildet haben. Wie Korallen sondern sie Wolken von Geschlechtszellen ab, die vom Wind über die Wälder getragen werden und eine ungünstige Kreuzung geradezu unmöglich machen. Wir wissen von fast fünftausend Jahre alten Grannenkiefern. Sequoien, Zedern und der Kauri-Baum Neuseelands zählen zu den langlebendsten Organismen auf der Erde. 2008 entdeckten Forscher eine Fichte mit einem Alter von sage und schreibe 10000 Jahren.»

Mit dem nächsten Dia war eine riesige, scheinbar missmutige Ratte zu sehen, die ihren nackten Schwanz um einen Zweig geschlungen hatte und etliche kleine Kopien ihrer selbst am Bauch und auf dem Rücken mit sich trug.

«Das Opossum, Amerikas einziges Beuteltier, ist ein Einzelgänger, der zeit seines Lebens in ein und demselben Revier lebt. Ein Weibchen wirft bis zu dreizehn Jungtieren auf einmal, die nach schon einem Jahr geschlechtsreif sind. Die Gefahr einer Paarung unter direkten Verwandten wäre also entsprechend groß, wenn die einzelnen Exemplare länger lebten. Tatsächlich aber sterben sie nach einem, spätestens zwei Jahren.»

Beim nächsten Dia gab es den einen oder anderen angeekelten Aufschrei.

«Der bescheidene Regenwurm, ebenfalls ein Zwitterwesen, lebt zwar vereinzelt, findet aber durchaus Gefallen daran, sich Bauch an Bauch mit dem Geschlechtspartner zu vereinen und Samenflüssigkeit auszutauschen. Die Lebensspanne beträgt bis zu zehn Jahren.»

Auf der Leinwand leuchtete das Bild eines kleinen, niedlichen Pelztiers auf, das dem Publikum sehr viel besser zu gefallen schien.

«Die Wühlmaus, die sich unter anderem von Regenwürmern ernährt, lebt in Gesellschaft und pflanzt sich in rascher Folge fort. Schon nach zwei bis sechs Monaten ist es für sie mit dem Wühlen vorbei – gerade rechtzeitig, bedenkt man, dass Vertreter ihrer Art bereits nach acht bis neun Wochen geschlechtsreif sind.»

Wiederum Ekel und Abneigung löste das nächste Bild aus: die stark vergrößerte Aufnahme eines karamellfarbenen Insektenkopfes, der wie aus einer wächsernen Fleischmasse ausgedrückt zu sein schien.

«Termitenköniginnen sind monogam», fuhr Geoffrey fort. «Mit ihrem König zeugen sie im Laufe ihres Lebens millionenfachen Nachwuchs. Ungefähr so groß wie eine Wühlmaus, die nur rund hundert Tage alt wird, lebt eine Termitenkönigin bis zu hundert Jahren.»

Über das nächste Bild auf der Leinwand – einen Bugs-Bunny-Cartoon – lachten alle.

«Baumwollschwanzkaninchen sind legendäre Brüter

und leben in kleinen Gruppen zusammen, was, wenn unsere Vermutung zutrifft, auf eine geringe Lebenserwartung schließen lässt. Tatsächlich werden sie durchschnittlich nur zwölf bis fünfzehn Monate alt; die Wahrscheinlichkeit, dass sie schon im ersten Monat ihres Lebens sterben, liegt bei fünfunddreißig Prozent. Interessant ist, dass Kaninchen in Gefangenschaft bis zu zwölf Jahren alt werden – wenn man sie kastriert oder sterilisiert, sogar doppelt so alt, da durch diesen Eingriff das Risiko einer Krebserkrankung vermindert wird.»

Das nächste Bild zeigte eine aus den Wellen ragende Walflosse, von deren Rand ein Vorhang aus Wassertropfen herabregnet.

«Blauwale haben eine Lebensspanne von rund neunzig Jahren. Sie ziehen in kleinen Verbänden durch die Weltmeere, treffen aber während der Paarungszeit in großer Zahl zusammen. Eine Kreuzung unter engen Verwandten ist darum fast ausgeschlossen. Grönlandwale können sogar zweihundert Jahre alt werden. Man hat lebende Exemplare entdeckt, in denen noch Pfeilspitzen steckten, die schon um 1800 nicht mehr in Gebrauch waren.»

Es folgte eine Reihe von Tierbildern.

«Walhaie leben normalerweise vereinzelt, treten manchmal aber auch in Gruppen von bis zu hundert Exemplaren auf. Erst nach etwa dreißig Jahren geschlechtsreif, wandern sie in die Gebiete ihrer Geburt zurück, wo sie eine große Auswahl an Partnern vorfinden. Walhaie können bis zu hundertfünfzig Jahren alt werden.

Auch Langusten kommen alljährlich zur Paarungszeit zusammen und marschieren dann in langer Reihe wie in einer Polonaise über den Meeresgrund. Sie werden fünfzig Jahre oder älter, wenn sie nicht vorher auf dem Teller landen.

Meeresschildkröten, die bis zu hundertfünfzig Jahren alt werden können, wandern Tausende von Kilometern, um sich zu paaren. Die Riesenschildkröten der Galapagosinseln und Seychellen leben jahraus, jahrein in großen Kolonien und sind berühmt für ihre Langlebigkeit.

Eichhörnchen haben wie die Wühlmäuse und Kaninchen ein festes Habitat und leben nur ein oder zwei Jahre beziehungsweise doppelt so lange wie die Zeit zwischen Geburt und Geschlechtsreife. In Gefangenschaft können sie ein Alter von bis zu fünfzehn Jahren erreichen. In ihrem natürlichen Umfeld sorgen Fressfeinde für eine kürzere Lebenserwartung – oder anders ausgedrückt: Sie mindern das Risiko der inzestuösen Fortpflanzung. Wenn also die Paarung zwischen direkt verwandten Individuen aufgrund einer entsprechend geringen Lebenserwartung oder äußerer Umstände verhindert wird, bleibt die genetische Linie gesund.»

Auf das Bild eines pausbäckigen Eichhörnchens folgte das Porträt eines quakenden Frosches.

«Bis zu fünfmal älter als Eichhörnchen können Ochsenfrösche werden. Sie leben durchschnittlich zehn Jahre, können jedoch auch ein Alter von bis zu sechzehn Jahren erreichen. Aber warum werden sie nicht noch älter? Schließlich sind die potentiellen Brutpartner fast so zahlreich wie die der Muscheln, Koniferen oder Schildkröten. Außerdem legt jedes Weibchen zu jeder Laichzeit bis zu 20000 Eiern. Sie leben zwar massenweise in nächster Nähe beieinander, gehen aber keine sozialen Beziehungen ein. Die Wahrscheinlichkeit der Paarung zwischen einem adulten Individuum und seinem eigenen

Sprössling ist darum ebenso gering wie bei Walen oder Schildkröten etwa.

Im Unterschied zu diesen fallen Ochsenfrösche jedoch häufig Fressfeinden zum Opfer. Um als Spezies zu überleben, müssen sie sich also schneller reproduzieren. Außerdem bietet ihre natürliche Umgebung nicht immer den Zugang zu einer größeren Brutkolonie. Die Teiche, in denen sie zu Hause sind, können austrocknen, und schlimmstenfalls bleiben dann ein Männchen und ein Weibchen zurück; das Weibchen könnte 20000 Eier legen, was die potenzierte Möglichkeit einer verwandtschaftlichen Paarung böte. Angesichts dieser Gefahr stellt sich die Frage, warum Ochsenfrösche nicht noch früher sterben. Die Antwort ist denkbar einfach: Die Nachkommen leben erstaunliche fünf Jahre als Kaulquappen, ehe sie selbst geschlechtsreif werden. Dann sind ihre Eltern zehn Jahre alt und sterben. Also gilt auch hier die Gleichung: Die Lebenserwartung entspricht in etwa der doppelten Zeitspanne von Geburt bis zur Geschlechtsreife.»

Das nächste Bild zeigte ein Storchenpaar auf seinem Nistplatz hoch oben auf dem Kamin eines Schlosses in der Schweiz; im Hintergrund waren schneebedeckte Berge zu sehen.

«Monogame Vögel wie der Weißstorch, der Weißkopfseeadler oder die Kanadagans haben eine Lebenserwartung von drei Jahrzehnten. Der monogame Strauß lebt fünfzig bis fünfundsiebzig Jahre. Viele Unterarten des wilden Truthahns werden dagegen nur zwei bis drei Jahre alt, denn sie sind im Unterschied zu den oben Genannten standortgebunden und nicht monogam. Die asiatische Hausmaus, die munter promisk in kleinen sozialen Gruppen lebt, wird nicht älter als ein Jahr, während die in den USA heimische monogame Weißfußmaus immerhin ein Alter von sieben Jahren erreicht. Was aber passiert, wenn gegen alle Regeln verstoßen wird?»

Das Foto eines hockenden Geparden mit windzerzaustem Fell unter dunklen Gewitterwolken war auf der Leinwand zu sehen.

«In freier Wildbahn leben Geparden ungefähr zehn Jahre. Die Weibchen sind nach zwei Jahren geschlechtsreif, die Männchen schon nach einem Jahr. Das ist ungewöhnlich, denn bei den meisten Tieren gelangen die Weibchen vor den Männchen zur Reife – auch das eine Hilfe zur Vorbeugung gegen Inzest. Sonderbar jedoch, dass männliche Geparden erst im Alter von drei Jahren die Chance bekommen, sich zu vermehren, denn sie bleiben länger in der Obhut ihrer Mütter als die Schwestern. Übrigens hat man dieses Phänomen auch bei manchen Studenten beobachten können.» Das Publikum brüllte vor Lachen. «Die jungen Geparden haben also zwei Jahre lang die Möglichkeit, sich mit der Mutter zu paaren.»

Einer der Zuhörer rief laut «Pfui».

«Mit diesem Regelverstoß scheinen genetische Schäden vorprogrammiert zu sein. Der Gepard, eine der ältesten Katzenarten überhaupt, lebte in den vier Millionen Jahren seiner Evolution meist in großen Verbänden. Inzwischen ist aber sein Lebensraum stark geschrumpft und die Auswahl an Partnern entsprechend klein. Es wird vermutet, dass die Spezies schon einmal kurz vor der Auslöschung stand und dass alle rezenten Geparden von nur einem Paar abstammen. Wenn dem so ist, war einmal arterhaltend, was nun die Art gefährdet, nämlich Inzucht.»

Geoffrey wechselte auf ein neues Dia über.

«Afrikanische Elefanten leben in kleinen Gruppen. Sie kommen nicht zur Paarungszeit in Massen zusammen, können aber bis zu sechzig Jahren alt werden. Wie geht das zusammen? Zum einen sterben siebzig Prozent vor dem dreißigsten Lebensjahr; die Hälfte schafft es nicht einmal bis zum fünfzehnten. Weibliche Elefanten sind mit zwanzig geschlechtsreif, männliche schon mit vierzehn Jahren. Die jungen Bullen müssen die Gruppe dann verlassen. Zur Paarung bereit sind sie aber erst nach etwa dreißig Jahren, wenn sie ihre volle Körpergröße erreicht haben und sich gegenüber Rivalen behaupten können. Es ist also vor allem ihr Sozialverhalten, das die Gefahr von Inzucht unter diesen ‹Spätzündern› minimiert. Wie bei Flusspferden, Walen und Ochsenfröschen sorgt die aufgeschobene Reife auch bei Elefanten für eine höhere Lebenserwartung, ohne dass dadurch das Prinzip verletzt würde, wonach die Lebenszeit dem doppelten Zeugungsalter entspricht.»

Auf der Leinwand war jetzt das Foto einer Gruppe ausgelassener Nachtschwärmer auf dem Times Square zu sehen.

«Die durchschnittliche Lebenserwartung unserer Vorfahren lag meist bei unter dreißig Jahren. Im Verlauf unserer langen Evolution bestanden die Gruppen, in denen Menschen lebten, aus höchstens zweihundert Individuen; meist waren sie sehr viel kleiner. Ein so kleiner Genpool lädt zu genetischen Störungen ein. Junge Männer sind nach ungefähr fünfzehn Jahren geschlechtsreif, junge Frauen bereits zwischen acht und vierzehn Jahren. Rein rechnerisch ergibt sich damit über sieben Jahre die Möglichkeit, dass es zur Paarung zwischen Eltern und Kindern kommt.

Doch wie schon zu Urzeiten stellt die Hypophyse auch heute noch nach etwa fünfunddreißig Jahren ihren Dienst ein. Und da Männer den Gipfel ihrer sexuellen Potenz und Körperkraft im Alter von rund siebzehn Jahren erreichen, ergibt sich in puncto Wettbewerb ein ungleiches Bild: auf der einen Seite kräftige, nimmersatte Jungspunde, auf der anderen müde alte Knacker, die wahrscheinlich lieber Golf spielen.

Das passt zu unseren Berechnungen. Die Gleichung zwischen der Zeit bis zur Geschlechtsreife beziehungsweise bis zum Altersknick geht eben auch bei uns Menschen auf. Zugegeben, unsere Sterblichkeit zwingt uns nicht zur Fortpflanzung; im Gegenteil: Weil wir uns fortpflanzen, müssen wir sterben. Und dazu bleibt uns nur ein enges Zeitfenster, wenn denn verhindert werden soll, dass es zur Generationsüberlappung kommt. Tatsächlich dürfen wir erst seit rund zweihundert Jahren auf ein längeres Leben hoffen. Weltweit ist die Lebenserwartung bei Männern von fünfundzwanzig auf fünfundsechzig Jahre gestiegen, bei Frauen auf siebzig. Offenbar leben viele Menschen in Gefangenschaft sehr viel länger.»

Die Zuhörer reagierten erheitert. Geoffrey bat mit einem Handzeichen darum, die Lampen einzuschalten.

«Es spricht also einiges dafür, dass auch dem menschlichen Organismus eine bestimmte Lebensspanne eingeschrieben ist.» Geoffrey stützte sich mit beiden Händen auf das Rednerpult. «Meine These am heutigen Abend lautet: Diese zeitliche Begrenzung ist nicht willkürlich, sondern dient dazu, unsere genetische Integrität zu wahren beziehungsweise Inzucht zu verhindern.»

Das Publikum wurde unruhig.

«Was lässt sich aus dieser These folgern? Es gibt vielleicht einen genetischen Schalter, über den der Zeitgeber für das menschliche Leben verstellt werden kann. Wenn dem so ist, würde eine geglückte Lebensverlängerung viele unserer liebgewonnenen sozialen Konventionen auf den Kopf stellen.»

In der dritten Reihe gab es eine Wortmeldung.

«Ja, bitte», sagte Geoffrey.

«Die Larven der Seepocken werden von der Meeresströmung fortgetrieben. Damit ist die Gefahr der Inzucht doch unterbunden.»

«Unterbunden? Da bin ich mir nicht so sicher. Seepocken sind ganz merkwürdige Krustentiere. Sie schwimmen und treiben, wer weiß wie weit – zum Beispiel an einem Stück Holz klebend –, bevor sie sich an einer fernen Küste einer Kolonie anschließen. Darwin hat sie jahrzehntelang beobachtet, und mir leuchtet durchaus ein, wie jemand, der sich so intensiv mit diesen Tierchen beschäftigte, die Theorie der Evolution entwickeln konnte.»

«Wie verhält es sich bei Überpopulationen? Thatcher Redmond hält eine Verlängerung des menschlichen Lebens für die schlechteste Idee, die ihm je zu Ohren gekommen ist. Und darauf wollen Sie doch hinaus, oder?»

Gelächter und Unmutsäußerungen waren in etwa gleich verteilt.

«Nun, ein verlängertes Leben könnte in der Tat zur Übervölkerung führen», antwortete Geoffrey. «Thatcher Redmond, der in jüngster Zeit viel von sich reden macht, kann darauf verweisen, dass sich die menschliche Population während der letzten fünfzig Jahre auf sechs Milliarden Individuen verdoppelt hat. Aber stellen wir uns einmal Folgendes vor: Wenn alle sechs Milliarden Menschen, die heute leben, zusammenkommen und jeder einzelne eine Freifläche von rund einem halben Quadratmeter für sich beansprucht, könnten sie samt und sonders auf Rhode Island Platz finden. Ich empfehle allen, die sich darüber Gedanken machen, einen Blick durchs Fenster zu werfen, wenn sie im Flugzeug sitzen. Man möge einmal die riesigen Flächen unbewohnter Landstriche vergleichen mit denen, die von Menschen besiedelt sind. Ich glaube, für Panik ist es viel zu früh.»

«Aber Redmond macht in seinem Buch auch darauf aufmerksam, dass ein Virus im Verhältnis zur Größe seines Wirts zwar winzig klein ist, aber dennoch den ganzen Organismus schädigen kann», rief eine Stimme aus der Menge.

«Das mag durchaus sein, Dr. Thomas», entgegnete Geoffrey. «Allerdings bin ich nicht einverstanden mit der Prämisse von Thatcher Redmonds Argumentation. Menschen sind nicht nur Verbraucher, sondern auch kreative Gestalter. Ich kann nachvollziehen, was Redmond meint, wenn er davon spricht, dass unsere Kreativität mit der Mutations- und Anpassungsfähigkeit von Viren vergleichbar sei. Ich würde jedoch darauf abheben, dass wir Menschen im Unterschied zu Viren frei darüber entscheiden können, ob wir unsere Umwelt zerstören oder bewahren wollen. Dieser Vorteil unterscheidet uns im Übrigen von allen Lebensformen auf der Erde. Wir können der größte Feind des Planeten, gleichzeitig aber auch seine Rettung sein.»

Einige applaudierten, andere, vornehmlich in der ersten Reihe, gaben abfällige Bemerkungen von sich.

Geoffrey bemerkte, dass ein Mann durch eine der Seitentüren in den Saal kam. Er trug einen schwarzen Anzug, hatte strubbelige Haare und sah nicht danach aus, als wollte er sich vergnügen. Nachdem er einem jungen Mann am äußeren Rand der hinteren Reihe etwas zugesteckt hatte – Geld, wie es schien – und dieser aufgestanden war, um ihm Platz zu machen, setzte sich der Fremde.

Den Blick auf den späten Ankömmling gerichtet, fuhr Geoffrey fort: «Aber lassen Sie mich, Dr. Thomas, mit ein paar Worten auf Ihre Annahme eingehen, wonach eine Verlängerung unserer Lebensspanne zur Übervölkerung führen würde. Wir wissen, dass sich die Zuwachsrate stabilisiert und, falls der Trend anhält, in etwa fünfzig Jahren eingependelt hat. Das Problem einer unbegrenzten Bevölkerungszunahme hätte sich dann erledigt. Im Zeitraum eines halben Jahrhunderts *müssen* sich die Menschen allerdings auch grundlegend regenerieren und völlig neue Charaktere herausbilden. Der nicht unbeträchtliche soziale Druck, der die Zeugung von Nachwuchs fordert, wird um einiges gemindert sein, wenn sich unsere Lebensspanne erweitert.»

Geoffrey zeigte wieder das Bild mit der Eieruhr, was viele belustigte.

«Denken Sie einmal darüber nach: Wenn wir uns nicht mehr damit beeilen müssen, den Eltern Enkel zu präsentieren, werden die Familienwerte einen radikalen Wandel erfahren. Noch sind wir zur Eile gezwungen; die Zukunft der Menschheit hängt davon ab. Und wie kein anderes Lebewesen auf der Erde bedürfen wir einer Zukunft, da wir uns Zukunft *vorstellen* können.

Darüber hinaus gäbe es eine Reihe weiterer Vorteile.

Frauen könnten auf die Schlummertaste ihrer biologischen Uhren drücken und sich anderen Aufgaben widmen bis zu dem Tag, da sie, wenn überhaupt, beschließen, Kinder in die Welt zu setzen. Die Geburtenrate würde wohl dramatisch zurückgehen, wenn Kinder nicht zur Arterhaltung und nach dem Zeitplan der Natur, sondern um ihrer selbst willen gezeugt würden und nur dann, wenn es den Eltern passt. Natürlich müssten wir früher oder später Eingriffe an Nase und Ohren vornehmen lassen, denn Knorpel hört nie zu wachsen auf. Aber vielleicht würden wir uns auch mehr Gedanken über die Zukunft und die Nachhaltigkeit unserer Entscheidungen machen, denn die Schulden, mit denen wir heute unsere Kinder belasten, würden uns, wenn wir länger lebten, selbst drücken.»

Das Publikum reagierte zunehmend aufgeregt.

«Prioritäten und Wertvorstellungen müssten entsprechend neu geordnet werden», fuhr Geoffrey fort. «So wie sich unsere Werte immer schon auf neue Gefahren, Gelegenheiten und Umstände eingestellt haben, werden sie sich auch der neuen Realität der Langlebigkeit anpassen. Was früher noch unverzichtbar erschien, zählt heute kaum noch. Mitgift? Von Eltern arrangierte Ehen? Jungfräulichkeit? Schnee von gestern! Die Familienwerte der Zukunft werden wiederum gänzlich andere sein.

Traditionalisten, die unsere Wertvorstellungen für göttlich inspiriert halten und entschieden abstreiten, dass sie eine Auflage der Natur sind – diese Traditionalisten werden natürlich instinktiv zurückschrecken vor den moralischen Implikationen, die ein verlängertes Leben mit sich brächte. Darum glaube ich, dass ein erweitertes Verständnis für die biologischen Ursachen von Lebensdauer gerade heute, da wir an der Schwelle zu einem neuen Zeitalter der Menschheitsgeschichte stehen, unverzichtbar ist. Wenn wir entdecken, dass unsere begrenzte Lebensspanne weder vorherbestimmt noch nötig, sondern lediglich der Vermeidung von Inzucht geschuldet ist, können wir getrost allen moralischen Ballast, der mit dem Glauben an göttliche Vorsehung einhergeht, abwerfen und die Möglichkeiten ins Auge fassen, die ein verlängertes Leben mit sich bringt.»

Geoffrey schaltete den Diaprojektor aus. «Vielen Dank, liebe Zuhörerinnen und Zuhörer, für Ihre Aufmerksamkeit. Und jetzt sind Sie natürlich eingeladen, mich mit rhetorischen Fernlenkgeschossen zu bombardieren.»

Entlang der ersten Reihe schnellten etliche Hände in die Höhe. Geoffrey richtete seinen Blick wieder auf den Fremden, der mit versteinerter Miene in der letzten Reihe saß.

«Nun, mein lieber Geoffrey, ich muss sagen, ich bin sehr skeptisch», räusperte sich einer der Kollegen aus der ersten Reihe.

«Gut», erwiderte Geoffrey. «Ich habe gehofft, dass Sie das sagen, Dr. Stoever.»

Einige der Stammgäste lachten.

«Zur Verifizierung Ihrer Theorie wäre jede Menge Forschung fällig», bemerkte Stoever. «Ich wäre neugierig zu erfahren, anhand wie vieler Fälle Sie Ihre heute Abend vorgetragenen Ansichten überprüft haben.»

«Es waren etliche», antwortete Geoffrey. «Und ich habe noch keine Ausnahme der Regel entdeckt.»

Angel Echevarria meldete sich. «Wie verhält es sich bei Lemmingen? Vielleicht steht die Lebenserwartung im

Zusammenhang mit der Populationsdichte. Hast du schon einmal daran gedacht?»

«Apropos Lemminge», erwiderte Geoffrey. «Dass sie angeblich Massensuizid begehen, wenn sie sich von einer Klippe ins Meer stürzen, ist eine Mär. Tatsächlich suchen sie nach neuen Weidegründen. Lemminge werden etwa zwei Jahre alt; die Weibchen sind allerdings schon nach *zwei Wochen* geschlechtsreif.»

«Damit wäre deine Theorie über den Haufen geworfen», sagte Angel.

«Nein. Im Unterschied zu Mäusen oder Kaninchen sind Lemminge Einzelgänger, die sich von ihren Nachkommen fernhalten. Dass sie so früh zeugungsfähig sind und von der Möglichkeit fleißig Gebrauch machen, *mindert* das Risiko der Inzucht. Weiß sonst noch jemand einen Fall anzuführen, der meine Hypothese widerlegen könnte? Nur zu, heraus damit!»

«Wir wissen jetzt, welche Absichten Sie mit Ihren Streitgesprächen verfolgen, Geoffrey», sagte Dr. Fukuyama. «Das Publikum soll Ihnen bei Ihren Forschungen behilflich sein.»

«Sie haben mich durchschaut.» Geoffrey grinste zum allgemeinen Gelächter. Er zeigte auf eine andere erhobene Hand.

«Was sagen Sie zu der letzten Übertragung von Henders Island, Dr. Binswanger?»

Mit einer solchen Frage hatte Geoffrey gerechnet. «Tja, ich habe mir von meinem Partner das neue YouTube-Video zeigen lassen. Dramatische Bilder. Aber was hat man darauf erkennen können? Die Kamera wirbelte umher, und plötzlich war alles dunkel. Damit kann man doch nichts anfangen. Mir scheint, bei der ganzen Geschichte handelt es sich um eine Marketingkampagne. Tut mir leid, wenn ich Sie enttäusche.»

Im Publikum brach plötzlich eine heftige Kontroverse aus. Geoffrey sah, wie der Mann im schwarzen Anzug aufstand und fluchtartig das Auditorium verließ – ein seltsamer Auftritt.

10. September

5:10 Uhr

Nell saß im dunklen Schlafraum vor dem runden, nach außen gewölbten Fenster.

In der Ferne grollte es wie bei einem Gewitter, während sie auf das Monster hinter der Scheibe starrte.

Die beiden großen Stielaugen mit ihren jeweils drei länglichen, horizontal angeordneten Pupillen schienen sie mit Ingrimm zu taxieren.

Nell war hellwach; sie hatte die Augen geöffnet.

Ausgeschlossen, dass sie dies nur träumte …

Vor dem Fenster über ihrem Hochbett in Section Three kauerte ein Spiger, eine geschätzte halbe Tonne schwer.

Der Anblick schnürte ihr die Kehle zu. Sie konnte nicht einmal schreien, als sie in diesem Ungeheuer dasjenige oder ein verwandtes Exemplar dessen wiedererkannte, das ihr am Strand nachgejagt war.

Reglos vor Entsetzen sah sie, wie die Bestie den Kopf neigte und die Arme hob – um zuzuschlagen, wie es schien.

Es krachte so laut wie ein Kanonenböller, als die Arme auf die dicke Scheibe aus Polykarbonat eindroschen und das ganze Modul erbeben ließen.

Schwindelnd langte Nell nach unten und zerrte einen der Turnschuhe vom Fuß, mit denen sie eingeschlafen war.

Das Biest starrte durchs Fenster, seine Augen wanderten langsam von einer Seite auf die andere. Die dunklen, spitz zulaufenden Zähne in den senkrechten Kiefern griffen knirschend ineinander; das Fell schillerte rot, orange und rosa, und es sah aus, als bewegte sich das Tier, obwohl es reglos dahockte.

Von einem plötzlichen Wutanfall ergriffen, schrie Nell laut auf und schleuderte den Schuh vors Fenster.

Blitzschnell zog das Ungeheuer den Kopf ein. Die Augen verschwanden unter dem scharfgeschnittenen Stirnbogen.

Sekunden später fuhr es den Hals wieder aus. Aus dem leicht zur Seite geneigten Kopf kamen wieder die Stielaugen zum Vorschein. Die feinen, farbig abgesetzten Streifen im Gesicht kräuselten sich, als zwei Atemlöcher in der Brust schnaufend auf- und zugingen, worauf die Scheibe beschlug.

Bevor Nell den Blick von diesem schrecklichen Schauspiel lösen konnte, hob es wieder die Arme über den Kopf und schlug auf das Fenster ein, immer und immer wieder.

Entsetzt über den Angriff, nahm Nell den Schwarm fliegender Tiere kaum zur Kenntnis, die aufgekreuzt waren und über dem Spiger schwebten, ein jedes so groß wie ein Dachs.

Er riss den Kopf herum und brüllte, als drei dieser Tiere von der Seite auf ihn einstürzten und sich in seiner Flanke verbissen. Am ganzen Körper zuckend, stieß das Ungeheuer einen gellenden Pfeiflaut aus und katapultierte sich auf seinem Schwanz zurück. Es schüttelte die kleinen Angreifer ab, schnappte nach ihnen und zerriss, was ihm zwischen die Zähne kam.

Plötzlich war das Fenster leer, die Bestie mitsamt den Plagegeistern verschwunden. Nell starrte auf drei blaue Blutstropfen auf der Scheibe, die, obwohl von tiefen Kratzspuren zerfurcht, dem Angriff standgehalten hatte.

Das schrille Kreischen hallte ihr in den Ohren nach, sodass sie die Rufe von Andy und Quentin, die durch die Luke herbeigeeilt kamen, kaum hören konnte.

«Was war das?»

«Alles in Ordnung mit dir, Nell?»

Spiger

Pantherocaris rex

(aus: Binswanger-Duckworth und Echevarria, Berichte von der Trident-Expedition, Bd. 2: S. 1–180)

«Es hat sich angehört, als wären Schüsse gefallen.»

«Habt ihr es gesehen?», fragte sie.

«Nein.»

«Was?», fragte Quentin.

Sie stützte sich auf den Ellbogen ab und schwang die Beine über die Bettkante. Ihre Ohren waren wie verstopft, der Schädel brummte. «Ein Albtraum.»

«Bist du okay?»

Sie lachte nervös. «Ich bin froh, dass die NASA dieses Ding gebaut hat», sagte sie überlaut, um den schrecklichen Nachhall im Kopf zu übertönen.

Sie warf sich Andy um den Hals, drückte ihm das Gesicht an die Brust und schluchzte leise. Andy straffte seine schmalen Schultern und warf einen Blick auf Quentin.

Der NASA-Biologe musterte die Riefen in der Scheibe. «Was es auch für ein Wesen war, ich hoffe, es kommt nicht zurück. Hat dich offenbar unter der Dachluke entdeckt und dich für ein Zitronenbaiser gehalten.»

«Quentin!», empörte sich Andy.

«'tschuldigung.»

9:01 Uhr

«Captain, die *Enterprise* will was von uns», meldete Samir El-Ashwah auf der Brücke der *Trident*.

«Schalten Sie den Lautsprecher ein. Ja, *Enterprise*?» Kapitän Sol klebte gerade ein kleines Fensterteil in den Heckaufbau seiner spanischen Galeone, die er auf seinen Kartentisch gestellt hatte.

«Captain, hier Lieutenant Commander Eaton von der *Enterprise*. Wir sind von höchster Stelle gebeten worden, einen professionellen Kameramann auf die Insel zu bringen. Für seine Sicherheit wird gesorgt. Wir stellen ein Fahrzeug der NASA bereit. Haben Sie jemanden, der für diesen Job in Frage kommt?»

«Von höchster Stelle? Darf ich so neugierig sein und fragen, wen Sie damit meinen?»

«Ähm, tja, den Präsidenten der Vereinigten Staaten, Sir.»

Kapitän Sol sah Samir und Warburton aus großen Augen an. «Ich schätze, wir können behilflich sein, *Enterprise.*» Er nahm seine Lesebrille ab. «Geben Sie mir zehn Minuten. Ich rufe zurück.»

«Gut. Danke, Captain.»

«Mist», stöhnte Kapitän Sol und drückte auf die Ruftaste der Gegensprechanlage des Schiffes. «Cynthea und Zero, bitte melden Sie sich auf der Brücke.»

«Das muss ich sehen», sagte Warburton.

Minuten später stürmte Cynthea durch die Tür. Zero schlenderte hinter ihr her.

«Die Navy möchte einen Kameramann an Land bringen», erklärte der Kapitän. «Das hat angeblich der Präsident höchstpersönlich angeordnet. Sind Sie interessiert, Zero?»

«Zero!», freute sich Cynthea.

Zero verzog das Gesicht.

«O nein», maulte Cynthea. «Passen Sie auf, Captain, wie er sich drückt. Er drückt sich schon die ganze Woche.»

«Wie darf ich das verstehen, Cynthea?» Kapitän Sol runzelte die Stirn.

«Kann ich erfahren, was genau geplant ist?», wollte Zero wissen.

«Das weiß ich auch nicht. Es heißt, dass die NASA irgendein Fahrzeug zur Verfügung stellt.» Kapitän Sol musterte Cynthea mit mürrischer Miene.

Doch Zero lächelte ihr zu. «Gilt dein Angebot noch?»

«Natürlich ...» Sie errötete.

Zero grinste übers ganze Gesicht. «Okay, Baby.»

Cynthea wich Sols forschenden Blicken aus, indem sie sich Zero an die Brust warf.

11:46 Uhr

Die Manguste rührte sich nicht. Man hätte sie für ein ausgestopftes Tier in einem Schaukasten halten können. Nur die Nüstern bebten ein wenig.

Vertraute Gerüche gab es für den kleinen Räuber nicht, nur ekelerregende Schwefeldämpfe, seltsame Reize, mit denen er nichts anfangen konnte. Schwanz, Barthaare und Ohren zuckten gleichzeitig.

Mit Gurten aus schwarzem Nylon war ihm eine Crittercam auf den Rücken geschnallt worden, eine kleine Kamera, die Greg Marshall von der National Geographic Society entwickelt hatte. In einem gebogenen schwarzen Rohr steckte ein winziges Objektiv, das dem Tier über die Schulter blickte.

Über einen Transmitter – ein streichholzgroßes Kästchen aus Titan, das ebenfalls auf dem Rücken befestigt war – konnten die Kamerasignale bis zu einem halben Kilometer weit ausgestrahlt werden.

Das struppige, gestreifte Fell schimmerte im diffusen Licht, als das Tier an einem Baumstamm hochkletterte, der wie ein Reptil mit Schuppen besetzt war.

Immer wieder reckte die Manguste den Kopf in die Höhe, sodass von der Kamera für kurze Zeit nur die Nackenhaare eingefangen wurden. Argwöhnisch schaute sich das Tier um und schreckte bei jedem ungewohnten Laut auf.

Ihren Ruf als überaus mutiges und wendiges Raubtier hat die Manguste zu Recht, doch dass sie auch, wie manchmal behauptet, immun sei gegen das Gift der Kobra – ihres Erzfeindes, wie es in Kiplings berühmtem Kinderbuch heißt –, trifft nicht zu. Sie verlässt sich einzig und allein auf ihre blitzschnellen Reflexe, um sich gegenüber dieser tödlichsten aller Schlangen behaupten zu können. Auch die von Kiplings Erzählung in die Welt gesetzte Vorstellung vom erbitterten Kampf zwischen Mungo und Kobra ist ein Mythos. Von einem Kampf kann kaum die Rede sein.

Die gewöhnliche Manguste nähert sich einer Kobra respektlos und ohne Scheu. Geradezu mitleiderregend wirkt die Konfrontation der beiden. Das Säugetier spielt mit dem Reptil, weicht den Attacken der Schlange mit atemberaubender Schnelligkeit aus und reizt sie mit wippendem Schwanz, bis es schließlich den tödlichen Angriff führt. Mit zielsicherem Biss in den Nacken versetzt es der Schlange den Gnadenstoß. Es wurde sogar beobachtet, wie eine Manguste ihr Opfer niederdrückte, ihm das Gebiss aus dem Fang riss und die zahnlose Beute reizte wie eine Katze die Maus, bevor sie schließlich das sich windende Tier verspeiste.

Giftschlangen sind nicht die einzigen Opfer dieses furchtlosen Räubers. Andere Reptilien, Vögel, Nager und Früchte sind ihm ebenso willkommen. Mit seinem ausgeprägten Geruchssinn kann er tief im Boden vergrabene Skorpione ausmachen – eine Delikatesse für Mungos.

Das ausgesetzte Tier erstarrte. Die fremden Sinneseindrücke überforderten seine Instinkte und verwirrten es. Verschreckt von den Bewegungen des unbekannten Blattwerks, sprang die Manguste vom Ast auf den Boden, der mit Federn übersät war.

Ein anschwellendes Surren erfüllte die Luft. Witternd hob das Tier die Nüstern. Der Schwanz zuckte, und die Augen huschten hin und her auf der Suche nach der Ursache für das Geräusch. Es sprang in die Höhe und schraubte sich wie ein Turmspringer in freiem Fall.

Ein Käfer stürzte auf es zu. Die Manguste schnappte ihn mit beiden Tatzen aus der Luft, als sie mit den Füßen auf dem Boden landete.

Von dem Angreifer in die Nase gebissen, stieß sie einen scharfen Zischlaut aus und tobte so wild, dass die Federn ringsum aufstoben.

Die ungestüme Gegenwehr des Käfers schien die Manguste zu verblüffen. Mit seinen messerscharfen Greifern trennte er ihr zwei Zehen vom Fuß, und selbst als er zwischen ihre Fänge geriet und auseinandergerissen wurde, kämpfte der von blauem Blut überströmte Käfer noch immer. Anscheinend angewidert von dem Geschmack, spuckte die Manguste das Insekt aus und spähte nach oben in die Gipfel der Bäume.

Ein dichter Schwarm fiel daraus hernieder. Im letzten Moment wich die Manguste einem Käfer aus, der fast so groß wie sie selbst war und sein Ziel nur knapp verfehlte.

Sie nahm Reißaus und rannte Haken schlagend durch den Wald, um ihre Verfolger abzuschütteln.

Aus einer von Nebelschwaden verhüllten Senke erhob sich plötzlich vor ihr eine schlangengleiche Gestalt. Die Manguste schreckte auf und sprang zur Seite. Doch dann schien es, als schärfte der vertraute Anblick ihre irritierten Instinkte. Mit zuckendem Schwanz ging sie zum Angriff über.

Als sie gerade zum Sprung angesetzt hatte, um über die vermeintliche Schlange herzufallen, sauste ein Schatten von der Seite herbei. Noch in der Luft vollführte sie eine halbe Drehung, doch schon war ihr der Schwanz, von einem scharfen Gegenstand getroffen, vom Leib gerissen.

Auf dem Boden gelandet, wirbelte der Räuber fauchend herum. Blut sickerte aus der Schwanzwurzel am hoch aufgerichteten Hinterteil. Er sah sich seinem Angreifer gegenüber – einer Hendersratte.

Auf ihren langen Stielen wippten die Kugelaugen hin und her. Die Behaarung rings um das weit aufgerissene Maul mit seinen kristallenen Fangzähnen pulsierte in farbigen Streifen. Weiße Krebsscheren am Unterkiefer stopften den noch zuckenden Schwanz der Manguste in den Schlund wie in einen Müllschlucker. Die Augen auf die zitternde Beute gerichtet, spuckte das Ungeheuer die Schwanzspitze aus. Es schloss die Lippen und stieß aus den beiden Nasenlöchern in der oberen Kopfhälfte einen markerschütternden Pfiff aus.

Die Manguste schreckte vor dem schrillen Laut zurück und erstarrte, gelähmt vor Schmerzen und dem schauerlichen Farbspiel im Gesicht des Gegners.

Die Ratte hatte ihren Schwanz zwischen die vier Beine unter den Bauch gezogen. Der Stachel an dessen Spitze bohrte sich in den Boden wie in einen Startblock, bereit, den massigen Körper in die Luft zu katapultieren. Sie richtete sich auf den vier Beinen auf und streckte die messerscharfen Arme tastend aus. Die Scheren am Unterkiefer schnappten erwartungsvoll auf und zu.

Die Manguste kam dem Angriff des Ungeheuers zuvor, sprang mit einem weiten Satz über dessen Kopf hinweg und schlug ihm ihre Zähne in den Nacken. Sie biss mit unbändiger Wut zu und versuchte, wie ein Hund mit dem Kopf schlenkernd, der Ratte das Genick zu brechen, doch da waren keine Knochen, die hätten brechen können. Als sie schließlich von dem tödlich verletzten und schrill pfeifenden Tier abließ, sah sie sich von weiteren Angreifern gestellt. Von Panik ergriffen, nahm sie Reißaus, ohne Schwanz aus dem Gleichgewicht gebracht.

Eine weitere Hendersratte flog von hinten herbei und schlang der fliehenden Manguste wie in einem Tackling die Arme um die Hinterläufe und warf sie zur Seite. Staub und Federn flogen auf, als sie sich mit aller Macht aus der tödlichen Umklammerung zu befreien versuchte.

Doch das wirbellose Tier war ihr überlegen. Es hatte sie mit den Scheren fest im Griff und riss ihr mit den Zähnen den Bauch auf.

Vom Fauchen und Pfeifen angelockt, stürzten sich weitere Ungeheuer in das Gemetzel am Boden des Waldes.

Blaues und rotes Blut spritzte aufs Objektiv der Crittercam, bis nichts mehr zu sehen war.

Die Manguste hatte nicht mehr als zwei Minuten und neunzehn Sekunden überlebt.

11:49 Uhr

In den drei noch betriebsbereiten Modulen des StatLab machte sich Enttäuschung breit, als die Monitore dunkel wurden.

Hamilton Pound, der Sondergesandte des Weißen Hauses, blickte frustriert aus dem Fenster von Section Four, die sich, am weitesten vom Rand des Dschungels entfernt, hoch oben auf dem grünen Hang befand, der zum Felsrand der Insel anstieg.

Pound kam sich vor wie in der Kabine eines Gulfstream-Jets, eingepfercht zwischen einer Unmenge von Monitoren und Messgeräten. Alle, die hier versammelt waren, zeigten sich enttäuscht und niedergeschlagen von dem, was sie gerade miterlebt hatten.

«Verflucht», murmelte Dr. Cato. Der schlanke Wissenschaftler mit den kurzgeschnittenen weißen Haaren trug ein pfirsichfarbenes Polohemd der Technischen Hochschule Kaliforniens. Seine grauen Augen, sonst immer hell und lebhaft, wirkten stumpf. Das Schicksal des ausgesetzten Tieres hatte ihn sichtlich mitgenommen. «Okay, streichen wir die Manguste von der Liste, Nell.»

Nell nickte. Auch sie blickte düster drein.

Hamilton Pound raufte sich die Haare. Er trug ein zerknittertes, durchgeschwitztes Brooks-Brothers-Hemd mit aufgekrempelten Ärmeln. Die blau-rot gestreifte Hermès-Krawatte hing lose vom offenen Kragen. Seine schütteren Haare waren nach hinten gekämmt und schweißnass. Er litt an einer Magen-Darm-Infektion und nippte ständig an einer Flasche Mylanta.

Ham Pound war vom POTUS – dem Präsidenten der Vereinigten Staaten – persönlich mit der Untersuchung der ungewöhnlichen Vorkommnisse auf Henders Island betraut worden. Es war seine erste Mission dieser Art und für ihn mit seinen erst zweiunddreißig Jahren eine einzigartige Möglichkeit, seine diplomatische Karriere, die von der *Washington Post* als «kometenhaft» apostrophiert wurde, weiter voranzutreiben. Unglücklicherweise hatten ihn seine Erkrankung, ungünstiges Wetter und der aufgrund von Frachtproblemen mehrfach aufgeschobene Abflug drei volle Tage gekostet.

Zu allem Überfluss war gestern von den U-Booten der Seawolf-Klasse nur fünfzig Seemeilen nördlich von Henders Island ein chinesisches U-Boot aufgebracht worden, was diplomatische Schwierigkeiten zur Folge hatte, über die der Präsident nicht glücklich war. Die Chinesen hatten sich fürs Erste zurückgezogen. Jetzt war Pound am Zug, und er musste Erfolge vorweisen.

«So viel zum Thema Crittercams», sagte Nell und tätschelte Dr. Catos Schulter.

Dr. Cato machte aus seinem Unmut kein Hehl. Von ihm stammte der Vorschlag, Exemplare bekannter Tierarten auf Henders Island auszusetzen, und weil die Navy für alles, insbesondere für geheime Maßnahmen, einen Namen brauchte, hatte er diese Phase der Untersuchungen mit «Operation Manguste» überschrieben, da Mangusten bekannt dafür waren, dass sie fremde Territorien für sich zu erobern verstanden. Nach dem schnellen und schrecklichen Ende des ersten Versuchstieres war er mit diesem Namen allerdings nicht mehr zufrieden.

Nell reichte dem Neuankömmling die Hand. «Willkommen auf unserer Station, Mr. Pound. Verzeihen Sie, dass wir Ihnen keinen gebührenden Empfang bereitet haben. Aber wir waren, wie Sie gesehen haben, ziemlich angespannt.»

«Es freut mich, hier zu sein», erwiderte Pound mit süffisantem Schmunzeln und gab ihr die Hand, nachdem er seine Wasserflasche zugeschraubt hatte. «Nennen Sie mich Ham.»

«Nell gehörte zu der Gruppe, die als erste an Land gegangen ist und aus der nur zwei überlebt haben, Mr. Pound», erklärte Dr. Cato. «Meine beste Studentin erweist sich nun auch als eine unserer wichtigsten Führungskräfte in diesem Projekt. Ich glaube, sie hat seit neun Tagen, als Section One unseres Labors aufgegeben werden musste, kein Auge mehr zugetan. Nicht wahr, Nell?»

«Schön, Sie kennenzulernen», sagte Pound, wenig beeindruckt von Dr. Catos Elogen.

«Sehen Sie sich das hier an», sagte Nell.

Sehr geschäftsmäßig, diese Frau, dachte Pound. *Gut so.*

Sie machte ihn auf ein hellerleuchtetes Terrarium aufmerksam, in dem sich eine Anzahl kleiner runder Körper befand, die wie Knöpfe aussahen.

Dr. Cato erklärte: «Nell, die diese Tiere entdeckt hat, nennt sie Tellerameisen.»

Nell richtete die kleine, unter dem Deckel des Terrariums montierte Kamera auf eines der Exemplare und deutete auf das vergrößerte Bild auf dem Monitor. Es zeigte eine wächserne weiße Scheibe – das «Gesicht» der Ameise –, die wie ein Kuchen in fünf gleich große Stücke aufgeteilt war. In der Mitte klaffte sternförmig eine mit spitzen Zähnen bewehrte Mundöffnung. Wie winzige Knopflöcher nahmen sich die dunklen Augen am Rand aus. Die andere Seite wies drei spiralförmig ineinander verschlungene Erhebungen auf.

«Du solltest dieser Spezies noch einen wissenschaftlichen Namen geben, Nell», meinte Dr. Cato.

«Später. Wir haben herausgefunden, dass diese Ameisen offenbar ohne eine Königin auskommen, Mr. Pound», sagte Nell und nannte ihn absichtlich nicht auch beim Vornamen. «Aber wie bei den uns bekannten Arten gibt es auch hier Jäger und Aasfresser.» Sie vergewisserte sich, dass der Sondergesandte ihren Ausführungen folgte. «Alle hiesigen Tiere, die wir bislang beobachten konnten, haben blaues, weil kupferhaltiges Blut – wie Krabben und Kalmare. Die auffallend hohe Sterblichkeitsrate sämtlicher Arten wird durch extrem hohe Geburtenzahlen wettgemacht.»

Nell vergrößerte den Bildausschnitt und bewegte einen Cursor über den Körper der Tellerameise. «Das hier am Rand sind die Augen, sehen Sie?»

Pound räusperte sich und nickte.

«Zwischen den zehn Beinpaaren, die sich teleskopisch ein- und ausfahren lassen, sitzen zwanzig Augen mit plastischem Sehvermögen», fuhr sie fort. «Wir vermuten, dass sie mittels spezieller Sensoren ein- und ausgeschaltet werden, sodass sie, wenn der Körper in aufrechter Position rollt, in alle Richtungen blicken können wie durch ein Zoetrop.»

«Zoetrop?», fragte Pound nach und blickte auf seine teure Schweizer Uhr, die noch auf Eastern-Standard-Time eingestellt war.

«Gemeint ist der Vorläufer von Filmprojektoren», erklärte Dr. Cato. «Man blickt durch die Schlitze einer rotierenden Trommel auf eine Sequenz von Fotos und meint, es handelte sich um bewegte Bilder.»

«Ach ja, natürlich.» Pound nahm seine Brille von der Nase und putzte die beschlagenen Gläser. «Fahren Sie fort.»

«Für ein Tier dieser Größe hat es ein erstaunlich komplex entwickeltes Nervensystem», sagte Dr. Cato.

«Das ringförmig angelegte Gehirn ist im Verhältnis zum Körperumfang doppelt so groß wie das einer Springspinne», warf Nell ein.

«Und Springspinnen haben das relativ größte Gehirn aller uns bekannten Tierarten», führte Dr. Cato aus. «Diese Ameisen können sich nicht nur rollend, das heißt in aufgerichteter Position, fortbewegen, sondern auch dann, wenn sie flach auf der einen oder anderen Seite liegen. Dabei tragen sie häufig große Mengen an Nahrung mit sich, von der sie selbst und ihre Jungen unterwegs zehren.»

Pound setzte seine Brille wieder auf die Nase. «Aha. Und?»

Nell richtete die Kamera auf ein Exemplar, das mit der «Gesichtsseite» nach unten lag.

«Hier sind die Fibonacci-Spiralen deutlich zu erkennen. Sie strahlen, von der Mitte ausgehend, zum Rand hin aus. Eine dieser Spiralen dient als Geburtskanal. Die ungeborenen Jungen ernähren sich darin von Vitellin, also einem Eiweißstoff. Von der zweiten Spirale werden Verdauungsreste ausgeschieden. Bei der dritten Spirale –», Nell vergrößerte das Bild, «– handelt es sich um den Nachwuchs, der, wie kleine Muscheln an einer Kette aufgereiht, die Mutter begleitet. Gewissermaßen stellt jede Ameise eine eigene Kolonie dar. Wenn sich die Mutter häutet, werden die Jungen aktiv und verzehren die abgestoßenen Schuppen des Exoskeletts. Wie sie sich fortpflanzen, haben wir noch nicht feststellen können. Allem Anschein nach handelt es sich um Zwitterwesen, die nach einmaliger Paarung bis zu ihrem Tod ununterbrochen gebären. Möglich auch, dass sie sich mitunter selbst befruchten wie Seepocken.» Sie schaute zu Pound auf, doch der zeigte keinerlei Reaktion. «Die Jungen kommen lebend zur Welt und wachsen heran, bis sie groß genug sind, um eigene Wege zu gehen. Oft kommt es vor, dass sie dann ihre Eltern fressen – oder von denen gefressen werden. Noch während sie an den Eltern haften, können sie im fortgeschrittenen Stadium selbst Nachwuchs hervorbringen. Je größer die Ameisen werden, desto größer sind auch die Kinder, die sie zur Welt bringen. Diese schmarotzen von den kleineren, bis das Nahrungsangebot knapp wird. Dann erst fallen sie von den Eltern ab und werden selbständig.»

Nell stellte die Vergrößerung auf das Hundertfache.

Auf einer der «Babyameisen» war eine ähnliche Spiralstruktur zu erkennen wie auf dem Rücken der Mutter.

«Die geschlüpften Enkel sind so groß wie Milben.» Wieder sah Nell zu Pound hinüber. «Es kommt auch vor, dass sich der Nachwuchs anderer Tellerameisen einer fremden Spirale anschließt und entsprechend seiner Größe einreiht.»

«Jedes Individuum, das Sie sehen», fügte Dr. Cato hinzu, «ist eine Kolonie von Tausenden einzelner kleiner Lebewesen, die einander bei der Häutung helfen und das abgestoßene Chitin weiterverwerten.»

«Außerdem helfen sie bei der Jagd und bei der Abwehr von Parasiten, mit denen sich ihre Beute schützt.» Nell klopfte an die Scheibe des Terrariums.

Die auf der Seite liegenden Tellerameisen sprangen auf, fuhren ihre zehn Beinpaare aus und rollten auf Nells Knöchel zu. Manche schwirrten wie fliegende Untertassen herbei, prallten mit Wucht gegen das Acrylglas und hinterließen winzige Kratzspuren.

Pound entdeckte eine Vielzahl weiterer solcher Spuren an der Scheibe. Eine der Ameisen blieb mit den spitzen Beinen darin stecken. Sobald der Nachwuchs das Licht der Welt erblickt hatte, machte er sich auch schon über das Muttertier her.

«Himmel!», murmelte Pound, merklich beeindruckt von dem makabren Schauspiel.

Nell nahm seine Reaktion mit Genugtuung zur Kenntnis. «Ja, sehr gefräßig, diese kleinen Krabbler. Wir haben sie mit einem Hotdog geködert. Der war in weniger als zehn Sekunden verspeist, nachdem sich Tausende von Ameisenkindern darauf gestürzt hatten.»

Tellerameise
Rotaformica hendersi
(aus: Steele und Benton, Proceedings of the Zoological Society of Washington, Bd. 36: S. 12–27)

Nell blickte Pound in die Augen und legte ihm die Hand auf den Arm. «Sie fressen alles, Mr. Pound, auch den grünen Bewuchs der Hänge und das Laub der Bäume. Sie kommen gerade rechtzeitig, um zu sehen, wie wir einen weiteren Test durchführen.»

Pound versuchte, interessiert zu blicken, was ihm aber nicht gelang. Ihm ging es nicht um Details, sondern um das große Ganze. Ein Bericht über die Fressgewohnheiten dieser ekligen Insekten würde den Präsidenten nur langweilen. «Man verschone mich mit Geschichten aus dem Kreißsaal», pflegte der POTUS zu sagen. «Zeigt einfach nur das *Baby*!»

«Mir wär's lieber, wir wechselten in das Modul am Waldrand. Ich würde gern einen Blick auf den Dschungel werfen», sagte Pound. «Der Präsident will Videoaufnahmen von der Insel sehen, und das am liebsten gleich.»

«Hier bei uns gibt es doch auch einiges zu sehen», erwiderte Dr. Cato.

Pound warf einen flüchtigen Blick in die Runde der Wissenschaftler und entgegnete mit gedämpfter Stimme: «Doktor, ich glaube, Sie ahnen nicht, unter welchem Druck diese Nachforschungen stehen. Wir müssen herausfinden, ob und inwieweit diese Insel eine Gefahr darstellt. Die Nachrichtensperre kann nicht ewig aufrechterhalten bleiben, während Sie in aller Ruhe – mit Verlaub – Fliegenbeine zählen. Der Rest der Welt wird allmählich – kribbelig.» Er betrachtete die Tellerameisen im Terrarium, die wieder wie schlafend auf der Seite lagen, und runzelte die Stirn. «Offen gesagt, können die Vereinigten Staaten diese Art von PR zurzeit nicht brauchen.» Im Flüsterton fügte er hinzu: «Dass wir diese Sache hier monopolisieren, gefällt unseren Freunden im Ausland nicht.»

«Niemand verlangt, dass andere Länder außen vor bleiben», entgegnete Dr. Cato ungehalten.

Pound richtete seine Worte an beide, Dr. Cato und Nell. «Der Präsident will sich militärische Optionen vorbehalten, und das wird nicht möglich sein, wenn andere Länder involviert sind. Wir haben bereits britische Wissenschaftler zugelassen, weil die Briten Anspruch auf die Insel erheben. Aber wie dem auch sei – ob wir noch andere mit ins Boot nehmen oder nicht und unabhängig davon, wie gefährlich die Lebensformen auf dieser Insel sind –, das Problem lässt sich nicht lange geheim halten. Wir müssen wissen, was da draußen vor sich geht. Was hält uns davon ab, in das andere Modul zu gehen und einen Blick auf den Dschungel zu werfen?»

Die anderen Wissenschaftler, die in Hörweite waren, verzogen das Gesicht.

«Tut mir leid, Ihnen mitteilen zu müssen, dass es in Section One ein paar technische Schwierigkeiten gibt, Mr. Pound», antwortete Nell. «Schauen Sie sich doch stattdessen einmal das hier an …»

12:02 Uhr

Das Helmvisier des NASA-Technikers Jedediah Briggs war bereits beschlagen, als er den Durchgang zwischen den Sektionen eins und zwei betrat.

Er stieg gerade über die Aluminiumtreppe nach unten in Section One, als ihm schrille Pfeiftöne ans Ohr drangen. Ein rhythmisches Hämmern ließ das Labor unter ihm erzittern. Er spähte durch das beschlagene Visier auf die Sensoren in der Innenverkleidung der Kunststoffröhre. Sie waren ungefähr so groß wie Rauchmelder und enthielten das aus dem Blut von Fangschreckenkrebsen gewonnene Antigen LAL, das auf Mikroben reagierte.

Ähnliche Detektoren waren bereits in Raumsonden zur Anwendung gekommen, um sicherzustellen, dass sich beim Bau keine ungebetenen Gäste einschlichen.

Als sich Briggs der Schleuse von Section One näherte, fiel ihm auf, dass die LED-Leuchten der Sensoren – normalerweise grün – rot glühten und die gelbverfärbten Teströhrchen darauf schließen ließen, dass es irgendwo ein Leck in der Außenhaut gab.

Soeben hatte er noch über seinen unbequemen blauen Schutzanzug geflucht, jetzt war er dankbar dafür. Er erreichte den unteren Absatz der Treppe und blickte durch das Schleusenfenster in Section One.

In der Decke klafften Löcher, dicht an dicht in kreisförmiger Anordnung. Das einfallende Sonnenlicht leuchtete auf zahllose kleine Tiere, die durch das Labor schwirrten, kriechend, fliegend und springend.

Plötzlich stürzte die perforierte Decke ein und machte den Weg frei für größere Eindringlinge.

Die Tiere in der Kabine schienen ihn bemerkt zu haben. Sie huschten mit übernatürlicher Schnelligkeit auf ihn zu und wirbelten in ihrem Sog alles auf, was nicht niet- und nagelfest war.

Wespen und Drillwürmer prasselten vor die Scheibe der Schleusentür. Eine Alarmsirene fing zu heulen an.

Briggs schreckte zurück und hastete die Aluminiumtreppe hinauf.

Die Röhre, durch die er rannte, war in purpurrotes Licht getaucht. Es ging von den LEDs der optischen Sensoren aus, die auf Schäden in der Innenhaut aufmerksam machten.

Briggs verfluchte seinen klobigen Schutzanzug, der ihn daran hinderte, schneller zu laufen.

12:03 Uhr

«Technische Schwierigkeiten?», blaffte Pound. «Die NASA hat 180 Millionen Dollar in dieses Labor investiert, Dr. Cato. Ich dachte, es sei für solche Zwecke gebaut worden.»

«Für solche Zwecke?» Nell lachte kurz auf.

«Es musste einiges neu angepasst werden», erklärte Dr. Cato geduldig. «Schon während des Transports wurde daran gearbeitet, und wir sind immer noch nicht ganz fertig. Was bislang geschafft wurde, grenzt an ein

Wunder. Aber StatLab wurde als mobiles Labor für verseuchte Gebiete entwickelt, Mr. Pound. Dass es auch von Tierchen belagert werden könnte, die größer als Viren sind, ist bei der Planung nicht berücksichtigt worden.»

Nell schob Pound mit entschiedenem Nachdruck vorwärts.

«Wir erwarten in Kürze eine Meldung aus Section One. In der Zwischenzeit möchten wir Ihnen zeigen, was wir bereits gefunden haben, okay?»

12:04 Uhr

Mit donnernden Nachbrennern startete eine F-14 Tomcat vom Deck der *U.S.S. Enterprise.*

Als sich der ohrenbetäubende Lärm gelegt hatte und nur noch der knatternde Rotor einer V-22 Sea Osprey zu hören war, setzten ein Offizier der Navy – eine Frau – und Zero ihr Gespräch fort, das den vollen Einsatz der Stimmbänder verlangte.

«Sie sind der Einzige, der diesen Landgang überlebt hat», brüllte sie.

Zero warf einen Blick in die Runde aus Männern und Frauen, die an Deck des riesigen Flugzeugträgers ihrer Arbeit nachgingen. «Warum sollte ich also wieder zurückgehen?», brüllte er zurück.

«Mrs. Leeds sagte, Sie wollten runter von der *Trident*», brüllte sie. «Wir stellen Sie auf der Insel unter Quarantäne, bis der ganze Spuk vorbei ist. Der Präsident braucht dort einen Kameramann. Das ist Ihr Job.»

Zero blickte in Richtung *Trident.* «Ich müsste schön blöd sein», murmelte er. Er zeigte auf ein riesiges Wohnmobil, an dessen Dach ein schweres Stahlseil vertäut war. «In dem Ding da?»

Ein protzigeres Geländefahrzeug hatte Zero nie zuvor gesehen. Allein die an der Seite aufgeprägten roten Buchstaben «NASA» waren schon beeindruckend genug; dazu hatte es vorn zwei übergroße Stollenreifen und hinten Kettenräder. Die vier nach außen gewölbten Fenster sahen aus wie die Bullaugen einer Tiefseetauchkapsel. Drei waren vorn eingesetzt, eines hinten. Aus dem Kühler ragte ein keilförmiger Grill, dem Gleisräumer einer Lokomotive aus dem 19. Jahrhundert ähnlich. Zu beiden Seiten des Vorbaus hingen zusammengefaltet zwei schwere Roboterarme, die an die Fangbeine einer Gottesanbeterin erinnerten.

«Das ist der XATV-9», brüllte die Uniformierte über den Lärm der Osprey-Turbinen hinweg. «Ein Prototyp des Mars-Rover, auf Veranlassung des Präsidenten hierhergeschafft. In den Armen Ihrer Mutter könnten Sie nicht sicherer sein, Sir. Was sagen Sie?»

«Einverstanden», hörte Zero sich sagen. Er war eben ein passionierter Kameramann. Gleichzeitig aber verfluchte er sich.

«Dann kann's gleich losgehen.»

Zwei Bedienstete des Flugdecks drängten Zero einzusteigen. Sie schlossen die luftdichte Luke hinter ihm ab, als er sich vor den drei runden Fenstern in den Beifahrersitz fallen ließ. Armaturen wie aus *Buck Rogers* glitzerten zwischen Zero und dem Fahrer, einem gutaussehenden Mann in einem blauen Navy-Overall. Er zeigte Zero seinen nach oben gestreckten Daumen und deutete auf eine Kamera mit Schwenkarm, montiert über dem Beifahrersitz unter der Decke.

«Schnallen Sie sich an», riet der Fahrer. «So eine Fahrt, wie sie Ihnen bevorsteht, haben Sie bestimmt noch nicht erlebt.»

Zero legte den Gurt an und langte nach den Griffen der Kamera, die scheinbar schwerelos gelagert war. In dem Moment, als er das linke Auge ans Okular setzte, zerrte der Osprey das Geländefahrzeug vom Deck.

«Juhuuuu!», schrie der Fahrer.

Sie flogen über das Wasser. Zero schluckte und richtete die Kamera durchs Fenster.

12:05 Uhr

Nell führte den Sondergesandten an Stationen vorbei, vor denen Wissenschaftler saßen und die Aufnahmen ferngesteuerter Kameras betrachteten.

Auf einem Bildschirm waren Tellerameisen zu sehen, die ausgetretene Spuren entlangrollten. Ein anderer bot den Anblick scheußlich aussehender Kreaturen, die die Kamera attackierten.

Doch jeder Monitor, auf den Pound seinen Blick richtete, wurde plötzlich schwarz, wie auf ein Stichwort hin. Die Wissenschaftler stöhnten, als hätten sie so etwas schon erwartet.

Pound wandte sich Dr. Cato zu. «Ich muss jetzt wirklich darauf bestehen –»

«Vielleicht sollten Sie auch von hier ein paar Videoaufnahmen machen», sagte Nell und tätschelte Pounds Arm. «Für den Präsidenten.»

Ihr zum Gefallen streifte er ein Stirnband mit Camcorder über den Kopf und klappte den Bildsucher aus. Dann zentrierte er das Objektiv auf der Stirn einem dritten

Auge gleich und schaltete die Kamera ein. Am unteren Rand des kleinen LCD-Schirms blinkte ein grünes Licht.

Drei große gelbschwarze Insekten flogen durch eine gläserne Röhre ins Terrarium.

«Das sind asiatische Riesenhornissen», erklärte Dr. Cato.

«Ein Schwarm von dreißig Individuen kann in weniger als fünf Stunden einen Bienenkorb mit 30000 Honigbienen plündern», sagte Nell.

«Deren Larven produzieren eine äußerst energiereiche Aminosäure, die es den Hornissen ermöglicht, bis zu hundert Kilometern weit zu fliegen, mit einer Durchschnittsgeschwindigkeit von rund vierzig Stundenkilometern», ergänzte Dr. Cato.

«Enorm», sagte Pound.

«Passen Sie auf.» Dr. Cato zeigte auf das Terrarium. «Eine einzige asiatische Riesenhornisse kann in einer Minute bis zu vierzig Bienen töten. Mit ihren kräftigen Kauwerkzeugen beißt sie ihre Beute in Stücke. Wenn sie auf ihren Suchflügen ein Bienennest findet, markiert sie es mit Pheromonen. Danach greift der ganze Schwarm an.»

«Ihr Stich ist äußerst schmerzhaft, das Gift so stark, dass es auch menschliches Gewebe zersetzt», sagte Nell. «In Japan fallen diesen Hornissen jedes Jahr an die vierzig Menschen zum Opfer.»

«Wir haben den Einsatz ein bisschen erhöht», kicherte Dr. Cato.

«Himmel, davon wusste ich nichts.» Pound starrte ins Terrarium.

Mit Blick auf Dr. Cato sagte Nell: «Okay, Steve, lassen wir jetzt die Henderswespen herein.»

Highspeed-Kameras fingen zu surren an, als zwei über zehn Zentimeter lange «Wespen» aus einer Röhre auftauchten und mit lotrecht herabhängenden Körpern an fünf transparenten Flügeln in der Luft schwebten.

Kaum hatten sie die Hornissen ausgemacht, gingen sie zum Angriff über und schoben dabei ihre Hinterleiber nach vorn. Mit ihren zehn klappmesserartigen Beinen schnappten sie zu und zerschnitten die Hornissen in Stücke, die, noch zuckend, tröpfchenweise zu Boden fielen.

Mit wachsamen Augen, die rings auf ihren «Köpfen» saßen, landeten die Henderswespen auf fünf Beinen und zermalmten die Hornissenstücke zwischen den fünf Kieferteilen am Ende des Hinterleibes.

«Widerlich», kommentierte der Abgesandte. «Die fressen mit den *Ärschen*?»

«Ja, und sie haben zwei Gehirne, Mr. Pound», sagte Dr. Cato.

«Wie viele andere Arten, die wir hier schon untersucht haben», fügte Nell hinzu.

Pound war sichtlich verwirrt.

«Sind alle Experimente auf diese Weise ausgegangen, Nell?», fragte Dr. Cato leise.

Nell nickte und tauschte besorgte Blicke mit ihrem Kollegen.

Pound fummelte an den Knöpfen seines Camcorders.

«Keines der Ticre, die wir mitgebracht und ausgesetzt haben, ist den hiesigen Arten gewachsen. Sie wurden alle getötet.»

Der Gesandte zuckte mit den Achseln. «Vielleicht sollten wir ein bisschen Insektenspray versprühen, und wir wären das ganze Ungeziefer auf einen Schlag los.»

«Wir haben es hier nicht nur mit Ungeziefer zu tun, Mr. Pound», erwiderte Nell.

«Meine Kollegin hat auf dieser Insel schon Tiere beobachtet, die fast so groß wie Elefanten sind», sagte Dr. Cato.

«Sie laufen auf acht Beinen und haben ein Fell, das dem von Tigern ähnlich ist. Darum habe ich sie ‹Spiger› genannt, Mr. Pound.»

«Ham», sagte Pound. «Nennen Sie mich Ham, bitte. Können Sie mir einen solchen Spiger zeigen? So etwas würde ich gern einmal sehen.»

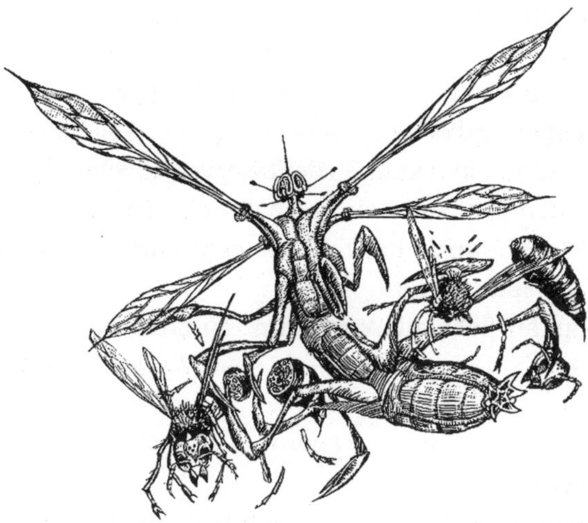

Henderswespe
Pentapterus tomobrachioferus
(vgl. Asiatische Riesenhornisse, Vespa mandarinia)
(aus: Wirth et al., Annals of the
La Jolla Natural History Museum, Bd. 47: S. 1–112)

12:05 Uhr

Die zur Untätigkeit verurteilte Mannschaft der *Trident* langweilte sich zu Tode. Neunzehn Tage vor Anker in der Nähe eines Strandes, der nicht betreten werden durfte, das war allen zu viel. Wut, Furcht und Missmut zusammen.

Nachts waren die Satelliten zu sehen, die langsam ihre Bahnen am Himmel zogen, um wie die Wachen des Buckingham Palace auf sie aufpassen.

Cynthea, Kapitän Sol und Bootsmann Warburton standen im Bug der *Trident*, als die Osprey über sie hinwegknatterte.

«Da fliegt er, der Glückspilz!», rief Warburton.

Sol schüttelte den Kopf. «Ich beneide ihn nicht.»

Cynthea blickte durch ihr Opernglas auf den Hubschrauber und den darunter hängenden Geländewagen, bis sie hinter den Klippen der Insel verschwanden. «Alles Gute, Zero», flüsterte sie und ballte eine Faust. «Wenn du das Ding für uns schaukelst, werde ich dir auf ewig hörig sein, Schätzchen.»

Kapitän Sol und Warburton tauschten verwunderte Blicke.

12:06 Uhr

«Sehen Sie sich das an, Mr. Pound», sagte Dr. Cato.

«Otto setzt jetzt eines der letzten ferngesteuerten Fahrzeuge in Bewegung, die uns geblieben sind», erklärte Nell.

Dr. Cato klopfte Otto auf die Schulter, der an einer der Konsolen von Section Four saß und vor Schreck zusammenfuhr. «Wohin geht die Reise, junger Mann?»

Otto schob seine VR-Brille in die Stirn, blickte zu Pound auf und grinste. Der linke Daumen des Biologen steckte in einem Aluminiumverband, was ihn jedoch nicht daran hinderte, das ROV zu bedienen, an dessen Konstruktion er selbst mitgearbeitet hatte. Dank der Novocain-Pflaster, die ihm vom Arzt der Navy verordnet worden waren, empfand er keine Schmerzen. «Willkommen im Dschungel, Leute.» Otto setzte die VR-Brille wieder auf. «Wir passieren gleich mit einem kleinen Roboterfahrzeug den Dschungelrand und schauen uns im Inneren um. Alle genau hinsehen und nicht mit den Augen zwinkern. Bei den vorausgegangenen Versuchen war's schon nach wenigen Sekunden vorbei.»

«Na also.» Pound schien zufrieden. «Endlich kommen wir der Sache näher.»

«Wir haben bereits achtzig solcher Fahrzeuge zum Einsatz gebracht», sagte Nell. «Nur ein rundes Dutzend ist uns übrig geblieben. Die freien Flächen bis hinauf zum Rand der Insel sind halbwegs erkundet. Mit den verbliebenen ROVs versuchen wir jetzt, in den Dschungel vorzustoßen, wo am meisten los zu sein scheint.»

Das ROV wäre für einen siebenjährigen Jungen ein besonders cooles Weihnachtsgeschenk. Als er es aus einer Luke unter Section One hervorrollte, schalteten sich mehrere Außenbordkameras ein. Von Otto ferngesteuert, bog das Fahrzeug nach links ab und fuhr den Hang hinauf.

Kurz vor dem Dschungelrand ging Otto mit der Geschwindigkeit zurück.

«Aufgepasst», sagte er und steuerte vorsichtig auf eine Öffnung im Dickicht zu. Auf dem Monitor waren Bäume zu sehen, die wie eine Kreuzung zwischen Palmen und

Kakteen aussahen. Manche hatten reptilienartige Schuppen und Dornen, sogar Augen, wie es schien, und Mäuler, die auf- und zugingen.

Das ROV fuhr im Slalom um die Bäume herum und gelangte in eine schmale Schneise, gesäumt von Stämmen, die wie riesige Rippen oder Stoßzähne nach innen gekrümmt waren. Ihre Kronen aus dichtem Laub ließen nur an wenigen Stellen ein paar Sonnenstrahlen durch. Überall hingen, von durchscheinenden Stielen getragen, Trauben, Ketten und Spiralen bunter Beeren herab.

Im Blickwinkel der nach hinten gerichteten Kamera zeigten sich Insektenschwärme und ein Gewimmel kleiner Tiere, die von allen Seiten herbeistoben und Jagd auf das ROV machten. Otto beschleunigte den Wagen und lenkte ihn im Zickzackkurs durch die Schneise bis zu einer Gabelung, wo er ihn in einer scharfen Kurve nach rechts abbiegen ließ. Auf den verwackelten Bildern war kaum mehr etwas zu erkennen.

Etwas großes Dunkles flog von der Seite herbei.

Die Kamera kippte zu Boden. Vor der Linse klebte eine Feder; mehr war nicht zu sehen.

«Das war's, Freunde!» Otto nahm die Brille vom Kopf. «Solche Vogelfedern sehen wir immer wieder», klärte er Pound auf, der mit blankem Entsetzen auf den Monitor starrte.

«Ich möchte, dass Sie mir das beste Filmmaterial von diesem Dschungel geben, Dr. Cato – für den Präsidenten», sagte er.

«Nun, das hier ist das beste», triumphierte Otto.

«Wie bitte?», fragte Paul

«Was wir gerade aufgenommen haben.» Otto zwinkerte Nell zu. «Dass diese Viecher auch Augen am Hinterkopf haben, ist echt praktisch. Wir haben diesmal eine zusätzliche Kamera für den Blick nach hinten installiert. Ich konnte deren Aufnahmen in der unteren Hälfte meiner Brille mitverfolgen. Sonst hätte ich es nie so weit geschafft. Aber, meine Herren, bei so viel Rundumsicht sind verdammt viele Daten zu verarbeiten. Dafür braucht man schon zwei Gehirne.»

Dr. Cato machte Pound auf einen anderen Monitor aufmerksam. «Das sind Bilder einer Kamera, die in der Nähe einer Fährte steht, die von Tellerameisen genutzt wird. Sie überträgt nun schon seit drei Tagen. Stimmt's, Otto?»

«Ex–»

Der Bildschirm wurde plötzlich schwarz.

«–akt.» Otto blickte zu Pound auf und zuckte mit den Achseln.

«Mir ist immer noch nicht klar, warum wir nicht nach unten in Section One gehen können. Dort wären wir nah am Dschungel und hätten optimale Sicht», beklagte sich Pound. «Wozu wurde eine Millionen Dollar teure Einrichtung angeschafft, wenn wir sie nicht nutzen?»

12:06 Uhr

Briggs schlug die Schleusentür von Section Two hinter sich zu, die mit einem Zischlaut automatisch luftdicht abschloss. Erschöpft lehnte er sich mit dem Rücken dagegen und atmete tief durch.

Als er sich ein wenig erholt hatte, nahm er den Helm ab, worauf dem wulstigen Schutzanzug die Druckluft entwich. Die elf Wissenschaftler und Laboranten in

Section Two sahen ihn aus weit aufgesperrten Augen an. Briggs schälte sich aus dem Anzug und rief: «Mit Klebeband kommen wir nicht weiter. Section One ist von jetzt an offiziell *off limits.*»

Er strampelte das zweite Hosenbein ab und schaute verächtlich in die Runde. «Und außerdem, Drillwürmer *fliegen.* Nur zu eurer Information, okay? Sie haben sich durchgefressen, durch Außen- und Innenhaut, sind jetzt zuhauf unten im Labor und werden gleich im Verbindungstunnel sein.»

Briggs klopfte an die Scheibe der Schleusentür, über die sich zum Entsetzen der Umstehenden bereits die ersten Drillwürmer von der anderen Seite aus hermachten.

Mit ihren drei glänzend schwarzen, stachelbewehrten Beinen sahen sie aus wie Raumsonden aus Science-Fiction-Filmen der fünfziger Jahre. Die rautenförmigen Köpfe hatten drei Augenringe und wippten auf einem biegsamen Hals hin und her, unter dem drei schwarze Flügel schwirrten, die sich wie Blütenblätter öffneten. Ihre Flugbewegungen waren erstaunlich präzise; auch konnten sie in der Luft auf der Stelle schweben.

Sie pressten ihre gelben Unterleiber, die wie Bohrerspitzen geformt waren, an die Scheibe und kratzten Halt suchend mit den spitzen Vorderbeinen über die glatte Oberfläche.

Briggs warf einen Blick über die Schulter zurück und machte einen Satz nach vorn, als er das fremde Geschmeiß so nahe kommen sah.

«Okay.» Er wandte sich den Wissenschaftlern zu. «Jetzt sind also Drillwürmer in der Verbindungsröhre, aber *sie* haben nicht das Leck in die Section One geschlagen. Das war etwas anderes. Gibt's einen Arzt vor Ort?

Wir NASA-Techniker sind hier fehl am Platz. Ich kann nicht für unsere Sicherheit garantieren, wenn Sie mir nicht sagen, was hier abläuft.»

«He, wir sammeln Daten, das ist alles», erwiderte Andy.

Er trug ein gebatiktes T-Shirt in den Farben Rot, Gelb und Grün und sah aus, als hätte er seit einem Jahr nicht geschlafen. «Was hier abläuft, sollten die Primadonnen der *Enterprise* klären. Jedenfalls haben sie uns das versprochen.»

«Ja, und das sehr wortreich», knurrte Quentin. «Einige von denen halten sich gerade in Section Four auf. Wenn Sie sich beschweren wollen, Briggs, hätten Sie jetzt Gelegenheit dazu.» Er deutete auf einen Plasmabildschirm, der ein Luftbild von der Station zeigte. «Seht euch das an, die Flechten breiten sich über uns aus.»

Rote und gelbe Schuppen wucherten in sechseckigen Mustern über das Dach und schienen sich durch den weißen Anstrich, die graue Grundierung und den Stahl zu fressen. Diese sechseckigen Schuppen waren in der Mitte geknickt und richteten eine Hälfte auf, um einem Sonnensegel gleich Licht einzufangen. Sie flatterten im Wind und verfärbten sich in der Sonne grün. Eine permanente Wolke zorniger Insekten schwirrte über Section One, die wie eine Wunde vom Schorf des Dschungels überzogen wurde.

«Mann, das Zeug wird rot, wenn es auf Metall trifft, gelb bei Acryl und weiß bei Farbe!» Staunend schüttelte Quentin den Kopf und biss ein Stück von seinem Zagnut-Riegel ab. «Ich glaube, das Labor wird gerade aufgefressen», murmelte er.

«Es gibt tatsächlich Bakterien, die Metall, Gold oder

CDs zersetzen können», sagte Andy. «Oder auch Zahnschmelz.»

Quentin zuckte mit den Schultern. «Aber das Zeug da scheint auch zu fotosynthetisieren.» Per Knopfdruck zoomte er die Kamera näher auf das Dach ein. «Da, die aufgerichteten Hälften der Schuppen sind grün. Die Flechten hier auf Henders Island fressen alles, was ihnen in die Quere kommt», sagte er kauend.

Andy krauste die Stirn. «Flechten wachsen höchstens zwei Zentimeter pro Jahr.»

«Aber die hier Millionen Mal schneller», bemerkte Quentin.

«Quatsch», widersprach Andy.

«Na schön, vielleicht ist das ein bisschen übertrieben.»

«Ich meine, das sind keine Flechten, Quentin, sondern irgendeine verrückte Superpflanze, so was wie der Japanische Teufelszwirn.»

«Du hast sie doch selbst als Flechten bezeichnet.»

Briggs stemmte seine Hände in die Hüften und beobachtete die beiden sprachlos.

«Ich habe mich geirrt, okay?», knurrte Andy. «Nell kann's schon nicht mehr hören, dass alle von Flechten reden.»

«Und wie nennt sie das Zeug?», fragte Quentin und biss ein weiteres Stück von seinem Riegel ab.

«Klee.»

«Dass ich nicht lache!», prustete Quentin.

«Mit Verlaub», rief Briggs. «Wie das Zeug genannt wird – ob Moos, Flechte, Klee oder sonst wie –, ist doch nun weiß Gott scheißegal.» Er zeigte auf den Bildschirm. «Was ist eigentlich mit diesen Ranken da?» Dann stieß er Quentin mit dem Zeigefinger in die Seite und sagte: «Wissenschaftler sollten nicht übertreiben. Und hören Sie endlich auf zu mampfen!» Er riss ihm den Riegelrest aus der Hand und schleuderte ihn quer durchs Labor.

Quentin setzte eine Miene auf, die klarmachte, dass er sich nicht provozieren ließ, und schaute gelassen zu, wie der NASA-Techniker die Kamera auf ein Gewächs auf dem Dach richtete, das wie ein Strauß durchsichtiger Farnwedel in einer Glasvase aussah.

«Ja, auch das Zeug wächst seit ein paar Stunden auf dem Dach», sagte Andy.

«Mmm, Ranken sind das jedenfalls nicht», meinte Quentin.

Die Stängel unter den breitgefächerten Wedeln waren bedeckt mit durchsichtigen Eiern, die grünlich schimmerten. Eine Henderswespe landete auf einer dieser Pflanzen und stopfte sich ein paar der Eier ins Maul am Hinterleib. Dann flog sie auf die Kamera zu, die sich automatisch auf Macro einstellte. Das Insekt schmierte ein Ei, das ihm am Bein klebte, aufs Objektiv und schwirrte davon. Sogleich entsprossen diesem Ei fünf winzig kleine, durchsichtige Wedel.

«Wow! So schnell geht das, Leute.»

«Sie ernähren sich von dem Klee», sagte Andy. «Normalerweise kommen sie nur nachts zum Vorschein. Sieht so aus, als würden die Wespen für die Verbreitung der Pflanze sorgen.»

Briggs deutete wieder auf den Schirm. «Sehen Sie!»

Ein größeres Exemplar der «Pflanze» entrollte seine farnartigen, fünfgliedrigen Blätter. Als sie diese aufs Dach senkte, stiegen von den Spitzen kleine Rauchwolken auf. Unter den fünf gespreizten Fingern löste sich der weiße Lack auf.

«Damit wäre klar, wer die Hülle von Section One leck geschlagen hat», stellte Briggs fest.

«O Mann. Die Lichenovoren nutzen anscheinend irgendeine Säure, um die Flechten vom Fels zu lösen. Wahnsinn!»

«Lichenovoren?», fragte Andy.

«Na schön, von mir aus auch Kleefresser.»

«Schon besser. He, Augenblick. Nell sagte, dass sie möglicherweise Schwefelsäure produzieren.»

Briggs schüttelte den Kopf. «Wie bitte? Okay, das wär's jetzt», blaffte er und schloss die Augen. «Alle Mann herhören! Es wird Zeit, dass Sie Ihren ganzen Kram zusammenpacken, denn wir *e-va-ku-ie-ren.* Verstanden, Cowboy?»

«Warum sehen Sie mich dabei an?», protestierte Andy.

«Weil Sie so hübsch sind», knurrte Briggs. «Beeilung!»

«Wollen Sie mich verschaukeln?»

«Komm, Andy, lass gut sein», lachte Quentin.

12:07 Uhr

«Wir haben Drohnen zum Einsatz gebracht», sagte Nell, «aber die können nicht durch das Laubdach sehen. Pech hatten wir auch mit den ferngesteuerten Chopper-Cams. Die ziehen die Insektenschwärme nur so an.»

«Und was mit den Crittercams passiert, haben Sie ja soeben gesehen», fügte Otto hinzu.

«Wir haben bislang zwar nur kleine Einblicke in den Dschungel bekommen, konnten aber bereits siebenundachtzig Arten unterscheiden», erklärte Dr. Cato. «Darunter recht große Tiere. Von den gefangenen Specimen haben die meisten Augen, die denen der Fangschreckenkrebse gleichen. Das heißt, sie können Farben sehen, die wir uns nicht einmal vorzustellen vermögen, und ihre Fähigkeit, schnelle Bewegungen zu erfassen, ist enorm …»

Sie hörten die knatternden Rotoren des Sea Osprey, die die Wände erzittern ließen.

Pound fuhr herum und spähte durchs Fenster.

Der NASA-Rover XATV-9 landete unsanft auf dem Abhang und wippte in der Federung.

«Verzeihen Sie, Dr. Cato.» Pound lächelte und seufzte erleichtert. «Ich habe Vollmacht zu entscheiden. Wir gehen raus. Wer möchte, kann uns natürlich gern begleiten. Ich bin sicher, der Präsident würde Ihren Einsatz zu schätzen wissen.»

Das Stahlseil am Dach des Rovers wurde ausgeklinkt. Während der Hubschrauber davonflog, setzte sich der Geländewagen in Bewegung und rollte auf seinen riesigen Vorderrädern und den Ketten auf die Andockstation des Labors zu.

Nell griff Pound beim Arm. «Sie können da nicht raus.»

Pound rückte von ihr ab. «Ich fürchte, uns bleibt keine andere Wahl.»

«Es sind bereits dreizehn Menschen und ein Hund ums Leben gekommen. Und zwar starben sie innerhalb einer Minute.»

Er lächelte. «Wenn das mal kein makabrer Show-Gag war, um Quote zu machen.»

«Sie haben doch gesehen, wozu dieses Ungeziefer, wie Sie es nennen, in der Lage ist», entgegnete Nell.

Doch Pound hatte sich bereits umgedreht und marschierte auf die Schleuse zu.

Sie ging ihm nach. «Wir haben es hier mit einem ganz und gar fremden Ökosystem zu tun, mit mindestens einem Dutzend völlig neuer Tiergattungen. Nur eine dieser Spezies könnte womöglich jedem anderen uns bekannten Ökosystem den Garaus machen, Pound. Sie haben keine Ahnung, wie gefährlich diese Arten sind.»

«Ebendarum müssen wir herausfinden, womit wir es zu tun haben.»

«Sicher, aber diese Insel gibt's bereits seit einer halben Milliarde Jahre. Wozu die Eile?»

Pound drehte sich um und hob eine Augenbraue. «Dank der TV-Show *SeaLife* weiß inzwischen alle Welt, wo diese Insel liegt, Nell. Und wenn dieses *Ungeziefer* nur halb so gefährlich ist, wie Sie sagen, könnte es womöglich als Biowaffe eingesetzt werden.» Er schmunzelte herablassend. «Tut mir leid, aber es gehört zu meinem Job, dass ich mir auch darüber Gedanken mache.» Er kehrte ihr den Rücken und näherte sich der Schleuse. «Wenn also niemand mitwill, gehe ich allein.»

Nell schaute ihm fassungslos nach. «Augenblick! Ham, ich meine es ernst. *Tun Sie es nicht.*»

Die Teleskopröhre der Andockstation fuhr langsam auf die Einstiegsluke des Geländewagens zu.

«Schalten Sie Kanal eins ein. Darüber können Sie unsere Kameraaufnahmen verfolgen», rief Pound, als ein Techniker die Schleuse für ihn öffnete.

Im selben Augenblick kam Andy von Section Four durch die Schleuse am anderen Ende des Raums und winkte aufgeregt mit beiden Händen. «Warten Sie! Ich komme mit.»

«Wenn er geht, gehe ich auch.» Quentin sprang auf. «Ich kenne das Gelände besser als jeder andere.»

«Schön, Sie beide sind herzlich eingeladen», sagte Pound. «Dr. Cato, wollen Sie nicht auch mitkommen? Ich würde mich freuen.»

Dr. Cato warf einen Blick auf Nell und war sichtlich beunruhigt, als er ihre entsetzte Miene sah. «Eher nicht, Mr. Pound. Ich glaube, ich werde mich lieber zur *Enterprise* zurückbringen lassen.»

«Willst du uns nicht begleiten, Nell?», fragte Andy. «Wir könnten dich als Botanikerin bestimmt gut brauchen.»

Nell fasste ihn bei der Hand. «Bleib hier, Andy!»

«Warum?», maulte er. «In diesem Ding da draußen sind wir doch in Sicherheit. Die NASA hat es gebaut.»

Sie ahnte nichts Gutes und hielt seine Hand fest.

«Auch wenn's dir nicht gefällt, Nell, ich werde mich diesmal nicht zurückhalten lassen.» Er löste sich aus ihrem Griff.

«Alle, die mitkommen möchten, gehen jetzt bitte an Bord», rief Pound und hielt die Schleusentür auf.

Andy folgte den anderen, doch als er die Schleuse erreichte, wurde ihm die Tür vor der Nase zugezogen.

«He!», brüllte er.

Die Tür ging wieder auf.

«War nur ein kleiner Scherz», sagte Quentin. «Komm.»

«Wie komisch.»

«Nicht wahr?» Quentin lachte.

Als Andy in den Verbindungstunnel kroch, verschloss einer der Laboranten die Schleusentür.

Sekunden später kam Briggs durch die Schleuse von Section Four. Seine Miene war noch finsterer als sonst.

Er sah Nell auf der anderen Seite des Labors und bemerkte ihren besorgten Blick.

Dann bemerkte er einen schmächtigen Wissenschaftler, der vor einem Terrarium neben ihm stand und einen Drillwurm beobachtete. «Sie haben Drillwürmer hier?», schnauzte er ihn an.

«Sie meinen *Rotopodiensis taylori*?»

Briggs las das Namensschild auf dem Kittel des jungen Mannes: *Todd Taylor.*

«Nein, ich meine dieses Gewürm, das sich durch Gummi, Silicon und nicht zuletzt auch durch Acryl bohrt, also durch das Material, aus dem Ihr kleines Terrarium da besteht.» Er schnippte mit dem Fingernagel ans Kunstglas und schreckte die Drillwürmer auf, die sich darin befanden.

«Hören Sie zu!», brüllte Briggs und durchquerte den Raum. «Wir müssen das StatLab räumen. Section One ist bereits verloren, und Section Two wird nicht mehr lange zu halten sein.»

«Aber wir können jetzt noch nicht gehen», protestierte Nell.

Briggs stand ihr inzwischen gegenüber. «Warum nicht?»

Sie zeigte durch das Fenster nach draußen auf den Rover, der sich mit hohem Tempo von der Station entfernte.

«Großartig», brummte Briggs. «Genau das hat uns noch gefehlt ...»

Otto schaltete auf Kanal eins um und ließ Zeros Videoaufnahmen, die die Fahrt in Richtung Dschungel dokumentierten, auf dem Monitor abspielen.

«Na bitte!», rief Otto. «Wir sitzen hier in der ersten Reihe.»

12:11 Uhr

Zero richtete beide Videokameras durch das gewölbte Fenster des XATV-9. Festgeklammert an den Haltegriffen, beugten sich alle Insassen neugierig nach vorn.

«Wir sollten vielleicht lieber nicht einfach drauflospreschen», meinte Andy.

Der Fahrer ignorierte ihn, ja, es schien, dass er noch Gas gab.

Der Rover pflügte mit seinen keilförmigen Stoßstangen durchs Unterholz und walzte nieder, was ihm im Weg stand. Mit Wucht warf es die fünf Männer im Inneren nach vorn in die Gurte, als das Geländefahrzeug einen kaktusähnlichen Baum fällte, der krachend aufs Dach stürzte und blauen Saft verspritzte.

«Keine Angst. Die Scheiben bestehen aus zwanzig Zentimeter dickem Acryl», versuchte der Fahrer zu beruhigen. «Sie sind für U-Boote konzipiert.»

«Na, dann gehen wir mal auf Tauchstation», murmelte Quentin, während die Bäume vor ihnen nach links und rechts wegkippten.

«Nicht so schnell!», brüllte Andy, doch sein Wunsch blieb unerfüllt.

Ungebremst schlug der mächtige Rover eine Schneise durchs dichte Gestrüpp. Zweige peitschten über die Seiten und das Dach. Fruchtstände voll praller Beeren zerplatzten vor den Kugelfenstern und verschmierten die Scheiben mit türkisblauem, gelbem und magentarotem Saft.

Als schließlich eine Lichtung im Dschungel erreicht war, bremste der Fahrer ab und hielt an.

«Na, wie gefällt's euch?», sagte er.

Quentin grinste. «Super.»

Sie befanden sich am Rand einer Schneise, die einen weiten Bogen beschrieb. Von rechts nach links jagte ein riesiger Schwarm Insekten durch den Korridor. Dabei pflückten sie im Flug Beeren oder Eier von den langen Schlingen, die vom Laubdach herabhingen und wie Tentakel zu reagieren schienen, denn manche Tiere verfingen sich darin und wurden wie Fische an der Angel nach oben in die Kronen gezogen.

«Wollt ihr mal reinhören?»

«Ja», antwortete Quentin.

Der Fahrer drückte einen Knopf auf dem Armaturenbrett und schaltete die Außenmikrofone ein.

Aus den Lautsprechern tönte ein ohrenbetäubendes Surren, unterbrochen von wiehernden Schreien und einem Geheul, das einem das Blut in den Adern gerinnen ließ.

«Himmelherrgott», murmelte der Fahrer und wandte sich den anderen zu.

«He!» Andy zeigte nach rechts in den Korridor.

Ein Rudel dachsgroßer Tiere stellte mit atemberaubender Geschwindigkeit einer Horde fliehender Hendersratten nach.

Die Ratten sprangen zehn Meter weit durch die Luft und landeten unmittelbar vor dem Rover, schlugen einen Haken und ließen die Dachse ins Leere laufen.

Einer der gelbgestreiften Jäger stürzte über einen Ast am Boden. Sofort fielen mehrere Ratten über ihn her, denen eine Welle von Tellerameisen und Wespen folgte. Es kam zu einem schauerlichen Massaker.

Während sich der Dachs von seinen Angreifern zu befreien versuchte, stürzte ein Tier, groß wie ein Hund, mit Fischkopf und Augenkrone, aus den Bäumen und schnappte mit gefräßigen Kiefern zu, dass die Knochen knackten. Nur wenige Ratten konnten ihm entkommen, doch wurden sie auf der Flucht sogleich von Tellerameisen und einem Schwarm aus Räubern attackiert, die wie mausgroße Barrakudas auf zwanzig flinken Beinen aussahen.

Der ungeheuerliche Gewaltsausbruch machte das Team im Inneren des Rover sprachlos.

Insekten prallten vor das runde Fenster auf der rechten Seite und hinterließen darauf einen blauen, schleimigen Brei, der von anderen Tieren rasch aufgesogen wurde – als Henkersmahlzeit, denn schon waren deren Fressfeinde zur Stelle.

Ein ständiges Fressen und Gefressenwerden, dachte Zero mit pochendem Herzen und versuchte, möglichst alles mit der Kamera einzufangen. Wenn er das hier denn überlebte, würde er ins Walhalla der Fotografen aufsteigen.

12:13 Uhr

Wortlos und in beklemmender Stille betrachteten die Wissenschaftler im StatLab das eingespielte Videomaterial.

Angesichts dieser fremden Welt, die sich auf dem High-Definition-Monitor vor ihren Augen entfaltete, war Nell stumm vor Staunen und Furcht. Tod und Regeneration folgten in so obszön schneller Folge aufeinander, dass sie den Eindruck hatte, einem Krieg im Kreißsaal beizuwohnen.

Wir gehören nicht hierher, dachte sie. *Das ist nicht unsere Welt.*

12:14 Uhr

Pound war kreidebleich. «Es ist nicht zu fassen, meine Herren. Und bitte, schalten Sie die verdammten Lautsprecher aus.»

«Gern», sagte der Fahrer.

Die anderen starrten mit offenem Mund auf den Sturm der Verheerung, der vor den Fenstern wütete.

«Ähm, nun ja, wir haben es hier mit vollkommen fremdartigen Lebensformen zu tun», versuchte Quentin zu erläutern. «Sie haben zwar all das, was auch jeden anderen Organismus auf der Erde ausmacht – DNA, RNA, ATP als Energiequelle und so weiter –, sind aber ansonsten kaum vergleichbar mit den Lebensformen, die wir kennen. Wirbeltiere scheint es hier nicht zu geben. Die meisten Arten haben ein segmentiertes Endoskelett ausgebildet, das wie ein verkümmertes Exoskelett aussieht. Die Insekten haben wie alle anderen Insekten auf unserem Planeten eine stabile äußere Hülle, deren Struktur aber, die eine radiale Symmetrie kennzeichnet, war uns bislang unbekannt. Die Pflanzen sind sowohl heterotroph als auch autotroph, sie beziehen ihre Energie über Fotosynthese und sind gleichzeitig Fleischfresser. Außerdem ist ihr Blut kupferhaltig.»

«Pflanzen haben kein Blut, Quentin», widersprach Andy. «Manche der größeren Exemplare wurzeln zwar in der Erde und scheinen Fotosynthese zu betreiben, sind aber tatsächlich keine richtigen Pflanzen.»

Quentin zeigte durchs Fenster. «Selbst diese Gewächse da, die wie große Palmen aussehen, haben kupferhaltiges Blut. Keine Ahnung, wie sie das hochpumpen. Womöglich haben sie Herzen, große Herzen. Wenn dem so ist, sind es mit Sicherheit keine Pflanzen.»

«Wir glauben, dass sie mit den Tellerameisen oder anderen Insekten verwandt sind», sagte Andy.

«Wie ist das alles nur möglich?», fragte Pound fassungslos.

Mit einem wie festgefrorenen Grinsen im Gesicht ließ Quentin seinen Blick über die Schneise gleiten. «Wir glauben, dass Henders Island das einzige Überbleibsel eines Superkontinents ist, auf dem vor über einer halben Milliarde Jahren ganz eigene Formen entstanden sind und sich vollkommen isoliert von anderen Einflüssen weiterentwickelt haben.»

«Heiliger Bimbam, das ganze Geschmeiß produziert Nachwuchs in einem fort», rief der Fahrer. «Seht nur, wie es hier auf der Scheibe wimmelt und krabbelt!»

Eine Tellerameise rollte über das gewölbte Fenster und ließ winzige Klone fallen, die sich über das verspritzte blaue Blut hermachten.

«Alle Arten, die wir bislang untersucht haben, sind lebendgebärend», sagte Quentin.

«Manche Jungen kommen sogar schwanger auf die Welt», ergänzte Andy. «Offenbar paaren sie sich schon im Mutterleib.»

«Das gehört sich aber nicht», meinte der Fahrer und verzog das Gesicht.

Wie überdrehte Frösche oder Grashüpfer kamen Tiere mit kaffeebraunem Fell und grünen Streifen auf kräftigen Hinterbeinen herbeigesprungen.

«Hendersratten?», fragte Pound.

«Nein. Aber dahinten kommen welche.»

«Das sollen Ratten sein?», sagte Pound. «Darunter habe ich mir aber bisher was anderes vorgestellt.»

«Es sind ja auch keine Ratten», erwiderte Andy. «Eher

Mangusten, die mit Gottesanbeterinnen gekreuzt wurden. Wir nennen sie nur Ratten. Sie schlagen mit den spitzen Armen zu wie Kung-Fu-Meister und spießen ihre Beute damit auf, so schnell, dass man's nicht sehen kann.»

«Sehen Sie, wie sie sich fortbewegen», sagte Quentin und kicherte. «Sie setzen ihre Schwänze wie Katapulte ein. Sagenhaft. Nell, du hattest recht», rief er in Zeros Kameramikrofon.

12:18 Uhr

«Yeah, Baby!», frohlockte Otto.

Briggs sah auf den Monitor und schien seinen Augen nicht trauen zu wollen.

«Bleibt nicht zu lange da draußen, Jungs», flüsterte Nell. «Können wir Funkkontakt aufnehmen, Otto?»

12:19 Uhr

Andy und Quentin beglückwünschten sich gegenseitig, indem sie einen schmunzelnden Blick tauschten.

Doch alle zuckten zusammen, als plötzlich ein dachsgroßes Tier mit einer Beute im Maul auf dem Fenster ganz rechts landete.

Der Fahrer langte nach dem Schaltknüppel. «Was zum Teufel ist das?»

«Ratten können anscheinend ziemlich groß werden», sagte Quentin.

«Oder das Viech könnte von einer ganz anderen Art sein», meinte Andy. «Die Färbung ist anders.»

«Vielleicht wechseln sie die Färbung, wenn sie älter sind …»

Was wie eine übergroße Hendersratte aussah, reckte den biegsamen Hals und spähte durch die Scheibe.

Der Fischkopf – kokosnussgroß, mit Stielaugen und über dunklen Zahnreihen zurückgezogenen Lippen – schien einem Bruegel'schen Albtraum entsprungen. Über das gestreifte Fell pulsierten, vom Maul ausgehend, bunt schillernde Wellen.

Das Ungeheuer tippte mit den spitz zulaufenden Vorderbeinen auf die Scheibe und ließ die Augen blitzschnell hin und her springen – Augen, die jeweils aus drei Pupillen zusammengesetzt und auf alle Insassen des Fahrzeugs gleichzeitig fokussiert zu sein schienen. Der Körper bewegte sich, um auf der gewölbten Scheibe Halt zu finden, doch der Kopf blieb dabei auf seinem biegsamen Hals in exakt derselben Position.

«Wir wissen, dass Stomatopoden mindestens acht verschiedene Farbrezeptoren haben», sagte Quentin. «Menschen haben nur drei.»

«Stomatopoden?», fragte Pound nach.

«Fangschreckenkrebse. Könnte sein, dass dieses Tier mit ihnen verwandt ist.»

Die übergroße Hendersratte kletterte über das Fenster und richtete beide Augen auf Andy.

«Mantiden haben einen speziellen Sehsinn, mit dem sie den Bewegungen ihrer Beute folgen», dozierte Quentin. «Beide Augen lassen sich unabhängig voneinander bewegen, um jeweils siebzig Grad, blitzschnell und immer im Fokus.»

«Warum guckt es mich an?», fragte Andy.

«Vielleicht, weil es dich hübsch findet», kicherte Quentin.

«Oder ihm gefällt Ihr Hemd», sagte der Fahrer.

Andy fuhr sich mit der Hand über sein gebatiktes Hemd, das in den Farben Jamaikas, Grün, Rot und Gelb, gestreift war. Er erinnerte sich, dass ihm jemand auf einer Party aus irgendeinem Grund gesagt hatte, ein solches Hemd bringe Unglück.

«Wir sollten weiterfahren», sagte Zero.

Das seltsame Tier presste seinen Schwanz, der wie eine Raspel aussah, an die Scheibe, um sich daran festzuhalten. Aus einer Öffnung in der Seite sprangen plötzlich drei Kleintiere hervor, die in verschiedene Richtungen davonschwirrten. Noch in der Luft wurden zwei von ihnen von Wespen angegriffen. Zu Boden gestürzt, setzten sie den Kampf fort. Zero richtete seine Kamera darauf und sah zu seiner Überraschung, dass das gerade erst geschlüpfte Tier obsiegte und den Angreifer verschlang.

«O Mann!», rief Quentin und schlug lachend auf die Lehne des Fahrersitzes. «Habt ihr das gesehen?»

«Ja», antworteten die anderen, doch jeder meinte etwas anderes.

Eine dicke Wespe prallte an das Fenster. Sogleich packte der Hendersdachs mit zwei blauen Krebsscheren zu, stopfte sie sich ins Maul und schmatzte zufrieden.

«Diese Scheren, die da aus dem Kiefer wachsen, sind hart wie Zahnschmelz. Trotzdem werden sie bei der Häutung abgestoßen – wie die Schädelkapseln, die überall auf dem Waldboden herumliegen. Zuerst haben wir sie für Kakerlaken gehalten.»

«Unglaublich», murmelte der Fahrer.

«Wenn dieses Ding so hart zuschlagen kann wie ein Fangschreckenkrebs …»

«Scheiße», stieß Quentin hervor. «Ich denke gerade daran, was diese Jungratte mit Otto angestellt hat.»

«Und ich an das Viech, das hinter Nell her war –»

«Was?», war von Pound zu hören.

«Die Fangarme von Fangschreckenkrebsen schlagen mit der Wucht eines Kleinkalibergeschosses zu», erklärte Andy. «Es heißt, dass sie sogar schon Aquarien mit doppeltem Sicherheitsglas zertrümmert haben.»

«Mir wird mulmig», sagte der Fahrer.

«Wir sollten wirklich weiterfahren», schlug Zero vor.

Der Fahrer legte den ersten Gang ein und ließ den Rover anrollen. Der Dachs rutschte über die glitschige Scheibe und versuchte abzuspringen, doch schon saßen ihm drei Ratten im Nacken.

Von oben senkte sich ein schimmerndes Lebewesen herab, das an einem sprungfederartigen Schwanz hing. Es hatte Arme wie ein Tintenfisch, schnappte sich damit den Dachs samt seinen Angreifern und schnellte zurück in die Baumkronen.

«Auweia», rief Quentin.

«Ein ‹Shrimpanse›», sagte Andy.

«Hä?» Pound betupfte seine Stirn mit einem schweißdurchnässten Taschentuch.

«Wir wissen noch nicht viel darüber. Wir haben ein solches Tier erst zwei- oder dreimal gesehen, und das nur sehr kurz.»

Pound schüttelte den Kopf und legte eine Hand auf Zeros Schulter. «Sie nehmen doch alles auf, nicht wahr?»

Der Kameramann blickte durchs Okular und zwinkerte dem Mann aus Washington mit dem anderen Auge zu. «Yup.»

«Gut.»

«Manche der Tiere, von denen wir anfangs geglaubt haben, dass sie verschiedenen Arten angehören, sind offenbar Exemplare ein und derselben Spezies, nur in unterschiedlichen Entwicklungsstadien.»

«Aber anscheinend können sie sich, und das ist das Tolle, in jedem Stadium vermehren und gewissermaßen eigene Geschwister hervorbringen, wie der chinesische Leberegel etwa.»

«Ach, du Scheiße.» Pound hustete und schluckte. «Okay, erzählen Sie ruhig weiter.»

«Es wäre also möglich, dass wir es hier mit einer Fauna zu tun haben, die, obwohl scheinbar vielfältig zusammengesetzt, streng genommen nur aus einer einzigen Art besteht.»

«Was erklären würde, warum dieses Ökosystem bis heute überdauert hat. Aber das ist bislang bloß Hypothese.»

Vor den drei Fenstern spielte sich jetzt ein Drama ab, das eine Nahrungskette im Zeitraffer veranschaulichte: Insgesamt sechs Tiere wurden im Abstand weniger Sekunden vom nächstgrößeren gefressen, bis das als letztes übriggebliebene von dem riesigen Zungenblatt eines Baumes aufgeschleckt wurde, zwischen dessen Zweigen Früchte oder Eier reiften, die wie roter Kaviar aussahen und Schwärme von Wespen, Mäusen und Ratten anlockten. Viele, die sich darüber herzumachen versuchten, wurden selbst Opfer dieser jungen Blätter, doch manche schafften es, mit ihrer Beute aus klebrigen Eiern zu entkommen.

«Mein Gott.» Pound hielt sich an der Rückenlehne von Zeros Sitz fest und schwitzte aus allen Poren. «Hier müsste doch jetzt Frühling sein, oder?»

«Wir sind in den Subtropen. Es gibt hier keine Jahreszeiten», antwortete Andy.

«In der Bodenprobe, die wir untersucht haben, waren Hinweise auf wechselnde Jahreszeiten zu erkennen», führte Quentin aus.

«Bei dem Versuch, die Probe einzuholen, sind neun ferngesteuerte ROVs draufgegangen.»

«Er wurde von einem Helikopter aus vorgenommen, mit einer abgeworfenen Bohrstange.»

«Okay, okay.» Pound kniff die Augen zusammen. «Warum geht es hier zu wie bei einem texanischen Kettensägenmassaker? Was zum Teufel läuft auf dieser Insel ab? Und bitte drücken Sie sich ein bisschen verständlicher aus.»

«Also schön. Wir glauben, dass das kupferhaltige Blut der hiesigen Tiere Wunder wirkt», antwortete Quentin. «Die sogenannten Bohr- und Root-Effekte sind mit keinem uns bekannten Organismus vergleichbar.»

«Hä?»

Andy kam Pound zu Hilfe. «Bohr- und Root-Effekte sind das, was Marathonläufer wie unseren Zero durchhalten lassen.»

«Unter Stressbelastung verändert sich die Chemie des Blutes», erklärte Andy. «Es kann dann der Muskulatur mehr Sauerstoff zuführen.»

«Und?»

«Das kupferhaltige Blut transportiert mehr Sauerstoff als das aller Tiere, die ich je untersucht habe, angefangen von der Hummel bis hin zum Geparden», sagte Quentin.

«Toll», murmelte Pound. «Aber ich weiß immer noch nicht, was das soll.»

«Alles hier lebt auf der Überholspur», übersetzte Zero.

«Genau», bestätigte Quentin. «Diese Tiere bewegen sich schneller als alle Insekten, Reptilien oder Vögel, die wir kennen. Manche scheinen mit einer superbeschleunigenden Aminosäure ausgestattet zu sein.»

«He, da ist ein Vogel!» Pound schien erleichtert, endlich etwas entdeckt zu haben, das ihm bekannt vorkam. Er zeigte auf einen weißen Seevogel, der durch das Laubdach flatterte.

Von einem Zweig, der über dem mittleren Fenster des Rovers hing, schnellte ein Dorn durch die Luft, der eine durchsichtige Schnur im Schlepp führte.

Von der Harpune getroffen, stürzte der Vogel auf das Fenster zu. Zwei weitere Pfeile bohrten sich in den flatternden Fregattvogel, der nun dicht vor dem Fenster baumelte, gehalten von drei dünnen Schläuchen, die sich mit dem angesaugten Blut der Beute rot verfärbten.

Wenig später waren Schwärme von Wespen und Drillwürmern zur Stelle, die eine Wolke aus schwirrenden Federn aufwühlten.

«Ja», sagte Quentin. «Das war ein Vogel.»

«Du liebe Güte», stöhnte Andy, als die letzten Federn herabtrudelten.

«Haben Sie das im Kasten?», fragte Pound den Kameramann.

Zero blinzelte ihm mit einem Auge zu.

«Gut. Könnte mal jemand die Klimaanlage einschalten?»

«Klar, Chef.» Der Fahrer drehte an einem Schalter.

Das rechte Fenster sah aus wie die Windschutzscheibe eines Trucks nach der achten ägyptischen Landplage. Ratten und größere Tiere weideten sich an den zerquetschten Insekten und fielen übereinander her. Das war kein Kampf zwischen Räuber und Beute, hier kämpfte jeder gegen jeden.

Ein zweibeiniges Tier von der Größe eines Truthahns landete vor dem mittleren Fenster und hämmerte mit der Nase, die an einen Amboss erinnerte, gegen die Scheibe.

Andy starrte auf den ungefiederten Zweibeiner. «Der ist definitiv neu.»

«Ich glaube, er sieht sein Spiegelbild», sagte Quentin.

«Er sieht einen Rivalen», korrigierte Andy.

«Ja, vergrößert vom konvexen Glas. Diese Kerle lassen sich nicht einschüchtern, Mann.»

Zero ließ die Kamera in seiner Hand sinken. «Ähm, können wir jetzt fahren?»

Kaum hatte der Fahrer den Fuß von der Bremse genommen, klatschte eine Art Qualle auf die Windschutzscheibe, setzte ihre Spinnenbeine darauf und öffnete ein Maul voller Zähne. Von der ruckartigen Beschleunigung des Geländewagens abgeschüttelt, hinterließ das weißgelbe Tier einen Schaumkranz auf der Scheibe.

Der Fahrer trat das Gaspedal bis zum Anschlag durch. Die Äste schlugen gegen die Steuerbordseite des Rovers, als er sich eine Schneise durch den Wald schlug.

Die fünf Männer wurden hin und her geschüttelt und hielten sich an den Sicherheitsgurten fest. Als der Keil der Stoßstange einen Baum fällte, spritzte blauer Saft, die Eier zerplatzten, und obwohl der Wagen wie in einer Waschstraße von den farnartigen Wedeln gewischt wurde, war er, als er schließlich vom Dschungel offenes Gelände erreichte, voll von klebrigem Laub und gelbem Klee.

«Okay», sagte Quentin. «Diese Wiese reicht bis zum Wüstenabschnitt in der Inselmitte. Was uns interessiert, ist der See dahinter. Den sollten wir uns ansehen.»

Sie waren erleichtert darüber, den gruseligen Urwald hinter sich gelassen zu haben, und fuhren über grünes Grasland.

Zur Linken war ein kleines Wasserbecken zu sehen, das allem Anschein nach über einen tiefen Einriss in der äußeren Felsmauer mit dem Meer verbunden war. Ein weißer Rand säumte den ovalen Tümpel, der mit seinem engen Zulauf von oben betrachtet wie eine Samenzelle aussah, die in das Eiland eingedrungen war.

Zero zeigte nach Westen und schwenkte die Kamera. «Was ist das?»

«Sieht aus wie Salz», antwortete der Fahrer mit Blick auf die Kruste aus weißen Kristallen rings um den Tümpel.

Als sie sich dem Ufer näherten, sahen sie durch einen schmalen Spalt im Fels das Meer glitzern.

«Anscheinend gelangt Seewasser bei Springflut oder heftigen Stürmen bis hierher», spekulierte Zero.

«Der Spalt scheint erst vor kurzem entstanden zu sein», sagte Andy.

«Den Salzablagerungen nach zu urteilen, muss er mindestens mehrere Jahrzehnte alt sein», korrigierte Quentin.

«Nach geologischen Zeitmaßstäben also doch sehr jung.»

Sie passierten den Tümpel und fuhren durch einen nur spärlich bewachsenen Landstrich auf eine schroffe, stark verwitterte Felsformation im Inneren der Insel zu.

Der Fahrer suchte nach einer geeigneten Route durch das unwegsame Gelände.

12:33 Uhr

Die von dem schweren Geländewagen verursachten Vibrationen im felsigen Untergrund triggerten Pheromonsignale in den turmhohen, purpurn schimmernden Waben am Rand der Schlucht.

Die Pheromone stimulierten Hunderte von Drohnen.

Knospengleich sprangen unter ihren Köpfen Hülsen auf, aus denen sich durchschimmernde Flügel wie zu blauen Blumen entfalteten.

In den Unterleibern klafften kreisrunde, wulstige Mundöffnungen voll spitzer Zähne, die – den Mäulern von Neunaugen ähnlich – auf Beute warteten, um mit deren Blut ihre Völker zu versorgen.

Die Wabentürme waren Brutstätten der Drillwürmer. Aus den Larven gingen die Vampirdrohnen hervor, die, auf das Doppelte ihrer Körpergröße heranwachsend, drei Beine und ein zweites Gehirn sowie ein neues Segment ausbildeten, das ihnen als Bohrkopf diente. In dieser Gestalt würden sie die Waben verlassen, in den Dschungel ziehen und unter der harten Rinde der Bäume nach Nahrung suchen.

Ein ausgewachsener Drillwurm war ungemein zählebig; wenn in zwei Teile zerbissen, konnten sich beide Hälften unabhängig voneinander regenerieren. Aus einem wurden so zwei Würmer, zur Ablage von polypenartigen Eiern imstande, die sich teilten und neue Wabentürme entstehen ließen, aus denen dann Vampirdrohnen schlüpften.

Der XATV-9 rollte über den ebenen Grund der Schlucht, die den Kern der Insel teilte.

Die Männer im Innern sahen Galerien von buckligen Kakteen, die großen Igeln glichen, yuccaähnlichen Bäumen und aufgeblähten purpurroten Türmen entlang der Felswände zu beiden Seiten der Schlucht. Die Türme erinnerten Zero an Termitenbauten oder Korallenstöcke.

Der Fahrer schaltete wieder die Außenmikrofone ein, und ein zischendes Summen war zu hören, das von den Türmen ausging. Bläulich schimmernde Schwärme stiegen daraus auf, attackierten den Geländewagen und zogen sich wieder zurück.

Schweigend blickten die Männer durch die Fenster auf einen üppig grünen Hang am Ende der Schlucht. In der Ferne leuchtete der See, eingebettet in eine Waldlandschaft.

«Da ist er.» Quentin zeigte über die Schulter des Fahrers hinweg, der den Wagen beschleunigte und mit Vollgas auf den See zusteuerte.

12:35 Uhr

Der Rover hatte das Ufer erreicht.

Keine hundert Meter entfernt erhob sich zur Linken der Rand des Dschungels, der den See im Norden auf seiner ganzen Länge einfasste.

Nur zehn Schritte weiter links standen drei hohe Bäume allein für sich. Zwei von ihnen hatten drei Äste mit langen Wedeln ausgebildet, die von grünem Klee überzogen waren. Der dritte und zugleich größte Baum sah mit seinen fünf nach oben gereckten Wedeln wie ein angeschlagener Regenschirm aus. Ketten roter Beeren hingen an allen drei Bäumen, die mit ihren Wedeln von den Früchten angelockte Käfer aus der Luft schlugen.

«Wir sollten hier nicht haltmachen», sagte Zero.

«Keine Sorge, Sie sind in Sicherheit», entgegnete der Fahrer.

Aus den Lautsprechern meldete sich, von knisternden Geräuschen begleitet, Briggs' Stimme: *«StatLab muss evakuiert werden. Ich wiederhole: StatLab muss evakuiert werden! Kommt zurück –»*

Gleich darauf meldete sich Nell. Das Funksignal wurde schwächer. *«Die Ü… tragung scheint …stört. Wie … euer Empfa… Over.»*

«Auch das noch», stöhnte Quentin.

«Anscheinend hat der Klee die Satellitenschüssel außer Kraft gesetzt.» Andy wurde bleich.

Pound runzelte die Stirn. «Sind wir hier in Gefahr, wenn wir nicht zur Station zurückkommen?»

Der Fahrer schüttelte den Kopf. «Wir rufen einen Hubschrauber von der *Enterprise* und lassen uns abholen.»

«Sie werden uns mit diesem Ding wohl kaum an Bord holen», sagte Zero. «Es ist doch total verseucht.»

«Dann bringen sie uns eben zur *Philippine Sea*», erwiderte der Fahrer.

«Und was dann?», fragte Quentin.

«Keine Panik», versuchte der Fahrer die anderen zu beruhigen. «Dann wird der Karren mit Chlordioxid oder sonst was abgespritzt. Wer weiß, womöglich sterilisieren sie das ganze Schiff, um sicherzugehen. Unsere Jungs sind ziemliche Sicherheitsfanatiker.»

Pound griff nach dem Funkmikrofon. «StatLab, die Evakuierung kann fortgesetzt werden. Wir lassen uns abholen.»

Briggs antwortete: *«… können nicht … Over.»*

«Wir lassen uns abholen, StatLab», brüllte Pound. «Verstanden?»

12:44 Uhr

Nell und die Techniker starrten über Ottos Schulter auf den Monitor. Die Übertragung war abgerissen.

«Verdammt, wir haben sie verloren.»

«Bleib dran», drängte Nell.

Otto warf einen Blick auf das Bild der Kamera, die auf die Satellitenschüssel der Station gerichtet war. «Bei uns scheint alles in Ordnung zu sein. Wahrscheinlich haben die aber ein Problem.»

«Okay», sagte Briggs. «Jetzt reicht's. Sammeln Sie Ihre Festplatten ein. Alle Proben müssen in sterile Behälter gepackt werden. Die noch lebenden Specimen bleiben zurück. Souvenirs von hier kommen nicht mit an Bord. Klar?»

12:45 Uhr

Die Männer im Geländewagen hörten nur noch weißes Rauschen.

«Ja, ich wette, deren Sender ist im Eimer», sagte Quentin.

Andy nickte. «Wahrscheinlich haben ihm die Lichenovoren den Rest gegeben.»

«Du meinst wohl die Kleefresser.»

«Von mir aus.»

«Wie würde es euch gefallen, wenn wir uns einmal auf dem Grund des Sees umschauen?», fragte der Fahrer, den es nicht weiter zu stören schien, dass der Funkkontakt abgerissen war.

Quentin krauste die Stirn und warf einen Blick auf Andy. «Wäre das möglich?»

«Aber sicher doch», antwortete der Fahrer.

«Wahnsinn!»

«Wir sollten uns zuerst bei der *Enterprise* melden», mahnte Zero.

«Machen wir gleich danach», sagte Pound. «Sorgen Sie dafür, dass der Präsident gute Aufnahmen bekommt.»

Käfer umschwärmten den Rover, als ein ferngesteuertes Fahrzeug, von einem der Roboterarme ausgesetzt, auf den See zurollte und ein dünnes orangefarbenes Kabel hinter sich herzog.

Der Fahrer steuerte das ROV mit einem Kasten, der wie eine Xbox-Konsole aussah, und schaltete die Scheinwerfer ein, als das kleine Fahrzeug ins dunkle Wasser eintauchte. Auf einem Monitor über dem Fenster auf der Fahrerseite waren die von der ROV-Kamera aufgenommenen Bilder zu sehen.

«Wie tief kann man mit dem Ding gehen?», fragte Andy.

«Ungefähr hundert Meter», antwortete der Fahrer.

«Irre», staunte Quentin.

Ein großes Tier, das wie eine riesige behaarte Krabbe aussah, glitt durch den Lichtkegel der Scheinwerfer, und plötzlich öffnete sich ihnen eine wundersame Welt mit Lebewesen, die allesamt kambrischer Zeit zu entstammen schienen.

Phantastisch gestaltete Gliedertiere kreuzten das Blickfeld der Kamera: dornige Untertassen, gehörnte Bumerangs, Champagnerflöten mit Schwimmflossen, ein Weihnachtsbaum mit strampelnden Beinen.

«O mein Gott», ächzte Quentin. «Stephen Jay Gould würde sich im Grabe umdrehen, wenn er das sähe.»

«Ja, die Fossilien aus dem Burgess-Schiefer sind zu neuem Leben erwacht.» Andy wirkte wie unter Schock.

«Weiter so, meine Herren. Wird auch alles aufgezeichnet?», fragte Pound mit Blick auf Zero.

Zero rückte von der Kamera ab. «Wir sollten zurückfahren, so schnell wie –»

Ein mächtiger Donnerschlag schnitt ihm das Wort ab.

Der Rover machte einen Satz nach vorn. Es krachte ein zweites Mal, und der schwere Wagen tauchte bis zu den Fenstern ins Wasser ein.

«Was zum Teufel war das?», schrie Pound.

«Scheiße», murmelte der Fahrer.

«Setzen Sie die Karre zurück!», rief Pound.

«Das hätte nicht passieren dürfen», sagte der Fahrer.

«Aber wir kommen doch von hier weg … oder?», fragte Zero.

Die hinteren Ketten wühlten den feuchten Uferstreifen auf, während die Vorderachse, zwischen den zerplatzten Reifen auf Grund gegangen, wie ein Anker den Wagen festhielt, der so nicht zurücksetzen konnte. Plötzlich blinkten auf dem Armaturenbrett rote Lichter.

«Sieht nicht gut aus», brummte der Fahrer.

«Aber wir haben doch Kettenräder, um Himmels willen. Gib Gas, Mann», sagte Zero.

«Wir sitzen in einem Prototyp. Wenn irgendein Problem auftritt, schaltet sich die gesamte Steuerung aus, damit der millionenteure Kasten nicht noch mehr Schaden nehmen kann.»

«Ich dachte, er wäre für eine Marsexpedition gedacht», schrie Andy. «Und dann platzen einfach die Reifen?»

Der Fahrer schüttelte den Kopf. «Die Reifen haben einen zwanzig Zentimeter dicken, stahlarmierten Mantel. Mir ist schleierhaft, wie die platzen konnten.»

Quentin starrte durch das Seitenfenster und sah Gummifetzen auf dem Wasser treiben. «O Scheiße, die rauchen!»

Zero richtete die Kamera durch das Fenster auf seiner Seite, wo Ähnliches zu sehen war.

«Vielleicht sind wir über Kleefresser gerollt.»

«Wie bitte?»

«Über Tiere, die Klee fressen und, wie's scheint, mit Schwefelsäure zersetzen», erklärte Quentin dem Mann aus Washington. «Womöglich ist das Zeug so stark, dass es auch unsere Reifen kaputt gemacht hat.»

«Verflucht», schnappte Pound. «Warum haben Sie uns das nicht vorher gesagt?»

«Sie hatten es ja so verdammt eilig», entrüstete sich Quentin.

Andy stach mit dem Zeigefinger dem Fahrer in die Seite. «Rufen Sie die *Enterprise* zu Hilfe!»

Der Fahrer schaltete das Funkgerät ein. «Kirk an *Enterprise*, Kirk an *Enterprise.*» Er warf einen Blick in die Runde. «So heiße ich eben, okay?» Dann sagte er ins Mikrofon: «Hier XATV-9, können Sie mich hören, *Enterprise*?»

Rauschen.

«Können Sie mich hören? Hier Kirk an *Enterprise.*»

Kirk schaute die anderen an und zuckte mit den Achseln.

«Versuchen Sie es weiter!», drängte Pound.

«Aber sagen Sie nicht wieder ‹Kirk an *Enterprise*›», herrschte Andy ihn an.

Zero legte die Kamera in den Schoß, steckte den Speicherstick in die Tasche und beugte sich leise lachend vornüber. «Warum habe ich euch Idioten bloß vertraut?», stöhnte er.

«Keine Sorge», sagte Kirk. «Früher oder später wird man uns mit dem Hubschrauber abholen.»

Ein Alarm kreischte; blaue Lichter blitzten im hinteren Teil des Fahrzeugs.

«Was jetzt?» Andy schnappte nach Luft.

Kirk drehte sich um. «Der Rauchmelder!»

Er stieg über die Rückbank nach hinten und schaltete den Alarm aus. Den Blick auf den Himmel gerichtet, verfinsterte sich seine Miene.

«Was ist?», fragte Pound und wischte sich über die schweißnasse Stirn.

«Komisch», sagte Kirk.

«Was ist komisch?», fragte Quentin. «Ich will mitlachen.»

«Da brennt sich irgendwas durchs Dach …»

«Wie amüsant.»

«Aus welchem Material ist die Karosserie?», wollte Quentin wissen.

«Spezialkunststoff, unverwüstlich.»

«Oh, Scheiße.» Quentin warf Andy einen vielsagenden Blick zu.

«Schaut mal lieber hierher.» Zero zeigte auf den Monitor.

Im dunklen Wasser waren im Lichtkegel des ROV-Scheinwerfers riesige Schemen auszumachen.

«Himmel, wir hatten recht», ächzte Quentin.

«Inwiefern?», fragte Pound nervös.

«Ein Fangschreckenkrebs, riesengroß. Das Auge da muss zu einem Tier gehören, das größer ist als ein Salzwasserkrokodil.»

Der Scheinwerferkegel ließ das fußballgroße Facettenauge eines schlafenden Seeungeheuers aufglitzern.

«Hol das ROV zurück, sofort!», verlangte Zero.

Kirk schaltete den Scheinwerfer aus und ließ mit voller Umdrehungsgeschwindigkeit das ROV am Kabel aus dem Wasser zurück auf die Winde rollen.

Gebannt sahen Andy und Quentin zu, wie sich die Kamera von dem Ungeheuer entfernte. Pound atmete erleichtert auf.

«Gut», flüsterte Zero.

Durch das Fenster war zu erkennen, wie sich die Oberfläche des schwarzen Sees zu kräuseln begann, aufgewühlt von keilförmigen Flossen, die aus dem Wasser auftauchten und sich dem Ufer näherten.

12:51 Uhr

Alle Mitarbeiter des StatLab legten blaue Schutzanzüge an, um sich auf die Evakuierung vorzubereiten.

Nell schaute durchs Fenster und sah, wie die erste Kollegengruppe die beiden Sea-Dragon-Hubschrauber bestieg, die vor der Station gelandet waren. Wie Zugbrücken hoben sich die Laderampen, auf denen die Mitbringsel der Insel, in Aluminiumkoffer verstaut, abgelegt worden waren.

«Briggs, die Anzüge können wir uns sparen», sagte sie, als die Hubschrauber aufgestiegen waren. «Was wir an Mikroben einschleppen, wird schon nicht so gefährlich sein. Zero und ich haben die Luft dieser Insel eingeatmet, und uns ist nichts passiert.»

Briggs verdrehte die Augen. «Interessante Theorie, Nell. Aber jetzt steigen Sie gefälligst in Ihren Anzug.»

Sie blickte über Ottos Schulter hinweg auf den Bildschirm, auf dem nur weißes Schneegestöber zu sehen war. «Gehen Sie schon vor, Briggs. Los, Otto, versuch nochmal, mit ihnen Kontakt aufzunehmen.»

Unter Briggs' ungehaltenen Blicken drückte Otto die Leertaste, wobei seine Daumenschiene ihn kaum zu behindern schien.

12:52 Uhr

«Können Sie das Ding nicht schneller zurückholen?», maulte Pound. Die Wellentrichter an der Wasseroberfläche näherten sich dem feststeckenden Rover.

«Hören Sie auf damit», verlangte Zero.

«Okay. Ich schneide es los», sagte Kirk.

«Gut, tun Sie das.»

Kirk drückte einen Schalter, und am Ende des Roboterarms öffnete sich eine Schere, die das Kabel kappte, an dem das Unterwasserfahrzeug hing. Der Monitor wurde schwarz.

«Ich habe ein Satellitentelefon», erklärte Pound.

Kirk schüttelte den Kopf. «Das funktioniert doch nur im Freien.»

«Glauben Sie nicht, dass ich eine Minute nach draußen kann?», fragte der Mann aus Washington.

«Sie belieben zu scherzen», erwiderte Zero.

«Wir haben hier keine Schutzanzüge», sagte Kirk.

«Zero war doch auch draußen und hat überlebt», wandte Pound ein. Der Schweiß stand ihm auf der Stirn.

«Keime und Bakterien sind nicht das Problem.»

Zwei riesige Tiere – Mega-Mantiden mit grün und rot schillernden Schuppenpanzern – sprangen aus dem Wasser und wirbelten eine gischtschäumende Fontäne auf, die den Rover überflutete.

Die Tiere landeten auf dem Dach des Geländewagens und stießen ihn tiefer in den schwarzen See.

Die fünf Männer im Inneren hörten die schweren Beine scharren, als eines abrutschte und ins Wasser zurückglitt.

Mit ohrenbetäubendem Krachen brach das Dach. Die fluoreszierenden Leuchtkörper unter der Decke zerbarsten. Sonnenstrahlen fielen in die Kabine.

«Die Fangbeine haben zugeschlagen», schrie Quentin und presste die Hände auf die Ohren.

«Nichts wie raus!», brüllte Andy.

«Das Viech knackt den Rover wie eine Walnuss!»

Kirk kletterte über den Fahrersitz, quetschte sich an den anderen vorbei nach hinten und riss eine Schranktür im Heck auf. Darin befanden sich vier Gewehre mit übergroßen Läufen, über Schläuche mit Gasflaschen verbunden.

«Damit müssten wir sie für eine Weile in Schach halten», sagte er und teilte die Waffen aus.

«Flammenwerfer?», wunderte sich Quentin.

Kirk nickte. «Der Tank wird auf den Rücken geschnallt und mit den Gurten festgezogen.»

«Na, das ist doch mal was Amtliches», sagte Quentin.

«Vorsicht damit», warnte Kirk.

«Zero, Sie kommen doch mit, oder?», fragte Pound. «Wir könnten Ihren Rat brauchen, wenn's brenzlig wird. Sie sind der Einzige von uns, der schon mal hier draußen war.»

Zero sah, wie der Mega-Mantide vor dem Fenster hinter Pound zu einem weiteren Schlag ausholte. Schnell duckte er sich und warf die Arme schützend über den Kopf.

Die Erschütterung riss die anderen zu Boden. Die nach außen gewölbte Scheibe zeigte drei dünne Risse.

«Verdammt, gib mir auch so ein Ding», knurrte Zero.

«Und nehmen Sie das hier.» Pound warf ihm etwas zu, das wie ein Gimmick der NASA aussah. «Eine Kamera, die man über die Stirn streift. Die Hände bleiben frei.»

Zero starrte Pound fassungslos an.

«Da an der Seite ist ein Schalter, mit dem Sie die Aufnahmen auf Kanal eins ans Labor schicken können, wenn Sie denn nah genug dran sind. Der Sender hat eine Reichweite von anderthalb Kilometern», erklärte Pound. «Dafür speichert der Memory-Stick bis zu fünfundzwanzig Stunden Spielzeit.»

«Davon bekommt man doch hoffentlich keinen Gehirntumor, oder?»

«Natürlich nicht», antwortete Pound ungehalten.

Zero streifte sich das Gerät über den Kopf und klappte den kleinen transparenten Sucher auf, der fünf Zentimeter vor dem linken Auge schwebte. «Okay.»

Wieder ließ ein gewaltiger Schlag das Fahrzeug erzittern. Ein messerscharfer Kunststoffsplitter kratzte über Andys Arm. Er schrie auf, als der Mega-Mantide auf dem Dach die Sehnen seiner Fangarme wie Katapulte spannte und diese auf das mittlere Fenster schnellen ließ.

Der Aufprall schüttelte die fünf Männer durcheinander. Kirk stolperte auf die Luke zu. Kaum hatte er sie aufgestoßen, zeigte sich in der Öffnung zuerst einer der Scherenarme, dann eines der riesigen schillernden Facettenaugen.

«Draufhalten!», brüllte Kirk.

Er und Zero drückten ab und schleuderten einen zehn Meter langen Feuerstrahl auf das unheimliche Auge.

Vor den Fenstern war zu sehen, wie die Riesenschrecke vom Dach glitt und das Fahrzeug dabei noch ein Stück tiefer ins Wasser schob. Aufgewühlte Wellen klatschten darüber hinweg, als sich andere Räuber über das verletzte Tier hermachten.

Alle fünf Männer sprangen ans grüne Ufer des kochenden Sees. Ein Gestank von Verwesung und Schwefel hing in der Luft, die so feucht war, dass sich sofort ein Schweißfilm auf der Haut bildete. Unter den gefräßigen Tieren im Wasser hatte sich eine mörderische Schlacht um das wehrlose Opfer entzündet.

Vom Dschungel auf der anderen Seite des Sees tönte das schrille Zirpen von Insekten.

Die Männer nahmen eilig Abstand vom Ufer und bildeten einen Halbkreis um Pound.

Andy war der Einzige ohne Flammenwerfer.

Pound fummelte nervös an seinem Satellitentelefon herum. Benommen von den massiven Attacken des Fangschreckenkrebses, schien er nicht mehr zu wissen, welche Tasten in welcher Reihenfolge zu bedienen waren. Aus seinem linken Ohr tropfte Blut.

Die anderen setzten sich mit ihren Flammenwerfern gegen eine Welle von Angreifern zur Wehr, die von den Wipfeln der drei Bäume in der Nähe herbeischwärmten.

Quentin ließ seinen Flammenwerfer fallen. «Gib mir Deckung!», brüllte er Andy zu.

«Hä?»

Quentin lief auf den größten Baum zu und drückte das Bruststück eines Stethoskops an den Stamm. Das von Kämpfen aufgewühlte Wasser hatte sich milchig blau verfärbt.

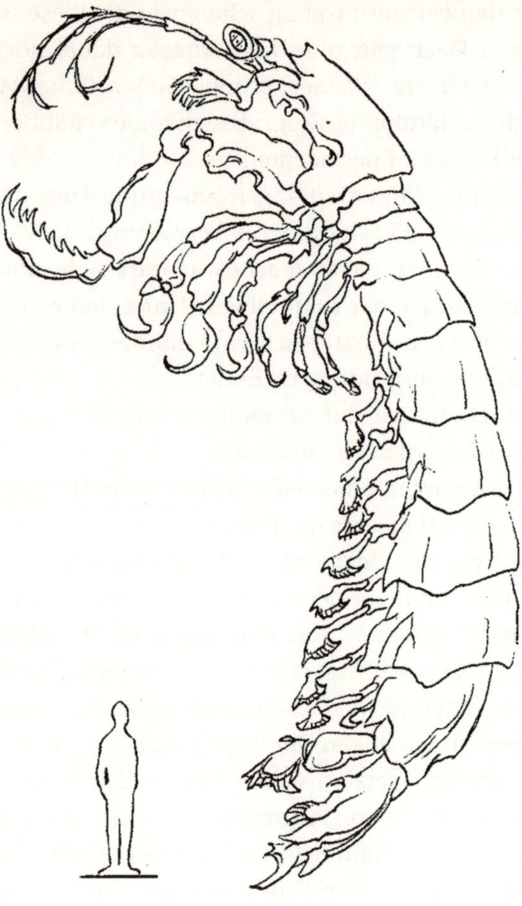

Mega-Mantis
Megasquila manningi
(aus: Echevarria et al., Proceedings of the Woods Hole Scientific Meetings, Bd. 92: S. 61)

«Was macht der da?», fragte Kirk verblüfft.

«Ja ... tatsächlich! Das Ding hat schlagende Herzen!», rief Quentin. «Wusste ich's doch. Es ist ein *Tier*, ein Organismus mit Blutgefäßsystem –»

Plötzlich zog sich der Stamm in den Boden zurück und senkte seine Wedel wie einen Regenschirm über Quentin.

Der Grund erzitterte unter ihren Füßen. «Verdammt!», fluchte Pound, der wieder eine falsche Taste auf seinem Satellitentelefon gedrückt hatte. Er geriet ins Taumeln und stürzte zu Boden, worauf sich sein Flammenwerfer entzündete und einen Feuerstrahl in die noch offene Luke des Rovers schlug.

Schäumende Wellen schwappten bis an die ufernahen Bäume, von wo Quentins Schreie zu hören waren, gedämpft von den Wedeln, die sich um ihn geschlossen hatten.

«Quentin!», rief Andy verzweifelt und lief auf seinen Kollegen zu.

«Andy! Bleib zurück!», brüllte Zero.

Die beiden anderen Bäume streckten ihre Wedel nach Andy aus, dem plötzlich ein schimmerndes Untier in den Nacken stürzte, das wie ein größeres Geschwister des Shrimpansen aussah und einem Bungee-Springer gleich an seinem langen Schwanz herabgeflogen kam. In Sekundenbruchteilen hatte es Andy mit sich nach oben in die Wipfel gezerrt.

Das Beben ließ nach.

Vom Dschungel her stürmte nun eine Horde schauerlicher Kreaturen auf die Männer zu.

Zero wirbelte herum und nahm Reißaus.

Auch Pound und Kirk rannten los.

13:00 Uhr

Zero warf einen Blick zurück und wehrte sich mit dem Flammenwerfer gegen einen Schwarm fliegender Käfer, die auf ihn herabstürzten. «Verdammtes Geschmeiß», murmelte er und rannte weiter, den anderen voraus, die ihm hechelnd folgten. Er erinnerte sich an die NASA-Kamera, tippte auf den Schalter an der rechten Schläfe und drehte das Stirnband so weit herum, dass das Objektiv nach hinten gerichtet war. Dann schwenkte er den Arm des Suchers nach vorn – jetzt hatte er einen Rückspiegel.

Den Sucher mit einem Auge immer im Blick, rannte er um sein Leben, den Spuren des Rovers nach, Haken schlagend wie ein Footballspieler auf dem längsten, spielentscheidenden Touchdown-Run aller Zeiten.

13:01 Uhr

Otto empfing Zeros Funksignale. «Ich habe hier was.»

Auf dem Monitor waren Zeros Verfolger und die beiden anderen Männer zu sehen, die ihm verzweifelt hinterherliefen.

«O nein!» Nell ließ sich auf den Stuhl hinter Otto fallen und starrte auf den Schirm.

13:02 Uhr

Zero sprintete bergan, auf das Massiv im Inneren der Insel zu.

Die Wespen jagten ihn, und er rannte geduckt im Zickzack den Spuren des Geländewagens nach, um ihnen auszuweichen.

Kirk und Pound folgten in einigem Abstand. Pound war völlig außer Atem und geriet ins Stolpern, als er von fünf Wespen gleichzeitig angefallen wurde. Er schrie auf.

Sie bissen ihm mit ihren Abdomenmäulern in Nacken, Arme und Rücken und legten darin Eier ab, aus denen unmittelbar darauf Larven schlüpften, die sich durch sein Fleisch bohrten.

Pound ließ den Flammenwerfer fallen, stürzte und wälzte sich schmerzgekrümmt am Boden. Die zuckenden Larven fraßen sich durch seine Nervenbahnen. Im Todeskampf versagte ihm die Stimme; er wollte Hilfe rufen und konnte es nicht. Die Brille rutschte von der Nase, die Welt verschwamm vor seinen Augen. Zwei Drillwürmer landeten auf der Stirn und bohrten ihm ihre Hinterleiber durch die Augenlider.

13:02 Uhr

Im Sucher der Kamera sah Zero den Mann aus Washington am Boden liegend, umgeben von einem Schwarm Insekten.

Kirk war noch auf den Beinen und rannte auf federndem Grund aus grüner Vegetation hinter Zero her, der auf die Schlucht zusteuerte, durch die sie in der Sicherheit des Geländewagens gefahren waren. Auf halber Höhe des von Klee überwucherten Hangs kam Kirk vor Erschöpfung nicht mehr weiter. Er knickte in der Hüfte ein und rang nach Luft. Ihn schwindelte, der Schweiß brannte ihm in den Augen. Die Sohle des rechten Schuhs schien zu schmelzen.

Aufgeschreckt wirbelte Kirk herum und zielte mit dem Flammenwerfer auf eine Gruppe gefräßiger Bestien, die offenbar Jagd auf ihn machten. Doch die ließen sich von den Flammenzungen nicht aufhalten. Sie umzingelten ihn, fielen, obwohl halb versengt und rauchend, über ihn her und traktierten ihn mit ihren Stacheln und Zähnen.

Schreiend versuchte Kirk, sich mit der Linken eine Ratte von der Brust zu reißen, und feuerte mit der Rechten wild um sich. Zwei Hendersratten sprangen in sechs Meter messenden Sätzen herbei und verbissen sich in seinen Beinen. Er spürte die Muskeln in den Waden reißen und ging kreischend zu Boden.

Von einem Schwarm kleiner Tiere übermannt, wälzte er sich auf den Rücken, richtete den Flammenwerfer auf den Hang und dachte nur noch daran, von den Räubern, die auf Zero Jagd machten, so viele wie möglich zu verbrennen.

Doch er war es, der Zero zu Hilfe kam. Denn die hungrige Meute, die Zero auf den Fersen war, machte kehrt, um sich über den am Boden liegenden Fahrer herzumachen.

13:02 Uhr

Nell saß wie erstarrt auf dem Stuhl und sah auf dem Monitor dem grausigen Schauspiel zu. Ihre schlimmsten Albträume waren Wirklichkeit geworden.

Otto wandte sich schluchzend vom Bildschirm ab und würgte.

«Verdammt, mach hin, Zero!», schrie Nell. Tränen liefen ihr übers Gesicht. «Bring dich in Sicherheit!»

13:03 Uhr

Im Sucher sah Zero die Feuerstöße aus Kirks Flammenwerfer, begleitet von dessen letzten Schreien.

Er rannte weiter, so schnell er konnte, schlug Haken und wich den weiten Sprüngen der Angreifer aus, die ihn immer wieder um Haaresbreite verfehlten.

Bald erreichte er die flache Sohle der Schlucht, durch die sie vor einer halben Stunde erst gekommen waren. Ihm schien es eine Ewigkeit her zu sein.

In der Spur des Rovers hastete er durch die Schlucht. Als ihm auffiel, dass er seine Verfolger abgeschüttelt hatte, gestattete er sich, ein wenig langsamer zu laufen, um Kräfte zu sparen. Hier oben zwischen den Felsen war die Luft frischer und nach der feuchten Hitze, die von den Kleefeldern ausstrahlte, geradezu wohltuend. Tief atmend eilte er weiter. Aber nur wenig später waren ihm wieder Jäger auf der Spur, die in der Schlucht aufgetaucht waren.

Er sprintete los, schlug Haken und feuerte Flammenstöße über die Schulter hinweg ab.

Mit zwei weiten Sätzen gelang es drei Ratten, zu ihm aufzuschließen. Vom Feuerstrahl getroffen, stürzten sie brennend zu Boden und wurden zur Beute der Verfolger, die Zero nur zwanzig Schritt weiter wieder auf den Fersen hatte. Als er eine Ratte herbeifliegen sah, bremste er ab und schnappte sie mit beiden Händen aus der Luft wie ein Footballspieler den Ball. In ein und derselben Bewegung stopfte er das Tier in die Maulöffnung einer kaktusähnlichen Seepocke, die aus der Felswand wucherte. Der «Kaktus» biss zu. Zero ließ das geköpfte Tier fallen und rannte weiter.

Wie Harpunenpfeile schnellten an langen Schnüren stachelige Ungetüme auf ihn zu und zwangen ihn, sich zu ducken oder springend auszuweichen. Er rang den Impuls nieder, so schnell wie möglich zu rennen, denn in seiner Situation half ihm eher Geschicklichkeit als Tempo.

Er passierte das Spalier der purpurnen Wabentürme und lockte Vampirdrohnen daraus hervor, auf die er den Feuerstrahl richtete, bis kein Brennstoff mehr übrig war.

Er schnallte den Tank ab und warf ihn von sich. Sofort machten sich Insektenschwärme darüber her.

Als er endlich den Rand der Hochebene erreichte, fiel sein Blick auf den Salzwassertümpel, an dem sie auf der Hinfahrt vorbeigekommen waren.

Der Abhang lag jetzt im Schatten, und der schmierige bodendeckende Bewuchs hatte sich violett verfärbt. Der Gestank fauler Eier nahm Zero fast den Atem. Er lief über die wuchernden Kleefresser, rutschte aus und stürzte, raffte sich aber, ohne auch nur eine Sekunde zu verlieren, wieder auf und rannte weiter.

Im Sucher sah er die Wespen, Drohnen und Ratten, denen der Spießrutenlauf durch das Spalier blutsaugender Bienen geglückt war. Sie tauchten aus der Schlucht auf und hefteten sich ihm an die Fersen.

Plötzlich fiel sein Blick auf zwei riesige rote Bestien.

Die Spiger hatten Witterung aufgenommen und schnitten ihm den Weg ab.

13:05 Uhr

Otto schluchzte. «Halt durch, Mann!», flehte er.

Verzweifelt musste Nell mit ansehen, wie die roten Spiger auf den Bildschirm zugeflogen kamen.

Ein Alarmsignal schrillte.

Auf der anderen Seite des Labors sprang Todd Taylor

von seinem Stuhl und spähte durch das Lukenfenster in Section Four. «Leute, ich glaube, da ist was eingebrochen, im Verbindungstunnel.»

13:06 Uhr

Zero konnte sein Tempo nicht länger halten. Ihm schwanden die Kräfte. Erschöpft ließ er sich, von der Schwerkraft gezogen, in den Schritt fallen und gab es auf, im Zickzack zu laufen. Mit letzten Reserven taumelte er auf den Tümpel zu.

Durch den Felsriss in der Außenwand war frisches Salzwasser ins Becken geströmt – vielleicht infolge des Bebens, dachte Zero schwindelnd und schnappte nach Luft.

Im Sucher sah er die Spiger aus der Luft auf ihn niederstürzen.

Er sprang ins Wasser. Die Scheusale zuckten zurück, kaum dass sie am Boden gelandet waren.

Eine der Ratten aus der Gruppe der Verfolger hatte so viel Schwung, dass sie neben Zero ins Wasser klatschte. Kreischend strampelte sie mit den acht Beinen bei dem Versuch, an Land zurückzugelangen, ging aber unversehens unter und versank.

Zero tauchte unter und wagte es kaum, den Kopf zu heben, um Luft zu holen. Doch dann bemerkte er, dass die Angreifer von ihm abgelassen hatten.

Es schien, als würden sie von einem Kraftfeld zurückgehalten. Auch von den fliegenden Tieren drohte keine Gefahr mehr.

Die Spiger hatten sich zurückgezogen und starrten aus sicherer Distanz auf den Tümpel.

13:07 Uhr

Nell sperrte verwundert die Augen auf. «Salzwasser?», hauchte sie.

«Was?», fragte Briggs mit Blick auf den Schirm.

«Sie vertragen kein Salzwasser.» Erleichtert tätschelte sie die strammen Oberarme des Cheftechnikers der NASA.

«Woher wollen Sie wissen, dass es sich um Salzwasser handelt?»

«Die Frage ist, woher *sie* es wissen.» Gebannt schaute Nell auf den Bildschirm. «Komm, Zero, das musst du herausfinden!», rief sie.

13:07 Uhr

Zero schnappte keuchend nach Luft und lachte laut auf. Als er den lauernden Bestien am Ufer Wasser zuspritzte, wichen die noch weiter zurück.

Einige Käfer, die ein paar Tropfen abbekommen hatten, zappelten umeinander und schieden eine sämige Flüssigkeit aus. Im klaren Wasser waren auf dem Grund des Tümpels die Kadaver ertrunkener Tiere zu sehen.

Als er wieder zu Kräften gekommen war, tauchte Zero noch einmal bis zum Scheitel ins Wasser ein, sprang tropfnass ans Ufer und rannte auf den nun von der Sonne beschienenen Hang hinaus.

Die Luft war frischer, das Feld im Sonnenlicht wieder grün, als er auf die schwarzgewordenen Spuren des XATV-9 zueilte, die auf ein Loch zuführten, das der Geländewagen in den Dschungel geschlagen hatte.

Die Tiere am Rand des Tümpels rotteten sich zusammen und nahmen die Verfolgung wieder auf.

Weit vor seinen Jägern erreichte er die Öffnung im dichten Regenwald und folgte den Kettenspuren. Schauerliches Geheul und schrille Schreie erfüllten die schwüle Luft, als er sich durch das Dickicht schlug, bedroht von Bäumen, die ihm ihre Pfeile entgegenschleuderten.

Fast wäre er bei seinen Ausweichmanövern vor einen Stamm geprallt, der über und über mit haifischartigen Zähnen bestückt war, spiralförmig aufsteigend bis unter die Krone. Im letzten Moment sprang er zur Seite. Zwei Ratten, die ihm folgten, konnten nicht mehr ausweichen und verschwanden in den schnappenden Mäulern.

Zero versuchte, sich zu konzentrieren, und zwang sich, wachsam zu bleiben.

Die Gummisohlen seiner Turnschuhe lösten sich auf, doch er blieb in Bewegung. Es schien, als hätte sich mit dem verdunstenden Schweiß eine Blase um ihn herum gebildet, die ihm alle Feinde vom Leib hielt. Auch der andauernde Pfeilbeschuss der Bäume konnte ihm nichts anhaben. Er hatte keine Zeit, darüber nachzudenken, wie dies möglich war.

Er folgte weiter der Schneise, die der Rover in den Wald geschlagen hatte, bis er plötzlich auf eine unerwartete Senke traf und auf schleimigem Untergrund ins Stolpern geriet. «O Scheiße!», fluchte er und rutschte über ein riesiges, stacheliges Blatt, das sich hinter ihm wie ein Fächer zusammenfaltete.

«O Scheiße», tönte es aus den Baumkronen.

Zero glaubte nicht recht zu hören und blickte erschrocken nach oben.

«O Scheiße, o Scheiße», platzte es aus ihm heraus, als er einen Shrimpansen unter dem Laubdach zum Vorschein kommen sah. «O Scheiße, o Scheiße», äffte ihn das Tier nach und segelte, alle sechs Beine von sich gestreckt, auf ihn herab.

Zero wälzte sich hinter einen umgekippten Baum in Deckung, sprang dann auf und rannte los, Tellerameisen schwirrten ihm, durch die Luft kreiselnd, um die Beine. Er hechtete auf den dünnen, langen Stamm einer yuccaähnlichen Palme zu, um sich wie ein Stabhochspringer in hohem Bogen weiter zu schwingen, als plötzlich die Rinde aufbrach und seine Hände zu umschlingen versuchte. Gerade noch rechtzeitig ließ er los und flog hinter einen toten, von Klee überwucherten Urwaldriesen, der eine Salve von Baumpfeilen abfing – bis auf zwei, die sich ihm durchs Hosenbein in die rechte Wade bohrten.

Sofort riss er sie heraus, spürte aber, wie ihm das Bein gefühllos wurde, als er sich aufraffte, doch er rannte weiter.

Er hatte die Spuren des Geländewagens aus den Augen verloren und fürchtete, in die Irre zu laufen. Die Hände und Arme waren aufgekratzt und bluteten. Der Schweiß lief ihm am ganzen Körper. Das rechte Bein gehorchte ihm kaum noch. Er zog es mit der rechten Hand nach und wühlte sich durch das Dickicht immer tiefer in den Wald hinein. Die Hitze und der faulige Gestank waren unerträglich. Er wähnte sich bereits verloren, als er endlich eine Öffnung im dichten Laubdach entdeckte, durch die Sonnenlicht ins Halbdunkel drang. Er sah die Schneise wieder.

Seufzend trat er ins Freie. Rechter Hand sah er das StatLab, das wie ein entgleister Zug am Hügelhang stand.

Seine Lungen brannten, die Kehle schmerzte, und es schwirrte ihm der Kopf, als er darauf zuhumpelte. Die verkrampften Muskeln der rechten Wade versagten ihren Dienst. Aus den zersetzten Sohlen tropfte blaues Gel.

Mit letzter Kraft erreichte er die Station und hämmerte mit der Faust an die verkrustete Wand von Section One.

13:15 Uhr

Die Wissenschaftler und Techniker in Section Four waren immer noch damit beschäftigt, ihre Schutzanzüge anzuziehen.

Todd Taylor, der nur noch den Helm aufsetzen musste, schaute sich nervös um und sah, wie sich ein behaartes Tier hinter der Schleusentür zu Section Three wie ein Specht mit seinem spitzen Schnabel an der Scheibe zu schaffen machte. «Weg, weg!», brüllte er und fuchtelte mit den Armen, um es zu verscheuchen. Aber der seltsame Vogel klopfte nur umso schneller.

In der Videoeinspielung auf dem Monitor war zu sehen, wie sich der Dschungelrand hinter Zero entfernte. Dann tauchten im Blickfeld seiner Kamera auch die unteren Module von StatLab auf. Nell sprang ans Fenster und sah Zero herbeieilen.

«Da kommt Zero! Lasst ihn rein!»

«Der Einstieg ist versiegelt», warnte Todd. «Wir können nicht einfach –»

«Unsinn.» Nell eilte zur oberen Andockschleuse.

Wenige Zentimeter über Todds Kopf ging krachend die Scheibe zu Bruch, auf die der «Specht» einhämmerte. Henderswespen und Drillwürmer drangen ein, gefolgt von Mäusen und Ratten, so rasend schnell und ungestüm, dass sie überall aneckten und von den Wänden abprallten.

Zwei Ratten quetschten sich durch den offenen Kragen von Todds Schutzanzug und rissen ihm den Bauch auf. Seine Schreie lockten weitere Räuber an, die von allen Seiten attackierten. Einer sprang ihm in den aufgerissenen Mund, bevor er ihn schließen konnte.

Draußen humpelte Zero auf die Schleuse zu. Nell winkte ihn weg und deutete auf den Sea-Dragon-Hubschrauber, der gerade weiter oben am Hang zur Landung ansetzte.

Zero drehte sich um und hastete wie ein verwundeter Affe auf allen vieren bergan.

Angesichts der gefräßigen Horde, die durch das zerschlagene Lukenfenster strömte, gerieten die Wissenschaftler in Section Four in Panik. In heilloser Flucht rannten sie auf die obere Schleuse zu. Die Räuber setzten ihnen nach und schnappten nach allem, was sich schreiend bewegte.

Nell tippte den Code in die Tastatur und schlug mit der Faust auf die Taste mit der Aufschrift «Purge». Mit lautem Knall flog die Lukentür zur Seite weg.

Nell, selbst ohne Schutzanzug, zerrte Briggs nach draußen, der erst mit einem Bein in seinem Schutzanzug steckte und ihn nun abzustrampeln versuchte.

«Beeilung!», drängte sie die zögernden Wissenschaftler und sprang mit Briggs ins Freie.

Zero erreichte die Laderampe des Hubschraubers als Erster und wandte sich Nell zu, um ihr an Bord zu helfen. Dann brach er ächzend neben ihr zusammen, als Briggs, Otto und eine Handvoll Wissenschaftler und Techniker die Rampe bestiegen.

Die anderen mühten sich noch in ihren schwerfälligen Schutzanzügen den Hang hinauf, und schon sprangen hinter ihnen zahllose Tiere aus der Luke von StatLab, jener langen, gegliederten Station, die zu einer Pipeline direkt aus dem Dschungel geworden war.

Einen Helm zu tragen bot keinen Schutz. Zähne und Krallen hatten mit den dünnen Schutzanzügen leichtes Spiel.

Selbst diejenigen, die den rettenden Hubschrauber fast erreicht hatten, gingen schreiend zu Boden.

Nell sah einen riesigen roten Spiger in drei Sätzen über den Hang herbeifliegen. Vom Windwirbel der Rotoren abgelenkt, verfehlte er mit seinen spitzen Greifarmen die Laderampe nur um Haaresbreite.

«Jesus!», zischte einer der Piloten mit entgeistertem Blick auf das Blutbad vor den Cockpitfenstern. «Sieht so aus, als bräuchten wir ein neues Labor.»

Zero hatte seinen Kopf auf Nells Schulter gelegt. Sie hielt ihn an sich gedrückt und sagte: «Vielleicht brauchen wir auch einen neuen Planeten.»

20:51 Uhr

Andy erwachte im Dunkeln und sah wenige Zentimeter vor seinem Gesicht eine Henderswespe glühen.

Er schreckte zurück.

Seine Bewegung weckte andere Insekten, die wie die Wespe in Gläsern und Flaschen gefangen waren und ein gespenstisches Licht ausstrahlten – in einer mit Kanistern, Flaschen und allerlei Unrat gefüllten Kammer.

In einer Nische thronte ein menschlicher Schädel mit der Schirmmütze eines Piloten der US Air Force.

Andy glaubte erkennen zu können, dass er sich im Rumpf eines alten Flugzeugs befand.

An einer runden Tür in der gegenüberliegenden Wand waren plötzlich Schnarch- und Kratzlaute zu hören. Von Angst gelähmt, konnte er nur die Augen bewegen. Er ahnte, dass es um ihn nun endgültig geschehen war.

Die Tür in der Wand ging auf. Copepod kam in den Raum gesprungen.

Der Bullterrier leckte Andys verblüfftes Gesicht.

Hinter dem Hund tauchte wie eine Geistererscheinung jenes fremde Wesen auf, das Andy Stunden zuvor flüchtig hatte erblicken können.

Entsetzt drückte er Copey an sich. Doch der Hund befreite sich aus der Umarmung und lief freudig bellend auf das seltsame Wesen zu.

15. September

12:06 Uhr

Im Muddy Charles Pub, am Ufer des Flusses gelegen, von dem es seinen Namen hatte, saßen fast ausschließlich MIT-Professoren und Studenten, die sich Pizza und Bier schmecken ließen.

Unter denen, die sich hier eingefunden hatten, um zu erfahren, wie es mit *SeaLife* weitergehen würde, war auch der bekannte Zoologe Thatcher Redmond. Er knabberte geröstete Kürbiskerne und nippte an seinem Plastikbecher mit Bier.

Zwar behauptete er, Vegetarier zu sein, nahm es aber, wenn er allein war, nicht so genau damit. Seinen Bauch versteckte er unter einer weiten Weste mit vielen Taschen; darunter trug er ein helles Jeanshemd mit zweifach hochgeschlagenen Ärmeln.

Wie so häufig saßen etliche Studenten an seinem Tisch. Heute hatte sich auch sein Kollege Frank Stapleton zu ihnen gesellt.

Frank Stapleton war ein Bär von Mann mit struppigen grauen Haaren und einer schwarzen Hornbrille auf der Nase. Er bot auf amüsante Weise Thatcher, der in seinen Äußerungen stets auf Wirkung aus war, gern Paroli: Ihr Schlagabtausch sorgte immer für gute Unterhaltung.

Diesmal aber kamen die beiden kaum zum Zug.

«Augenblick! Da ist es», rief ein Student und winkte mit der Fernbedienung.

Das allgemeine Geplapper ebbte ab. Aller Augen und Ohren waren auf den großen Bildschirm über der Bar gerichtet.

Endlich kam die CNN-Moderatorin auf die Nachricht zu sprechen, der alle entgegenfieberten.

«Nach den empörten Reaktionen auf die vermeintlich dramatische letzte Episode von SeaLife *musste nun ein Sprecher des Senders einräumen, dass es sich bei den umstrittenen Bildern tatsächlich um eine Inszenierung gehandelt hat. Es sei, so der Sprecher, dem Sender darum gegangen, die Quoten zu optimieren.»*

Buhrufe und Pfiffe wurden laut.

«Die Produzenten bitten um Entschuldigung und erklären, dass die Show vorübergehend aus dem Programm genommen und das Format neu überarbeitet wird.»

In einer Videoeinspielung zeigte sich die Crew von *SeaLife* lächelnd und winkend auf dem Achterdeck der *Trident* im Licht der untergehenden Sonne.

«*Das* ist inszeniert!», brüllte jemand, der aber sofort zum Schweigen gebracht wurde. Die Nachrichtensprecherin fuhr fort:

«Angehörige versuchen allerdings nun schon seit dreiundzwanzig Tagen vergeblich, mit ihren Lieben Kontakt aufzunehmen. Zwei Familien werden sich im Anschluss an diese Sendung in Live Current *öffentlich zu Wort melden. Mitglieder des UN-Sicherheitsrates*

haben heute die Regierungen der Vereinigten Staaten und Großbritanniens zu einer Stellungnahme aufgefordert. Sprecher des Verteidigungsministeriums dementieren die zahlreichen im Internet kursierenden Gerüchte, wonach eine Seeblockade um Henders Island errichtet und eine Nachrichtensperre verhängt worden sei. Unsere Bitten um Satellitenbilder jener Gegend, deren Koordinaten auf der Website der Show angegeben sind und darum einem Millionenpublikum bekannt sein dürften, wurden abschlägig beschieden. Auf Anfrage erklärten sämtliche Satellitendienste, dass das Pentagon innerhalb weniger Stunden nach Ausstrahlung der letzten SeaLife*-Folge die Exklusivrechte an allen Satellitenfotos von Henders Island erworben habe.*»

Die Nachrichtensprecherin wechselte zum nächsten Thema über – ein Mann hatte seine Familie und dann sich selbst getötet –, doch ihre Stimme ging im Chor der Buhrufe unter.

«Warum bringen die sich nicht auch gleich selbst um?», grummelte Stapleton.

«Vielleicht, weil sie mutig sind», entgegnete Thatcher. «Ein Suizid erfordert sehr viel weniger Mut, wenn man etwas so Schlimmes getan hat, dass einen alle Welt totschlagen möchte.»

«Das ist das Verrückteste, was ich je gehört habe», schnappte Stapleton. «Danke für den Hinweis.»

Thatcher zuckte mit den Achseln.

Ein Student in einem schwarzen T-Shirt meldete sich zu Wort. «Bei *SeaLife* dreht sich doch ohnehin alles bloß um Sex und Zoten.»

«Und das soll jetzt alles gewesen sein?» Thatchers

hübsche blonde Assistentin Sharon blickte mit finsterer Miene auf den Bildschirm. «Ein einziger Beschiss, um die Quoten zu erhöhen?»

«Seien wir doch ehrlich», entgegnete der Student. «Es war verdammt gutes Marketing, Sharon. Wir sind ja auch drauf reingefallen.»

«Nein, eine Inszenierung war das nicht», sagte Sharon. «Was sie soeben gezeigt haben, war CGI – und nicht mal eine gute.»

«Vielleicht irgendein alter Streifen aus dem Archiv», rief jemand dazwischen.

«Ja, ein alter Streifen, der da mit CGI aufgepäppelt wurde», meinte ein anderer.

«Was zum Henker ist CGI?», knurrte Stapleton.

«Computer Graphic Imaging», erklärte jemand in der Runde.

«Das ließe sich im Handumdrehen nachweisen», sagte Sharon. «Warum also versuchen sie, sich damit rauszureden?»

«Um noch mehr Coca-Cola und Nikes zu verkaufen?», erwiderte der junge Mann mit dem schwarzen T-Shirt.

Thatcher Redmond trommelte mit den Fingerspitzen auf den Tisch und schmunzelte. Jedwede Art von Chaos war ganz nach seinem Geschmack, und er hatte seinen Spaß daran, wenn sich der Anschein von «Ordnung» auflöste, jener dünne Film, den man um die Wirklichkeit legen wollte. «Fast würde ich mir wünschen, es wäre kein Betrug.»

Frank Stapleton blickte auf. «Das kann doch wohl nicht Ihr Ernst sein.»

«Wär's denn nicht eine amüsante Ironie des Schicksals, wenn wir, getrieben von der Urangst vor dem Ungewissen, bei all unseren Bemühungen, jeden dunklen Winkel auszuleuchten, am Ende Pandoras Büchse öffnen und uns damit den Rest geben würden?»

«Was sollte daran so amüsant sein?»

«Wenn die Menschen von diesem Planeten verschwänden, gäb's immerhin mehr Platz für andere Arten. Wie dem auch sei, mir ist natürlich klar, dass diese ganze Geschichte mit großer Wahrscheinlichkeit gefakt war. Dass sich auf einer so kleinen, isolierten Insel Lebewesen entwickelt haben könnten, die so gefährlich sind wie unsereins, ist in der Tat kaum vorstellbar. Aber wenn es wahr wäre, hätten wir allen Grund zum Feiern.»

Wie alle seine Assistenten schien auch Sharon ihrem Mentor gegenüber zwischen Scheu und Bewunderung hin und her gerissen zu sein. «Wie meinen Sie das, Dr. Redmond?»

Stapleton fuhr dazwischen: «Um Himmels willen, bestärken Sie ihn nicht auch noch.»

«Intelligentes Leben ist eine Krebsgeschwulst für jede Umwelt, Sharon», antwortete Thatcher. «Indem der Mensch versucht hat, die Natur nach seinen Vorstellungen zu gestalten, sind neue Viren, Krankheiten und resistente Bakterien entstanden. Die meisten Katastrophen gehen einzig allein auf unsere Kappe. Seit Jahrhunderten züchten wir Pflanzen und Tiere, und inzwischen haben wir es so weit gebracht, dass wir mit unserer Gentechnik den Code des Lebens *sabotieren*. Wir schließen Schaltkreise kurz, die sich in Jahrmilliarden herausgebildet haben, und provozieren genetische Störfälle, die sich schon bald zu einer globalen molekularen Seuche auswachsen könnten.»

«Klingt dramatisch, Thatcher.» Stapleton betrachtete

seinen Kollegen mit forschendem Blick. «Aber wenn Sie das wirklich glauben, warum verlassen Sie morgens überhaupt noch das Bett? Und was hätten Sie Ihren Studenten noch zu sagen?»

«Wir haben einer Maus das grün fluoreszierende Protein einer Leuchtquelle zugeführt, damit sie im Dunkeln erstrahlt», fuhr Thatcher ungerührt fort. «Wir haben Hox-Gene manipuliert, um Stubenfliegen hundert Beine anzuhängen und die des Tausendfüßers auf sechs zu reduzieren. Es gibt nichts, was der Mensch nicht ausprobieren und verändern würde, wenn er nur die Möglichkeit dazu hätte. Und was übrig bleibt, wird einfach weggeworfen. Luftverschmutzung und Klimaerwärmung sind nur die Vorboten einer Apokalypse. Bevor dieses Jahrhundert vorüber ist, werden wir, wenn es uns dann noch gibt, den letzten Nagel in den Sarg von Mutter Erde geschlagen haben. Es wäre kaum der Rede wert, wenn wir uns nur selbst aus dem Weg räumten; wir hätten es, wie so viele andere Blindgänger der Evolution, nicht anders verdient. Aber unter den Händen des vernunftbegabten Affen wird es zu einer Massenvernichtung kommen, ausgelöst von einer Kaskade genmanipulierter Keime, die sämtliche Ökosysteme befallen und verseuchen, eins nach dem anderen. Alle komplexen Organismen werden verschwinden, und dann müssen Einzeller neu erfinden, was die Menschen kaputt gemacht haben. Wenn Sie das *dramatisch* nennen, Professor Stapleton, stimme ich Ihnen zu. Und wenn Sie mir übelnehmen, dass ich darauf hinweise, kann ich das verkraften. Intelligentes Leben ist ein Verhängnis. Falls dieses Verhängnis aufgehalten werden kann, wäre das für den Planeten in der Tat ein Grund zum Feiern.»

Thatcher erntete wunschgemäß Applaus.

«Wenn man Ihren Ausführungen folgt, verehrter Kollege, bleibt wenig Hoffnung», entgegnete Stapleton. «Also warum nicht gleich zum Strick greifen?»

Thatcher starrte auf den grünen Kunststoffbehälter, aus dem Stapleton sein Mittagessen löffelte. «Was um alles in der Welt *essen* Sie da eigentlich, Professor?»

Stapleton schluckte, was er im Mund hatte, und betupfte sich die Lippen mit einer Serviette. «Kalbsbries und Rührei. Eine französische Spezialität, die ich in Paris als Soldat auf Urlaub kennengelernt habe.» Er schob einen weiteren Happen nach.

«Aha.»

«Ich bin auf Diät, der Fettdiät nach Prisby.»

Thatcher schüttelte den Kopf. «Quacksalberdiät.»

«He, ich habe bereits zehn Pfund abgenommen. Sollten Sie vielleicht auch mal probieren.» Stapleton kaute energisch.

«Sie essen also tatsächlich das Gehirn einer Kuh.»

«Einer kleinen Kuh, um genau zu sein. Mit Mango-Chutney», korrigierte Stapleton mit vollem Mund.

«Sie haben doch gewiss auch schon vom Rinderwahn gehört, Doktor.»

Stapleton schluckte. «Na schön, angenommen, Sie warnen zu Recht, Thatcher. Die durchschnittliche Inkubationszeit einer Creutzfeld-Jakob-Erkrankung liegt bei zwanzig Jahren. Wenn Sie bei mir zum Ausbruch kommt, sind wir schon beide im Altersheim. Und ich werde lachen.» Er zwinkerte seinen Kollegen zu und löffelte weiter.

Einige am Tisch waren sichtlich angewidert, andere kicherten.

«Professor Stapleton», seufzte Thatcher, «Sie sind der lebende Beleg für die Stimmigkeit der These, die ich in meinem Buch ausgeführt habe. In welchem natürlichen Szenario wäre wohl das Gehirn eines domestizierten, hormonbehandelten, mit Frankenfutter gemästeten und genmanipulierten Kalbs Bestandteil einer Diät, die einem Körper zugeführt wird, der sich über fünf Millionen Jahre entwickelt hat?»

«Thatcher», Stapleton schüttelte den Kopf. «Das Schöne an der menschlichen Intelligenz ist, dass sie uns erlaubt, so oder so zu entscheiden. Darum können Sie auch nicht vorhersehen, was andere tun und lassen. Berücksichtigt Ihre These diesen Umstand?»

Thatcher starrte ins Leere. Er sah seinen Sohn lachend durch die Glastür auf den Swimmingpool zulaufen. Er erinnerte sich, die Tür mit der Fußspitze einen Spaltbreit geöffnet zu haben ... «Was geschehen *kann*, Professor, wird auch geschehen. Es ist lediglich eine Frage der Zeit. Wahrscheinlichkeiten erfüllen sich selbst – so wie beim japanischen Pachinko-Spiel, dessen Kugeln sich immer in Form einer Gauß'schen Glockenkurve verteilen. Wenn es nur wenige Menschen gäbe, könnten Tugenden vielleicht eine Rolle spielen. Aber wir sind Milliarden. Der angeblich freie Wille ist in seiner kumulativen Wirkung, über einen längeren Zeitraum betrachtet, als solcher nicht zu unterscheiden von Instinkt oder Vorbestimmung. Weil intelligente Lebewesen alles Mögliche anstellen können, werden sie's auch tun, egal, wie dumm oder zerstörerisch es ist. Sie haben mein Buch wohl immer noch nicht gelesen, stimmt's? Ich fürchte, meine optimistische Schlussfolgerung läuft darauf hinaus, dass eine bereits infizierte Umwelt nur dann zu retten ist, wenn es zu einem Präventivschlag kommt, der intelligentes Leben unschädlich macht.»

«Viele Kulturen haben bewiesen, dass es möglich ist, über Tausende von Jahren in Harmonie mit der Natur zu leben», entgegnete Stapleton. «Die Indianer Nordamerikas zum Beispiel. Oder die Polynesier –»

«Die Polynesier haben Vogelgrippeviren importiert, an denen ein Großteil der heimischen Bevölkerung krepiert ist, und zufälligerweise verschwanden auf dem nordamerikanischen Festland fast alle größeren Tierarten, kurz nachdem die Indianer dort aufkreuzten. Nun, andererseits darf ich nicht unterschlagen, dass eine der ursprünglichsten Naturreservate Papua-Neuguinea ist, bewohnt von Menschen, die als Kopfjäger berüchtigt waren und vielleicht gerade deshalb nachhaltig für den Schutz ihrer Lebenswelt gesorgt haben.»

«So gering schätzen Sie uns Menschen, mein Lieber?»

Thatcher lächelte. «Ich halte es mit Jonathan Swift, der sagte: ‹Meine ganze Liebe gilt dem Einzelnen, aber prinzipiell hasse und verabscheue ich das Tier, welches Mensch genannt wird.›»

Verhaltenes Kichern in der Runde.

«Charmant. Sie tun aber, wie ich finde, vielen Umweltschützern unrecht, mein Freund.»

«Tut mir leid, Dr. Stapleton, aber auch Umweltschützer sind Menschen», erwiderte Thatcher.

«Verstehe. Sie müssten wohl Jagd auf Köpfe machen, um bei Ihnen bestehen zu können.»

«Deren Bemühungen fruchten wenig.»

«Herrje, Sie sind ja schlimmer als Kassandra.»

«Kassandra mag zwar unangenehme Vorhersagen getroffen haben, aber sie behielt recht.»

«Was sie jedoch auch nicht glücklich machen konnte.»

«Ich bin glücklich, vor allem über meinen Kontostand, mein Freund.» Thatcher schmunzelte, während seine Fangemeinde applaudierte.

«Ich finde das nicht komisch», protestierte Sharon. «Sie reden unser Ende auf Erden herbei.»

«Zugegeben.» Thatcher hob die Hand, um sich Ruhe auszubitten. «Lassen Sie sich Ihr Hirn schmecken, Professor. Daran tun Sie gut.»

Thatcher zuckte mit den Achseln und schmunzelte. Alles lachte, außer Sharon. Sie konnte nicht verstehen, dass ihr Mentor imstande war, angesichts solch düsterer Prognosen gelassen zu scherzen. «Es sei denn», fügte Thatcher hinzu, «Henders Island ist *keine* Fälschung.» Er zwinkerte Sharon zu, stand auf und erhob seinen Plastikbecher zum Toast. «Auf Henders Island.»

Darauf tranken alle. Anschließend wurde es im Pub wieder laut, weil jeder etwas zu sagen hatte.

Thatchers Blick fiel auf einen großgewachsenen Mann mit Sonnenbrille und schwarzem Anzug, der allein vor einem Glas Cola an einem Tisch saß. Ein dünnes weißes Kabel hing von seinem Ohr herab und verschwand unter dem Revers. Plötzlich stand er auf und kam langsam auf Thatcher zu.

Thatcher spürte, wie sich sein Puls beschleunigte. *Jetzt ist es so weit,* dachte er. Was er zu verdrängen versucht hatte, holte ihn nun ein. Vor zehn Tagen war sein «Sohn» einem tragischen Unfall zum Opfer gefallen, und obwohl ihm nicht einmal Sedona, so verzweifelt sie auch war, Schuld daran gab, hatte er geahnt, dass die Polizei Nachforschungen anstellen, ihn zu dem plötzlichen Tod des

Jungen befragen und ihn vielleicht sogar verdächtigen würde. Beweise gab es nicht, dessen war er sich sicher. Er hatte ein Taschentuch zwischen Schuh und Glasschiebetür gelegt und es später auf dem Flughafen weggeworfen. Ihm war unmöglich irgendetwas nachzuweisen.

Trotzdem, als der Mann die Sonnenbrille absetzte und ihm die Hand reichte, geriet Thatcher einen Moment in Panik. Er stand unaufgefordert auf und hielt beide Arme vor sich hin, als erwartete er, in Handschellen abgeführt zu werden.

Der Mann schüttelte den Kopf. «Nein, Dr. Redmond», lachte er, «ich bin nicht hier, um Sie festzunehmen.»

«Ach nein? Was wollen Sie dann?»

Der Mann beugte sich vor und flüsterte ihm etwas ins Ohr.

«Aha!» Thatcher schaute lächelnd in die Runde seiner Tischgesellschaft. Aller Augen waren auf ihn gerichtet. «Es scheint, der Präsident lässt bitten.»

Der Geheimdienstler warf ihm einen strengen Blick zu.

Thatcher legte den Zeigefinger auf die Lippen. «Pardon. Ich fürchte, ich muss mich jetzt verabschieden. *Au revoir.*»

Er deutete eine Verbeugung an und ging.

«Wer hätte das gedacht?» Stapleton schüttelte den Kopf.

12:43 Uhr

Auf dem Rückweg von Stony Beach, wo er im Meer geschwommen war, radelte Geoffrey durch die Bigelow Street. Als er in die Spencer Baird Road einbog, warf er einen Blick über die Schulter zurück und sah, dass ihm ein Mann mit kurzgeschnittenen Haaren, weißem Polohemd und dunkelblauen Shorts folgte. Sein Fahrrad war viel zu klein für ihn, aber er trat hastig in die Pedale und holte auf.

Geoffrey glaubte in ihm den seltsamen Gast seines letzten Streitgespräches wiederzuerkennen und legte unwillkürlich einen Zahn zu.

Der Mann aber ließ sich nicht abschütteln und blieb ihm auf den Fersen, als Geoffrey mit hohem Tempo in die Albatross Street einbog, wo er einem Geländewagen ausweichen musste, der vom Bootsanleger kam. Er raste am Aquarium der National Marine Fisheries vorbei und versuchte über die Water Street zu entkommen.

Hinter dem Crane Monument staute sich der Verkehr auf beiden Seiten. Ungebremst fuhr er über die Mittellinie und schlängelte sich an Autos vorbei, die ihm im Weg standen. Sein Verfolger tat es ihm gleich und kümmerte sich nicht um das Gehupe der anderen Autofahrer.

Den Blick nach vorn gerichtet, sah Geoffrey das rote Licht der Zugbrücke blinken. Sie würde jeden Moment angehoben werden. Fußgänger und Radfahrer blieben vor der gelben Schranke stehen, die der Hafenmeister gerade schloss.

Geoffrey bahnte sich einen Weg durch die Menge und nahm die letzte Gelegenheit wahr, auf die Brücke hinauszufahren, denn schon machte sich der Hafenmeister daran, auch die Seite am Eel Pond abzusperren. Dessen Flüche galten nicht nur ihm, sondern auch dem Mann, der bis auf wenige Meter aufgeschlossen hatte und hörbar keuchte. *Teufel noch eins*, fluchte Geoffrey und trat, so schnell er nur konnte, in die Pedale.

Als er das WHOI-Gebäude erreichte, in dem sich sein Labor befand, steuerte er geradewegs auf das Portal zu, sprang im letzten Augenblick vom Rad und ließ es vor die Stufen schlittern.

Er riss sich den Helm vom Kopf und holte damit aus, um ihn seinem Verfolger entgegenzuschleudern, der seine bleichen Beine ausgestreckt hatte und damit abzubremsen versuchte.

«Was wollen Sie von mir?», brüllte Geoffrey, als plötzlich Angel Echevarria im Eingang auftauchte.

«Geoffrey, he, stimmt was nicht, Mann?», fragte Angel mit Blick auf den Fremden, dessen Polohemd schweißnass war. Der Mann griff sich mit beiden Händen ans Zwerchfell und rang nach Luft.

«Frag den da. Er ist mir von Stony Beach bis hierher gefolgt.»

«Tut mir leid, Dr. Binswanger», keuchte der Mann. «Der Präsident wünscht …», er schnappte nach Luft, «… Sie zu sprechen … in einer sehr wichtigen Angelegenheit. Hätten Sie … einen Moment Zeit für mich, Sir?»

«Sie wollen mich wohl auf den Arm nehmen», lachte Geoffrey.

«Das soll wohl ein Witz sein.» Angel bekam den Mund nicht mehr zu.

16:18 Uhr

Geoffrey war in einem dunkelblauen Geländewagen mit getönten Scheiben nach Hause gebracht worden, wo er rasch ein paar Sachen zusammengepackt hatte. Von dort aus ging es sofort weiter zum Luftwaffenstützpunkt Hanscom, wo eine C-2A Greyhound für ihn bereitstand.

Vier Besatzungsmitglieder begleiteten ihn, als er über die Laderampe an Bord stieg.

Er stellte seinen Seesack zwischen festgezurrten Kästen ab und ging nach vorn in den Fahrgastraum. Es gab nur zwei Fensterplätze, auf Höhe der Tragflächen, mit der Rückenlehne zum Cockpit ausgerichtet. Auf der linken Seite saß ein bärtiger Mann. Er hatte seine rechte Hand in eine der siebzehn Taschen seiner Weste gesteckt und musterte Geoffrey mit ausdrucksloser Miene.

Geoffrey erkannte ihn auf den ersten Blick und streckte die Hand aus. «Thatcher Redmond, nicht wahr?»

«Ja …» Thatcher blinzelte durch das Halbdunkel der Kabine. «Und Sie sind Dr. Binswanger, wenn ich mich nicht irre.»

Geoffrey schüttelte dem älteren Wissenschaftler die Hand und nahm Platz. «Nennen Sie mich Geoffrey.»

«Man sagte mir, dass Sie auch mitreisen würden, aber Ihren Namen habe ich vorher, scheint mir, noch nie gehört, tut mir leid.»

Geoffrey wusste, dass Thatcher log. Sie hatten sich vor sechs Monaten während einer Konferenz kennengelernt, beim Bankett sogar an einem Tisch gesessen und auf Anhieb eine natürliche Feindschaft im Dschungel der Wissenschaften entwickelt. Geoffrey stellte sich auf eine unangenehme Reise ein. Er rang sich ein Lächeln ab. «Schön verrückt, nicht wahr?»

«Ich habe diese Show von vornherein als unseriös abgelehnt.» Thatcher warf sich ein paar Erdnüsse in den Mund.

Geoffrey blickte durch das kleine Fenster des Flugzeugs, das auf die Startbahn zurollte. «Ich auch.»

16:23 Uhr

Kaum war die Maschine gestartet, ging Thatcher zum Angriff über.

«Jetzt sitzen wir also hier in einem Militärflugzeug mit Kurs auf eine gerade erst entdeckte Nische unberührten Lebens – wie Antikörper, deren Aufgabe es ist, eine Infektion zu bekämpfen. Aber würden Sie nicht auch sagen, Doktor, dass die wirklich ernsten Gefahren für diesen Planeten nicht von irgendeiner kleinen Insel in der Südsee, sondern von uns Menschen ausgehen? Vielleicht stoßen wir auf einen der letzten Flecken der Erde, der noch unversehrt ist von unseren Einmischungen …»

«Menschen können beides: bewahren und vernichten, Thatcher», entgegnete Geoffrey.

Thatcher schüttelte den Kopf. «Intelligentes Leben ist dazu verdammt, zu zerstören, Doktor.»

«Sie glauben also nicht, dass es einen freien Willen gibt? Verstehe ich richtig, Thatcher? Und bitte nennen Sie mich nicht *Doktor.*»

«Oh, mein Guter, Sie glauben doch nicht etwa an den freien Willen? Dieser Begriff gehört vielleicht in den Religionsunterricht, hat aber in den Wissenschaften nichts verloren.»

«Das hängt von der Definition ab. Der freie Wille muss nichts mit Religion zu tun haben.»

«Freier Wille ist Wahnsinn, nichts weiter. Vernunft und Religion machen ihn gefährlich.»

«Nicht unbedingt. Die Vernunft kann ihn bändigen, was aber, zugegeben, nicht der Fall sein muss.»

«Es scheint, Sie halten große Stücke auf den Menschen, Doktor. In Anbetracht dessen, was wir diesem Planeten angetan haben, finde ich eine solche Haltung bei einem Mann der Wissenschaft etwas überraschend.»

Geoffrey wusste, dass er sich eine ernsthafte Diskussion mit Thatcher schenken konnte, denn der würde immer nur eine radikal populäre Position einnehmen, um im Gespräch zu bleiben. Er spürte, wie Thatcher ihn auch jetzt in eine bestimmte politische Ecke abzudrängen versuchte, und sparte sich eine Antwort.

Thatchers Tummelplatz war das Forum der öffentlichen Meinung, der von Geoffrey das Labor. Beide Spielfelder bargen ihre Gefahren, und in der Wissenschaft setzten sich nicht immer die Tüchtigsten durch. Wenn es zur Auseinandersetzung zwischen etablierten Vorstellungen und der Wahrheit kam, zog die Wahrheit oft den Kürzeren, zumindest einstweilen, und dieses Einstweilen konnte über Generationen andauern. Raymond Darts revolutionäre Entdeckung des Missing Links der menschlichen Evolution hatte vierzig Jahre lang in einer Kiste in Südafrika geschlummert, während das gesamte wissenschaftliche Establishment ihn verketzerte und stattdessen dem Piltdown Man huldigte, einer Fälschung, die aus einem Affenkiefer und der auf alt getrimmten Schädelkapsel einer Engländerin bestand. Damals war es politisch korrekt gewesen, zu glauben, der Missing Link müsse in Europa gefunden werden, und dieser Aberglaube hatte gereicht, um alle Beweise für das Gegenteil über vier Jahrzehnte zu ignorieren. Wissenschaftler wie Thatcher waren dafür verantwortlich gewesen, und Geoffrey hatte sich vorgenommen, einen großen Bogen um solche Typen zu machen.

Er lehnte sich zurück und schaute gelassen zum Fenster hinaus, was Thatcher jedoch nicht davon abhielt, seine Thesen auszuführen. Er monologisierte fast eine geschlagene Stunde, und Geoffrey wusste nicht, ob er über die geisttötende Hartnäckigkeit dieses Mannes lachen oder eher alarmiert sein sollte.

Geoffrey hatte schon nach flüchtiger Lektüre von Thatchers Bestseller den Eindruck gewonnen, dass das sogenannte Redmond-Prinzip eine Scharlatanerie erster Güte war, ein Taschenspielertrick, den der MIT-Star, wie auch andere Wissenschaftler, zum Besten gab, um auf sich aufmerksam zu machen: Sie stellten wilde Behauptungen auf, die allgemeine Ängste schürten, schrieben ihnen, um plausibel zu erscheinen, eine «nach konservativer Schätzung geringe Wahrscheinlichkeit» zu und gingen damit an die Öffentlichkeit. Ob Redmond seine schlampigen Methoden und melodramatischen Klischees tatsächlich selbst ernst nahm oder nicht, ließ Geoffrey dahingestellt sein; von der Cleverness des älteren Kollegen war er jedenfalls durchaus beeindruckt. Thatchers hysterische Prognosen einer dräuenden globalen Katastrophe ließen sich zwar weder belegen noch entkräften, gingen aber nie fehl darin, aus dem Zeitgeist Profit zu schlagen. So viel Geld würde Geoffrey mit seiner Arbeit nie verdienen.

Zweifelsohne erinnerte sich Thatcher an Geoffrey und seine Begegnung mit ihm auf der Konferenz in Stuttgart im vergangenen Jahr. Er hatte den jungen Kollegen unverhohlen als wissenschaftlichen «Eigenbrötler» bezeichnet, der sich als Bilderstürmer zu stilisieren und als solcher die hübschen jungen Studentinnen zu betören versuchte. Weil selbst in die Jahre gekommen, beneidete Thatcher Geoffrey um seine Jugend und seinen unwiderstehlichen Charme, und die Tatsache, dass Geoffrey

Afroamerikaner war und Angriffe gegen ihn somit strategisch schwierig waren, brachte ihn zusätzlich auf die Palme. Vor allem aber ärgerte ihn die Aura der Integrität, die solche attraktiven Lümmel wie ihn umgab. Er und seinesgleichen rühmten sich ihrer kompromisslosen Visionen, obwohl diese Visionen wahrscheinlich nie einer kritischen Prüfung ausgesetzt sein würden. Thatcher ließ zwar gelten, dass manche Wissenschaftler der jüngeren Generation durchaus leidenschaftlich und ernsthaft zu Werke gingen, duldete aber keine Konkurrenz, wenn es darum ging, abzusahnen. Obwohl politisch eher uninteressiert, war er sehr wohl bereit, sich je nach Vorteil mal dem linken, mal dem rechten Lager zuzuwenden. Ironischerweise hatte er linke Parolen aufgegriffen, um Kasse zu machen, war Umweltschützer geworden, um sich persönlich zu bereichern. Immerhin log er sich nicht in die Tasche; zumindest das sprach für ihn, und es war mehr, als man von vielen seiner Kollegen sagen konnte.

Verunsichert durch Geoffreys Schweigen, fragte er: «Was sagen Sie, Dr. Binswanger? Oder haben Sie keine eigene Meinung?»

«Ähm, wenn Sie mich bitte entschuldigen wollen, Thatcher.» Geoffrey legte den Gurt ab, stand auf und ging nach vorn ins Cockpit.

16. September

16:14 Uhr

Geoffrey und Thatcher hüpften über den Globus wie Steine über Wasser. Nach zwei Zwischenlandungen stiegen sie in einen Learjet um, der sie nach Pearl Harbor brachte. Von dort ging es in einer anderen C-2A weiter, wo sie wieder die beiden Plätze unter den Tragflächen belegten.

«Stellen Sie sich eine Welt vor, in der es kein intelligentes Leben gibt, keine Menschen», redete Thatcher auf Geoffrey ein. «Stellen Sie sich eine Natur vor, Doktor, deren Entwicklung einzig und allein bestimmt wird von den verfügbaren Ressourcen. Es dauerte viele Jahrmillionen, bis der ‹vernunftbegabte› Affe sich entwickelt hatte, nachdem bereits zahllose bescheidenere Unterarten die weiten Regenwälder bevölkerten. Ihre Intelligenz reichte aus, um sich an ihrer Interaktion mit der Natur zu erfreuen; jedoch verfügten sie nicht über die geistigen Mittel, dass sie versucht hätten, die Natur zu beherrschen. Es war das Goldene Zeitalter der Primaten, die wohl glücklichste Epoche auf der Erde, meinen Sie nicht auch, Doktor? Das ‹rationale Tier› ist der grandioseste Widerspruch in sich: die Handpuppe eines Bauchredners, die mit ihren Mystizismen und Wissenschaften die Natur nachahmt und verhöhnt.»

Die beiden befanden sich auf der letzten, längsten Flugetappe. Thatcher salbaderte in einem fort, insgesamt seit fast sechs Stunden. Geoffrey war während dieser Zeit nur ein kurzes Nickerchen vergönnt gewesen, in dem er allerdings in endloser Schleife ausgerechnet von den Untergangsszenarien seines älteren Kollegen geträumt hatte.

Mit den Ausführungen zum Redmond-Prinzip traktiert zu werden war für Geoffrey kaum zu ertragen, und er fürchtete, von der Kotztüte Gebrauch machen zu müssen, wenn Thatcher auch nur ein einziges Wort über seinen Tetteridge Award und die großzügigen Fördermittel verlöre, die er erwarten durfte, oder über den Pulitzerpreis, mit dem er rechnete, oder über die vielen Filmstars, die schon die Ehre gehabt hatten, mit ihm zu dinieren.

Plötzlich war ein lautes Klacken hinter der Deckenverkleidung der Flugzeugkabine zu hören. «Entschuldigen Sie mich, Thatcher.» Dankbar für die Ablenkung, stand er auf und ging nach vorn.

Im Cockpit angekommen, sah er, wie eine leuchtende Boing KC-135, dicht über der eigenen Maschine fliegend, ihren Teleskopausleger einholte.

Der Pilot der Greyhound zeigte mit dem Daumen nach oben. *«Muchas gracias, muchacho.»* Und mit Blick auf Geoffrey erklärte er: «Luftbrücke. Unsere C-2A ist eine von zwei Flugzeugen der Navy, die sich in der Luft betanken lassen und auf einem Flugzeugträger landen können.»

«Deswegen können Sie nonstop so weite Strecken fliegen?»

«Korrekt», antwortete der Pilot.

Geoffrey grinste und staunte über den großen Zirkus, der veranstaltet wurde, um diesen unglaublich weit entlegenen Ort zu erreichen.

«Übrigens, ich glaube, das da ist unsere Insel», sagte der Pilot und zeigte nach unten.

In der Tiefe entdeckte Geoffrey Dutzende von Schiffen, die ein braunes Eiland umringten. Es erinnerte ihn an einen Topfkuchen, am Rand glasiert mit weißem Guano.

Der Pilot grüßte den Kontrollturm der *Enterprise*.

«Sie gehen jetzt besser auf Ihren Platz zurück und schnallen sich an, Dr. Binswanger. Sie sind wahrscheinlich noch nie auf einem Flugzeugträger gelandet und werden sich wundern. Wenn der Haken zuschnappt, werden Sie froh sein, mit dem Gesicht Richtung Heck zu sitzen.»

«Okay.» Geoffrey eilte auf seinen Platz zurück. «Wir landen gleich», informierte er Thatcher.

Thatcher war sichtlich irritiert. Er griff in eine der vielen Westentaschen und steckte sich ein paar Sonnenblumenkerne in den Mund. «Wie gesagt, wenn die Show kein Fake war, könnte es sein, dass sich Mutter Erde eine List zurechtgelegt hat, mit der sie uns von der Oberfläche verschwinden lässt. Die Katze krepiert an ihrer Neugier.» Thatcher lachte.

«Hmmm», sagte Geoffrey.

«Intelligenz ist die Schlange im Paradies, meinen Sie nicht auch? Der fatale Virus, den sich die Erde eingefangen hat. Oder ist das zu kompliziert für Sie?»

Geoffrey schüttelte den Kopf und blickte zum Fenster hinaus. Was er sah – den riesigen Flottenverband –, führte ihm wieder die Ernsthaftigkeit seiner Mission vor Augen.

Thatcher fuhr fort, offenbar angetan von seiner eigenen Stimme. «Leider fürchte ich, dass Henders Island dem ganzen Hype nicht gerecht wird. Was soll auf einem so entlegenen Fleck schon groß los sein? Nichts für ungut, Doktor.»

Geoffrey fragte sich, worauf Thatcher wohl mit dieser letzten Bemerkung hinauswollte, doch dann erinnerte er sich, dass er sein T-Shirt von Kaua'i trug mit der Aufschrift «CONSERVE ISLAND HABITATS» in verschossenen grünen Buchstaben auf schlammfarbenem Grund. Er schüttelte den Kopf. «Ja, durchaus, ein so kleines Ökosystem hat nicht viel zu bieten. Deshalb können wir so viel von ihm lernen. Kleine Inseln sind sozusagen die Kanarienvögel in der Kohlenmine. Darum werden wir wahrscheinlich auch nichts Sensationelles von der Insel zu berichten haben. Kanarienvögel fressen nämlich selten Katzen.»

Thatcher kniff seine buschigen Brauen zusammen. «Ach, aber seien Sie mal ehrlich. Hegen Sie nicht doch eine gewisse morbide Hoffnung? Ich meine, was wäre, wenn die Entdeckung dieser Insel am Ende tatsächlich die Welt veränderte? So wie der japanische Teufelszwirn, der sich über ganz Nordamerika ausbreitet, Sie wissen, dieses Zeug, das wie Luftschlangenspray aussieht. Bei einem Feldversuch in Texas wurde 2002 ein Ableger von sieben Zentimetern Länge gepflanzt, der innerhalb von nur zwei Monaten eine Fläche von drei Footballfeldern bedeckte. Wenn man diesen Teufelszwirn bekämpft, keimt er aus; wenn man ihn klein hackt, entwickelt sich aus jedem Stück eine eigenständige Pflanze. Und besonders amüsant ist –», Thatcher beugte sich zu Geoffrey hin, wie um ihn ins Vertrauen zu ziehen, «dieses wildwuchernde Gewächs verdrängt jede andere Pflanze, ob Unkraut oder Eiche.» Thatcher schien sich tatsächlich zu amüsieren.

«Ich kenne den Teufelszwirn, Thatcher, glaube aber kaum, dass wir hier etwas vergleichbar Dramatisches antreffen werden.» Geoffrey zeigte durchs Fenster nach draußen. «Nicht, wenn *das* da unten die Insel ist, um die es geht.»

Die Maschine zog im Landeanflug auf den Flugzeugträger einen weiten Bogen um die Felsenküste. In einer Bucht im Westen der Insel sah Geoffrey den Trimaran vor Anker liegen.

«He, das ist ja das Schiff aus der Show! Also war zumindest dieser Teil nicht gefakt. Sie sind tatsächlich den weiten Weg bis hierher gesegelt.»

«Wir landen auf der *Enterprise*. Anschließend werden Sie und Charlie mit einem Sea Dragon zum Armeestützpunkt auf die Insel gebracht», informierte der Pilot. «Um siebzehn Uhr findet eine Einsatzbesprechung statt.»

Geoffrey stellte seine Uhr auf die neue Zeitzone ein. «Das wäre in knapp einer Stunde, oder?»

«Richtig», bestätigte der Copilot.

«Bekommen wir nicht vorher Gelegenheit, etwas zu essen und auszuruhen?» Thatcher stopfte den Plastikbeutel mit seinen Sonnenblumenkernen in Tasche Nummer zwölf.

«Die Teilnahme an der Besprechung ist verpflichtend, Sir», antwortete der Pilot. «Der Präsident hat sie anberaumt.»

Thatcher schnappte unwillkürlich nach Luft und lächelte. «Hätte mir nie träumen lassen, vom Präsidenten einberufen zu werden. Sie etwa, Dr. Binswanger?»

Geoffrey blickte zum Fenster hinaus auf den riesigen Flugzeugträger und machte sich auf eine harte Landung gefasst. «Nein.»

«Festhalten, meine Herren!», rief der Pilot.

«Du lieber Himmel!», murmelte Thatcher.

16:49 Uhr

Noch benommen von der nervenaufreibenden Landung am Fanghaken auf dem fast zwei Hektar großen Oberdeck der *Enterprise*, hielt sich Geoffrey an einem Handgriff im Cockpit des Hubschraubers fest, der sich in schwindelerregendem Steigflug vor den hellbraunen Klippen der Uferfassade donnernd in die Höhe schraubte. Geoffrey und Thatcher trugen blaue Schutzanzüge. Die dazugehörigen Helme hatten sie sich auf den Schoß gelegt.

Den Blick auf die überhängende Felswand gerichtet, bemerkte Geoffrey geschwungene Bänder aus roten, erodierten Gesteinsschichten, die noch stärker verwittert zu sein schienen als die uralten Küsten der Seychellen, die seit fünfundsechzig Millionen Jahren isoliert waren. Als der Helikopter den Rand überflogen hatte, breitete sich vor seinen Augen eine grüne Fläche aus, die sich wie eine Schüssel zur Mitte hin absenkte. An der tiefsten Stelle ragte ein kahles Felsmassiv auf, umgeben von dichtem Dschungel, der wie eine dunkle Welle nach allen Seiten hin wuchs.

«Sieht aus wie *Larrea tridentata*», überlegte Geoffrey laut.

Thatcher nickte.

«Was soll das heißen, Doktor?», fragte einer der Männer im Hubschrauber.

«Kreosotbusch», erklärte Geoffrey, «eine Pflanze, die in Wüsten gedeiht. Sie bildet eine Pflanzengesellschaft aus, die sich ringförmig ausbreitet. Schöne Beispiele davon sind in der kalifornischen Mojave-Wüste zu sehen. Fossile Wurzelrückstände lassen darauf schließen, dass solche Ringe von einer einzigen Pflanze ausgehen und bis zu 10000 Jahren alt sind.»

«Sagenhaft!», staunte der junge Pilot.

In Anbetracht der stark verwitterten Oberfläche und der eigentümlichen Wachstumsmuster der Vegetation schätzte Geoffrey, dass die Insel sehr viel älter war als anfangs angenommen.

Am Rand des Dschungels war nun das StatLab zu sehen. Zwei der insgesamt vier Module schienen sich unter dem Bewuchs eines vielfarbigen Pflanzenteppichs aufzulösen; den beiden anderen drohte Ähnliches. Der Dschungel machte sich buchstäblich darüber her.

«Wir haben die Station letzte Woche räumen müssen», erklärte ein Crewmitglied.

«Letzte Woche?», fragte Geoffrey nach. Die Ruine sah aus, als läge sie schon seit Jahrzehnten so da.

Weiter oben am Hang entdeckte Geoffrey den Stützpunkt der Army, eine mobile Einsatzzentrale. Die NASA hatte offenbar ihre Chance gehabt und nicht nutzen können.

«Das ist Trigon», sagte der Pilot, «unser Ziel.»

Die neue Einrichtung bestand aus drei graubraunen Teilen, die in dreieckiger Formation miteinander verbunden waren.

«Der Bunker ist bombensicher und hat Fenster, die jeden Virus abhalten. Die Energie- und Kommunikationssysteme sind selbst gegen starke elektromagnetische Impulse geschützt», prahlte der Pilot. «Dieser mobile Stützpunkt widersteht sogar Angriffen mit biologischen Waffen oder dem direkten Beschuss von Mörsergranaten. Sie sind darin so sicher wie in Abrahams Schoß, meine Herren.»

Die neue Basis stand rund vierhundert Meter von der StatLab-Ruine entfernt auf einem Sockel, der in den

Hang gebaggert worden war. Davor parkten auf einer eingeebneten Terrasse zwölf Humvees und drei Bulldozer in akkuraten Reihen.

Rings um den Trigon war ein mit Butylkautschuk ausgekleideter Wassergraben gezogen und mit Salzwasser gefüllt worden. Der Pilot erklärte stolz, dass er das Wasser mit dem Hubschrauber aus dem Meer herbeigeschafft hatte, und deutete auf die zweiundzwanzig Wassertanks weiter oben am Hang. Sie hatten eine Füllmenge von 300 000 Litern und speisten über PVC-Rohre den Wassergraben sowie die Sprinkler, aus denen alle dreißig Sekunden mächtige Fontänen aufspritzten, um den gesamten Komplex mit Salzwasser zu benetzen.

Geoffrey hatte solche Tanks bei seinem Besuch auf Haiti nach dem Wirbelsturm Ella gesehen. Diese riesigen Behälter konnten innerhalb von vierundzwanzig Stunden über Land, Wasser oder durch die Luft an jeden Winkel der Erde transportiert werden und in Krisengebieten die Versorgung mit Trinkwasser garantieren.

Beim Anflug auf den Stützpunkt fragte sich Geoffrey, warum so viele Tanks nötig waren. Wozu ein derart hoher Wasserbedarf? Er beobachtete, wie einer der Tanks von einem Hubschrauber aus über einen dicken Schlauch gefüllt wurde, und sah sich an einen roboterhaften Pegasus beim Wasserlassen erinnert.

«Wir setzen Sie gleich ab. Es wird Zeit, dass Sie die Helme überziehen. Wenn sie auf dem Flansch sitzen, ein Stück nach links drehen, bis es klick macht.»

Der Sea Dragon senkte sich auf eine Landeplattform. Als die Heckluke geöffnet wurde, wehte die von den Rotorblättern aufgewühlte heiße Luft in die Kabine.

Geoffrey und Thatcher machten sich darauf gefasst,

dass der Hubschrauber aufsetzte, doch stattdessen blieb er in der Luft stehen, gut einen Meter über ausgedörrtem und mit einer Salzkruste überzogenem Grund.

«Wir dürfen nicht landen», rief der Pilot. «Sie müssen abspringen. Folgen Sie dann dem Weg zur Station. Keine Sorge, es wird schon gutgehen.»

«Ähm … na gut.» Geoffrey trat in den Lukenausschnitt.

Thatcher aber wetterte: «Das kann doch wohl nicht Ihr Ernst sein, junger Mann.»

«Springen Sie, Sir, sofort!»

Geoffrey fackelte nicht lange, sprang und federte den Aufprall mit gebeugten Knien ab. Thatcher landete unsanft auf dem Gesäß. «Verdammt!»

Der Hubschrauber stieg auf und schmetterte wuchtige Luftwirbel auf die beiden herab.

Geoffrey half dem Kollegen auf die Beine und führte ihn über einen nassen, steinigen Pfad, gesäumt von wassersprühenden Fontänen.

«Ich habe mir eine freundlichere Begrüßung vorgestellt», keuchte Thatcher.

Die Sprinkleranlage setzte für einen Moment aus, und Geoffrey ließ seinen Blick über die Insel schweifen. «Was könnte das dahinten sein? Triffids?» Er erinnerte sich an einen alten Science-Fiction-Film über ein gefräßiges Gewächs, das, im Labor gezüchtet, eine globale Katastrophe heraufbeschwört, die im letzten Moment abgewendet werden kann, als entdeckt wird, dass sich die Pflanze mit Salzwasser erfolgreich bekämpfen lässt.

«Würden Sie mir bitte erklären, was Triffids sind, Doktor?», knurrte Thatcher.

«Nichts für ungut», antwortete Geoffrey, der, aufgewühlt von dem, was er sah, mit seinen Gedanken schon ganz woanders war.

17:08 Uhr

Chlorgas wurde mit gefilterter Luft ausgetauscht. Anschließend öffnete sich die sechseckige Einstiegsluke der keimfreien Luftschleuse.

Eine schlanke rothaarige Frau in T-Shirt, Jeans und Turnschuhen begrüßte die beiden. «Sie können jetzt Ihre Helme und Schutzanzüge ablegen», sagte sie in geschäftsmäßigem Ton.

Als Geoffrey den Helm abnahm, spürte er, wie der erhöhte Luftdruck aufs Trommelfell drückte. «Kenne ich Sie irgendwoher? Ach ja, *SeaLife* – natürlich. Sie gehören mit zur Show. Entschuldigung.»

Sie verzieh ihm mit einem freundlichen Lächeln. «Man lässt mich nicht nach Hause zurück, also habe ich mich hier zur Verfügung gestellt. Im wirklichen Leben bin ich Botanikerin, allerdings bei weitem nicht so renommiert wie Sie, meine Herren.»

Er streckte seine Hand aus. «Geoffrey.»

«Geoffrey …?» Sie schüttelte seine Hand.

«Binswanger.»

Sie runzelte die Stirn. *«Hmmm.»*

Geoffrey lächelte. «Was ist das Problem?»

«Als Ehemann kommen Sie für mich leider nicht in Frage.» Sie schmunzelte.

«Ach nein?»

«Mein Name ist Nell Duckworth, und der einzige Grund zu heiraten wäre für mich ein Namenswechsel.»

«Verstehe.»

«Tut mir leid.»

«Sie könnten einen Doppelnamen annehmen», meinte Thatcher trocken und sichtlich ungehalten darüber, dass seine Anwesenheit kaum zur Kenntnis genommen wurde.

«Gute Idee. Übrigens, darf ich vorstellen? Das ist *Thatcher Redmond.*» Geoffrey verbeugte sich theatralisch.

«Es ist mir ein Vergnügen», sagte Thatcher und deutete ein Kopfnicken an, vermied es aber, Nell dabei anzusehen, und machte sich auf den Weg durch den Korridor.

Sie schüttelte den Kopf. «Ist er ein Nobelpreisträger?»

«Nicht ganz, aber ausgezeichnet mit dem Tetteridge Award», antwortete Geoffrey. «Nobelpreisträger sind meist freundlicher. Übrigens, Sie könnten ja auch Ihren eigenen Namen behalten», bemerkte er augenzwinkernd.

Sie holte aus, um ihm einen Knuff zu verpassen, hielt dann aber inne. Geoffrey sah, dass ihr Gesichtsausdruck plötzlich ernst und traurig wurde.

«Was ist hier passiert, Nell?», fragte er.

«Ich hatte gehofft, Sie könnten mir darauf eine Antwort geben», gab sie ein wenig spöttisch zurück.

Aber er merkte, dass es ihr ernst war. «Wie soll ich das verstehen?»

Sie seufzte. «Ich habe hier auf der Insel bereits etliche Freunde verloren.» Sie sah ihn an.

Geoffrey erschrak, gleichzeitig aber empfand er so etwas wie Bewunderung, er war beeindruckt von der Intelligenz, die aus ihren Augen sprach. «Das tut mir leid.»

Thatcher hatte kehrtgemacht und kam zurück. Er taxierte Nell vom Scheitel bis zur Sohle, wandte sich dann an Geoffrey und sagte: «Ich glaube, man wartet auf uns, Doktor.»

«Nennen Sie mich nicht Doktor, Thatcher», stöhnte Geoffrey und lächelte Nell aufmunternd zu. «Kommen Sie. Mischen wir die Party ein bisschen auf.»

17:21 Uhr

Der Konferenzraum, der auch als Observationsstation diente, wenn der lange Tisch vor die Wand gerückt war, nahm fast die gesamte Nordseite des Trigons ein.

Die schräg stehenden Fenster aus laminiertem Glas wiesen auf einen limonengrünen Hang hinaus, der bis zum Rand der Insel anstieg und einen scharfen Kontrast zu dem strahlend blauen Himmel darüber bildete.

Rund um den Konferenztisch hatten Militärs und an die zwanzig amerikanische und britische Wissenschaftler Platz genommen, von denen Geoffrey einige kannte, so etwa Sir Nigel Holscombe, der für die BBC etliche vielbeachtete Naturdokumentationen produziert hatte.

An der Westseite des Raums hing ein riesiger Bildschirm, auf dem der Präsident, per Telekonferenz zugeschaltet, vor seinem großen Schreibtisch im Oval Office zu sehen war, flankiert von seinen Beratern, darunter auch der Verteidigungs- und der Außenminister.

«Ich hoffe, die Verbindung ist gut», hob der Präsident an. «Entschuldigen Sie bitte die Verzögerung.»

Geoffrey sperrte die Augen auf und warf einen Blick auf Nell, die jedoch all ihre Aufmerksamkeit auf den Bildschirm richtete.

Dr. Cato antwortete: «Ja, Mr. President, die Verbindung scheint gut zu sein.»

«Schön. Wie jeder von Ihnen inzwischen weiß, waren die dramatischen Geschehnisse, die von *SeaLife* übertragen wurden, bitterer Ernst. Zweifel an der Echtheit kamen uns nur gelegen und wurden bewusst gestreut, um Zeit zu gewinnen, Zeit zur Bestandsaufnahme und Auswertung der Entdeckungen auf Henders Island, wozu wir die kompetentesten Fachleute zusammengerufen haben. Dr. Cato, bitte informieren Sie uns über den Stand der Dinge.»

Thatcher mampfte Erdnüsse aus einer Tüte, die er aus Tasche Nummer acht gezogen hatte, und bedachte Dr. Cato mit abfälliger Miene. Eifersüchtig, wie er war, hatte Cato im vergangenen Winter während einer Konferenz zum Thema Bioethik in Rio de Janeiro seinen Kollegen Thatcher heftig attackiert, was dieser ihm offenbar nachtrug.

«Vielen Dank, Mr. President. Ich bin Wayne Cato, Direktor des biologischen Instituts an der Caltech und Leiter des Forschungsteams der *Enterprise*. Um in die Problematik einzuführen, wird uns nun Doug Livingstone, unser Geologe, erklären, wie wir uns den Ursprung von Henders Island vorzustellen haben. Doug?»

Livingstone, ein großgewachsener Mann mit kantigem Gesicht und graumelierten, dichten Haaren, stellte sich vor und verriet einen ausgeprägten britischen Akzent. «Wir, das Geologenteam der *Enterprise*, haben die Entwicklungsgeschichte der Insel zu rekonstruieren versucht. Hier nun ein kurzer Abriss, den ich anhand folgender Grafik veranschaulichen möchte.»

Auf einem Bildschirm, der hinter ihm stand, zeigte sich eine Animation der Erde.

«Vor 750 Millionen Jahren zerbrach der Superkontinent Rodinia in drei Teile. 150 Millionen Jahre später trafen diese Teile wieder aufeinander und bildeten einen zweiten Superkontinent, den wir Pannotia nennen.»

Auf dem Bildschirm teilte sich eine riesige Landmasse in drei Kontinente auf, die kurz auseinanderdrifteten und sich dann wieder zusammenfügten.

«Es vergingen weitere 150 Millionen Jahre. Dann, als zu Beginn des Kambriums das Leben auf der Erde explodierte und eine Vielfalt mehrzelliger Spezies in Erscheinung trat, teilte sich Pannotia in vier riesige Landmassen auf, aus denen Sibirien, Nordeuropa, Nordamerika und ein Kontinent namens Gondwana entstanden, der noch die Antarktis, Südamerika, Afrika, Indien und China in sich vereinte.»

Livingstone wartete, bis der Animationsfilm diese Vorgänge veranschaulicht hatte.

«Nachdem sich die drei zuerst genannten Landmassen wieder zu einem Kontinent, den wir Laurasia nennen, zusammengeschlossen hatten, prallte dieser vor etwa 275 Millionen Jahren mit Gondwana zusammen und verband sich mit diesem zu dem Superkontinent Pangaea, auf dem die ersten Dinosaurier lebten. Pangaea brach dann vor 180 Millionen Jahren in die sieben Kontinente auseinander, die wir heute kennen. Am Rande bemerkt, erklärt sich so, warum wir überall auf der Welt fossile Überreste von Dinosauriern finden.»

Der Geologe zeigte nun eine Reihe von Fotos mit den Ansichten wild zerklüfteter Küstenlandstriche in Cornwall und Alaska.

«Im Laufe der Zeit drifteten die Landmassen weiter umher und formierten sich immer wieder neu, ließen Gebirgsketten im Meer verschwinden und türmten die

Anden, die Rocky Mountains und den Himalaja auf. Von den Kontinenten brachen auch weiterhin große Teile ab, von denen manche Tausende von Kilometern weit wegtrieben. Wir wissen zum Beispiel, dass Alaska aus Bruchstücken besteht, die einst Teile von China und von Kontinenten der südlichen Hemisphäre waren.»

Livingstone rief einen weiteren Film auf, der einen Ausschnitt des anfangs gezeigten Globus vor Augen führte.

«Wir vermuten, dass es von Pannotia noch ein fünftes Bruchstück gab, wahrscheinlich in der Größe von Neuseeland, ein Fragment, das aus noch ungeklärten Gründen über eine halbe Milliarde Jahre von der geologischen Umverteilung ausgespart blieb und, während es durch den südlichen Pazifik trieb, zwischen den tektonischen Platten aufgerieben wurde. Davon übrig geblieben ist unsere kleine, neu entdeckte Insel. Sie wäre wahrscheinlich längst erodiert und verschwunden, wenn sie sich nicht nach wie vor weiter aus dem Wasser erheben würde.»

Das nächste Bild war ein geologischer Querschnitt der Insel, der wie eine vom Meeresgrund aufragende, verwitterte Säule aussah.

«U-Boote der Navy haben während der vergangenen Wochen den Sockel der Insel mit Sonargeräten vermessen. Wir konnten anhand der ermittelten Daten dieses Profil erstellen. Gesteinsproben der Felsen lassen darauf schließen, dass es sich bei der Insel um eine kontinentale Mikroplatte handelt, deren Kraton oder Festlandkern aus Materialien besteht, die aus dem Archaikum stammen, also einer Zeit, in der es noch kein Leben gab. Ausgrabungen, die von dieser Station aus vorgenommen wurden, und die während einer Expedition gesammelten Gesteinsproben deuten darauf hin, dass die jüngeren Schichten an der Oberfläche Sedimentablagerungen von Süßwasserströmen und -seen sind. Es sind fossile Reste von Organismen darin zu finden, die uns bis vor kurzem völlig unbekannt waren und kaum zu vergleichen sind mit anderen Fossilien.

Unsere kleine Insel, Mr. President, hat also eine sehr lange Geschichte. Es ist ein wundersamer Zufall, dass sie sich so lange dem Blick der Wissenschaft entziehen konnte. Aus der Luft betrachtet, zeigt sich nur der verschüttete Krater eines x-beliebigen Vulkans. Die hohe Felsküste war ein festes Bollwerk, das alle Tsunamis über Jahrmillionen abwehrte, letztlich auch den einen oder anderen Seefahrer, der hier vorbeigekommen sein mochte. Seismische Aktivitäten aus jüngerer Zeit lassen jedoch vermuten, dass das Substrat der Insel schwächer wird. Die Felswände weisen bereits große Risse auf, das heißt, der Schutzwall bröckelt.»

Der schlaksige Wissenschaftler deutete zum Fenster hinaus.

«Die Vegetation, die einen Großteil der Insel bedeckt, scheint ein bakterieller Symbiont zu sein, der Mineralien absorbiert und zur Fotosynthese fähig ist. Wahrscheinlich haben Organismen, die die Vegetation mit Hilfe von Säure von den Felsen aufnehmen können, dafür gesorgt, dass die Topographie der Insel schüsselförmig und einem Krater täuschend ähnlich ist.»

Livingstone warf einen Blick in die Runde. «Als der Superkontinent Pannotia existierte, hatte das Meer nur einen sehr geringen Salzgehalt. Viele Kollegen vertreten die Ansicht, dass darin die eigentliche Ursache für die

Entstehung des Artenreichtums während des Kambriums liegt. Komplexes Leben mag sich auch in den riesigen Süßwasserseen Pannotias entwickelt haben, bevor es über die Flüsse ins offene Meer auswanderte. Das Leben auf Henders Island hat aber offenbar einen gänzlich anderen Kurs eingeschlagen und folgt seinem Sonderweg bis heute.»

«Ich möchte keine Geschichten aus dem Kreißsaal hören – zeigen Sie mir das Baby, Dr. Livingstone», sagte der Präsident, was von der Tischrunde mit Gelächter quittiert wurde. Nur die Berater des Präsidenten lachten nicht.

Livingstone räusperte sich. «Zum Vergleich, Mr. President: Australien ist seit siebzig Millionen Jahren isoliert, und schauen Sie nur, welch seltsame Schnabel- und Beuteltiere dort vorkommen. Henders Island aber ist zehnmal länger isoliert; wir könnten es praktisch als einen völlig fremden Planeten betrachten.»

Geoffrey sah, dass Thatcher geradezu hingerissen war von Livingstones Ausführungen.

Der Verteidigungsminister meldete sich als Erster zu Wort. «Der Einsatz biologischer Waffen verbietet sich also – wir sind hier schließlich nicht auf der Insel des Dr. Moreau.»

Alle lachten.

Dr. Cato nickte. «Richtig. Unsere Insel ist kein außerirdisches Phänomen, auch keine verlorene Welt oder ein Land radioaktiver Mutanten. Rumänische Wissenschaftler haben vor kurzem eine seit fünf Millionen Jahren verschlossene Höhle entdeckt, in der sich dreiunddreißig bis dato unbekannte Spezies herausgebildet haben. Grundlage ihrer Nahrungskette ist ein Pilz, der bei völliger Dunkelheit in einem unterirdischen See gedeiht. Heiße Quellen am Grund des Sees unterhalten Ökosysteme, die man sich bislang kaum vorstellen konnte und womöglich zurückreichen in die Zeit der ersten einzelligen Organismen. Das Ökosystem auf dieser Insel hat sich über einen sehr viel längeren Zeitraum entwickelt als das auf anderen Kontinenten der Erde.» Er deutete auf Nell. «Dr. Nell Duckworth, eine unserer Projektleiterinnen, wird jetzt unsere vorläufigen Erkenntnisse über das Leben auf Henders Island zusammenfassen. Dr. Duckworth?»

Nell stand auf. Geoffrey sah sie plötzlich mit anderen Augen, er war ein wenig überrascht, dass sie offenbar eine so wichtige Rolle in diesem illustren Kreis spielte.

Ihre Miene war ernst, ja, geradezu düster. «Normalerweise sind insulare Ökosysteme äußerst instabil und anfällig gegenüber fremden Tier- und Pflanzenarten.» Sie zeigte eine Reihe von Fotos auf dem Bildschirm. «Moskitos, Mangusten, Schwammspinner oder auch Hauskatzen haben, wie uns bekannt ist, so mancher Inselwelt großen Schaden zugefügt.»

Per Mausklick rief sie ein blaues Hintergrundbild mit der Aufschrift PFLANZENTESTS auf. Es folgten sechs Fotos von Topfpflanzen. «Wir haben zu Versuchszwecken hier auf der Insel Exemplare von Pflanzenarten ausgesetzt, die sich besonders schnell verbreiten und widerstandsfähig sind, zum Beispiel Kudzu, Eselswolfsmilch und Teufelszwirn. Sehen Sie, was passiert ist.»

Im Zeitraffer zeigte sich, wie die Proben von heimischen Gewächsen, Kleefressern, Insekten und Tieren erstickt, zerlegt und verschlungen wurden. Die Sequenzen erinnerten an Szenen aus *King Kong* in der Originalfassung. Die ausgesetzten Pflanzen wurden buchstäblich ausradiert und mussten den wuchernden Arten der Insel weichen.

Unter den Zuschauern machte sich Unruhe bemerkbar.

Nell hob ihre Stimme. «Keine der über sechzig Pflanzenarten, die unseren Versuchen unterzogen wurden, überdauerte vierundzwanzig Stunden. Die meisten waren schon nach zwei Stunden verschwunden.»

Viele am Tisch waren, wie Geoffrey bemerkte, ebenso schockiert wie er selbst. Der Präsident und seine Berater dagegen schienen die Videoaufnahmen bereits gesehen zu haben.

Nell klickte auf die Maus und blendete die Überschrift TIERVERSUCHE ein. Daraufhin waren auf dem unterteilten Bildschirm mörderische Kampfszenen in Zeitlupe zu sehen.

«Als wir unter Laborbedingungen eingeflogene Tiere mit Exemplaren der Henders-Fauna konfrontierten, ergaben sich ähnliche Resultate. Klapperschlangen, Pythons, Skorpione, Springspinnen, Taranteln, Falken, Katzen, Wanderameisen, Kakerlaken … keines unserer Versuchstiere konnte sich behaupten. Die meisten endeten nach wenigen Minuten.»

Die Offiziere und Wissenschaftler waren gleichermaßen aufgebracht, als sie mit ansehen mussten, wie die Tiere gejagt und getötet wurden. Ihr Mitgefühl galt den offensichtlich Schwächeren, selbst denen, für die sie sonst nur wenig Sympathie hatten. Die Henders-Arten waren viel schneller, griffen immer als Erste an und reagierten auf Gegenwehr mit erschreckender Gewalt.

Thatcher warf Geoffrey einen Blick zu und schaute zurück auf den Bildschirm. Unter seinem roten Schnauzbart war ein Schmunzeln zu erkennen.

«Himmelherrgott!», platzte es aus einem der Militärs heraus. «Verzeihen Sie, Mr. President. Ich sehe das zum ersten Mal.»

«Schon gut, Admiral Shin.» Der Präsident nickte. «Manche dieser Szenen sind auch für mich neu. Ich kann Ihnen nachempfinden.»

«Das Labor bietet keine optimalen Testbedingungen», fuhr Nell fort. «In freier Wildbahn sind die Henders-Arten noch gefährlicher, wie sich herausstellte, als wir einige unserer Specimen mit Minikameras aussetzten.»

Auf dem Bildschirm hinter ihr zeigten sich weitere Aufnahmen blutiger Kämpfe.

«Mr. President», meldete sich Brigadier General Travers zu Wort, der Geoffrey gegenüber auf der anderen Seite des Tisches saß. «Wir haben es hier womöglich mit einem Gefahrenpotential zu tun, das größer ist als alle uns bislang bekannten Bedrohungen, Sir.»

Thatcher hatte zu kauen aufgehört und starrte auf den Schirm. Als eine Hendersratte einer Grubenotter den Kopf abriss, schluckte er, was er im Mund hatte.

Geoffreys Blicke wanderten zwischen Nell und dem Bildschirm hin und her. Er traute seinen Augen kaum, konnte aber auch nicht glauben, dass die Aufnahmen gefakt waren und diese Frau einer Täuschung aufgesessen sein mochte.

«Sind alle Spezies dieser Insel so – es muss doch auch weniger aggressive Arten dort geben», stammelte er. «Verzeihung, Mr. President. Mein Name ist Geoffrey Binswanger.»

Nell antwortete auf seine Frage ruhig und gelassen.

«Der Flora und Fauna von Henders Island ist keine der Tier- oder Pflanzenarten gewachsen, die wir hier ausgesetzt haben. Wenn eine der hiesigen Arten auf das Festland übergreifen würde, käme es sehr wahrscheinlich zu einer Katastrophe unvorstellbaren Ausmaßes, und es gäbe womöglich keine einzige biologische Nische heimischer Arten, die verschont bliebe.»

Zeitraffer- und Zeitlupenaufnahmen wechselten einander ab und zeigten eine Fichte, eine Gottesanbeterin, ein Weizenbüschel, Honigbienen, Fingerhirse – alles wurde dahingerafft.

«Kein einziges Insekt kann sich behaupten. Jede Pflanze geht ein. Selbst die gefährlichsten Raubtiere unserer Welt werden verschlungen, mit Haut und Haaren», erklärte Nell ihren Zuhörern, die keinen Mucks von sich gaben. «In dem See auf der Insel leben Tiere in der Größe von Tyrannosauriern, und es gibt welche zu Land, die doppelt so groß sind wie Afrikanische Wasserbüffel. Die Kleinstlebewesen sind nicht weniger gefährlich. Wir haben in unseren Bodenproben keine uns bekannten Nematoden finden können, dafür aber winzig kleine gepanzerte Würmer, die ungemein gefräßig sind. Tiere oder Pflanzen aus der externen Biosphäre sind hier offenbar nicht vertreten, allenfalls einige Bakterien und Pilz- oder Schimmelarten, die sich den hiesigen Verhältnissen angepasst haben.» Nell hielt kurz inne. Dann fügte sie hinzu: «Kein Lebewesen, keine Pflanze aus unserer Welt kann hier überleben.»

«Ich bitte Sie!», protestierte Sir Nigel Holscombe. «Das kann doch wohl nicht wahr sein.»

«So ist es leider», erwiderte Dr. Cato. «Wir haben aus unseren gesammelten Daten ein Computermodell erstellt, mit dem sich prognostizieren lässt, was geschähe, wenn wir Exemplare der Spezies dieser Insel auf alle fünf Kontinente verteilten. Innerhalb weniger Jahrzehnte wäre alles, was uns vertraut ist, ausgerottet – seien es Kühe, Apfelbäume oder Hunde mitsamt den Flöhen im Pelz.»

«Dann wären wir die komischen Käuze, Sir Nigel, biologische Randerscheinungen, die zusammen mit Kängurus, Kiwis und Riesenschildkröten auf Inseln leben und beten, dass uns die Arten vom Festland niemals erreichen», sagte Nell.

Ungläubiges Raunen ging durch den Raum.

Geoffrey beugte sich vor, fasziniert von dem, was er gesehen und gehört hatte. «Und warum ist es dazu noch nicht gekommen?»

«Ja, das würde ich auch gern wissen. Und sind wir hier in der Station eigentlich sicher?», fragte Sir Nigel sichtlich nervös.

«Uns umgeben 2250 Kilometer offenes Meer», entgegnete Dr. Cato. «Es war, wie mir berichtet wurde, ein Kameramann, der entdeckt hat, dass Salzwasser für alle Lebewesen auf der Insel toxisch ist. Sie kamen ursprünglich aus dem Meer und mussten, als sie an Land gingen, ihren Stoffwechsel umstellen. Früher schieden sie Ammoniumhydroxid aus, inzwischen Harnsäure. Gleichzeitig büßten sie die Fähigkeit zur hypoosmotischen Regulierung ein. Da sie überschüssiges Natrium, Kalium oder Magnesium nicht ausscheiden können, würde sich, wenn sie mit Salzwasser in Berührung kämen, in ihrem Blut Magnesium anreichern, was zur tödlichen Anästhesie führte.»

«Viele Henders-Arten setzen Pheromon-Markierungen, wenn sie Salz, also Gefahr wittern», erklärte Nell. «Wir bezeichnen ein solches Verhalten als Schreckreaktion. Sie ist auch bei Regenbogenforellen zu beobachten, die, wenn sie angegriffen werden, einen Duftstoff absondern, der den ganzen Schwarm warnt, damit er flieht.»

«Ein solches abstoßendes Pheromon», fuhr Dr. Cato fort, «rettete dem Kameramann das Leben, als er in den Salzwassertümpel sprang. Salzwasser ist ein verlässliches sekundäres Abwehrmittel. Darum haben wir die Station mit einer Sprinkleranlage eingeschanzt. Um auf Ihre Frage zu antworten, Sir Nigel: Wir sind hier in Sicherheit. Auch unsere Fahrzeuge sind inzwischen ausgestattet mit Salzwassertanks.»

Geoffrey schüttelte den Kopf. Er konnte, was er hier hörte, immer noch nicht in Einklang bringen mit dem, was er über andere tragfähige Ökosysteme wusste.

«Dr. Cato.» Der Präsident kniff die Brauen zusammen. «Wie lautet Ihr Resümee?»

Dr. Cato streifte Nell mit düsterem Blick, bevor er antwortete. «Sir, die Insel ist, wie gesagt, seit 600 Millionen Jahren isoliert. Wäre der Salzgehalt der Meere in dieser Zeit nicht gestiegen, sähe es auf der Erde heute wahrscheinlich *ganz* anders aus.»

«Bislang hatten wir Glück, sehr viel Glück», sagte Nell.

Alle Blicke waren auf den Präsidenten gerichtet.

«Nun, es ist wohl kaum möglich, die Insel mit Salz zuzuschütten», sagte er.

«Nein, Sir», pflichtete ihm Nell bei.

Thatcher Redmond schaute sich in der Runde um. «Mr. President, erwägen wir hier tatsächlich die *Vernichtung* dieses Ökosystems? Wenn Sie uns dazu raten, wären wir für Folgen verantwortlich, die sich nicht voraussehen lassen, aber womöglich äußerst weitreichend sind, nicht nur für Amerika, sondern für die ganze Menschheit.»

Geoffrey musste Thatcher recht geben. «Wer weiß, vielleicht könnte die hiesige Ökologie noch von außerordentlich großem Nutzen für uns sein, Mr. President.»

«Darüber haben wir auch schon nachgedacht, Dr. Binswanger», entgegnete der Präsident. «Ich muss aber leider zwischen möglichem Nutzen und möglichem Schaden abwägen, und Letzterer erscheint mir sehr viel wahrscheinlicher. Meinen Sie nicht auch?»

Geoffrey runzelte die Stirn.

Thatcher war sichtlich aufgebracht. «Die Navy bewacht zwar die Küste, aber können wir ausschließen, dass irgendjemand lebende Specimen an den Kontrollen vorbeischmuggelt? Und noch eine Frage: Ist auf die Computermodelle wirklich Verlass? Bei allem Respekt gegenüber Dr. Cato und seinem Team – in der Kürze der Zeit lassen sich doch noch keine wissenschaftlich fundierten Aussagen treffen.»

Der Präsident nickte. «Danke für Ihren Einwand, Dr. Redmond. Ich möchte jetzt den Verteidigungsminister bitten, seine Einschätzung der möglichen Gefahren für die Vereinigten Staaten vorzutragen.»

Der Minister, ein rüstiger älterer Herr mit silbergrauen Haaren und vielen Falten im Gesicht, starrte etwas verunsichert in die Kamera, die über den großen Schreibtisch hinweg auf ihn gerichtet wurde.

«Nun, wir können eine so teure Einrichtung wie Trigon und alles, was dazugehört, natürlich nicht für unbegrenzt lange Zeit auf der Insel unterhalten», hob er an. «Es gibt noch andere Gefahrenherde auf der Welt, aber nur ein limitiertes Budget. Und auch wenn wir noch so wachsam sind, könnte es durchaus sein, dass einzelne Exemplare der Flora und Fauna von der Insel geschmuggelt werden, etwa mit Hilfe von Ballons, die auf unseren Radarschirmen nicht zu erkennen wären. Denkbar wäre auch, dass sich unser Wachpersonal auf Bestechung einließe ...» Er schüttelte den Kopf. «Möglichkeiten gäbe es viele, und nach dem, was wir heute erfahren haben, könnte bereits die kleinste Lücke in unserem Sicherheitsnetz eine globale Katastrophe auslösen.»

«Dr. Cato», sagte der Präsident, «was prognostizieren Ihre Computermodelle für den Fall, dass diese Arten die Außenwelt erreichen?»

Dr. Cato nickte Nell zu, die mit einem Mausklick eine weitere Grafik aufrief.

Neben der Silhouette eines Henders'schen Organismus zeigte sich die computergenerierte Animation eines Globus, über den sich von verschiedenen Punkten aus simulierte Lauffeuer ausbreiteten: von Portland, Los Angeles, Panama, Sydney, Nagoya, Hongkong, Kiew, Casablanca, Durban, Salerno, Marseille, Portsmouth und New York. Die dunkelroten Wellen ließen schwarze Brandflächen hinter sich zurück, die die totale Vernichtung heimischer Arten darstellten. In der unteren rechten Ecke des Bildschirms liefen Uhren ab, die für jedes ausgesetzte Individuum das Jahr bezifferten, in welchem es den globalen Kollaps heraufbeschworen haben würde: 2037, 2039, 2042, 2051.

Nell deutete auf den erschreckenden Countdown. «Die vom Team der *Enterprise* errechneten Modelle sagen voraus, dass jede einzelne Spezies imstande wäre, unser Ökosystem wie ein Kartenhaus zusammenfallen zu lassen.»

«Gütiger Himmel», murmelte einer der Navy-Offiziere. Jemand anders fluchte leise.

«Mr. President», sagte Nell, «für das heimische Leben auf Henders Island wäre unsere Welt ein Festessen. Nicht einmal unsere Parasiten, Mikroben oder Viren haben dieses Eiland erobern können. Die meisten Henders-Arten können in Reaktion auf eine Infektion den pH-Wert ihres Blutes von jetzt auf gleich ändern. Als Spezies existieren sie bereits sehr viel länger als jede Spezies unserer Biosphäre. Sie haben alle Klimaveränderungen überlebt, die Eiszeit, globale Erwärmung und sonstige Ereignisse, die anderenorts verheerende Auswirkungen für die Tier- und Pflanzenwelt hatten.» Geoffrey registrierte ihren intensiven Blick, als sie dem Präsidenten auf dem Konferenzbildschirm in die Augen schaute. «Kein Ökosystem unserer Erde würde eine Invasion durch eine der hiesigen Arten überleben.»

«Verdammt!», polterte Sir Nigel. «Oh, Verzeihung, Mr. President.»

«Auch wir hätten wohl kaum eine Chance, Nigel», sagte Dr. Livingstone.

Geoffrey hob die Hand. «Ich kann immer noch nicht glauben, dass es hier keine einzige Spezies gibt, die ungefährlich ist. Ich bin gerade erst angekommen und hinke vielleicht noch ein bisschen hinterher, aber es muss doch irgendwelche ungefährlichen Lebewesen auf der Insel geben, die es wert wären, unter kontrollierten Bedingungen geschützt zu werden, und sei es nur für die Forschung. Ich stimme mit Dr. Redmond überein: Computermodelle und algorithmische Projektionen sind keine ausreichenden Beweise, wenn es darum geht, ein Ökosystem auszulöschen.»

«Auch ich bin dafür, dass so viel wie möglich bewahrt wird. Dafür zu sorgen ist Ihre Aufgabe, Dr. Binswanger», sagte der Präsident. «Meine Damen und Herren, leider drängt die Zeit. Mr. Secretary, würden Sie jetzt bitte die Konferenzteilnehmer über die jüngsten Entwicklungen informieren?»

Der Außenminister schien der Bitte des Präsidenten nur widerwillig nachzukommen. Er räusperte sich und sagte: «Es ist zu Zwischenfällen mit chinesischen und russischen Flottenverbänden gekommen, zu Konfrontationen, um genau zu sein, und die waren – diplomatisch formuliert – recht *haarig.*»

Die anwesenden Wissenschaftler erahnten den politischen Ernst der Lage.

Die Vertreter des Militärs blickten grimmig drein.

«Unsere britischen Freunde erheben Anspruch auf die Insel, da sie nach einem Kapitän der Royal Navy benannt ist, der sie vor 220 Jahren entdeckt hat. Wir respektieren diese Haltung und haben darum britische Forscher mit ins Boot genommen. Unglücklicherweise sind bereits, wegen der durch uns verhängten Quarantäne, diverse Verschwörungstheorien im Umlauf. Außerdem ist es für die Vereinigten Staaten und Großbritannien weltweit zu diplomatischen Schwierigkeiten gekommen. Die internationalen Beziehungen sind empfindlich gestört.» Der Außenminister warf einen Blick auf den Präsidenten. «Wir haben, wie es scheint, nur eine Option: den Einsatz taktischer Nuklearwaffen zur Sterilisation der Insel. Es ist höchste Zeit, dass wir eine Entscheidung treffen.»

Aufseiten der Wissenschaftler wurden verärgerte Stimmen laut.

Der Präsident ignorierte die Störung. «Dr. Duckworth …»

Nell schreckte auf. «Ja, Sir?»

«Sie waren die erste Zeugin dessen, was auf der Insel vor sich geht, und sind eine der beiden Überlebenden des ersten Landgangs. Sie haben aus erster Hand erfahren, wie zerstörerisch die Arten dieser Insel sind. Was empfehlen Sie?»

«Eine nukleare Säuberung», sagte sie spontan und war selbst überrascht von ihrer unverblümten Antwort. Sie errötete ein wenig, blickte aber, ohne mit der Wimper zu zucken, dem Mann auf dem Bildschirm in die Augen.

Die Wissenschaftler am Tisch waren wie vom Donner gerührt. Geoffrey glaubte nicht richtig zu hören. Nur die Offiziere schienen zufrieden.

«Und wie wollen wir ausschließen, dass bei einer Atomexplosion keine Pollen oder regenerationsfähigen Zellen in die Stratosphäre geschleudert werden?», fragte Geoffrey. Er war aufgestanden. «Weiß überhaupt schon jemand, wie sich die hiesigen Organismen vermehren? Ein nuklearer Einsatz könnte womöglich genau das bewirken, was wir zu verhindern versuchen.» Er bedachte Nell mit zorniger Miene und setzte sich wieder.

«Mr. President», sagte der Verteidigungsminister. «Wir hatten die Chance, das Problem der Pocken ein für alle Mal aus der Welt zu schaffen. Wir haben es nicht getan, und wie wir heute wissen, haben auch die Russen darauf verzichtet, denn man hat darauf spekuliert, die Erreger als Waffe einsetzen zu können. Inzwischen kursieren Gerüchte, wonach Terroristen genau darauf aus sind. Ich möchte mir gar nicht erst ausmalen, was möglich wäre, wenn Terroristen Proben von dieser Insel in die Hand bekämen.»

«Wie vermehren sich die Henders'schen Tiere und Pflanzen, Dr. Cato?», fragte der Präsident. «Könnte eine nukleare Sprengung tatsächlich dazu führen, was Dr. Binswanger soeben beschrieben hat?»

Dr. Cato schüttelte den Kopf. «Es liegen keine Hinweise darauf vor, dass sich hiesige Arten durch Pollenbestäubung fortpflanzen. Das ist auch einer der Gründe, warum die Insel biologisch isoliert bleiben konnte. Alle Tiere auf der Insel scheinen Zwitterwesen zu sein, die sich nur einmal paaren, aber unablässig reproduzieren. Selbst die pflanzenartigen Organismen bringen Eier hervor, die von mobilen Organismen abgestreift und fortgetragen werden, aber schon nach kurzer Zeit abfallen. Eine Verbreitung durch Vögel ist darum nicht möglich.»

«Gibt es irgendwelche ungefährlichen Lebewesen, wie Dr. Binswanger glaubt?»

«Bildhaft gesprochen, schwimmt hier alles, was lebt, in ein und demselben Teich», antwortete Dr. Livingstone. «Soll heißen, keine der hiesigen Arten kann sich in irgendwelche Schutznischen zurückziehen. Sie sind darum samt und sonders äußerst zählebig, viel zählebiger als alles andere, was unsere Erde bevölkert.»

Geoffrey bemerkte plötzlich ein blinkendes Licht auf halber Höhe des Hangs im Norden.

«Meine Damen und Herren», sagte der Präsident, «ich kann beim besten Willen nicht zulassen, dass sich die Gelegenheit bietet, aus Organismen der Insel Waffen zu entwickeln, auch dann nicht, wenn die amerikanische Regierung exklusiven Zugriff darauf hätte. Die Risiken wären zu groß und nicht zu verantworten.»

Thatcher stand mit hochrotem Gesicht auf. «Mr. President! Eine Zerstörung dieses Ökosystems wäre das größte Verbrechen in der Geschichte unseres Planeten. Nichts könnte die These meines Buches deutlicher illustrieren als die mutwillige und totale Vernichtung einer einmaligen Lebenswelt aus eigennützigen Interessen.»

Der POTUS rührte keine Miene. «Es mag Sie überraschen, Dr. Redmond, aber ich akzeptiere Ihren Urteilsspruch. Und ich werde Sie nicht daran hindern, ihn von allen Berggipfeln auszuposaunen. Leider haben wir keine Wahl. Sie müssen meinen Standpunkt nicht teilen, aber ich hoffe, Sie können ihn nachvollziehen. Daran wäre mir durchaus gelegen.»

«Ich fürchte, ich kann ihn nicht einmal nachvollziehen», entgegnete Thatcher mit erbostem Blick auf Cato. «Eine solche Widerwärtigkeit würde nur bestätigen, dass Menschen gefährlicher sind als alles, was auf dieser Insel kreucht und fleucht. Ich bin mir sicher, Dr. Binswanger teilt diese Meinung.»

Geoffrey war irritiert und schwieg, abgelenkt von dem blinkenden Licht, das so regelmäßig war, dass es ihm wie ein Signal vorkam. Aber wer sandte es aus?

«Sei's drum, Dr. Redmond», entgegnete der Präsident. «Ich fühle mich verpflichtet, uns Menschen und unsere Lebensgrundlage zu schützen. Tut mir leid, aber ich muss den Befehl erteilen, Henders Island innerhalb der nächsten achtundvierzig Stunden zu sterilisieren. Damit bliebe Zeit für eine abschließende Dokumentation der wissenschaftlichen Befunde und zur Evakuierung. Ich werde darauf verzichten, einen Befehl auszusprechen, der alle Anwesenden zum Stillschweigen verpflichtet. Die Debatte, die hier in Anfängen geführt wurde, mag ruhig fortgesetzt werden, auch auf die Gefahr hin, dass mich die Wissenschaft für meine Entscheidung auf alle Ewigkeit verdammen sollte. Es liegt mir fern, dem Forschereifer Einhalt zu gebieten. Gleichwohl muss ich ihm an dieser Stelle einen Riegel vorschieben, indem ich veranlasse, dass die Insel als Forschungsprojekt nicht mehr in Frage kommt. Die Bürde der Verantwortung werde ich tragen. Ich hoffe, Sie verstehen, wie ernst die Lage ist.»

Geoffrey machte Nell mit einer Geste auf das Blinklicht am Hang aufmerksam. Sie folgte seinem Fingerzeig, war aber sichtlich ungehalten, weil sie nicht verstehen konnte, dass er sich ausgerechnet in diesem Moment ablenken ließ.

«Jeder Versuch, lebende Exemplare von der Insel zu schmuggeln, wird mit äußerster Härte bestraft. Daran sollte kein Zweifel bestehen», erklärte der Präsident. «Im Interesse der Wissenschaft aber werden wir in der uns verbleibenden Zeit möglichst viele tote Specimen sammeln. Dr. Binswanger, ich hoffe sehr, dass Sie und Ihre Kollegen auch Lebewesen finden, die gutartig sind und als lebendes Andenken an diese Welt bewahrt werden können. Solche Muster müssten strengstens beaufsichtigt werden und dürften nur mit ausdrücklicher Genehmigung von Dr. Cato, den zuständigen Kommandanten und meiner Person von der Insel geschafft werden, und zwar einzig über den Weg der Quarantänestation der *U.S.S. Philippine Sea.* Haben wir uns verstanden, Dr. Binswanger?»

Nell erkannte das blinkende Licht als Morsecode und formulierte mit den Lippen: *S … O …*

«Entschuldigen Sie, Mr. President», sagte Geoffrey und stand auf. «Es scheint, dass uns jemand ein Signal zu geben versucht, dort drüben auf dem Nordhang der Insel.»

«Ein Notruf!», bestätigte Nell und stand ebenfalls auf.

Es wurde plötzlich unruhig im Raum. Alles wandte sich dem Fenster zu. Die Lichtzeichen blitzten aus dem dichten Dschungel.

«Nun, dann sollte schnellstens ein Bergungsteam losgeschickt werden», schlug der Präsident vor.

«Ja, Sir», erwiderte Dr. Cato. Er wandte sich Nell zu, die bleich geworden war und zum Fenster hinausstarrte.

«Nutzen Sie die wenigen Stunden, die Ihnen bleiben», sagte der Präsident. «Möge uns Gott vergeben, wozu wir uns gezwungen sehen.»

Der Bildschirm wurde schwarz. Die Tischrunde löste sich auf.

17:59 Uhr

Geoffrey folgte Nell, die, von etlichen Kollegen begleitet, durch die Korridore eilte und ihn kaum zur Kenntnis zu nehmen schien.

«Nell, Augenblick! Wohin wollen Sie?»

«Nach draußen.»

Mehrere Wissenschaftler machten sich daran, Schutzanzüge anzulegen. Nell langte nach der Steuerung der Schleuse.

«Wollen Sie sich nicht umziehen?»

«Ich steig in keinen Futtersack. Die haben sowieso keinen Zweck mehr, denn er bestand darin, die Insel vor unseren Keimen zu schützen. Im Übrigen ist mir aufgefallen, dass das Militär schon seit Tagen darauf verzichtet.»

«Ja», bestätigte einer der Uniformierten. «Aber manche Schlauberger bestehen darauf.»

Sir Nigel Holscombe hastete mit seiner Kameracrew

herbei. Er hatte den Wortwechsel verfolgt und sagte: «Papperlapapp! Sie kann ja machen, was sie will, ohne Anzug gehe ich jedenfalls nicht nach draußen.»

Ratschend gingen etliche Reißverschlüsse auf, denn viele hatten es sich anders überlegt und streiften die Schutzanzüge wieder ab.

Thatcher zwängte sich mit in die Schleuse. Zwischen Nell und Geoffrey, der hinter ihr stand, passte kein Blatt Papier mehr.

«Immer noch da?», fragte sie, als sich die Schleuse schloss.

Er ließ sich von ihrem feindseligen Tonfall nicht einschüchtern. «Was ich über erfolgreiche Ökosysteme weiß, ist, dass sich alle Beteiligten zur Kooperation hin bewegen, weg vom Kampf aller gegen alle.»

«Wo keine Pflanzen sind, gibt's auch keine friedlichen Pflanzenfresser.»

Thatcher, der als Letzter zugestiegen war, lauschte den beiden.

«Aber es gibt hier doch Pflanzen in Hülle und Fülle», sagte Geoffrey.

«Ja, und die werden auch gefressen, denn hier frisst jeder alles und jeden.»

«Unmöglich!»

«Auf Henders Island, Dr. Binswanger, kommen Sie mit Ihrem Schubladendenken nicht weiter. Hier müssen Sie umlernen», entgegnete Nell, als sich die Außentür zischend öffnete. «Wenn das für Sie nicht möglich ist, wär's gut, Sie verkröchen sich in einer Ihrer Schubladen.»

Ohne sich noch einmal umzudrehen, ging sie nach draußen.

18:01 Uhr

Schnell war eine Rettungsmannschaft aus Soldaten zusammengestellt. Es erging der Befehl, nachzuforschen, was es mit dem Notsignal am Nordhang auf sich hatte.

Die Herausforderung bestand darin, ein Bodenfahrzeug in Bewegung zu setzen. Zwei Hubschrauber kreisten über unwegsamem Dschungelgelände, doch den Piloten war es bislang nicht gelungen, den Signalgeber zu verorten. Selbst einzugreifen, etwa mit einer herabgelassenen Strickleiter oder dergleichen, war ihnen strengstens untersagt, weil sich ein solcher Versuch bereits in einem Fall als ein verhängnisvoller Fehler erwiesen hatte.

Unter der Berieselung von Salzwasser bereiteten sich Wissenschaftler und Soldaten in aller Eile darauf vor, im Zuge der Rettungsaktion noch ein paar letzte Specimen zu sammeln. Sie betankten die verbliebenen Humvees und beluden sie mit Salzwasserbehältern und Kanonen, Tierfallen, Kameras und Videomaterial.

Die riesigen Fahrzeuge waren mit Gleisketten anstelle der Reifen ausgestattet, was die Karosserie gut einen Meter höher legte. Diese sogenannten Mattracks – übrigens die Erfindung eines elfjährigen Jungen namens Matt, mit der sich jedes Fahrzeug umrüsten ließ – bewältigten jedes noch so schwierige Gelände. Nach dem gescheiterten Einsatz der XATV-9, dem drei Wissenschaftler und der Fahrer zum Opfer gefallen waren, hatte das Militär nur noch Humvees mit Mattracks-Fahrwerken auf die Insel geschafft.

Die drei Hummer, die den Rettungskonvoi anführen sollten, waren startklar. Die beiden nachfolgenden Fahrzeuge derselben Klasse wurden noch in aller Eile von Sir Nigel Holscombe und seinen Kameramännern beladen.

Nell kletterte auf die Rückbank des ersten Humvee. Ihr folgte Thatcher, der bereits mit dem Gedanken spielte, seinem Buch ein zweites Werk folgen zu lassen. Die Aussicht auf einen weiteren Erfolg ließ ihn mutig sein: Nichts konnte ihn mehr von dieser Expedition abhalten.

Geoffrey öffnete die Tür auf der rechten Seite. «Was dagegen, wenn ich mich zu Ihnen setze, Nell? Oh, hallo, Thatcher.»

«Hoffen Sie immer noch darauf, ein ungefährliches Tier zu entdecken?», fragte die Botanikerin.

Geoffrey lächelte. «Darauf kommt's nicht an. Ich kann nur nicht glauben, dass hier auf der Insel nichts erhaltenswert wäre.»

«Mir ging es ähnlich, Geoffrey. Inzwischen denke ich anders», entgegnete sie. «Es sind schon zwölf Menschen ums Leben gekommen. Um *die* tut es mir leid, nicht um die Insel.»

Der Fahrer testete das Funkgerät. Er trug einen grünen Tarnanzug samt Brustpanzer und Helm. Nell sah, wie er ein goldenes Kruzifix küsste und gleich darauf wieder unter dem Kragenausschnitt verschwinden ließ. Neben ihm saß ein ähnlich ausstaffierter Mann. Nell erkannte ihn am Stirnband und der Kamera, die seitlich daran befestigt war.

Sie tippte ihm auf die Schulter.

«Hey, Nell!», grüßte Zero Monroe und drehte sich mit breitem Grinsen um.

«Auf ein Neues?»

«Klar, Schätzchen!»

Nell gab ihm einen Knuff. «Alles in Ordnung?»

«Ja. Sie haben mich wieder zusammengeflickt. Das Gift ist raus, und ich kann sogar wieder mein Bein bewegen.» Er lachte.

«Weiß Cynthea, dass du hier bist?»

«Nein, diesmal nicht. Ich bin geradewegs von der Krankenstation der *Enterprise* hergekommen.»

«Da draußen ist jemand», flüsterte sie.

«Ich weiß.» Er nickte. «Es kann aber doch eigentlich nicht sein, dass noch jemand aus unserer Gruppe überlebt hat.» Er verzog das Gesicht, als er sich an die Schreie in der Felsspalte erinnerte.

Jemand klopfte ans Fenster auf Zeros Seite. Zero öffnete die Tür.

«Ist noch Platz für mich?», fragte Dr. Cato.

«Sicher, aber Sie werden in der Mitte sitzen müssen. Ich brauche den freien Blick durchs Fenster», antwortete Zero und sprang nach draußen.

Der weißhaarige Gelehrte stieg ein und grüßte Nell. Sie runzelte die Stirn.

«Es könnte gefährlich werden, Dr. Cato. Sind Sie sicher, dass Sie mitkommen wollen?»

«Tja ...» Er seufzte. «Eine weitere Gelegenheit, die Insel aus der Nähe zu sehen, wird's wohl nicht geben.» Er wirkte ein wenig zerstreut. «Ich würde mir nie verzeihen, diese Chance nicht genutzt zu haben, Nell.» Er schaute ihr in die Augen. «Außerdem muss ja jemand auf Sie aufpassen und sicherstellen, dass Sie keine Dummheiten machen, meine Liebe.»

Zero stieg wieder ein und schlug die Tür hinter sich zu.

«Okay, aufgepasst!», rief der Fahrer. «Ich bin Sergeant Cane. Die Mission, zu der wir jetzt aufbrechen, steht unter meiner Leitung, ich betone, dass ich mich um diese

Aufgabe nicht gerissen habe. Sie sind nur Gäste und sollten wissen, dass ich hier das Sagen habe. Und was ich sage, sag ich nur einmal. Verstanden?»

«Ja», antwortete Geoffrey. «Geht in Ordnung.»

Cane blickte in die Runde. «Haben die anderen das auch verstanden?»

«Ja, Sir.» Dr. Cato nickte.

«Meinen Segen haben Sie», sagte Nell.

«Meinen auch, Sergeant», seufzte Thatcher.

«Yup», kam von Zero.

«Schön», sagte Cane. «Hier ist Regel Nummer eins: Die Fenster bleiben zu. Wir wollen keine Wespen hier drin. Denn die machen richtig Ärger. Kapiert?»

«Ja», sagten alle bis auf Thatcher.

«Regel Nummer zwei: Niemand verlässt das Fahrzeug. Und jetzt möchte ich hören: ‹Okay, Sergeant Cane.›»

«Okay, Sergeant Cane», antworteten alle brav.

«Fährt dieses Ding auf Gummiketten?», wollte Zero wissen.

«Die Ketten sind aus Kevlar und Stahl.» Cane trat aufs Gaspedal, und sie verließen, gefolgt von den anderen Fahrzeugen, die Sicherheit der Basis.

Das Signal schien Sonnenlicht zu reflektieren und blinkte von der höchsten sichtbaren Kante einer gestuften Felsformation, die noch von der im Westen untergehenden Sonne beschienen wurde – aber nicht mehr lange, dessen waren sich alle bewusst.

Thatcher starrte zum Fenster hinaus auf die Insektenschwärme und seltsamen Tiere am Rand des Dschungels.

«He, Helo One, Helo Two», rief Cane ins Mikro. «Seht ihr schon was? Blue One, over.» Cane deutete auf die beiden Hubschrauber, die über dem Nordrand kreisten.

«Noch nicht, Blue One. Auf dem Infrarotschirm zeigen sich jede Menge Warmblüter, aber einen Menschen haben wir noch nicht ausmachen können.»

«Danke, Jungs. Die Kavallerie ist im Anmarsch.»

Die drei Hummer fuhren hintereinander in nördlicher Richtung über ein geschwungenes Felsband, das eine natürliche Straße bot.

«Ein schönes Spektakel war das soeben», sagte Thatcher naserümpfend. «Der Präsident spielt Gott! Na ja, wundern kann man sich eigentlich nicht.»

«Mir scheint, auch wir spielen uns als Götter auf, Thatcher», bemerkte Geoffrey und blickte staunend auf die grünen Hänge der Schüssel, die mit den ringförmigen Gesteinsschichten wie ein riesiges, verfallenes Kolosseum anmutete. Wie eine für Riesen gebaute Tribüne.

«Es könnte auch sein, dass Gott selbst hier Gott spielt», meinte Dr. Cato traurig und ließ den Blick schweifen.

«Geoffrey hat recht», sagte Nell. «Wenn wir nichts unternehmen, beschwören wir ein Armageddon herauf.»

Thatcher blickte angestrengt durchs Fenster nach unten auf den Dschungelrand. Ein Rudel aus vier mächtigen Spigern sprang über die Kleefelder. Wie das Antriebsgestänge alter Dampflokomotiven pumpten ihre Hinterbeine, auf denen sie sich mit weiten Sätzen fortbewegten, offenbar in der Absicht, den beiden nachfolgenden Hummern den Weg abzuschneiden. Aus dem Hummer an der Spitze wurden Maschinengewehrsalven abgefeuert. Eine der Bestien fiel, worauf sich die anderen sofort über den verwundeten Artgenossen hermachten und ihn in Stücke rissen. «Es wird vielleicht das Beste sein, was diesem Planeten je widerfahren ist», murmelte der Zoologe.

Geoffrey stöhnte, Dr. Cato schüttelte den Kopf.

«Wie bitte?», fragte Nell an Thatchers Adresse.

«Ihr Armageddon. Es könnte die Welt vor der Menschheit retten.» Thatcher sah sie an und lächelte herablassend. «Sollte nur ein Scherz sein, Dr. Duckworth. Aber wenn zutrifft, was wir gehört haben, wird sich hier kein intelligentes Leben entwickelt haben können. Kein Wunder, dass diese Welt schon so lange Bestand hat. Vielleicht haben wir hier das perfekte Ökosystem schlechthin entdeckt.»

Er zwinkerte ihr zu. Nell wandte sich empört von ihm ab.

Zero unterbrach für einen Moment seine Videoaufnahmen und sagte: «Ich glaube, wir sollten Sie rauslassen, Professor, damit Sie ein bisschen mit den lieben Tieren schmusen können.»

18:16 Uhr

Der Humvee kletterte auf dem Felsband dem Nordostrand der Insel entgegen. Als der Gipfelkamm erreicht war, zeigte Sergeant Cane aus dem Fenster.

«Sehen Sie sich diese Viecher an, Dr. Redmond.»

Thatcher beugte sich über Nell, um einen Blick auf die rechte Seite zu werfen.

An den steil abfallenden Felsklippen hing ein Geflecht aus trockenen Ranken, die Nester ausbildeten, in denen sich zahllose Vogeleier und Küken befanden. Geoffrey sah, wie die Küken an wulstigen Hülsen saugten, die aus dem Gestrüpp wucherten und eine beunruhigende Ähnlichkeit mit Vogelköpfen aufwiesen. «Was um alles in der Welt …?»

«Brutkolonien», antwortete Dr. Cato.

Thatcher beugte sich so weit über, dass er mit seinem Oberkörper fast auf Nells Schoß zu liegen kam. «Wirklich?»

«Wie erklären Sie sich das?», fragte Geoffrey.

«Manche Seevögel ziehen hierher, um zu brüten», sagte Dr. Cato.

«Sie werden von den Pflanzen gefressen, aber aus ihrem Gelege schlüpfen Küken, die von ihren neuen Pflanzenmüttern genährt werden und, wenn sie flügge sind, die Insel verlassen. Später kehren sie dann zurück, legen Eier und werden gefressen. So schließt sich ihr Lebenskreis.» Nell lächelte düster mit Blick auf Geoffrey, der sprachlos auf die Brutkolonie starrte.

«Wir haben auch eine Unterart von Fregattvögeln entdeckt, die sich angepasst und einen Schnabel entwickelt hat, der an diesen Fruchtständen saugen kann», erläuterte Dr. Cato. «Diese Symbiose scheint also schon sehr lange gut zu funktionieren.»

«Mein Gott», flüsterte Geoffrey. Ihm schwirrte der Kopf. «Eine Räuber-Opfer-Beziehung, in der sich das Opfer fortentwickelt, um die Überlebenschancen des Räubers zu verbessern? Ich glaube, mir wird schlecht. Dieses verfluchte Zeug mästet seine eigene Beute.»

«Wir machen doch nichts anderes», entgegnete Thatcher. «Werfen Sie mal einen Blick in unsere Mastbetriebe. Der einzige Unterschied besteht darin, dass sich hier immerhin ein natürliches Gleichgewicht eingependelt hat. Der Räuber nährt und nimmt sich, was er braucht. Er geht mit seinen Ressourcen sorgfältig um. Donnerwetter, man könnte hier sein ganzes Leben lang aufregende Forschungen betreiben.»

«Es wäre ein kurzes Leben», murmelte Zero und filmte

eifrig die ungewöhnlichen Brutstätten, von denen ein lautes Gekreische ausging. Plötzlich traf ein Schwall trüben Saftes von außen auf die Fensterscheibe und nahm ihm die Sicht. Zero fluchte.

«Die Ranken verspritzen eine konzentrierte Salzlösung», erklärte Sergeant Cane lachend. «Und zwar gezielt. Sie können damit Wespen aus über fünf Metern Entfernung aus der Luft holen.»

Geoffrey bemerkte, wie ein junger Vogel aus einem der Nester flatterte. Sooft er zurückzukehren versuchte, wurde er von einer Rankenspirale, die wie eine Sprungfeder durch die Luft schnellte, davon abgehalten.

Thatcher war außer sich. «Phantastisch!», rief er und beugte sich noch weiter über Nell, um die Brutpflanzen besser beobachten zu können.

«Okay, genug», sagte Nell und stieß ihn zurück.

Das Felsband, auf dem sie fuhren, entfernte sich auf abschüssigem Gelände vom Inselrand. Cane schaltete einen Gang zurück und steuerte den Hummer auf der natürlichen Rampe nach unten.

Geoffrey hielt sich an der Rückenlehne von Zeros Sitz fest und bemerkte mit Blick nach vorn, dass sich der Schatten über den Nordhang ausgebreitet und das Blinklicht gelöscht hatte.

Der stark verwitterte Fels hatte Terrassen ausgebildet, überzogen von einem Teppich aus grünem, goldenem und purpurnem Klee, auf dem die Ketten des Humvee braune Spuren hinterließen, die aber schon nach wenigen Sekunden wieder ihre eigentliche Farbe annahmen.

Vor ihnen breitete sich der Dschungel aus, der mit seinen Ausläufern fast bis an die höchsten Stufen des Nordhangs heranreichte.

«Sehen Sie den Absatz ganz oben?», fragte Cane und zeigte durch die Windschutzscheibe.

«Ja, von dort kam das Signal», antwortete Zero.

«Zum Glück sind da kaum Bäume.» Cane funkte: «Blue Two, Blue Three, wir fahren jetzt auf den höchsten Absatz zu. Ich schlage vor, ihr sucht das Gelände weiter unten ab. Over.»

«Hier Blue Two. Verstanden.»

«Hier Blue Three. Wird gemacht.»

«Leute, wir haben's hier mit einem hartnäckigen Schwarm zu tun», meldete die erste Stimme.

«Danke für den Hinweis.» Cane bewegte den Hebel einer provisorisch eingebauten Düse im Dach, worauf im Inneren ein Fauchen und Zischen zu hören war.

Über den Fahrzeugen spritzten Fontänen auf, die zu einem feinen Tropfenschirm wurden.

Cane lachte. «Die Biester mögen kein Salzwasser.»

Zero drehte sich um und sah Nell mit ausdrucksloser Miene an.

«Wir haben uns also schon an die Umwelt angepasst», bemerkte Thatcher mit theatralischer Stimme. «Und beherrschen sie mit unseren Verteidigungswaffen.»

Cane kicherte. «Ganz nach dem Motto der Marines: ‹Improvisieren, anpassen und bezwingen›.»

«Genau», höhnte Thatcher.

Als sich der Schwarm verzogen hatte, drehte Cane den Sprinkler ab und bog in den Steilhang ein. Die vier Mattracks wälzten sich nach oben.

Die anderen Humvees folgten dichtauf und scherten dann an den von Cane bezeichneten Stellen aus. Blue One kletterte bis zur höchsten Stufe hinauf, einem breiten Absatz aus schierem Fels. Auf der linken Seite schaukelten die Kronen der palmartigen Bäume, die in der unteren Terrasse wurzelten. Rechts erhob sich eine rund zehn Meter hohe Wand, die dem Felsabsatz im weiten Bogen folgte. Darüber setzte sich der von Klee bewachsene Hang bis zum Inselrand fort.

Ein umgekippter Baum versperrte ihnen den Weg.

Cane versuchte, darüber hinwegzurollen, doch der Stamm war selbst für die Mattracks zu dick.

«Das ist die Schuppenhaut eines riesigen Arthropoden», erklärte Dr. Cato. «Was wir für Bäume halten, ist in Wirklichkeit die Verwandtschaft der fliegenden Käfer.»

«Gütiger Himmel», gluckste Thatcher.

«Sieht aus, als wäre das Ding von herabstürzenden Gesteinsbrocken gefällt worden», sagte Geoffrey und deutete auf eine Geröllhalde. «Die Insel scheint ziemlich instabil zu sein.»

«Ja. Es gibt hier jede Menge seismischer Aktivitäten», erwiderte Nell.

Als Cane den Fuß vom Gaspedal genommen hatte, war ein Laut zu hören, der so gar nicht in die Landschaft zu passen schien: Ein Hund bellte.

«Was zum Teufel ist das?», murmelte Cane.

Ein Bullterrier sprang kläffend herbei, machte dann plötzlich kehrt und verschwand wieder.

«Copey!», rief Nell.

«Ich glaub's nicht», hauchte Zero. Er hatte Mühe, die Kamera ruhig zu halten.

Copepod kam hinter der Klippe wieder zum Vorschein, bellte wie wild und rannte zurück.

Nell legte Cane eine Hand auf die Schulter. «Er will, dass wir ihm folgen. Fahren Sie weiter!»

Cane drückte aufs Gas und versuchte einen zweiten

Anlauf über den Stamm. Er schüttelte den Kopf. «Wir schaffen es nicht. Und auszusteigen kommt nicht in Frage, nicht in unmittelbarer Nähe zum Dschungel.»

«Aber da braucht jemand Hilfe, Sergeant. Wenn Copey hier überleben konnte, können wir's auch. Da draußen ist jemand.»

«Ausgeschlossen. Ich rühre mich hier nicht vom Fleck.»

«Zero.» Nell wandte sich dem Kameramann zu. «Du hast dich durchgeschlagen. Was glaubst du? Schaffen wir es, bis zur Biegung dahinten zu laufen, einen Blick zu riskieren und wieder zurückzurennen?»

Zero runzelte die Stirn. «Haben wir Waffen?»

«Superspritzen», antwortete Cane zur Verblüffung der anderen. «Im Ernst. Voller Salzwasser. Und wenn Sie rauswollen, müssen Sie Stiefel anziehen. Die sind in den Alusäcken dahinten. Aber bevor Sie wieder einsteigen, ziehen Sie die Dinger aus und werfen sie weg.» Mit Blick auf Nell fügte er kopfschüttelnd hinzu: «Mir gefällt das nicht. Wir sind hier zu nah am Dschungel.» Er zeigte nach draußen.

«Das sind doch nur ein paar Bäume», sagte Thatcher.

«Superspritzen?», fragte Nell. «Geben Sie mir Ihre Pistole, Cane.»

Cane zögerte.

«Okay», sagte er schließlich und reichte ihr seine M9 Beretta. «Die wird Ihnen nicht viel nützen», warnte er und zeigte ihr, wie die Waffe zu entsichern war.

«Nell!» Dr. Cato hatte sich umgedreht. «Bleiben Sie lieber hier.»

Nell steckte sich die Pistole hinten in den Hosenbund und lächelte traurig. «Unmöglich.»

Der Gelehrte schüttelte den Kopf. «Was Sie da vorhaben, ist viel zu gefährlich.»

«Da draußen braucht jemand unsere Hilfe», entgegnete sie. «Die Insel hat schon genug Opfer gekostet.»

Cato streckte die Hand aus und ergriff ihren Arm. «Der Meinung bin ich auch.»

«Ich werde vorsichtig sein», versprach sie.

Dr. Cato schloss die Augen.

Geoffrey hatte einen der Alusäcke geöffnet. «Wow, Gummis!»

«Fußschweißbremse.» Nell zwinkerte ihm zu und streifte einen der Stiefel über ihren Turnschuh. «Sie kommen mit, Dr. Binswanger?»

Er nickte. «Ich suche immer noch nach einem gutmütigen Lebewesen hier», erinnerte er. Nell legte eine Hand auf sein Knie und schaute ihm in die Augen. «Aber wir müssen uns beeilen, okay? Was ist mit Ihnen, Thatcher?»

«Ich bleibe im Wagen», erwiderte der Zoologe.

«Spritzt euch mit Salzwasser voll», sagte Zero. Er machte es ihnen vor und richtete eine der Wasserpistolen auf sich.

«He, nicht hier drin!», blaffte Cane.

«Verzeihung», sagte Nell und besprühte Geoffrey. «Das müsste schon ausreichen, um dafür zu sorgen, dass die Viecher ihren Warnduft aussondern.»

«Davon ist schon was im Wasser», erklärte Cane. «Es stammt aus dem Ringgraben der Basisstation.»

«Prima», sagte Zero. «Das Polster trocknet von allein, Sergeant. Und jetzt noch auf den Rücken, Nell.»

«Irgendeine Idee, wie wir vorgehen sollen?», fragte Nell und sprühte Zero ein, während Geoffrey sie mit einer zweiten Wasserpistole bespritzte.

Thatcher brachte sich in Deckung.

«Im Zickzack laufen», antwortete Zero. «Und nur ja nicht anhalten, nicht mal für eine Sekunde.»

«Im Zickzack?» Cane schüttelte den Kopf. «Wissenschaftler! Ihr habt wirklich nicht alle Tassen im Schrank. Viel Glück. Aber damit eines klar ist: Ich übernehme keine Verantwortung.»

«Ja, viel Glück», sagte auch Thatcher.

Cato drückte ihre Hand. «Seien Sie vorsichtig.»

«Sind wir so weit?», fragte Zero.

Tropfnass und mit Wasserpistolen bewaffnet, stiegen Nell, Zero und Geoffrey aus dem Hummer und kletterten über den reptilienhaften Stamm.

Mit der feuchten Luft schlug ihnen ein ekliger Gestank von Schwefel und Verwesung entgegen. Der Pflanzenbewuchs am Boden war überraschend unbeständig und zerriss unter ihren Füßen. Aus dem Wald drangen furchterregende Laute – ein Pfeifen und Summen, Kreischen und Klicken.

Zero schaltete die NASA-Kamera ein, die, vom Stirnband gehalten, vor der rechten Schläfe saß, und richtete sie auf Copepod, der wieder bellend hinter der geschwungenen Felswand verschwand.

«Nicht stehenbleiben», sagte er.

Die Männer im Hummer schauten gebannt nach draußen und sahen, wie die drei mit hastigen Schritten auf eine Felsspalte zusteuerten, in der der Hund verschwand, nachdem er wieder kurz hervorgekommen war.

Der Sergeant flüsterte: «Da solltet ihr nicht reingehen, verdammt … o nein …»

Zero, Nell und Geoffrey blieben wie angewurzelt stehen und starrten in eine enge Felsnische.

18:22 Uhr

Im Halbdunkel der Höhle sahen sie, drei Schritte entfernt, eine hagere Gestalt in einem hellen, gebatikten T-Shirt, mit blauem Auge und einer zerbrochenen Brille, die notdürftig geflickt war. Die blonden Haare starrten vor Dreck. «Wegbleiben! ZURÜCK!», schallte es ihnen entgegen.

Nell konnte nicht fassen, was sie sah. «O mein Gott!»

Zero lachte. «He, wie zum Teufel –»

«ZURÜCK! SIE KOMMEN!» Vor Andy Beasleys Füßen kauerte Copepod und knurrte.

Zero reagierte sofort. Er wirbelte auf dem Absatz herum und hob die Wasserpistole. Doch es kam nur ein Tröpfeln aus der Mündung; Salzkristalle hatten sie verstopft.

Der Lärm in der Luft schwoll an, als eine Welle gefräßigen Getiers aus dem Wald nach oben schwappte, ein Tsunami aus springenden, fliegenden, wieselnden und kreiselnden Ungeheuern in allen Formen und Farben.

Die drei rannten auf Andy zu und suchten Zuflucht in der engen Spalte.

Zero ging in die Knie und schlug die Mündung seiner Wasserpistole vor die Felswand, um die Salzkruste abplatzen zu lassen. Dann pumpte er Strahl um Strahl auf den Schwarm angreifender Wespen, die tatsächlich kehrtmachten und warnende Duftmarken zurückließen. Eine Wespe aber hatte es bis in die Höhle geschafft.

Sie surrte durch die Luft, prallte von den Wänden ab und tropfte vor Copepod auf den Boden. Knurrend schnappte der Hund danach. Er zermalmte das Insekt zwischen seinen kräftigen Kiefern, würgte es aus und bellte.

Dr. Cato klammerte sich am Armaturenbrett fest und starrte durch die Windschutzscheibe des Humvee auf den dunklen Ausschnitt der Höhle. «Sie stecken in der Klemme», rief er.

«Hab ich's doch geahnt», brüllte Cane.

Thatcher blickte über Catos Schulter, offenbar fasziniert von dem, was er sah.

Geoffrey und Nell taten es Zero, der vor ihnen kniete, gleich und besprengten den Einstieg zur Höhle mit Salzwasser. Hinter dem Schleier aus feinen Wassertröpfchen rottete sich immer mehr Geschmeiß zusammen, eine schwirrende Masse, die wieder angriff und zurückwich, und jedes einzelne Tier, das nicht schnell genug war, wurde von anderen gepackt und in Stücke gerissen.

«Okay», sagte Geoffrey. «Ich muss eingestehen, es gibt keine gutartigen Wesen auf dieser Insel. Also lasst uns von hier verschwinden.»

Zur Antwort schnaubte Nell ein wenig verächtlich.

Plötzlich trat vor dem Höhleneinstieg ein Spinnenwesen in Erscheinung. Wie aus lichtem Dunst geboren, hing es vor ihnen von der Felskante. Sein dichtes, silbrig schimmerndes Haarkleid reflektierte die Farben des Dschungels. An seinem Unterleib zeichnete sich ab, was ein Gesicht zu sein schien. Über zwei großen, ovalen Augen, die auf die vier Menschen gerichtet waren, öffnete sich ein breites Maul. Der wie ein Cello geformte Körper baumelte an einem Seil und fuhr sechs lange Glieder aus, die sich über den Felsausschnitt legten.

Die Männer im Hummer sahen mit Schrecken, was sich vor der Höhle abspielte. Der Sergeant fluchte und griff nach seinem Sturmgewehr. «Ich habe sie gewarnt», knurrte er.

«Augenblick!», sagte Thatcher, fasziniert vom Anblick des seltsamen Tieres, das wie ein Trugbild zu verblassen und wieder Gestalt anzunehmen schien.

«O mein Gott, Nell ...»

«Wir stecken in der Falle», zischte Zero. «Und Andy war der Köder.»

Nell kämpfte gegen ihre Angst an, die sie zu lähmen drohte, starrte in das grinsende Gesicht des Ungeheuers vor der Höhle und hob die Beretta.

Aus dem Kopf des Monsters tönte eine laute, trillernde Stimme: «VEEE-EEE-DAAAAAAY!»

Nell, Geoffrey und Zero fuhren vor Schreck zusammen. Hatte das Biest, das sie gefangen hielt, tatsächlich gesprochen oder einfach nur Geräusche von sich gegeben, die wie ein Wort klangen?

Zero erinnerte sich an das Tier im Dschungel, das seine Stimme nachgeahmt hatte. «Drück ab!», forderte er Nell auf.

Der schrille Laut alarmierte auch die Männer im Hummer.

«O nein, nein ...», murmelte Dr. Cato.

Cane legte das Gewehr an und zitterte.

Plötzlich ging die Tür auf. Cane und Thatcher sahen den alten Wissenschaftler nach draußen springen.

«Verflucht!», entfuhr es dem Sergeant.

Cato schlug die Tür zu, kletterte über den Stamm und rannte auf den Felsspalt zu. «Hehehe!», kreischte er und winkte mit den dünnen Armen.

«Hat der sie nicht mehr alle?», brüllte Cane.

Nell ignorierte die Rufe ihres Kollegen. Sie starrte in die Augen des Spinnentieres, das sie mit ausgestreckten Beinen daran hinderte, Reißaus zu nehmen.

Aus dem Wald schoss eine zweite Welle krabbelnder, schwirrender Jäger, darunter zwei Spiger, so groß wie Afrikanische Löwen. Einer nahm Jagd auf den alten Gelehrten auf, kaum dass dieser den Rand der Klippe erreicht hatte.

«He, kommt da raus!», rief Dr. Cato. Sofort traf ihn der Spiger mit einem zwei Meter langen Stachel, der seine Brust durchbohrte und aus dem Rücken stakte. Die ganze Meute fiel über ihn her.

«Neiiiin!» Nells Schrei lockte das Geschmeiß zurück zum Ausgang der Höhle.

Wie eine Wand aus Augen, Zähnen und Klauen rückte das Pack herbei, angeführt von dem Spiger, dem noch Catos rechtes Bein aus den Fängen hing.

Nell richtete Canes Beretta mit zitternden Händen auf das baumelnde Ungetüm, das sie gefangen hielt, machte die Augen zu und drückte ab.

«Nein!», rief Andy und schlug ihr die Hände zur Seite.

Im selben Augenblick, da sich der Schuss löste, wirbelte das Spinnentier blitzschnell herum und attackierte die Angreifer. Mit sechs Armen schleuderte es sechs dunkle Tellerameisen durch die Luft. Eine nach der anderen traf mit Wucht auf die Köpfe der beiden Spiger, die schlagartig zu Boden gingen, wie Polizeisirenen zu heulen anfingen und sterbend ihre spitzen Vorderläufe in den Boden rammten, um sich dem Angreifer entgegenzustemmen.

Ratten, Dachse, Wespen und Drillwürmer fielen gierig über die zuckenden Spiger her.

Das Spinnentier seilte sich ab und kam auf zwei Beinen zu stehen, während sich der Schwanz in die Bauchhöhle zurückzog. Fast zweieinhalb Meter hoch aufgerichtet, schnappte es sich weitere Tellerameisen aus der Luft und schleuderte sie vier kleineren Tieren entgegen, die zu Boden gingen.

Plötzlich duckte es sich und knickte in den kräftigen Beinen ein, die wie die Sprungbeine einer riesigen Heuschrecke aussahen, aber auf behaarten, handähnlichen Füßen standen. Das weißliche Fell, mit dem das Tier überzogen war, schillerte in allen Farben des Regenbogens. Krebs, Känguru und Gottesanbeterin schienen, wie Nell fand, in diesem unglaublichen Lebewesen zusammengefunden zu haben.

Copepod lief hinter ihm her und wedelte mit dem Schwanz.

Nell wollte vorspringen, um den Hund zurückzuholen, hielt aber plötzlich inne.

Das Ungetüm streckte die beiden linken Hände aus, tätschelte Copeys Kopf und richtete die Stielaugen auf die Menschen in der Höhle. Dann winkte es ihnen zu und marschierte auf den beiden Gliederbeinen in Richtung Hummer. Copepod wich ihm nicht von der Seite.

«Wir sollen ihm nach.» Andy eilte los und warf einen Blick zurück auf die anderen. «Wenn ihr am Leben bleiben wollt, müsst ihr mitkommen.»

Vor Staunen stand Zero der Mund offen, doch er fackelte nicht lange und lief Andy nach.

Geoffrey zögerte noch. Dann aber setzte auch er sich in Bewegung und zog Nell hinter sich her, die unter Schock zu stehen schien.

Im Laufen deutete Andy auf den wimmelnden Haufen vor der Höhle. «Die werden bald satt sein und sich dann vervielfältigen. Wartet lieber nicht ab, bis sie Junge werfen. Beeilt euch!», drängte er.

In weißen Reihen rollten zahllose Tellerameisen über den Felsrand. Sie stürzten sich zischend in das Gewühl, aus dem Fontänen roter und blauer Flüssigkeit nach allen Seiten spritzten.

Sergeant Cane starrte entgeistert dem Ungetüm entgegen, das leichtfüßig über den Stamm sprang und auf der Kühlerhaube des Humvee landete. Es kauerte, auf zwei Händen abgestützt, vor der Windschutzscheibe und musterte die beiden dahinter. Cane hätte schwören können, dass es lächelte.

18:52 Uhr

«Hier ist Blue One. Wir haben einen Mann geborgen. Könnt ihr mich verstehen?», krächzte Cane ins Mikrofon. Über Funk hörte er Freudenrufe.

Andy hatte den Wagen erreicht und riss die Beifahrertür auf. Das Spinnentier stieg wie selbstverständlich ein, gefolgt von Copepod und Andy. Bald darauf kamen auch die anderen und quetschten sich neben Thatcher auf die Rückbank. Cane riss Nell die Pistole aus der Hand und richtete sie auf das Ungeheuer.

«Alles in Ordnung mit dem Mann, Blue One?», tönte eine Stimme durch den Lautsprecher.

In der einen Hand das Mikro, in der anderen die Pistole, starrte Sergeant Cane auf die Bestie, die jetzt mit eingezogenen Gliedmaßen neben ihm saß und ihn aus beweglichen, bunt schillernden Augen betrachtete. Das geöffnete Maul entblößte drei Hauer, die, wie Beilklingen geformt, im Unterkiefer steckten. Cane war entsetzt. Grinste dieses Ungeheuer oder fletschte es die Zähne?

«Blue One, was ist los? Melde dich.»

«Antworten Sie doch!», drängte Andy.

«Ja – ähm, alles in Ordnung», stammelte Cane. «Wir fahren jetzt zum Stützpunkt zurück.»

Von der Rückbank aus begaffte Thatcher den ungeheuerlichen Fahrgast und kam aus dem Staunen nicht heraus.

Ratten prallten wie Tennisbälle von allen Seiten auf das Fahrzeug. Drillwürmer landeten auf den Scheiben und zerkratzten das kugelsichere Glas.

«Sie sollten den Sprinkler einschalten», warnte Geoffrey.

«Prima, Blue One. Wirklich gute Nachrichten. Dann können wir ja unsere Forscher losschicken. Die wollen nämlich noch ein paar Proben sammeln. Verstanden?»

Cane wagte sich nicht zu rühren und ließ es geschehen, dass die Bestie mit vier Händen um sich tastete und das Lenkrad befühlte, wobei seine Augen hin und her huschten.

«Los, Mann, drehen Sie den Wasserhahn auf!», sagte Nell.

Sichtlich verwirrt legte der Sergeant das Mikrofon aus der Hand und öffnete das Ventil. Die Waffe hielt er dabei auf das Ungeheuer gerichtet. Während draußen das Geschmeiß vom sprühenden Salzwasser verjagt wurde und das Weite suchte, zeigte das Spinnentier aufgeregt auf einen einzelnen Drillwurm, der so groß war wie eine Zikade und mit seinen drei nass gewordenen Flügeln an der Windschutzscheibe klebte. Zappelnd schied der Gliederfüßer eine ölige Substanz aus dem Unterleib aus, die in bunten Schlieren über das Glas lief, ehe sie mitsamt dem Tier vom Scheibenwischer weggewischt wurde.

Das Ungeheuer auf dem Beifahrersitz nickte Cane zu und hob mit Blick auf Andy die Daumenglieder seiner vier Hände. Auf seinem gesträubten Fell schillerten Streifen und Punkte in bunten Farben.

«Blue One? Hörst du mich? Melde dich.»

«Antworten Sie endlich, Cane!», sagte Geoffrey.

Cane griff wieder nach dem Mikrofon. «Ähm … ja, wir werden, äh … wahrscheinlich auch noch ein paar Proben sammeln. Over.»

«Er zeigt uns den Weg. Fahren Sie los!», rief Andy.

«Wie bitte?», polterte der Sergeant. «Was zum Teufel –»

Das Ungeheuer zeichnete mit seiner fünffingrigen Hand die Konturen des Armaturenbretts nach und ließ ein Summen dabei vernehmen.

«Mir gefällt das nicht.»

Anscheinend verschreckt, wich das Monstrum ein Stück zurück. Dann langte es mit zwei Händen blitzschnell zu und nahm Cane die Pistole ab, ehe der sichs versah. Mit einem nach vorn abgeknickten Auge spähte es über den Lauf der Waffe.

«Nein, Hender, lass das», sagte Andy. «Gib sie mir, okay?»

Das Ungeheuer drehte sich um und warf ihm die Pistole zu.

«Mein Gott», murmelte Nell. «Er versteht uns?»

«Her mit der Knarre!», brüllte Cane wütend.

«Schön ruhig bleiben», sagte Andy und reichte ihm die Waffe zurück.

Das Ungeheuer fuhr mit einer Hand über die Uniform des Sergeants und gab dabei einen Laut von sich, der aus dem kleinen Hornkamm auf dem Kopf tönte und wie angerissene Zithersaiten klang. Für einen Moment schien es, als spiegelte sich die tarnfarbene Musterung der Uniform auf seinem glänzenden Fell.

«Kommt, Leute, ihr müsst sehen, wo er wohnt», sagte Andy.

«Spricht er etwa … unsere Sprache?», fragte Thatcher mit belegter Stimme.

«Quatsch!» Andy verdrehte die Augen. «Wir sind doch hier nicht in einer *Star Trek*-Episode, Mann. Er hat mir das Leben gerettet. Und das von Copey. Mehr weiß ich nicht. Außer noch, dass er leckere Chilis zubereitet.»

«Ich glaub's nicht.» Zero lachte laut auf und filmte eifrig weiter. «Holscombe wird vor Neid erblassen.»

Cane zielte immer noch mit der Pistole auf das Ungeheuer, das ihn mit einem seiner dreigeteilten Augen im Blick behielt, ansonsten aber anscheinend unbeirrt die Innenausstattung des Humvee begutachtete und dabei kleine Melodien von sich gab.

«Dieses Tier ist gefährlicher als alles andere auf der Insel», sagte Thatcher leise und eindringlich.

Geoffrey, der erst jetzt nach dem Schock zu zittern anfing, sah staunend mit an, wie die Bestie den Kopf des hechelnden Bullterriers tätschelte. «Sie sagten vorhin, es wäre ein Verbrechen, das Leben auf der Insel zu vernichten, Thatcher. Denken Sie jetzt anders?»

«Es geht hier grausamer zu, als ich gedacht hätte.»

Ein heftiger Erdstoß brachte den Humvee zum Schaukeln.

«Los», sagte Zero. «Wir sollten von hier verschwinden.»

Das Ungeheuer legte alle vier Hände an den Kopf und ließ die Stielaugen unter dichtbehaarten Lidern verschwinden.

«Habt ihr das auch mitgekriegt?», krächzte die Stimme des Fahrers von Blue Three über Funk.

«Ja, war ziemlich heftig», antwortete der Fahrer von Blue Two. *«O Mann, aufgepasst!»*

Vom Felsgrat im Süden stürzte eine mächtige Gerölllawine herab und hinterließ eine große Lücke im Rand der Insel.

«Womöglich bleibt nicht mehr viel Zeit, Jungs», war von Blue Two zu hören.

«Bleibt am Ball, bis man uns zurückruft», riet Blue Three.

«Roger», erwiderte Cane. «Over.» Er wandte sich den anderen zu. «Ich weiß nicht weiter. Wir können doch nicht mit einem dieser gottverdammten Viecher spazieren fahren, die eigentlich verstrahlt werden sollen.»

«Was?» Andy blickte verschreckt in Richtung Nell.

«Der Präsident hat angeordnet, die Insel zu sterilisieren, Andy», erklärte sie.

«Großartig. Und was ist mit den Einwohnern?»

Sergeant Cane schwitzte wie in der Sauna. «Gibt's von dieser Sorte etwa noch mehr Exemplare?», fragte er, ohne den Koloss neben sich aus den Augen zu lassen. «Sind Sie sicher, dass er uns nicht versteht? Mir war soeben, als hätte er gesprochen.»

Andy musterte den Mann in Uniform. «Führt er hier das Kommando? Diese Pfeife? Habe ich sonst noch was verpasst, das ich wissen müsste?»

«Beruhige dich, Andy», antwortete Nell. «Der Präsident will, dass wir uns nach Lebewesen umschauen, die es wert sind, gerettet zu werden.»

Geoffrey merkte auf. «Höre ich da einen Sinneswandel anklingen, Nell?»

Die Tränen stiegen ihr in die Augen. «Es hat sich einiges geändert …»

«Los jetzt!», rief Zero. «Die Sache wird spannend. Unser Unikum hat uns die Richtung vorgegeben. Avanti!»

«Wir müssen herausfinden, was wir hier haben, und dann dem Präsidenten Meldung erstatten, Sergeant», sagte Nell. «Es ist wichtig. Okay?»

Cane biss die Zähne aufeinander. Die Hände des Ungeheuers waren unablässig in Bewegung und ertasteten alles, was in ihrer Reichweite lag, so auch Canes Helm. Der schloss die Augen und holte tief Luft. «Na schön. Aber damit eins klar ist: Wir halten uns an den Befehl, dass von dieser Insel keine lebenden Exemplare ohne ausdrückliche Genehmigung runtergeschafft werden.»

«Schließt das unsere Wenigkeit mit ein?», wollte Andy wissen, der vor Wut zu kochen schien. «Oder sollen auch wir verstrahlt werden, Commander ARSCHLOCH?»

«Treiben Sie's nicht zu weit, Sir.»

«Ja, treib's nicht zu weit», sagte auch Nell.

Geoffrey nickte. «Fahren wir jetzt.»

Cane wendete den Humvee und steuerte mit Vollgas bergan.

«Huiiiiii», flötete das Ungeheuer.

19:03 Uhr

Am Nordrand der Insel hielt der Hummer auf seinen Mattracks vor einem turmhohen Gewächs an, das von weitem wie ein Fliegenpilz mit riesigem Schirm aus grünem Laub aussah. Mehrere Bäume dieser Art säumten den Grat.

«Hier wohnt er?», fragte Cane irritiert.

«Warten Sie, bis Sie den Einstieg sehen», antwortete Andy. «Ach ja, wenn wir sie in Sicherheit bringen wollen, bevor die Insel eingedampft wird, müssen wir ihre Sachen zusammenpacken.»

«Sie? Ihre Sachen?»

Andy nickte.

«Wir könnten alles in den Koffern verstauen, die wir dahinten haben», sagte Nell mit Blick auf Geoffrey, der ihr beipflichtete und mit dem Kopf nickte.

Kaum war die Tür geöffnet, sprang Copey freudig bellend nach draußen. Die Luft auf dem hohen Felskamm war deutlich frischer, und vom Dschungel drang nur ein leise sirrendes Rauschen herauf.

Die Aluminiumkoffer wurden aus dem Fahrzeug geschafft.

Cane trug sein Sturmgewehr und blickte argwöhnisch in die Baumkrone. Vom Dschungel drohte keine Gefahr. Aber was mochte in diesem riesigen Baum auf sie lauern?

«Bist du sicher, Andy, dass uns hier nichts passieren kann?», fragte Zero, der seine Kamera über das weitverzweigte Astgeflecht schwenkte.

«Ja, solange wir uns in der Nähe des Baumes aufhalten.»

Rings um den mächtigen Stamm war der Boden mit einer Salzkruste bedeckt, die den wuchernden Hendersklee auf Abstand hielt. Wie in einem japanischen Garten führten Trittsteine darüber hinweg.

War ihnen das Ungeheuer anfangs wie eine Riesenspinne mit sechs Beinen vorgekommen, erschien es ihnen nun sehr viel kompakter. Die beiden hinteren Beine lagen angewinkelt unter dem Bauch. Es stand auf den zwei Beinen in der Mitte und hatte die vorderen Gliedmaßen so hinter dem langen Nacken eingefaltet, dass die ersten Gelenke oder «Ellbogen» wie Schulterblätter aussahen, von denen überraschend menschenähnliche Arme herabhingen. Alle sechs Hände hatten zwei Daumen und drei Finger dazwischen. Die Wissenschaftler und der Kameramann musterten die anatomischen Einzelheiten mit sprachlosem Staunen. Kaum begreiflich war ihnen auch, wie mühelos sich der Koloss bewegte.

Der lange, elastische Schwanz, an dem er vor dem Höhleneingang gehangen hatte, war eingezogen und in einer wulstigen Bauchtasche verschwunden. Wie Polarlicht schimmerte das dichte Fell. Der Kopf hatte die Form einer Zwiebel; der Höcker auf dem Scheitelkamm sah aus wie ein verkümmertes Horn und war flankiert von zwei dreieckigen Lappen. Die hohe Stirn wurde nach unten von einem breiten, schnabelartigen Mund begrenzt, der mit seinen nach oben gezogenen Winkeln ständig zu lächeln schien. Von einer Nase war nichts zu sehen. Die großen, ovalen Augen mit den behaarten Lidern wirkten verschmitzt; sie konnten sich irritierenderweise unabhängig voneinander nach allen Seiten hin bewegen.

Obwohl sein Ausdruck durchaus freundlich schien, war der Anblick eines solchen Gesichts verstörend, und alle erschraken, als der Koloss eine Hand ausstreckte und Canes Sturmgewehr vorsichtig befingerte.

Der Sergeant wich zurück und richtete den Lauf der Waffe auf dessen Kopf.

«Nein!», rief Nell.

Copepod fing zu knurren an.

«Reg dich ab, Mann», sagte Zero und senkte seine Kamera.

«Du kannst ihm vertrauen, Hender.» Andys Worte waren an das Ungeheuer gerichtet.

«Er hat einen *Namen*?», fragte Thatcher irritiert.

«Cool bleiben, Cane.» Geoffreys Stimme klang zuversichtlich, obwohl ihm ganz anders zumute war. «Er hat uns das Leben gerettet, schon vergessen?»

«Cool bleiben, Cane», trällerte der Koloss, worauf der Sergeant endgültig die Fassung zu verlieren drohte. Selbst Thatcher fand es nun angebracht, ihn zu beruhigen.

Mit leichten Schritten sprang das Monstrum über die Steine. Vor dem Baumstamm angekommen, drehte es sich um und winkte die anderen zu sich. Dann öffnete es eine Tür, die erst auf den zweiten Blick als solche zu erkennen war.

Die anderen folgten und kamen aus dem Staunen nicht heraus.

«Das ist ja der Rumpf eines Bombers aus dem Zweiten Weltkrieg», murmelte Zero.

Andy nickte. «Richtig.»

Nur der Bug der Maschine ragte aus dem mächtigen Stamm heraus. Durch die Fenster im Cockpit, die aus Flecken durchsichtigen Kunststoffs zusammengeflickt zu sein schienen, konnte man die Sonne im Meer versinken sehen.

«Dieses Haus hat Hender gebaut», verkündete Andy.

«Hender?», fragte Nell nach.

«So nenne ich ihn. Oder sie. Oder es.»

«Er hat doch nicht diese B-29 gebaut», sagte Zero und führte dabei die Kamera langsam im Kreis.

Pantomimisch beschrieb Hender mit vier Händen ein Flugzeug, das kopfüber vom Himmel stürzte. Dazu gab er ein Geräusch von sich, das einer Explosion verblüffend ähnlich war.

«Ob er den Absturz mit eigenen Augen gesehen hat?», fragte Geoffrey.

«Das müsste dann vor über sechzig Jahren gewesen sein.»

«Ich glaube, Hender ist alt», erwiderte Andy. «*Sehr* alt.»

«Würde mich nicht wundern», meinte Geoffrey. «Lebt er allein?»

«Ja», antwortete Andy.

«Was hat das mit seinem vermeintlichen Alter zu tun?», fragte Nell.

«Das erkläre ich Ihnen später», entgegnete Geoffrey.

«Gut.»

«Ich müsste nämlich weiter ausholen –»

«Einverstanden.»

«– und Sie mit einer Theorie vertraut machen, die ich entwickelt habe.»

Nell lächelte.

Das seltsame Wesen führte seine Gäste in den Bug des Flugzeugs, in dem es sich häuslich eingerichtet hatte. Sein Fell glich einem wahren Feuerwerk aus Farben, als es auf die Armaturen deutete und Worte ausstieß, die klangen, als würden sie von einer alten Schallplatte abgespielt:

«Damit stellt der Sender Pacific Ocean Network seinen Dienst ein. Heute ist der 7. Mai 1945 – VEEE-EEE-DAAAY! Der Tag des Sieges in Europa.»

Geoffrey und Nell sahen einander sprachlos an.

«Das muss er im Radio gehört haben, wahrscheinlich hier an Bord der Maschine», flüsterte Zero.

«Ja», bestätigte Andy. «Er kann sogar Bob Hope imitieren.»

«Aber Sie sagten doch, er verstünde unsere Sprache nicht», blaffte Cane.

«So ist es auch. Ich habe ihm aber ein paar Wörter beigebracht. Und er wiederholt das, was damals im Radio zu hören war, ohne zu wissen, worum es geht.»

Es war angenehm kühl in Henders Behausung. In der Luft hing ein süßlicher, würziger Geruch, der Nell an japanische Räucherstäbchen erinnerte. Sie sah, dass Hender eine Vielzahl an Flaschen, Gefäßen und Hohlkörpern aus Glas gesammelt hatte, Gegenstände, die offenbar jahrelang durchs Meer getrieben und mit der Strömung ans Ufer der Insel gespült worden waren.

Hender fuhr drei Arme aus und nahm drei Gläser zur Hand. Sie enthielten insektenartige Lebewesen, die, als er sie schüttelte, zu leuchten anfingen.

«Er fängt mit diesen Gläsern Drillwürmer und Wespen ein», erklärte Andy. «Und ihr solltet mal seine Rattenfalle sehen.»

Im gespenstisch grünen Licht, das von den Glasgefäßen ausging, sah Nell, dass die Wände verkleidet waren mit allerlei Strandgut und Zivilisationsabfall.

Mit leichtverständlichen Gebärden forderte Hender seine Gäste auf, Platz zu nehmen. Vor der Wand des Flugzeugrumpfes standen mehrere Kisten, zu einer Bank zusammengeschoben, die mit der Gummihaut eines alten Floßes gepolstert war. Darauf stand in verblichenen Druckbuchstaben ein Name geschrieben.

«*Electra?*», rief Nell verwundert. «So hieß doch das Flugzeug von Amelia Earhart. Das könnte also ihr Floß gewesen sein.»

Geoffrey fuhr mit der Hand über das spröde gewordene Gummi. Er schüttelte den Kopf, was wohl so zu verstehen war, dass ihn nichts mehr überraschen konnte. «Alt genug scheint es zu sein.»

Hender präsentierte eine Art Kürbisflasche.

«Andy, wie ist es möglich, dass du fünf Tage im Freien überlebt hast?», fragte Zero.

«Hender kam mir zu Hilfe, gleich am ersten Tag», erzählte Andy. «Er stieg aus einem Baum am See. Ich dachte schon, ich wäre tot, das Nächste, woran ich mich erinnere, war, dass ich hier drin aufgewacht bin. Er hat meine Brille repariert. Mit einem Klebestreifen. Hier, sieh dir das an.» Der Bügel seiner Brille war am Gelenk bandagiert.

In abgeschnittenen Plastikflaschen servierte Hender irgendeine Flüssigkeit. Die Gäste waren verblüfft über die Geschicklichkeit seiner vielen Hände.

«Teatime», sagt Andy.

«Teatime», wiederholte das Monstrum.

Thatcher verzog das Gesicht, als ihm eingeschenkt wurde.

«Danke», sagte Nell, als sie ihren Becher entgegennahm. «Was ist das?», fragte sie Andy.

«Kannst du bedenkenlos trinken. Ist sogar recht lecker. Ich nenne es Henders Tee, auch wenn es im Grunde ein flüssiges Chili-Gericht ist. Enthält Fleisch. Rattenfleisch. Schmeckt wie Hummer.»

Nell zögerte und rümpfte die Nase. Doch dann nippte sie an ihrem Becher und fand, dass der «Tee» weniger nach Chili als nach einer würzigen Salsa-Sauce schmeckte, überraschend gut. «Ich würde sagen: ein Kirsch-Hummer-Zimt-Gazpacho … mit einem Hauch Curry.»

«Danke.» Geoffrey nahm seinen Becher aus Henders Hand entgegen und starrte auf die beiden Daumen, die er am liebsten gleich auf einem Blatt Papier skizziert oder fotografiert hätte.

«Danke, danke, danke», summte das Monstrum.

Nell und Geoffrey sahen einander erschrocken und erfreut zugleich an.

Cane machte kein Hehl daraus, dass er sich vor dem Getränk ekelte. Es war ihm anzusehen, dass er das Ende seiner Mission kaum abwarten konnte und sehr viel glücklicher wäre, wenn die ganze Insel in Asche läge.

«Danke», wiederholte Hender, was den Sergeant fast auf die Palme brachte.

Zero bedankte sich artig und legte seine Kamera ab, als ihm ein Becher gereicht wurde. «Sehr freundlich, Alter.»

Das Monstrum neigte den Kopf zur Seite und musterte Zero. «Sehr freundlich, Alter.»

Geoffrey nippte an seinem Plastikbecher und verzog das Gesicht.

«Er braut das Zeug aus den Beeren einer Pflanze, die er mit Rattenfleisch düngt», erklärte Andy.

«Nicht schlecht», befand Zero nach dem ersten Probeschluck und leerte dann seinen Becher auf Ex. «He, fast hätte ich's vergessen.» Er öffnete den Reißverschluss einer seiner Hosentaschen. «Das ist für dich.» Er hielt eine noch unangebrochene Flasche Cola Light in die Höhe.

«Hehe!», hechelte das Monstrum und überkreuzte zwei Arme, womit es offenbar Freude zum Ausdruck brachte.

Zero schraubte den Verschluss auf und reichte ihm die Plastikflasche. «Ist ein bisschen warm geworden, aber was soll's?»

Alle sahen gespannt zu, wie Hender probierte. Sein Fell funkelte prächtig, als er die süße Flüssigkeit in sich hineinstürzte, während eines seiner Augen auf Zero gerichtet war, das andere auf die Pistole in Canes Hand. Dann rülpste es laut, grinste übers ganze Gesicht und schmatzte mit den Lippen.

Zero kicherte. «Es schmeckt ihm.»

«Ja», bemerkte Thatcher trocken. «Ich sehe schon die neue Werbekampagne vor Augen. Das Gesöff wird noch mehr Kasse machen.»

Zero zeigte Hender einen nach oben gestreckten Daumen. «Cool, Mann.»

Hender zeigte ihm alle zwölf Daumen. «Cool, Mann.»

«Parodien hat er wirklich drauf», sagte Thatcher.

Hender sah ihn an. «Wirklich drauf», wiederholte er und traf den Tonfall perfekt.

«Er kann alles», behauptete Andy.

Thatcher sah sich um und betrachtete die seltsame Dekoration an den Wänden. Die Gegenstände schienen geordnet zu sein nach den Schriften auf den Etiketten: Mandarin, Japanisch, Arabisch, Türkisch, Thai, Kyrillisch und Latein. «Abgesehen von unserem Müll, scheint er mit Kultur nicht viel im Sinn zu haben», stellte er fest.

«Ich glaube, wir Menschen sind sein Hobby.» Andy hatte seinen Becher geleert. «Er sammelt unseren Müll schon seit vielen, vielen Jahren.»

Thatcher setzte eine geringschätzige Miene auf. «Das tun auch Elstern. Und Hirtenmainas ahmen ebenso gut unsere Sprache nach.»

«Dr. Redmond», erwiderte Nell, «es kann kein Zweifel daran bestehen, dass dieses Lebewesen hochintelligent ist.»

«Oh, natürlich sollten wir berücksichtigen, dass Intelligenz eine Determinante sämtlicher Organismen sein könnte, mit denen wir es hier zu tun haben, Dr. Ducksworth. Dieses Lebewesen ist womöglich ebenso tödlich, wie wir es sind, was ich allerdings wirklich nicht hoffe.»

«Hender ist, was immer er sein mag, mit Sicherheit tödlich für Ihre Theorie, Thatcher», bemerkte Geoffrey. «Ihr perfektes Ökosystem scheint hier tatsächlich intelligentes Leben hervorgebracht zu haben, und zwar ein solches, das seine Umwelt nicht vernichtet. Hender ist der lebende Beweis dafür, dass Sie irren, alter Knabe. Den Nobelpreis werden Sie sich wohl von der Backe schmieren müssen.»

Thatchers Gesicht lief dunkelrot an. «Es gibt nicht den geringsten Beweis dafür, dass der da auch nur halbwegs so intelligent ist wie Menschen. Er –»

«Augenblick», unterbrach Zero. «Seht nur!»

Hender hielt einen Dorn, dessen Spitze angekokelt war, in der Hand und bekrickelte ein Stück Folie, die aussah wie die zerrissene Hülle eines Schokoladenriegels. Dann streckte er den Fetzen Sergeant Cane entgegen.

Cane gingen die Augen weit auf, als er das Wort «Signal» entzifferte und laut vorlas.

Henders Kopf wippte auf und ab, über sein Fell huschten kaleidoskopisch gemusterte Farben. Er zog den Fetzen aus Canes zitternder Hand, warf ein Auge darauf, während das andere den Soldaten im Blick behielt, und sagte: *«Sig-nal?»*

Cane fuhr vor Schreck zusammen.

Hender kam in Fahrt, nahm nun eine Muschelschale zur Hand und setzte den verkohlten Dorn an.

Dann warf er Nell die Muschel zu.

Auf deren Innenseite las sie das Wort «Cola».

Sie reichte die Muschel an Geoffrey weiter.

Merklich aufgeregt, deutete das Monstrum zuerst auf seinen, dann auf ihren und Canes Mund und schließlich auf die Muschel.

Nell nickte. «Cola», wiederholte sie.

Wieder schillerte sein Fell in sprühenden Farben, als Hender die Muschel zurücknahm und das von ihm geschriebene Wort laut aussprach. *«COLA.»*

Er streckte die Hinterbeine, richtete sich bis zur Kabinendecke auf und gab eine variantenreiche Folge hoher Laute von sich. Dann deutete er mit allen vier Händen auf unterschiedliche Gegenstände an den Wänden.

Nell lachte, als sie unter den Dingen, auf die Hender zeigte, einen Tampon erkannte. «Tampon!», riefen sie und Geoffrey gleichzeitig aus.

«Tampon!», echote Hender, der sichtlich Gefallen an dem Spiel hatte und nun auf die zerrissene Verpackung eines Kondoms aufmerksam machte.

Wie aus einem Munde riefen Nell, Geoffrey, Andy und Zero: «Präser!»

«Großartig.» Thatcher verdrehte die Augen. «Unser Müll hat diesem Insulaner offenbar unsere intimsten biologischen Merkmale enthüllt.»

Hender zeigte auf andere Gegenstände und ließ sie von seinen Gästen benennen: Kodak! Aspirin! Twix! Fanta! Nestle Quik! Wrigleys! Mars! Milky Way! Hansaplast! Hershey's! Nivea!»

Schließlich hob er die Hand, kniff die Augen zu und sagte: «Schtoop.»

Hender, so schloss Geoffrey, schien zu wissen, wie jeder Buchstabe des lateinischen Alphabets ausgesprochen wurde.

Der öffnete die Augen, blinzelte durch die dunkle Kabine und schüttelte zwei von der Decke herabhängende Glasgefäße, worauf es sofort ein wenig heller wurde. Mit der dritten Hand deutete er auf einen weiteren Gegenstand, bat sich mit der vierten Ruhe aus und ließ seine Stimme erklingen, die diesmal wie von einer Oboe ausgestoßen zu sein schien: *«Märesche – tiffkefrorren.»*

Den sechs Menschen verschlug es den Atem. Offenbar wendete das Monstrum eigene phonetische Regeln an; es war ausgeschlossen, dass er diese Worte irgendwann gehört hatte und nachzusprechen versuchte.

«Meeräsche, tiefgefroren», korrigierte Geoffrey.

Hender klimperte mit den Augen und ließ die Mundwinkel nach unten wandern. «Meeräsche?» Daraufhin hob er wieder eine Hand und machte die Augen zu. «Schtoop!»

Geoffrey korrigierte abermals: «Stopp.»

Das Monstrum sperrte die Augen auf, stemmte seine vier Hände in vier Hüften und rief, anscheinend irritiert: *«Stopp?»*

Alle nickten eifrig, bis auf Thatcher und Cane.

«Was soll der Schwachsinn?», maulte Thatcher. «Wir haben Wichtigeres –»

«SCHNAUZE!», brüllten Nell, Geoffrey, Zero und Andy wie aus einem Mund.

«Er lernt zu lesen», sagte Geoffrey. «Also halten Sie gefälligst Ihre Klappe, Thatcher!»

«Halten Sie gefälligst Ihre Klappe, Thatcher», flötete Hender, und es schien, als lächelte sein breiter Mund.

Mit hochrotem Gesicht und sichtlich verstört blickte der Zoologe von Hender auf Cane. Der Sergeant saß da wie versteinert und starrte vor sich hin.

«Er weiß nicht, was er sagt», knurrte Thatcher.

Das Ungetüm deutete auf ein Bord mit einer Reihe verschlossener Aluminiumdosen. *«Coo-ers, Bud-wii-zer, Fahn-tah, San-grii-ta.»*

«Ja. Coors, Budweiser, Fanta, Sangrita», bestätigte Nell und lächelte aufmunternd.

Cane kniff die Augen zu und griff nach seinem goldenen Kruzifix.

Hender hob alle vier Arme unter die Decke, beugte sich vor und sagte: *«Vor-sischt. Geh-fa-rrän-gutt. Im Nott-fall Flugt-lukke of-nän. Schif vä-lasen.»*

Geoffrey war hingerissen. «Ja! Vorsicht. Gefahrengut. Im Notfall Fluchtluke öffnen. Schiff verlassen.»

Hender gab kopfnickend zu verstehen, dass er die Korrekturen verstanden hatte. «Ja, Vorsicht, Gefahr. Flucht. Signal andere. Hender Signal.»

Geoffrey fiel die Kinnlade herunter.

«Er weiß genau, was er sagt», flüsterte Zero.

Nell beugte sich vor. «Andere? Wie viele?» Sie zählte langsam an den Fingern ab: «Eins, zwei, drei, vier –»

Hender nickte. «Vier andere.»

Thatcher ließ sich mit dem Rücken an die Kabinenwand zurückfallen, und seine düstere Miene verriet, dass er einen Entschluss gefasst hatte. Er warf einen Blick auf Cane, der, sein Kruzifix in der Hand, tonlos die Lippen bewegte.

Das Monstrum holte mit einer Hand aus, worauf alle unwillkürlich den Kopf eingezogen. Doch dann sahen sie, dass er ihnen bedeutete, ihm zu folgen. Er stieg durch eine der runden Öffnungen in der Rumpfwand und winkte sie zu sich.

«Er will uns was zeigen», sagte Andy.

«Zeigen!», zischte Hender und wackelte mit dem Kopf.

19:10 Uhr

Er führte sie über eine Art Spindeltreppe aus teils natürlichen, teils herausgehauenen Stufen durch den riesigen Stamm nach oben.

In die runde Wand waren Nischen eingelassen, gefüllt mit Glasgefäßen, die Hender im Vorbeigehen schüttelte, was die darin eingeschlossenen Insekten zum Leuchten brachte. Ihr grünes Licht traf auf eine Vielzahl weiterer Sammelstücke, mit denen der Hausherr die Wand offenbar schmücken wollte.

Vor einer brusthohen Nische hielt er an. Darin befand sich eine Kokosnuss, in deren Schale menschliche Gesichtszüge geschnitzt worden waren, ergänzt um ein paar schauerliche Merkmale der Anatomie Henders. Auf dem so gestalteten Kopf saß etwas schief eine scharlachrote Kappe. Daneben lag ein Taschenmesser mit elfenbeinernem Griff.

«Ein schönes Stück», sagte Nell und nahm das Messer aus Henders Hand entgegen. «Da ist ja ein Name eingraviert. Siehst du?», fragte sie Geoffrey.

Hender nahm ihr das Messer wieder ab und las laut vor: *«Stiii-wen FRRe-arrrs.»*

«Nicht zu fassen», flüsterte sie. «Stephen Frears?»

«Ja, okay», trällerte Hender.

«Was hat es damit auf sich, Nell?», fragte Geoffrey.

«Stephen Frears war der Name des Seemannes an

Bord der *Retribution*, der bei dem Versuch, Trinkwasser von der Insel zu holen, gestorben ist», antwortete sie.

«Hä?»

«So steht es im Schiffstagebuch von Captain Henders, der die Insel 1791 entdeckt hat.»

«Woher mag Hender wohl die Kokosnuss haben?», murmelte Zero.

«Wenn das da Frears' Kappe ist, hat Hender ihn vielleicht gesehen. Dann müsste er über 220 Jahre alt sein!»

«Sag ich doch», erwiderte Andy. «Ich glaube, er ist sogar noch älter.»

Hender stieß einen Pfiff aus und bedeutete seinen Gästen mit drei Händen, ihm zu folgen.

Sie kamen an einer weiteren Nische vorbei, in der sich eine zweite, mit Schnitzereien gestaltete Kokosnuss befand, auf der die Schirmmütze eines amerikanischen Offiziers aus der Zeit des Zweiten Weltkriegs saß. Darunter zeigte sich auf der Seite der Nussschale eine lange Furche, die mit rotem Farbstoff verschmiert war.

«Soll vielleicht der Pilot der B-29 sein», meinte Zero.

Eilig folgten sie ihrem Gastgeber durch mehrere Räume, in die sie nur flüchtige Blicke werfen konnten, und stiegen über eine zweite Spindeltreppe weiter nach oben.

Auch hier waren Nischen in die Wand eingelassen. In einer steckte eine Kokosnuss ohne Gesicht; allerdings hatte sie Haare aus getrocknetem rotem Seetang und eine Baseballkappe der Mets auf dem Scheitel.

«He, das ist meine!», rief Nell. Sie hob die Kappe von der Nuss, setzte sie sich auf und lächelte Hender zu. «Die habe ich im StatLab liegenlassen.»

Hender reckte ihr seinen langen Hals entgegen. «Ja, Nell», krächzte er und versuchte, ihr Lächeln zu imitieren.

«Er hat mich beim Namen genannt!», flüsterte sie und sah Geoffrey an.

Unter der geschwungenen Decke hingen gläserne Schwimmer von Fischernetzen und Plastikbojen. Zahllose Fundstücke hingen dicht an dicht an der Wand, sodass kein Quadratzentimeter frei blieb. Im Licht frisch aufgeschreckter Würmer sahen sie hinter der nächsten Biegung die verwitterte Galionsfigur einer spanischen Gallone: eine in Holz geschnitzte Meerjungfrau, halb Mensch, halb Fisch.

«Ein veritables Müllmuseum», sinnierte Thatcher, als sie an einer Rettungsweste vorbeikamen, auf der in verwaschenen dunkelblauen Buchstaben der Name R.M.S. LUSITANIA geschrieben stand.

«Wunderbar!», frohlockte Zero und filmte, was das Zeug hielt.

Nell und Geoffrey tauschten Blicke. Beide wussten offenbar nicht, ob sie lachen oder weinen sollten. Er drückte ihre Hand.

In einem ebenen Gang passierten sie Exponate, die offenbar jüngeren Datums waren: Teile eines Geländefahrzeugs, einen Stahlhelm und sogar eine Action-Figur, die den Incredible Hulk darstellte.

Hender öffnete eine Tür. Sie betraten einen mächtigen Ast in der Baumkrone, der über den Klippenrand hinausragte. Unter ihnen hing, am Stamm des Baumes festgemacht, ein Gebilde, das aussah wie ein Wasserrad. Um seine Achse war ein aus grünen Fasern geflochtener dicker Strang gewickelt, der über eine Umlenkrolle auf den Ast führte. An dessen Ende baumelte ein großer Korb im Wind – 250 Meter über dem Meer.

«Das ist Henders Aufzug», erklärte Andy.

«Damit schafft er wohl seine Fundstücke vom Strand nach oben.»

«Müll», murrte Thatcher, «die Visitenkarte der Menschheit.»

«Ist es nicht viel zu gefährlich hier draußen?», fragte Zero und schaute sich nervös um.

«Keine Bange», antwortete Andy. «Der Baum sondert einen Stoff aus, der alles Ungeziefer vertreibt. Wir sind hier sicher.»

Nell lachte. «Ein Baum!», seufzte sie. «Es gibt also doch auch wirkliche Pflanzen auf der Insel.»

«Schade nur, dass er keine Blüten trägt, Nell», meinte Andy lächelnd.

«Ob er sich zusammen mit den anderen Arten entwickelt hat?» Geoffrey sah Hender behände auf einen der höheren Äste klettern, wo er seine Arme zu einem doppelten V ausstreckte und einen seelenvoll schwingenden Laut anstimmte, der, in der Resonanzkammer seines Schädelhöckers verstärkt, weit über die Insel hinausschallte.

Aus der Ferne antwortete ein Chor aus vier ähnlichen Hörnerklängen.

«Das haben wir schon einmal gehört», sagte Andy. «Weißt du noch, Nell?»

Tränen traten ihr in die Augen in Erinnerung an die schauerlichen Stimmen, die die Außenmikrofone des StatLab eingefangen hatten. «Ja …»

«Von seiner Sorte scheint's also noch vier weitere Exemplare zu geben», konstatierte Thatcher.

«Okay», sagte Geoffrey. «Wir müssen uns beraten. Sofort.»

19:23 Uhr

Hender führte sie zurück in den Rumpf der B-29, wo Andy ihm mit Gebärden klarmachte, dass er und seine Freunde sich für einen Moment zurückziehen wollten.

Hender nickte. Er zeigte in Richtung Bug und kehrte den Menschen diskret den Rücken, als sie sich auf den Weg ins Cockpit machten.

«Wir müssen sie retten», hob Nell an und schaute durch eins der provisorisch geflickten Fenster nach draußen. Die Pilotenkanzel ragte so weit über den Klippenrand hinaus, dass sie glaubte zu fliegen.

Cane hatte die Augen geschlossen und schien schlecht zu träumen. Er konnte es einfach nicht fassen, seinen Namen aus dem Mund eines Ungeheuers gehört zu haben, das einem Horrorfilm entstiegen zu sein schien. Und davon gab es offenbar noch weitere. Wie sollte das alles in das Bild passen, das er sich von der Welt gemacht hatte? Ein Ebenbild seines Schöpfers mochte er in diesem Monstrum weiß Gott nicht wiederzuerkennen. Stattdessen erkannte er darin eine andere Macht, eine schreckliche Macht, die auf seine Empfindsamkeiten offenbar keine Rücksicht zu nehmen gedachte und ein so scheußliches Spinnentier mit dem Anschein einer Seele ausgestattet hatte. Cane war überzeugt davon, die Nähe des Teufels zu spüren.

«Ich hatte die Insel schon abgeschrieben», sagte Geoffrey. «Aber jetzt scheint es, dass es hier tatsächlich intelligentes Leben gibt. Wer hätte das gedacht?»

«Wir müssen dem Präsidenten Meldung erstatten», sagte Andy. «Zum Einsatz nuklearer Waffen darf es auf keinen Fall kommen.»

«In der Tat.» Zero zeichnete das Gespräch mit beiden Kameras auf.

«Kommt, gehen wir zurück in den Hummer. Dort setzten wir uns über Funk mit der Basis in Verbindung.»

«Moment», sagte Thatcher und hob die Hand. «Die Militärs haben strikt verboten, dass wir irgendwelche Arten von der Insel wegschaffen.»

Nell machte aus ihrer Wut kein Hehl. «Soll das heißen, Sie schlagen vor, diese Lebewesen über die Klinge springen zu lassen?»

«Ich schlage gar nichts vor, sondern werfe lediglich eine Frage auf: Kann es angehen, dass wir diese Spezies schonen und Hunderte anderer in Gefahr bringen, Dr. Duckworth?»

«Ich höre wohl nicht richtig», erwiderte Nell. «Hender hat ein Bewusstsein. Er weiß um seine Vergangenheit und plant seine Zukunft. Er ist eine Person – wie Sie und ich.»

«Damit ist wahrhaftig keine Empfehlung ausgesprochen.» Thatcher schüttelte den Kopf und lachte verächtlich. «Im Gegenteil, wenn Sie recht haben, sind Hender und seine Artgenossen gefährlicher als eine Heuschreckenplage.»

«Nicht unbedingt», entgegnete Nell. «Im Unterschied zu Heuschrecken können sie sich so oder so verhalten. Sie haben die Wahl und können entscheiden.»

«Eben. Und darum sind sie – wie wir – schlimmer als Heuschrecken. Unsereins braucht nur ein paar wenige Entscheidungen zu treffen, und schon sind weltweit Verheerungen vorprogrammiert, die kein anderes Lebewesen zustande brächte. Wir hätten diese Insel nicht aufzusuchen brauchen, Dr. Duckworth, aber wir haben es getan und sehen uns jetzt gezwungen, alles Leben auf ihr auszulöschen.»

«Ersparen Sie uns Ihren Zynismus, Thatcher», sagte Geoffrey. «Wir sind nun einmal hier und tragen Verantwortung, verdammt.»

«Vor unserer Begegnung mit Hender haben Sie die Insel noch retten wollen», rief Nell dem Zoologen in Erinnerung.

Thatcher zeigte zornig mit dem Zeigefinger auf sie. «Und Sie wollten sie verstrahlen!», blaffte er und schaute sich um auf der Suche nach einem Verbündeten. «Kapieren Sie nicht, dass uns dieses Wesen weitaus gefährlicher werden könnte als alles andere auf dieser Insel, eben *weil* es intelligent ist? Mein Gott, dieser Planet hätte wahrhaftig großes Glück, wenn er eine intelligente Spezies auf Dauer verkraften könnte. Aber *zwei*?»

«Hender und seine Artgenossen scheinen im Einklang mit ihrer Umwelt zu leben, und das wer weiß wie lange schon», entgegnete Geoffrey. «Finden Sie sich damit ab, Thatcher, Ihre Theorie, wonach intelligentes Leben zwangsläufig im Widerspruch zur Natur steht, ist Humbug. Hender müsste Sie eines Besseren belehren. Vielleicht erleichtert es Sie zu hören, dass ich mit einer meiner eigenen Theorien hier auf der Insel ebenfalls Schiffbruch erlitten habe. Ich dachte, ein Ökosystem könnte ohne ein Mindestmaß an symbiotischer Kooperation nicht auskommen, geschweige denn alle anderen Systeme auf der Erde überdauern. Ich habe mich geirrt. Sehen auch Sie Ihren Irrtum ein, Thatcher. Willkommen in der wundervollen Welt der Wissenschaften.»

«Seltsam», sinnierte Nell, «ich dachte, auf dieser Insel meine These bestätigt zu sehen, dass Pflanzen, deren

Blütenstaub von Insekten verbreitet wird, in einem kleinen, isolierten Lebensraum extremen genetischen Veränderungen unterworfen wären. Dabei gibt es hier überhaupt keine Pflanzen, von diesem Baum mal abgesehen. Aber was haben wir stattdessen entdeckt? Nicht weniger als ein Wunder.»

Thatcher grinste verächtlich.

«Ich hatte auch so meine Vorstellungen», sagte Zero. «Ich dachte, eine so entlegene Insel müsste das Paradies sein. Von wegen –»

«Henders Island», resümierte Andy. «Der Ort, der alle Theorien über den Haufen wirft. Stimmt's, Thatcher?»

«Was wir mit dieser Insel anzustellen gedenken, unterstreicht nur, wie gefährlich es wäre, eine Ausnahme zugunsten dieser Spezies zu machen», beharrte Thatcher gereizt.

«Das hier ist kein Kapitel für Ihr neues Buch», knurrte Zero. «Es geht hier nicht darum, in irgendeinem blöden Wissenschaftlerstreit zu punkten. Wir müssen diese Jungs retten. Also los jetzt!»

«Es handelt sich um Personen!», sagte Andy.

«Nein!», platzte es aus Cane heraus, der aber sofort wieder still wurde, als er bemerkte, dass Hender ihn vom anderen Ende der Kabine aus beobachtete.

«Doch!», brüllte Andy.

Cane umklammerte den Schaft seines Sturmgewehrs.

«Entspannen Sie sich, Mann», riet Zero.

«Hören Sie, Thatcher.» Nell beugte sich vor. «Es kann wohl kein Zweifel daran bestehen, dass wir ohne unsere Intelligenz diese Insel nie gefunden hätten und nichts von alldem nötig gewesen wäre. Ich bedaure, dass sie zerstört werden muss. Aber andere intelligente Lebewesen vorsätzlich zu töten wäre Mord und ebenso verwerflich wie fahrlässig – mit der Konsequenz, dass Vertreter anderer Spezies dieser Insel das Festland erreichen. Es wäre Mord, weil sich Hender und seine Artgenossen offenbar aus freien Stücken dazu entschließen können, keine Monstren zu sein. So wie wir es können. Das sehen Sie doch auch so, oder?»

Thatcher musterte sie mit unverhohlener Abneigung. «Eine solche freie Entscheidung gebiert Heilige und Sünder, Dr. Duckworth, Pazifisten und Terroristen, Engel und Teufel. Das lässt sich nicht vorhersagen. Dieses Wesen und seinesgleichen aufs Festland zu bringen würde dem Verhängnis Tür und Tor öffnen.»

«Okay, wer ist dafür, dass wir sie retten?», fragte Zero und hob die Hand.

Nell, Geoffrey und Andy taten es ihm gleich. «Ja.»

Cane blickte durchs Fenster auf den Abendhimmel.

Alle anderen schauten auf Thatcher.

Hinter seiner Stirn schien es zu arbeiten. «Also gut», seufzte er schließlich resigniert und hob die Hand. «Ich beuge mich dem Mehrheitsvotum. Sergeant, sind Sie bereit? Wir sollten zum Wagen zurückkehren.» Er nahm Cane beim Arm und führte ihn zur Tür. «Wir müssen uns in der Basis melden und sagen, was wir gefunden haben.»

Geoffrey warf einen Blick auf seine Armbanduhr. «Uns bleiben noch zweiundzwanzigeinhalb Stunden. Melden Sie, dass wir sofort Vorkehrungen für den Abtransport dieser Lebewesen treffen müssen.»

Hender trat zur Seite, um die beiden passieren zu lassen. Andy folgte ihnen.

Kaum waren sie draußen, übergab sich Cane.

«Igitt.» Andy machte die Tür von innen zu und ging zu den anderen zurück.

«Igitt», sagte Hender.

19:29 Uhr

Thatcher klopfte Cane auf den Rücken und blickte nachdenklich hinaus auf das Gelände, über dem sich Dunkelheit ausbreitete. Aus dem violetten Feld unterhalb des Baumes wucherten seltsame Formen, die Wolken von Leuchtkäfern anlockten.

«Ich weiß nicht, was in diese jungen Leute gefahren ist», sagte der Zoologe. «Der Präsident hat doch ausdrücklich davor gewarnt, lebende Exemplare von der Insel zu schaffen. Wie geht es Ihnen, Sergeant?»

«Bestens», log Cane.

Thatcher half ihm über die Trittsteine zum Humvee, stieg als Erster ein und streckte die Hand aus, um ihn ins Fahrzeug zu ziehen. Doch Cane schlug sein Angebot aus, kletterte aus eigener Kraft auf den Fahrersitz und beeilte sich, die Tür zuzuschlagen. Bleich und schweißgebadet umklammerte er das Lenkrad, er senkte den Kopf und versuchte, tief durchzuatmen.

Thatcher blickte durch die Windschutzscheibe nach draußen. Gespenstergleich trieben Schwärme glühender Insekten über den Hang. Der Dschungel schimmerte dunkelviolett, und in der Schüsselsenke machte sich Nebel breit, aus dem das zentrale Felsmassiv wie eine Insel herausragte. «Ja, es ist schlimmer gekommen als befürchtet, Sergeant. Was die anderen vorhaben, ist Frevelei.» Er wandte sich Cane zu. «Ja, ein Frevel wider Gott.»

Cane hatte die Augen geschlossen und sein Kruzifix in die Hand genommen.

«Diese widerwärtigen Ausgeburten der Natur sind nicht dazu bestimmt, zusammen mit den Menschen auf der Erde zu leben.» Obwohl er Atheist war, hielt Thatcher unter den gegebenen Umständen einen solchen Ansatz für durchaus geeignet. «Warum wären sie sonst seit Anbeginn der Zeiten so weit von uns getrennt worden, Sergeant? Himmel, was in Gottes Namen sollen wir jetzt tun? Die Kollegen haben ernstlich vor, dieses Getier zu retten – weil es angeblich intelligent ist.»

Thatcher warf einen kurzen Blick auf den Soldaten und schaute wieder hinaus auf die leuchtenden Käferschwärme. Wie zu sich selbst sagte er: «Da hast du einen der renommiertesten Wissenschaftspreise gewonnen, und schon hören dir deine Kollegen nicht mehr zu.»

«Seit wann duzen wir uns? Und überhaupt: Hört man *Ihnen* etwa zu?», murrte Cane.

Thatcher lachte und starrte dann, in Gedanken versunken, auf den zwei Kilometer entfernten Stützpunkt der Armee. Ja, was hier passierte, war tatsächlich angetan, die in seinem Buch vertretene These zu widerlegen, ausgerechnet jetzt, da seine Karriere einen so fulminanten Aufschwung erfahren hatte. Der Umstand, dass er als Augenzeuge dabei war, als im ältesten Ökosystem des Planeten intelligentes Leben entdeckt wurde, würde als Sensation gehandelt werden. Was für eine Schmach! Das Redmond-Prinzip, wonach sich intelligentes Leben seiner Umwelt gegenüber zwangsläufig zerstörerisch verhält, wäre Makulatur. Sein Tetteridge Award hätte plötzlich keinen Wert mehr. Er würde ihm womöglich sogar aberkannt werden. Und die Hoffnung auf weitere Preise könnte er sich abschminken. Aber da war noch etwas anderes, eine irrationale Kraft, die auf ihn einwirkte, eine schon häufig erfahrene, tiefsitzende Versuchung, nämlich der unerschütterliche Glaube daran, immer *Glück* zu haben, was ihn gewissermaßen von Natur aus zum Gegner der Spielbank, sprich: der Welt machte. Es war ihm ein inneres Bedürfnis, alles auf eine Karte zu setzen.

Thatcher seufzte. «Ich wünschte, ich hätte all diese Preise gar nicht erst gewonnen, Sergeant. Vielleicht würden dann meine Kollegen auf mich hören.»

«Ich verstehe, Sir», entgegnete Cane mit tiefer, ernster Stimme.

Thatcher schüttelte den Kopf. «Diese *Viecher* sollen jetzt Teil unserer Gesellschaft werden, in unserer Nachbarschaft wohnen, auf dem Arbeitsmarkt mit uns konkurrieren, unsere Schulen besuchen, in unseren Krankenhäusern behandelt und auf unseren Friedhöfen bestattet werden. Wie wollen Sie das Ihren Kindern erklären? Diese Monstren sind uns körperlich überlegen, vielleicht sogar geistig. Wahrscheinlich werden sie sich sehr viel rascher fortpflanzen können als wir. Wir müssten ihnen das Feld überlassen. Welche Order haben Sie, Sergeant? Nicht, dass ich mich in militärische Angelegenheiten einmischen möchte, aber was, wenn Sie jemanden erwischten bei dem Versuch, ein lebendes Tier von dieser Insel zu schaffen?»

«Ich müsste einen solchen Versuch unterbinden, notfalls mit Waffengewalt, Sir.»

«Na bitte. Sagen Sie mir, Sergeant, rein hypothetisch – angenommen, Sie wären zur rechten Zeit am richtigen Ort und könnten Leben retten, was Ihnen aber abverlangen würde, sich Ihren Befehlen zu widersetzen.

Wie würden Sie entscheiden? Gehorchen Sie Befehlen, egal, welche Konsequenzen für die Menschen daraus erwachsen?»

«Hypothetisch? Oder wie jetzt?»

«Was, wenn Sie dem Stützpunkt melden, dass wir Proben sammeln, aber nicht erwähnen würden, was wir gefunden haben? Wir haben jetzt halb acht. Wären Sie damit einverstanden, wenn wir uns um neun treffen, da unten, außer Sichtweite?»

Thatcher deutete auf eine Stelle rund dreißig Schritt unterhalb von Henders Behausung, auf einen kleinen Vorsprung im Hang, der aussah, als könnten sich darunter die Reste einer Tragfläche der B-29 verbergen, längst überwuchert und zersetzt von Klee.

«Und was dann, Sir?», fragte Cane.

«Dann könnten wir einfach wegfahren, Sergeant.»

«Wie bitte?»

Thatcher zuckte mit den Achseln. «Ohne Fahrzeug kommen sie nicht weit. Natürlich müsste ich sicherstellen, dass sie keine Möglichkeit haben, mit dem Stützpunkt in Verbindung zu treten.»

«Das wäre Mord, Sir.»

«Diese Monstren von der Insel zu schaffen wäre Massenmord, Sergeant. An der gesamten Menschheit.»

Nach längerem Schweigen fragte Cane: «Und was mache ich in der Zwischenzeit?»

«Sie fahren in der Gegend rum und sind dann pünktlich um neun zur Stelle.»

«Wie erklären wir das?»

«Wir sagen, beim Sammeln von Proben angegriffen worden zu sein und dass es die anderen nicht geschafft hätten. Sie hätten, verrückt wie sie sind, darauf bestanden, das Fahrzeug zu verlassen. So etwas ist heute doch tatsächlich schon passiert, oder? Wir haben noch gar nicht gemeldet, was mit Dr. Cato geschehen ist. Wir sagen, dass sie alle draufgegangen sind. Und in weniger als achtundvierzig Stunden wird die ganze Insel verstrahlt sein. Damit hätte sich auch dieses Problem erledigt.»

Cane starrte eine Weile vor sich hin. Dann drehte er den Zündschlüssel. «Wir treffen uns um Punkt einundzwanzig Uhr, Sir», sagte er. Er vermied es, Thatcher in die Augen zu blicken.

Thatcher stieg aus. Als der Humvee davongerollt war, hörte er die Geräusche des fernen Dschungels.

Aus der Tiefe flog ein schwach glimmender Schwarm herbei.

Er drehte sich um und rannte stolpernd los.

19:33 Uhr

Thatcher platzte herein und schlug die Tür hinter sich zu.

Copepod knurrte ihn an.

«Nicht gut, Thatcher.» Henders Stimme ließ ihn vor Schreck zusammenfahren.

«Finde ich auch», meinte Nell. «Was haben sie gesagt, Thatcher.»

«Rufen Sie bitte den Hund zurück», sagte der Zoologe.

Hender stieß einen Pfiff aus, worauf Copepod zu ihm gelaufen kam. Thatcher blieb eine Antwort auf Nells Frage schuldig und sah zu, wie Hender den Hund mit zwei rechten Händen streichelte.

«Was haben sie gesagt, Thatcher?», verlangte jetzt auch Geoffrey zu wissen.

«Die Funkverbindung ist gestört. Vielleicht liegt's

an den seismischen Aktivitäten», antwortete Thatcher. «Cane fährt jetzt ein Stück näher an den Stützpunkt heran, um es noch einmal zu versuchen.»

«Der Kerl macht sich vor Angst doch fast in die Hose», sagte Zero.

«Sie hätten mit ihm fahren und sicherstellen sollen, dass unsere Meldung den Präsidenten erreicht», sagte Nell ärgerlich.

«Ich habe ihm aufgeschrieben, was er melden soll», entgegnete Thatcher. «Er meinte, dass er's auch allein schafft.»

Ein heftiger Erdstoß brachte den Boden unter ihren Füßen ins Wanken.

«Aye-yai-yai-yiisch», trällerte Hender.

«So ein Mist», sagte Geoffrey und suchte nach einer Möglichkeit, sich festzuhalten. Als er Nell sah, fiel ihm auf, dass ihre Miene sich verdüstert hatte.

Die Kuriositäten, die von der Decke herabhingen, schaukelten heftig hin und her.

«Die Beben werden schlimmer», sagte Andy. «Die Hendros machen sich deswegen große Sorgen.»

«Hendros?», fragte Thatcher nach.

«Ich nenne sie so», antwortete Andy. «Kurz für Hendropoden.»

Nell schaute auf die Uhr. «Ich hoffe, Cane beeilt sich. Uns bleibt nicht viel Zeit, und es sind noch jede Menge Vorbereitungen zu treffen, um die Hendros von der Insel bringen zu können.»

«Es wird schon irgendwie klappen», meinte Geoffrey und warf einen prüfenden Blick auf Thatcher.

19:54 Uhr

Acht Minuten später fragte Andy zum fünfzehnten Mal: «Wo ist unser Fahrer, Thatcher?»

Er und Hender saßen auf dem Boden und spielten mit einem blauen Plastikball, den sie zwischen sich hin und her hüpfen ließen.

«Wie soll ich das wissen?», wiederholte Thatcher und blickte wieder auf die Uhr.

«Vielleicht stellen sie einen Konvoi zusammen.» Geoffrey staunte über den Koloss, seine beweglichen Arme, seinen Humor und die spielerische Interaktion mit Andy.

«Wahrscheinlich wird es hier demnächst von Militär nur so wimmeln», sagte Zero.

«Könnt ihr euch vorstellen, wie sie in der Basis reagieren werden, wenn sie hören, was Sache ist?», fragte Nell.

Zero kicherte. «Ja, es wird sie vom Hocker reißen.»

«Wir müssen uns überlegen, wie wir am besten vorgehen sollen. Andy, ich schlage vor, du kümmerst dich um Hender.»

«Klär das lieber mit den Typen von der Army, Nell», entgegnete Andy und pritschte Hender den Ball zu. «Ich traue denen nicht.»

«Hoffentlich kommen sie bald», sagte Geoffrey.

Zero zuckte mit den Schultern. «Uns bleibt nichts anderes übrig, als zu warten.»

«Noch viel länger können wir nicht warten», warnte Nell.

Im Vergleich zu Andy stellte sich Hender sehr viel geschickter an und parierte jeden Ball mit zielgenauen Volleys, wenn nötig, mit Hilfe der fünften oder sechsten Hand. Copepod sprang aufgeregt hechelnd hin und her und versuchte mitzuspielen.

Wenn Hender alle Sechse von sich streckte, sah er tatsächlich aus wie eine Spinne. Im Sitzen aber wölbte sich in seiner Mitte ein stattlicher Bauch, auf dem er gern seine verschränkten Oberarme ablegte. In dieser Pose wirkte er wie eine Kreuzung zwischen Buddha und Vishnu, und dann schillerten auf seinem strahlend weißen Fell breite rosa- und smaragdfarbene Ringe.

Nell und Geoffrey hatten sichtlich Vergnügen am Ballspiel der beiden und nahmen lachend neben Andy auf dem Boden Platz.

«Ich schätze, dass es eine Art von Henders Island schon geschafft hat, auszuwandern», spekulierte Geoffrey.

«Lass mich raten», sagte Andy. «Stomatopoden?» Sein Return kam so ungenau, dass Hender all seine Schnellkraft und Geschicklichkeit aufbieten musste, um den Ball abzufangen.

«Richtig. Fangschreckenkrebse. Ist dir der Gedanke auch schon bekommen?»

«Wer, glaubst du wohl, hat den NASA-Rover überfallen? Nicht weniger als fünfunddreißig solcher Gliederfüßer. Sie waren riesengroß und stiegen aus dem See.»

«O Mann», sagte Geoffrey. «Schade, dass Angel nicht hier ist.»

«Angel?», fragte Nell.

«Der Kollege, mit dem ich das Büro teile. Angel Echevarria. Spezialisiert auf Stomatopoden. In einer Einspielung von *SeaLife* ist ihm ein Tier aufgefallen, das mit einem Fangschreckenkrebs verwandt sein könnte. Auch Hender hat eine gewisse Ähnlichkeit, vor allem dann, wenn er seine Oberarme verschränkt. Und seine Augen.»

«Glaubst du, der Fangschreckenkrebs könnte sich hier entwickelt haben?», fragte Nell.

«Stomatopoden gibt es erst seit rund zweihundert Millionen Jahren», gab Andy zu bedenken. «Diese Insel war schon vorher isoliert.»

«Stimmt», erwiderte Geoffrey, «aber der Südpazifik ist wahrscheinlich die Heimat der ersten Fangschreckenkrebse. Hier in diesem höchst umkämpften Ökosystem haben sie dann wohl auch ihre ureigensten Merkmale ausgebildet, bevor sie sich über alle Welt weiterverbreitet und den jeweils neuen Lebensbedingungen angepasst haben.»

«Ja, vielleicht.» Andy verfehlte den Ball, der ihm zugespielt wurde.

«Wollen Sie damit sagen, dass sich dieses Monstrum aus einem Fangschreckenkrebs entwickelt hat?» Thatcher hatte dem Gespräch bislang schweigend zugehört und immer wieder auf seine Armbanduhr geblickt.

«Nein, natürlich nicht», antwortete Geoffrey. «Wir haben uns schließlich auch nicht aus einem Klammeraffen entwickelt, aber es könnte einen gemeinsamen Vorfahren geben.»

«Er sieht aber gar nicht aus wie ein Krustentier», sagte Thatcher.

«Die Evolution der Krustentiere ist ähnlich verlaufen wie die der Echsen und Säugetiere», entgegnete Geoffrey. «Ihr Exoskelett ist geschrumpft und wurde dann von einer wasserdichten Hornhaut überzogen, um sich vor Dehydration zu schützen. Eine vergleichbare Entwicklung haben Reptilien, Vögel und auch wir vollzogen.»

«Vor Jahrmillionen hatten Tintenfische noch eine schneckenartige Außenschale, die sich im Laufe der Zeit zurückgebildet und nach innen verlagert hat», erklärte Andy.

«Durchaus möglich, dass dieselben Gene, die dafür verantwortlich waren, auch in diesem Zweig der Evolution zum Tragen gekommen sind.»

«Mir gefällt, wie Sie argumentieren, Dr. Binswanger», sagte Nell. Er lächelte.

Hender tippte ungeduldig auf Andys Knie, bis dieser schließlich den Ball wieder ins Spiel brachte.

«Das ist absurd.» Thatcher schüttelte den Kopf. «Hummerarten sind viel primitiver als Stomatopoden und gelten als deren Vorfahren. Was Sie sagen, würde bedeuten, dass alle Arthropoden auf Henders Island ihren Ursprung hatten.»

«Ha!», rief Andy. «Stomatopoden und Fangschreckenkrebse zählen zwar zu den höheren Krebsarten, zugegeben, sind aber verschiedenen Unterklassen zuzuordnen. Abgesehen von Schram, der beide auf primitivere Krebsarten zurückführt, halten fast alle Experten eine solche zusätzliche Verästelung des Stammbaumes für unnötig. Und niemand, wirklich niemand, würde behaupten, dass Stomatopoden von Hummerarten abstammen, Dr. Preisträger.»

«Na schön, vielleicht ist meine Klassifikation der Crustaceen ein bisschen veraltet.» Thatchers Gesicht war fast so rot wie sein Schnurrbart geworden. «Aber zu behaupten, dass sich alle Arthropoden hier entwickelt haben, ist doch nun wirklich an den Haaren herbeigezogen.»

«Das behauptet ja auch keiner», entgegnete Geoffrey gelassen. «Es wäre aber denkbar.»

«Henders Island wird über die längste Zeit der Geschichte sehr viel größer gewesen sein», sagte Nell. «Wer weiß, womöglich hat es hier früher eine hochentwickelte

Zivilisation gegeben, geschaffen von Vorfahren unseres Gastgebers.»

Zero nahm mit seiner Kamera alles auf, bis er ein rotes Licht blinken sah. «Fuck», sagte er und beeilte sich, den Speicherstick zu wechseln.

«Fuck, fuck, fuck!», skandierte Hender.

«Bring ihm nicht solche Wörter bei, Zero», schimpfte Nell.

«Verzeihung.» Zero brachte die frisch geladene Kamera in Anschlag.

«Mir ist immer noch nicht klar, worauf Sie hinauswollen», sagte Thatcher und warf wieder einen Blick auf die Uhr.

«Der Fangschreckenkrebs ist das mit Abstand am höchsten entwickelte Krustentier auf der Erde. Er könnte sich unabhängig von anderen Arten auf diesem Teil von Pannotia entwickelt haben, bevor es dann vor rund zweihundert Millionen Jahren auch andere Lebensräume für sich erobern konnte. Verlassen Sie doch mal Ihre Schublade, Thatcher.» Geoffrey lächelte Nell zu.

«Das ist der Fluch des Menschen.» Thatcher schürzte unter seinem dichten Schnauzbart die Lippen. «Schubladen, die viele gern zu verlassen versuchen, sind die natürliche Ordnung, Dr. Binswanger.»

«Ich meine die Schublade konventionellen Denkens, Dr. Redmond», entgegnete Geoffrey.

«Was wir rational nennen, ist Wahnsinn. Alle Versuche, in die Natur einzugreifen, führen unausweichlich zur Neuorchestrierung einer Symphonie, die schon vor Millionen von Jahren komponiert und arrangiert wurde.»

«Henders Biografie beweist, dass Sie falschliegen», widersprach Geoffrey.

Thatcher kniff die Brauen zusammen. «Es gibt wahrscheinlich nur eine Handvoll seinesgleichen. Wie können Sie vorhersehen, was wäre, wenn es Millionen von ihnen gäbe?»

«Können Sie das denn?»

«Augenblick», ging Nell dazwischen. «Ich habe da ein kleines Problem. Soll das heißen, mein Leib- und Magengericht, der Hummer, hätte sich hier auf Henders Island entwickelt?»

Geoffrey nickte. «Ja, im Zuge einer ersten Migrationswelle, als diese Insel noch Teil eines Subkontinents war.»

Sie lächelte. «Wie ist es dann möglich, dass ihnen der Umstand, allein und in Isolation zu leben, zu einer so hohen Lebenserwartung verholfen hat? Das behaupten Sie ja, Dr. Binswanger, und ich muss sagen, dass mir Ihre Art zu denken gefällt.» Nells kastanienbraunes Haar war zerzaust und ihr Hemd immer noch feucht von der prophylaktischen Berieselung mit Salzwasser. Geoffrey spürte, wie sich sein Puls beschleunigte, als sie vornübergebeugt in seine Augen schaute und allem Anschein nach an ihm bewunderte, was andere kaum zur Kenntnis nahmen.

Thatcher blickte wieder auf seine Uhr und knabberte nervös an den letzten Erdnüssen, die er in Tasche Nummer vier gefunden hatte.

Andy schnappte den Ball aus der Luft und wandte sich Geoffrey zu. «Ach ja, fast hätte ich's vergessen. Hender sammelt auch Fossilien.»

«Was?», staunte Geoffrey. Ihm war sofort klar, dass Fossilien von Henders Island eine wissenschaftliche Sensation sein würden.

«Tatsache.» Andy grinste. «Und wenn mich nicht alles

täuscht, sind darunter auch versteinerte Biota aus präkambrischer Zeit.»

«Bei Grabungen rund um den Armeestützpunkt sind ebenfalls Fossilien gefunden worden, aber nichts, was hätte identifiziert werden können», sagte Nell.

«Dann wollen wir doch mal einen Blick darauf werfen. Unser Fahrer – ähm – scheint ja wohl noch eine Weile zu brauchen, nicht wahr, Thatcher?»

«Vielleicht wird gerade ein Rettungstrupp mobilisiert», sagte Thatcher.

«Ich hoffe, Sie haben recht.» Zero musterte den Zoologen mit scharfem Blick.

«Wo sind die Fossilien?», fragte Geoffrey. «Die müssten wir natürlich mitnehmen.»

«Hender», sagte Andy. «Die *Fossilien*?»

Hender nickte und langte unter eine Ablage, die aus den Planken eines Schiffs zusammengebaut war. Mit allen Armen zog er vier flache sechseckige Körbe aus geflochtenen Ranken darunter hervor, drehte sich dann wie ein Kran um die eigene Achse und stellte sie auf dem Boden ab.

Geoffrey und Nell gingen davor in die Hocke.

Auch Thatcher konnte nicht widerstehen und spähte ihnen über die Schultern.

«Versteinerte Weichtiere», flüsterte Geoffrey.

«Und jedes Detail ist zu sehen. Phantastisch», murmelte Nell. Ihr erster Blick fiel auf einen rötlichen, federartigen Wurm mit Augen oder Fühlern, ähnlich den Hörnern einer Schnecke.

«Die scheinen noch älter zu sein als die Funde am Burgess-Pass», bemerkte Geoffrey. «Ich tippe auf eine Zeit zu Beginn der Kambrischen Explosion –»

«Seht nur! Eine primitive Variante der Wiwaxia. Und könnte das da womöglich eine Hallucigenia sein?» Nell deutete zuerst auf einen rötlichen Stein mit dem Abdruck eines halbkugeligen Stacheltieres, dann auf eine olivenfarbene, silbrig schimmernde Schieferplatte, in der ein winziger Wurm mit Stacheln lag.

«Vielleicht handelt es sich nur um juvenile Exemplare einer jüngeren Art», meinte Thatcher.

Nell hob die Schieferplatte an und brachte darunter einen Stein zum Vorschein, der vor rund sechshundert Millionen Jahren phantastische Lebewesen in sich eingeschlossen hatte.

«Nein», widersprach Geoffrey. «Das sind adulte Formen, primitiver als alles, was mir an kambrischen Fossilien je zu Gesicht gekommen ist. Man beachte den symmetrischen Aufbau.»

«Schaut euch das an!», staunte Nell. «Sieht aus wie gesteppter Seetang … mein Gott, das könnten die Missing Links zwischen Ediacarium und Kambrium sein.»

«Ja, aus der Zeit vor der kambrischen Explosion, ehe sich das Leben in unserer und dieser Welt hier verzweigt hat.»

Zero nahm alles mit der Kamera auf. «Damit mach ich Kasse, Leute. Um mich braucht sich keiner mehr Sorgen zu machen.»

«Fossilien», sagte Hender stolz.

«Ja, Hender», erwiderte Nell und streckte ihre Hand aus.

Hender nahm sie mit vier sanften Händen entgegen. Die sechs «Pupillen» seiner Augen waren auf sie gerichtet. «Okay, Nell», summte er.

Nell nickte und lachte. «Das kannst du laut sagen, Hender.»

«Packen wir alles zusammen», sagte Andy. «Er hat noch mehr davon, in kleineren Körben, überall.»

«Sagenhaft.» Zero blinzelte mit einem Auge schwärmerisch gen Himmel. «Mit dem, was ich im Kasten habe, kann ich mich auf den Fidschi-Inseln zur Ruhe setzen.» Er lachte. «Nicht, dass ich darauf scharf wäre.»

«Nein? Worauf dann?» Nell nahm ihm die Kamera aus der Hand und richtete sie auf ihn.

«Nun ja.» Zero schmunzelte verlegen ins Objektiv. «Vielleicht segle ich um die Welt und drehe Dokumentarfilme. Möglich, dass ich sogar ein Buch schreibe.»

«Großartig.»

«Ich glaube, wir können nach dem, was wir hier erlebt haben, alle ein Buch schreiben», lachte Geoffrey, als Nell die Kamera auf ihn einschwenkte.

«Und vielleicht kriegen wir alle einen Tetteridge Award», meinte Andy. «Was halten Sie davon, Thatcher?»

Nell zoomte auf den Zoologen.

Geoffrey grinste. «Wahrscheinlich wird's einen Kinofilm über uns geben. Ich frage mich, wer meine Rolle übernimmt.»

«Tom Cruise, wer sonst?», murmelte Thatcher.

«Sehr komisch. Cruise als Schwarzer. Wär mal was Neues.»

«Ich bin schon gespannt auf das Buch, das Hender schreiben wird.» Nell filmte wieder den Gastgeber.

«Dafür bekommt er bestimmt den Nobelpreis», sagte Andy.

Hender machte Andy auf sich aufmerksam und zeigte in Richtung Cockpit.

«Er will einen Augenblick allein sein», übersetzte Andy. Hender stieg in die Pilotenkanzel und schaute durch das Fenster hinaus aufs Meer, über das er im Laufe seines langen Lebens manchmal weit draußen in der Ferne Schiffe der Menschen hatte segeln sehen.

Nell gab Zero die Kamera zurück.

Geoffrey fiel plötzlich ein Signalbuch aus dem Zweiten Weltkrieg ins Auge, das neben ihm auf dem Boden lag. Aufgeschlagen war eine Seite mit dem Morsealphabet. Er machte Nell darauf aufmerksam.

«Andy?», sagte sie.

«Ja?»

«Kannst du morsen?»

«Nein. Die Pfadfinder wollten mich nicht.»

«Wir haben hier auch gar nicht die Möglichkeit, mit dem Stützpunkt Kontakt aufzunehmen», gab Zero zu bedenken.

Nell hob das Buch auf. «Es scheint, Hender hat das Wort für Hilferuf oder Notfall herausgefunden und mit dem SOS-Zeichen in Verbindung gebracht.»

«Augenblick mal, soll das heißen, *Hender* hat uns gerufen?», fragte Geoffrey.

«Unmöglich», sagte Thatcher.

«Hender hat also auch den EPIRB aktiviert», hauchte Nell. Ihre Augen glühten vor Erregung.

«Irre!», platzte es aus Zero heraus.

«Ja, natürlich, so muss es gewesen sein», sagte Andy.

«Wovon redet ihr?», wollte Geoffrey wissen.

«Von dem Signal der Notfunkbake, das die *SeaLife*-Crew hierhergelockt hat», erklärte Nell. «Könnte sein, dass sich Hender wegen der Erdbeben zunehmend Sorgen macht. Vielleicht hat er in der angespülten Yacht die

Bake gefunden, die Beschriftung entziffert und den Notruf ausgelöst.»

«Ja, genau!», sagte Zero.

«‹Hilfe›, rief die Spinne der Fliege zu», höhnte Thatcher.

Aus einem dunklen Winkel trat plötzlich eine Gestalt in Erscheinung. Nell schreckte auf. Einer von Henders Artgenossen blinzelte vorsichtig um die Ecke. Auf seinem weißen Fell schillerten blaue und rote Muster, als er in das grünliche Licht der Kabine hinaustrat.

Thatcher hielt die Luft an und wich unwillkürlich einen Schritt zurück.

Hinter der ersten Gestalt tauchte eine weitere auf, dann eine dritte und vierte, eine jede mit einzigartiger Farbmusterung. Auf dem Rücken und in den Händen trugen sie Taschen, Beutel und Bündel, gefüllt mit allem möglichen Kram.

Die vier Neuankömmlinge näherten sich den Menschen – die einen auf vier, andere sogar auf allen sechs Gliedern –, ehrerbietig, wie es schien, wie gegenüber Göttern.

Hender kam, um sie zu begrüßen, entschuldigte sich bei Andy mit demselben Handzeichen, das er kurz zuvor gegeben hatte, und führte die vier nach vorn ins Cockpit, wo sie sich flüsternd und leise summend miteinander berieten.

Es war inzwischen dunkel geworden. Nur das Licht von Mond und Sternen fiel durch die Fenster im Cockpit der B-29, das über die Klippen hinausragte. Die Spinnenwesen waren nur in Umrissen zu erkennen. Sie wirkten ein wenig unheimlich, drehten sich immer wieder um und warfen verstohlene Blicke zurück.

Hender schüttelte mehrere Gläser, um Licht zu machen. Die anderen taten es ihm gleich, winkten den Menschen freundlich zu und setzten ihr Gespräch fort.

Nells Herz schlug heftig. In Anbetracht dieser Sonderlinge, deren Art den Menschen womöglich Millionen von Jahren vorausgegangen sein mochte, fühlte sie sich selbst eigentümlich fremd. «Eine intelligente Spezies», flüsterte sie.

«Jeder scheint einen anderen Dialekt zu sprechen», sagte Geoffrey leise.

Sie nickte. «Vielleicht ist Hender deshalb so sprachbegabt.»

«Offenbar doch um einiges cleverer, als Sie dachten, nicht wahr, Thatcher?», hänselte Andy.

Thatcher rührte keine Miene. «Durchaus.»

«Wieso sprechen sie unterschiedliche Dialekte?»

«Weil sie sehr, sehr alt sind, vielleicht», meinte Nell.

«Das müssten Sie mir näher erklären», sagte Geoffrey.

«Vielleicht ist jeder von ihnen der letzte überlebende Vertreter einer eigenen Kultur oder ethnischen Gruppe. Sie haben alle eine ganz andere Fellzeichnung.»

«Wie gesagt, sie sind in der Tat unglaublich alt», bestätigte Andy.

Geoffrey überdachte seine eigene Hypothese zum Thema Lebenserwartung und betrachtete die fremden Silhouetten vor dem vom Mond beschienenen Fenster der siebzig Jahre alten Maschine. Die Streitgespräche, die er veranstaltete, kamen ihm plötzlich überaus zahm vor. «Womöglich bemisst sich ihre Lebensspanne nicht nach Dauer.»

«Hä? Das müssten Sie wiederum mir näher erklären», sagte Nell.

«Den Hendros stehen Tunnelgänge zur Verfügung, wahrscheinlich fossile Wurzelkanäle, die rund um den Rand der Insel verlaufen und die riesigen Bäume miteinander verbinden», sagte Andy.

«Wie viele gibt es davon?», wollte Geoffrey wissen.

«Sechs oder sieben, glaube ich. Jedenfalls bewohnt jeder seinen eigenen Baum. Der bunte Vogel da ist ein Maler. Der schwarz-blau Gestreifte scheint eine Art Erfinder zu sein; er baut Fallen und Waffen und dergleichen. Der mit dem orangefarbenen Fell ist Musiker, und der Grünblaue ein Arzt, wenn mich nicht alles täuscht.»

Nell sah, dass die Farbmuster jedes Einzelnen zu schillern anfingen, als Andy auf sie zeigte. «Woher weißt du das?»

«Ich war zu Gast auf einer Dinnerparty im Baum des Arztes. Nach dem Essen wurde eine Art Tauschhandel vollzogen. Hender hatte diverses Strandgut im Angebot.»

«Mann, wie *cool*», sagte Zero.

«Sieht so aus, als hätten die Hendros einen Entschluss gefasst», bemerkte Thatcher mit saurer Miene.

Hender führte seine Artgenossen zurück in die Kabine und streckte zwei Arme aus. «Hender jetzt Menschen fressen», trällerte er.

Thatcher erstarrte.

Hender hob einen Finger. «Scherz», fügte er hinzu.

«Das Wort habe ich ihm beigebracht.» Andy lachte. «Keine Panik, Thatcher.»

«Scherz, Thatcher.» Hender nickte zustimmend.

«Der hat das Zeug für eine steile Karriere in *The Tonight Show*», meinte Geoffrey.

Die Hendros hörten die Menschen laut lachen und schauten einander verwundert an.

20:42 Uhr

So fremd und ungewöhnlich sie auch wirkten, waren die Hendros doch auf sonderbare Weise schön. Sie bewegten sich recht anmutig auf zwei, vier oder sechs Gliedern, zu Fuß am Boden oder unter der Decke von einem Haltegriff zum nächsten pendelnd. Und es schien, als habe jeder einzelne eine ganz eigene Art der Fortbewegung für sich entwickelt. Auch in ihrer Fellzeichnung unterschieden sie sich deutlich voneinander – nicht so wie unterschiedliche Katzenarten etwa, sondern eher wie Menschen, die sich anders kleiden. Jeder pflegte offenbar seinen eigenen Stil, und auch darin waren sie den Menschen ähnlich, die wie sonst kein anderes Tier die Wahl hatten, aufrecht zu gehen oder zu kriechen, zu schwimmen oder am Fallschirm durch die Luft zu fliegen, sich so oder so zu bewegen.

«Sehen andere.» Henders Stimme klang wie ein Holzblasinstrument. «Danke danke danke. Notausstieg. *Gefahr!*»

«Ja, Hender, Gefahr», bestätigte Geoffrey. Er zeigte auf sich und dann auf die Tür. «Wenn die anderen kommen, Notausstieg. Okay?»

Hender lächelte und entblößte im Ober- und Unterkiefer jeweils drei breite Zähne. Er nickte entschieden. «Ja, Gefahr! Notausstieg. Danke, okay, Geoffrey.»

«Enorm, wie gut Sie sich mit ihm verstehen», staunte Nell.

«Hender kennt nur den Infinitiv von Verben und verwendet ausschließlich Hauptwörter, gelesen auf Bildern, Etiketten oder Warnhinweisen, die so gestaltet sind, dass man sie auf Anhieb versteht.»

«Wer hätte gedacht, dass solche Warnhinweise jemals eine Art Rosetta-Stein sein könnten?»

Thatcher starrte vor sich hin und sagte plötzlich: «Mir ist immer noch nicht klar, wie sie sich hier entwickeln konnten.»

«Ganz einfach», erwiderte Andy. «Sie verschwinden.»

Nell krauste die Stirn.

«Ich glaube, ihr Fell ist fotosensibel. Sie können Licht, das von vorn oder hinten auf sie fällt, auf der anderen Seite reflektieren. He, Hender, verschwinde! Keine Sorge, er macht so was gern, weil er weiß, dass er mir damit einen Riesenschreck einjagen kann.»

Schmunzelnd plusterte Hender sein Fell – und war plötzlich durchsichtig. Die anderen sahen nur noch sein Grinsen und die beiden Augen.

«Gütiger Himmel!», murmelte Thatcher.

«Die Grinsekatze gibt's also wirklich!»

Die anderen Hendropoden folgten dem Beispiel und verschwanden bis auf die strahlenden Augen und ihr Lachen.

«Nicht zu fassen», kicherte Zero und filmte.

«Dank dieser Gabe haben sie sich in dieser feindlichen Umwelt schützen können und Zeit gefunden, Intelligenz zu entwickeln», spekulierte Nell.

«Ja, es ist ihnen offenbar gelungen, sich aus dieser verrückten Nahrungskette auszuklinken.»

Geoffrey schien ein Licht aufzugehen. «Das ist es! Für die anderen Arten hier auf der Insel gab es nie die Chance, über längere Zeit am Leben zu bleiben, weshalb sich bei ihnen wahrscheinlich keine biologische Uhr entwickelt hat. Als den Hendros dann aber die Fähigkeit zufiel, sich bei Gefahr scheinbar in Luft aufzulösen ...» Sichtlich aufgeregt, wandte er sich zu Nell um. «Womöglich sind sie unsterblich. Nachkommen zu zeugen wäre damit nicht mehr nötig. Und intelligente Lebewesen würden auf einer so kleinen Insel ohnehin darauf achten, dass ihre Anzahl begrenzt bleibt, zumal das Risiko der Inzucht viel zu hoch wäre. Je länger also jede Generation lebt, desto geringer ist die Gefahr genetischer Korruption. An ein solches Szenario habe ich noch nie gedacht.»

«Klingt plausibel. Mein Gott, die Hendros sind also vielleicht tatsächlich unsterblich», flüsterte Nell.

«Hier im Dschungel gibt es auch eine Affenart, die sich in Luft auflösen kann», sagte Andy. «Quentin und ich haben sie Shrimpansen genannt. Hender kann sie nicht leiden, weil sie ihm seine Fallen plündern.»

«Diese Art zu bewahren wäre wohl, wenn man mich fragt, sehr viel weniger gefährlich», bemerkte Thatcher.

«He, was reden Sie da? Hender hat uns das Leben gerettet!», herrschte Andy den Zoologen an. «Shrimpansen würden Sie zum Frühstück vernaschen.»

«In nur wenigen Wochen sind auf dieser Insel Dutzende von Menschen gestorben, Dr. Redmond», sagte Nell. «Hier im Baum sind wir vorerst in Sicherheit, aber draußen würden wir keine fünf Minuten überleben.»

«Übrigens –» Andy stand auf und rückte sich die lädierte Brille zurecht. «Nur mal so aus Neugier gefragt, Thatcher, wo zum Henker ist eigentlich unser Fahrer?»

«Er müsste gleich hier sein», antwortete Thatcher scheinheilig.

«Was haben Sie mit ihm angestellt?»

«Wie? Was soll ich mit ihm angestellt haben?»

«Allmählich mache ich mir so meine Gedanken über Sie. Ich frage mich, wie weit Sie wohl gehen würden, um die Biosphäre vor intelligentem Leben zu schützen. Menschen sind doch nach Ihrer Auffassung die größte Gefahr für den Planeten, stimmt's?»

«Ich verbitte mir Ihre Unterstellungen», blaffte Thatcher.

«Wenn der Sergeant nicht bald hier ist, wird's brenzlig für uns», sagte Zero. «Quer über die Insel zurück zum Stützpunkt zu finden, das schaffen wir nicht.»

«Und selbst wenn wir hierblieben, wär's wahrscheinlich um uns geschehen.» Geoffrey musterte Thatcher mit kritischem Blick.

«Sind Sie absolut sicher, dass dieser Esel verstanden hat, worum es geht?», fragte Zero.

«Oder müssen wir uns langsam Sorgen machen?», wollte Nell wissen.

«Was werfen Sie mir eigentlich …»

Wieder bebte der Boden unter ihren Füßen, der Flugzeugrumpf knirschte.

Die Hendropoden traten wieder in Erscheinung und rückten näher.

«Wegen der Beben hat die Armee womöglich schon damit angefangen, die Insel zu räumen», sagte Geoffrey.

«Vielleicht wollen Sie nicht, dass die Hendros mit evakuiert werden, und Sie lassen uns mit ihnen hier zurück.»

«Kann sein, dass er einen Unfall hatte», schlug Thatcher als Erklärung vor. Ihm war bewusst, dass er ziemlich hoch pokerte.

«Oder er ist von Gott weiß welchen Viechern angefallen worden», sagte Geoffrey.

«Okay, Leute», entschied Nell. «Ich will es jetzt genau wissen. Zero, könntest du mit der Kamera den Stützpunkt ranzoomen und nachsehen, was da vor sich geht?»

20:47 Uhr

Vor Henders Tür schraubte Zero seine Kamera auf ein Stativ, schaltete den Restlichtverstärker ein und schaute über den Dschungelkranz, der wie ein grüner Sternenhimmel funkelte. Trigon war fast zwei Kilometer entfernt, doch mit der größtmöglichen Brennweite des Objektivs sah er Hubschrauber über dem Stützpunkt kreisen und etliche Geländefahrzeuge, die hin und her rangierten.

«Verdammt, sie scheinen tatsächlich zusammenzupacken und abhauen zu wollen.»

Er schwenkte die Kamera ein Stück weit nach Westen und stellte fest, dass sich der Riss im Rand der Insel weiter geöffnet hatte. Meerwasser strömte ein, und der Teich, in den er sich hatte retten können, war zu einem See angeschwollen.

«Die Spalte ist weiter aufgerissen. Das Becken läuft voll Wasser.»

«Verdammt!» Nell trat zur Seite, um Geoffrey freien Blick zu gewähren.

«Wenn Wasser in alte, trockene Verwerfungsrinnen fließt, macht's rums», warnte Geoffrey. «Und mit jedem Erdstoß strömt noch mehr Wasser ins Fundament der Insel.»

«Großartig», murmelte Zero.

«Können wir Thatcher trauen?», sagte Geoffrey plötzlich.

Nell runzelte die Stirn. «Die Frage ist schon die Antwort.»

«Ich kann mir nicht vorstellen, dass er die Courage hat, sich und uns umzubringen», entgegnete Geoffrey.

«Mag sein. Vielleicht hat er Cane in unserem Sinne

instruiert, aber Cane hält sich nicht daran. Langsam zweifle ich daran, dass man uns hier rausholt. Ich will nicht schwarzmalen, aber wir müssen realistisch sein. Thatcher ist wahrscheinlich nicht der Einzige, dem es nicht gefällt, dass wir intelligentes Leben von der Insel mitnehmen wollen. Auch die Kommandantur könnte was dagegen haben. Oder Cane handelt auf eigene Faust und hat beschlossen, uns einfach hängenzulassen.»

«Daran habe ich auch schon gedacht. Der Typ war ziemlich angefressen», sagte Zero.

«Das Dumme ist, wir können uns hier nicht bemerkbar machen», meinte Geoffrey.

Ein Schwarm glühender Käfer flog über die vom Mond beschienenen violetten Felder. «Es wird Zeit, dass wir wieder reingehen, Leute», warnte Zero.

20:50 Uhr

Nell, Geoffrey und Zero kehrten in die B-29 zurück und zogen die Tür fest hinter sich zu.

Thatcher stand, merklich um Fassung bemüht, im Kreis neugieriger Hendropoden, die an seinen roten Barthaaren zupften und die Taschen seiner Weste durchsuchten. Einer entdeckte darin eine letzte, von Thatcher übersehene Erdnuss, die er nah vor seine Augen führte, in den Mund steckte und mit sichtlichem Vergnügen darauf kaute. Zum Dank bot er dem Zoologen zwischen zwei spitzen Fingern etwas zum Naschen an, das wie ein winziger, getrockneter Embryo aussah.

Andy war im Cockpit am anderen Ende der Kabine und hielt Ausschau.

«He, Leute!», rief er. «Sie ziehen ab. Ohne uns!»

Alle eilten nach vorn und spähten durch das notdürftig geflickte Fenster der B-29.

Nur Thatcher blieb zurück. Er stand vor der Tür und blickte auf seine Uhr.

20:51 Uhr

Zwei Schiffe der Navy liefen aus und wühlten mit ihren Schrauben bio-lumineszierendes Phytoplankton auf, das im Kielwasser grünlich schimmerte. Ihnen kam ein Schiff auf nördlichem Kurs entgegen.

«Die *Trident*!», rief Nell.

Geoffrey hob die Brauen. «Was?»

«Das Schiff, mit dem *SeaLife* unterwegs ist», erklärte Zero.

«Aha.»

«Hätte nie gedacht, dass ich einmal so froh sein würde, sie zu sehen», sagte Nell.

«Augenblick.» Zero zog einen handtellergroßen Videotransmitter aus einer seiner Hosentaschen und klappte die Antennenschüssel auf. Schnell schloss er die Kamera daran an und reichte Geoffrey den Sender.

«Richten Sie die Antenne auf die *Trident*», sagte er. «Der Saft müsste noch reichen. Die Reichweite beträgt zwar nur rund siebenhundert Meter, aber vielleicht titschen die Radiowellen noch ein bisschen weiter übers Wasser. Hoffen wir, dass Peach auf Empfang ist.»

20:52 Uhr

Peach spielte «Halo 5», hörte dazu Musik der Nine Inch Nails über Kopfhörer und lutschte Red Hots.

Routiniert ballerte er einen monströsen Alien nach dem anderen ab, als ihn plötzlich sein «Spider Sense» auf eine Statusmeldung in der oberen rechten Ecke des Computerbildschirms aufmerksam machte:

EINGEHENDES VIDEO

Peach lupfte den Kopfhörer. «Was zum –»

Hektisch tippte er einen Befehl in die Tasten und spielte das Video ein.

Aus einem Fenster im Bildschirm winkten ihm Nell, Andy und Zero aufgeregt zu. Hinter ihnen stand eine Handvoll Ungeheuer wie aus seinem Computerspiel.

Nach zwei Schrecksekunden drehte er die Lautstärke auf.

«Peach! Peach! Kannst du uns hören? Hilfe!»

Peach war wie vom Donner gerührt. Er langte nach dem Mikrofon. «Zero? Bist du's, Mann?»

Er nestelte ein zweites Headset aus den Haaren und führte das kleine Mikro vor den Mund. «Boss, Boss! Schnell, komm her, sofort!»

20:54 Uhr

Die Tür zur Brücke flog auf, Cynthea stürmte herein. Kapitän Sol und der Erste Offizier Warburton fuhren vor Schreck zusammen.

«Halten Sie das Schiff an, Captain», rief sie außer Atem. «Anker setzen!»

«Sind Sie verrückt geworden? Wir sind soeben von der US Navy aufgefordert worden, Leine zu ziehen. Auf der Insel wird in Kürze ein nuklearer Sprengsatz hochgehen.»

«Nell, Zero und Andy sind auf der Insel gestrandet, Captain. Sie brauchen unsere Hilfe.»

Kapitän Sol kniff die Brauen zusammen. «Andy? Der arme Teufel ist tot.»

«Wir verlieren den Funkkontakt, wenn Sie weiterfahren», entgegnete Cynthea. «Halten Sie das Schiff an!»

Der Kapitän gab Warburton mit einem Kopfnicken zu verstehen, dass er die Motoren drosseln sollte, und schaute Cynthea mit forschendem Blick in die Augen. «Sagen Sie der *Enterprise*, dass wir einen Notruf empfangen haben.»

«Nein!», rief Cynthea. «Es wäre besser, Sie kämen erst einmal mit mir und schauten sich an, was da los ist.»

Er runzelte die Stirn. «Gute Frau, wehe, Sie verschaukeln mich –»

«Was soll ich ihnen sagen, Captain?», fragte Warburton.

Sol knirschte mit den Zähnen. «Sagen Sie ihnen, wir hätten … Probleme im Maschinenraum.»

«Sie sind mein Gott, Captain Sol.» Cynthea drückte ihm einen Kuss auf beide behaarte Wangen. «Mein Poseidon.»

Er schüttelte den Kopf und folgte ihr nach draußen.

Der Erste Offizier meldete sich bei der *Enterprise* und sprach mit der geschmeidigen Stimme eines Discjockeys zu mitternächtlicher Stunde: «Hallo, ihr da, *Enterprise*, wir haben ein paar Probleme im Maschinenraum, die aber ziemlich bald behoben sein müssten …»

20:55 Uhr
Kapitän Sol und Cynthea starrten auf den Monitor über Peach. Statische Interferenzen störten das Bild.

«Dann erklären Sie mir jetzt mal, mein lieber Zero, warum ich der Navy nicht einfach sagen sollte, ein Rettungsteam zu schicken, verdammt nochmal», verlangte der Kapitän zu wissen.

«Weil diese Pappnasen nicht retten wollen, was wir gefunden haben», antwortete Zero.

«Es scheint, dass sie uns mutwillig im Stich lassen, Captain», ergänzte Andy.

«Und was in Gottes Namen haben Sie da gefunden?», fragte Sol. «Die Insel und alles, was darauf ist, wird verstrahlt. Wollen Sie alles noch verschlimmern?»

«Captain, holen Sie jetzt bitte tief Luft», sagte Andy. «Fertig? Okay. Schließen Sie die Augen und machen Sie sie erst dann wieder auf, wenn ich es Ihnen sage ...»

Kapitän Sol war zu keinen Späßen aufgelegt.

«Andy», seufzte Nell.

Der rückte Hender ins Bild und rief: «So, Augen auf!»

Henders Fell versprühte grünes und rosafarbenes Licht, während seine Augen hin und her huschten.

Peach wisperte: «Haben Sie so was schon mal gesehen?»

Kapitän Sol schluckte. «Mir steht es nicht zu, eine Entscheidung von solcher Tragweite zu treffen. Die Navy hat einen klaren Befehl erlassen. Wer etwas von der Insel zu schmuggeln versucht, soll daran gehindert werden.»

«Aber diese Insulaner sind *intelligent*», insistierte Nell.

«Zeig's ihm, Hender», sagte Andy und flüsterte ihm etwas ins Ohr.

«Hallo, Captain Sol», flötete Hender und winkte, ganz wie ein Mensch, mit zwei Händen. «Bitte helfen uns.»

Kapitän Sol hielt sich an der Stuhllehne fest, um nicht vornüberzukippen.

Cynthea legte ihm einen Arm über die Schulter und schaute auf den Bildschirm. «Nimmst du auch alles auf, Peach?», fragte sie.

«Na klar, Boss.»

20:58 Uhr

«Dieser Dreischraubenantrieb ist extrem heikel und womöglich auch schon ein bisschen angerostet», meldete Warburton der *Enterprise* ruhig und gelassen. «Einer läuft nicht mehr synchron, was eine Menge weiterer Probleme zur Folge hat, und eh man sichs versieht, fliegt einem die ganze Kiste auseinander.»

Der Erste Offizier verzog das Gesicht über den Unsinn, den er da erzählte.

«*Wann werden Sie mit Ihren Reparaturen fertig sein,* Trident*?*», fragte der Funker der *Enterprise.*

«Ähm, keine Ahnung, *Enterprise.*»

«*Okay. Sie treiben auf die Küste zu,* Trident, *verstanden?*»

«Verstanden. Wir gehen jetzt vor Anker und fahren mit den Reparaturen fort. Over.»

«Marcello!» Warburton winkte den siebzehnjährigen Matrosen zu sich, der seinen Christophorus-Talisman küsste.

Er steckte den Talisman weg und drückte gleichzeitig auf den Schalter der Ankerwinde.

21:00 Uhr

Im Regieraum an Bord der *Trident* wurden die eingespielten Bilder immer schlechter und unkenntlicher.

«Wir können dich nicht mehr hören, Zero», rief Peach ins Mikro.

Sie hörten noch die letzten Worte des Kameramanns, als die Verbindung abbrach: *«… sucht uns!»*

21:01 Uhr

Wenig später sah Geoffrey Lichter an Bord der *Trident* zweimal aufblinken. «Sie haben uns entdeckt.»

«Komm, Andy», sagte Nell. «Wir packen deren Sachen ein.»

Nell und Andy eilten ans andere Ende der Kabine und verstauten die Habseligkeiten der Hendropoden in ihren Aluminiumkoffern. Die Hendros kletterten bereits durch das Schlupfloch zur Spindeltreppe, die nach oben zum Seilzug führte. Nur Hender blieb zurück. Er schaute Nell beim Packen zu.

«Geh jetzt, Hender. Exit», sagte Geoffrey. «Nell wird mit uns kommen.»

Hender fuhr mit dem Kopf herum und sah Geoffrey an. «Nell wird mit uns kommen», wiederholte er und nickte. Dann wandte er sich ihr wieder zu, schaute auf sie herab und umschlang sie plötzlich und ohne Vorwarnung mit vier Armen.

Nell erschrak und war gleichzeitig überrascht, wie sanft seine Berührung war, und als sie zögernd mit den Fingerspitzen über sein silbriges Fell strich, erblühte es in leuchtenden Farben, rosa und orange mit grünschillernden Streifen und Punkten.

Sie lachte und weinte vor Glück darüber, endlich ihre Blume gefunden zu haben.

«Danke, Nell», flüsterte er ihr zu, und sie fühlte sich von seiner Stimme durchdrungen wie vom Klang einer Oboe.

Zärtlich fuhr sie mit den Händen durch sein dichtes, glänzendes Fell. «Geh jetzt, Hender», sagte sie. «Okay?»

«Okay, Nell. Hender geh jetzt.»

21:01 Uhr

Thatcher lief den Abhang hinunter und versuchte, den seltsamen farnähnlichen Wedeln auszuweichen, die, weil transparent, im Dunkeln kaum zu sehen waren und aus den Kleefeldern wucherten.

Weiter unten am Hang, rund dreißig Meter entfernt, stand der Humvee. Die Lichter verloschen, und dann, als Thatcher das Fahrzeug erreichte, ging auch der Motor aus.

21:02 Uhr

Auf den Hinterläufen und mit Einsatz des kräftigen Schwanzes katapultierte der Alpha-Spiger seinen zwei Tonnen schweren Körper in zehn Meter weiten Sätzen bergan entlang den Spuren, die der Humvee in den Hang gefräst hatte.

Der roten Bestie folgten zwei weitere Spiger, groß wie Eisbären.

Geifer troff aus den zur Seite hin aufgerissenen Mäulern; zuckend nahmen die Stielaugen jede Bewegung im mondbeschienenen Gelände ringsum wahr. Eine

Sergeant Cane entsicherte die Waffe. «Und zwar mit dem größten Vergnügen, Sir.»

«Ich meine, ähm, Sie werden doch nicht auf Menschen schießen.»

«Sie wurden gewarnt und sind nicht besser als Terroristen, die Massenvernichtungswaffen zu schmuggeln versuchen.»

«Aber –» Die Rädchen in Thatchers Denkapparat klemmten. Zufällig fiel sein Blick auf die Koffer im Stauraum des Fahrzeugs. «Was ist damit, Sergeant?»

«Als ich hier durch die Gegend gefahren bin, sind mir ein paar Knallfrösche – nichts für ungut, Sir – über den Weg gelaufen. Die wollten, dass ich Proben mitnehme und zum Stützpunkt bringe. Sie haben Gasbomben ins Dickicht geworfen und mehrere Ratten eingesammelt.»

Auf den Koffern klebten Etiketten mit der Aufschrift HENDERSRATTEN. «Sind die etwa noch am Leben?»

«Nicht mehr lange. Im Lager wird man sie schockgefrieren.»

«Wie sollen wir das erklären? Ich meine, wie erklären wir, dass wir Proben mitbringen, aber die Kollegen verschollen sind?»

«Was soll's? Wir sagen die Wahrheit, nämlich dass sie lebende Exemplare von der Insel schaffen wollten. Ich halte mich an meine Order. Was Ihnen lieber wäre, kümmert mich nicht. Wir machen hier keine Exkursion, Sir. Das hier ist eine offizielle Mission.»

«Richtig ...» Mit Blick auf die Koffer spielte er in Gedanken mehrere Optionen durch und entschied sich dann, aufs Ganze zu gehen. «Geben Sie mir eine Waffe, Sergeant. Ich möchte hier nicht wehrlos herumsitzen.»

Cane musterte den Wissenschaftler mit skeptischer

Miene. Dann griff er nach seiner Pistolentasche, schnallte sie auf und reichte Thatcher seine Beretta.

Kaum hatte sich der Sergeant von ihm abgewendet, krümmte Thatcher den Finger über dem Abzug, wurde aber plötzlich schreckensstarr, als er hinter dem Fenster auf der Fahrerseite eine riesige Gestalt auftauchen sah, violett leuchtend wie die Neonfassade des Flamingo-Hotels in Las Vegas.

Thatcher ließ die Pistole auf den Schoß sinken.

«Sind Sie sicher, dass Sie nicht mit mir zurückfahren wollen? Wenn ein Spiger aufkreuzt, könnte es für Sie gefährlich werden.»

«Ich warte», erwiderte Thatcher.

«Gut, dann werde ich Sie abholen, wenn die Sache erledigt ist», versprach Cane.

Als der junge Soldat die Tür öffnete, sauste ein schwarzer Dorn herab und riss die Tür aus den Angeln. Ein zweiter Dorn durchspießte Cane vom Nacken bis zum Bauch und hob ihn wie eine schauerliche Stabpuppe aus dem Fahrzeug.

Thatcher langte zum Zündschlüssel, startete den Motor und legte den Gang ein. Der Humvee rollte los. Schon hatten sich ein zweiter und ein dritter Spiger über Canes Leichnam hergemacht.

Thatcher rutschte auf den Fahrersitz und umklammerte das Lenkrad. Im Rückspiegel sah er, dass ihm zwei der Spiger nachsetzten.

Er steuerte den Geländewagen talwärts, griff nach dem Satellitentelefon, das auf dem Armaturenbrett lag, und legte den Leerlauf ein. Dann zerrte er einen der Koffer aus dem Stauraum und sprang damit nach draußen. Er hatte Glück und landete auf einem freien Fleck, nur eine Handbreit entfernt von stinkenden violetten Kleeblüten.

Der leere Humvee rollte weiter bergab und nahm Fahrt auf. Die zwei kleineren Spiger sprangen hinterher, dann auch der große, noch mit den Resten von Cane im Maul.

Thatcher raffte sich auf und rannte los. Das wunderliche Baumhaus war nur fünfzig Meter entfernt, doch der schwere Koffer hinderte ihn am Laufen. Canes Pistole hatte er beim Sprung aus dem Wagen verloren. Umzukehren und nach ihr zu suchen kam aber nicht in Frage.

Mit seinen Augen am Hinterkopf erspähte der Alpha-Spiger den Flüchtigen. Er gab die Jagd auf den Humvee auf, machte kehrt und setzte Thatcher nach. Die beiden anderen folgten.

Thatcher klemmte den Koffer unter den anderen Arm. Die fauligen Gase, die von den purpurnen Matten aufstiegen, nahmen ihm den Atem.

Die Spiger holten schnell auf, indem sie sich mit ihren kräftigen Hinterläufen und dem mit Stollen versehenen Schwanz springend vom Boden abstemmten. In der Luft schnellten die Schwänze unter den Leibern nach vorn und federten zusammen mit den Vorderläufen die Landung ab, um gleich darauf wieder zum Sprung anzusetzen, wobei die mittleren Beinpaare für den Impuls nach vorn sorgten.

Ohne sich umzudrehen, hastete Thatcher bergan und über die im Mondlicht glitzernden Kleefresser hinweg. Er nahm kaum Notiz vom fernen Gerumpel des Humvee, als dieser über eine Klippe hinunter in den Dschungel stürzte. Die Explosion beim Aufprall lenkte die Spiger einen Moment lang ab. Thatcher duckte sich und rannte um sein Leben.

21:08 Uhr

Auf ihren Monitoren in der Schaltzentrale von Trigon verfolgten drei Techniker die Bewegungen des Armeefahrzeugs.

«Blue One ist gerade abgeschmiert!», meldete einer von ihnen der Einsatzleitung.

Der diensthabende Offizier versuchte, sich mit Sergeant Cane über Funk in Verbindung zu setzen. «Blue One, bitte kommen. Was ist passiert?»

«Ich fürchte, er wird nicht antworten, Sir», sagte der Techniker. «Das Fahrzeug ist fast zwanzig Meter tief abgestürzt und im Dschungel gelandet.»

«Wann hat er sich das letzte Mal gemeldet?»

«Vor genau dreiundzwanzig Minuten, Sir. Die Leute waren dabei, Proben zu sammeln.»

Auf dem Bildschirm, der eine kartografische Ansicht der Insel zeigte, verschwand plötzlich das Signal-Icon des Humvee-Transponders.

«Verdammt!», knurrte der Offizier. «Schicken Sie einen Rettungshubschrauber los. Aber der soll nur sehen, was Sache ist. Ich will nicht riskieren, dass noch mehr unserer Männer auf dieser gottverdammten Insel zurückbleiben. Verstanden?»

«Ja, Sir. Aber es sind da ein paar VIPs an Bord von Blue One, Sir. Ähmm ... Dr. Cato, Dr. Redmond und Dr. Binswanger ... und Dr. Duckworth. Dazu auch noch dieser Überlebende der Fernsehshow.»

«Um Himmels willen! Das hat uns gerade noch gefehlt. Ich werde General Harris anrufen müssen. Verflucht. Aber es bleibt bei meiner Order, Lieutenant. Wir gehen keinerlei Risiko ein.»

«Jawohl, Colonel. Verstanden.»

21:09 Uhr

Der Spiger war bis auf einen einzigen Sprung an ihn herangekommen, als Thatcher das Baumhaus erreichte. Er hörte das Zischen der durch die Luft peitschenden Arme und warf die Tür hinter sich zu. Keuchend riss er das Etikett vom Koffer, den er bei sich trug, und hastete die Spindeltreppe hinauf. Ihn schwindelte, und sein Blutdruck war so hoch, dass er fürchtete, die Augen könnten ihm wie Korken aus dem Kopf springen.

21:09 Uhr

Der Alpha-Spiger witterte die Abwehrpheromone des Baumhauses und die warnenden Duftnoten, die von anderen Tieren davor abgesondert worden waren. Doch er reagierte verwirrt. Die elektromagnetischen Impulse, ausgelöst von den seismischen Aktivitäten der Insel, irritierten ihn.

Er zog den Schwanz ein, streckte seine riesigen Hinterläufe und duckte den Kopf vor der Tür zu Henders Behausung.

Dann warf er sich nach vorn, schlug mit den dornenbewehrten Armen zu und rammte die Tür ein.

Als er seinen massigen Körper in die Flugzeugkabine gezwängt hatte, nahmen seine Nasenlöcher, die in der Stirn saßen, einen Hauch Thatcher wahr, der die Treppe hinaufhastete.

21:10 Uhr

Nell sah Hender dabei zu, wie er mit Copepod auf vier Händen in den knarrenden Korb stieg.

«Wo ist Thatcher?» Andys Stimme hallte von der Felswand wider.

«Keine Ahnung», antwortete Nell und schaute sich um.

«Ich würde gern wissen, wie es zu dieser Explosion gekommen ist.» Geoffrey stand neben Andy im Korb.

«Kümmert euch nicht weiter um ihn. Lasst uns gehen», drängte Andy.

«Ich muss noch einmal nach unten und den letzten Koffer holen. Vielleicht sehe ich dann, wo er steckt», sagte Nell.

Sie drehte sich um – und plötzlich tauchte der Zoologe vor ihr auf, keuchend und mit hochrotem Gesicht. Unter seinem rechten Arm klemmte ein Aluminiumkoffer. Nell musterte ihn vom Scheitel bis zur Sohle. «Na, endlich. Kommen Sie, Thatcher.»

Sie registrierte seine verwunderte Miene, als sie ihm den Koffer aus der Hand nahm. Sie reichte den Koffer an Hender weiter.

«Jetzt sind wir an der Reihe», sagte Nell.

Thatcher stand vor dem Klippenrand und starrte verschreckt hinaus ins Geäst. «Gütiger Himmel!», stammelte er. «Das schaffe ich nicht. Unmöglich.»

«Hender!», rief Nell.

21:10 Uhr

Der Spiger streckte seine Vorderläufe aus und quetschte sich ins spiralförmige Stiegenhaus. Wie eine muskulöse Riesenraupe presste er seinen massigen Leib nach oben und sorgte mit den Hinterläufen für den nötigen Anschub.

Die beiden kleineren Spiger folgten dichtauf.

21:11 Uhr

Die Hendropoden bildeten wieder eine Kette. Thatcher war in seiner Panik wie erstarrt, was es seinen Helfern nicht leichter machte, ihn von einer Hand zur nächsten in Richtung Seilwinde zu tragen, wo er schließlich unsanft in den Korb fallen gelassen wurde.

Plötzlich zerbarst die Tür im Baumstamm in tausend Stücke.

Nell wirbelte herum und sah zwei dünne lange Greifarme aus dem aufgerissenen Loch hervorbrechen. Keine zehn Schritte hinter ihr zwängte sich ein riesiger Spiger ins Freie. Wie eine Gottesanbeterin legte er die Arme unter dem Kopf zusammen und ließ die vielfarbigen Augen hin und her huschen. Durch die Behaarung rings um seine Kiefer pulsierten Wellen mit gelbem, orange- und rosafarbenem Licht.

«Nell, *Ge-faaaar!*», rief Hender.

«Schnell, komm her!», brüllte Andy.

Die Bestie setzte mit den gestreiften Hinterläufen zum Sprung an und riss die Seitenklappen seines Mauls auf, aus dem Nell ein Schwall saurer Atemluft entgegenschlug.

«Nell! *Spring!*»

Nell hechtete nach der nächsten Sprosse im Astwerk. Hender war zur Stelle, um helfend einzugreifen. Doch sie schaffte es allein und hangelte sich von Ast zu Ast. Hender bot ihr Rückendeckung und ließ den Spiger nicht aus den Augen.

Die Bestie rückte vor, bis zu der Stelle, von der Nell abgesprungen war, nahm dort Fährte auf und richtete die Augen an Kopf und Hüfte auf ihre Beute. Dann holte sie mit dem Schwanz und allen sechs Beinen aus und schleuderte sich durch die Luft.

Blitzschnell packte Hender Nell bei den Armen und riss sie an sich. Die ausgefahrenen Greifer des Räubers verfehlten sie nur um Zentimeter, und mit gellenden Schreien stürzte er dicht am Korb vorbei in die Tiefe.

Hender hob Nell in den Korb und stieg als Letzter zu.

Wie das dicke Seil war offenbar auch der Korb aus hellgrünen Fasern geflochten und zusätzlich verstärkt durch große Skelettschuppen irgendwelcher Lebewesen, vielleicht von Mega-Mantiden. Er knarrte und dehnte sich beängstigend unter der schweren Last.

«Okay», sagte Hender.

Die anderen Hendropoden trällerten aufgeregt durcheinander, als die beiden kleineren Spiger auf dem großen Ast auftauchten und zum Sprung auf den Korb ansetzten, der sie mit unwiderstehlichem Futter lockte.

«Nichts wie weg!», brüllte Zero.

Hender blickte nach oben. «Okay, Mann!», rief er und langte mit einem Arm zwei Meter weit nach oben, um die Sperre der Seilwinde zu lösen. Das große Rad geriet in Bewegung, der Korb senkte sich.

Die Hendropoden, für gewöhnlich allein lebend, rückten eng zusammen und warfen wehmütige Blicke zurück. Die Insel, ihre Welt, ihr Zuhause, entschwand in der Dunkelheit.

Geoffrey und Nell standen Seite an Seite und blickten über den Korbrand auf die uralten Klippen, an denen vorbei sie in die Tiefe glitten.

«Sehr beeindruckend, Ihre Kletterpartie soeben, Miss Duckworth. Ich dachte, wir würden Sie verlieren», sagte Geoffrey und winkte mit einem der grünschimmernden Gläser.

«Danke für das Kompliment. Ich war immer schon ein eher burschikoses Mädchen.»

«Falls wir es nicht schaffen, möchte ich Ihnen jetzt schon sagen ...» Er schaute sie an, ernst und ohne jede Spur von Ironie. «Nichts ist attraktiver als eine kluge Frau – selbst dann, wenn sie einen komischen Nachnamen trägt.»

«Soll das heißen, Sie finden mich nicht hübsch?», fragte sie.

«Vielleicht habe ich mich falsch ausgedrückt ...»

Sie lachte und drückte ihm einen Kuss auf die Lippen. «Für den Fall, dass wir es nicht schaffen», fügte sie hinzu.

21:17 Uhr

Die Mannschaft der *Trident* sah vor der Felswand ein kleines Licht absteigen, worauf Kapitän Sol den Befehl gab, den Zodiac zu Wasser zu lassen.

Zwei Crewmitglieder – Samir E-Ashwah, der Zweite Offizier, und ein Leichtmatrose namens Winger – stiegen in das Schlauchboot und befestigten eine Leine, an der es auf die Schnelle wieder eingeholt werden konnte.

«Es könnte klappen, Captain», sagte Cynthea, die neben Sol im Vorschiff der *Trident* stand.

«Ja, vielleicht», erwiderte er seufzend, besorgt über die starke Dünung, die dem Schiff zusetzte.

Samir und Winger paddelten auf das Ufer zu. «So weit, so gut», sagte Samir. «Nur keine Hektik.»

Hohe Wellen spülten über die Leine und warfen das Schlauchboot auf und ab. «Man könnte fast meinen, die Navy hätte den Teich aufgewühlt, um uns zu ärgern.»

«Ja, ziemlich heftig», erwiderte Samir und zeigte nach oben. «Da! Siehst du sie?»

Das schüttere grüne Licht schwebte herab.

«Ja», rief Winger und schützte seine Augen mit der Hand vor der stiebenden Gischt.

Samir schaltete eine Handlampe ein und stellte sie auf den Boden des Schlauchboots, das wie ein Lampenschirm aufleuchtete.

21:19 Uhr

«Sie kommen.» Nell zeigte auf das glühende Boot in der Tiefe. «Seht ihr?»

«Ja», sagte Zero.

Timing und Ausrichtung schienen perfekt zu sein. Allzu perfekt: Der Korb schwebte direkt auf den Zodiac ein und versperrte die Sicht auf das Schlauchboot, das, von den Wellen hochgespült, unter den Korbboden prallte. «Jesus Maria!», schrie Winger.

Als sich die Welle verlaufen hatte, paddelten die beiden hastig vom Korb weg, der nun plötzlich ins Schaukeln geriet. Schwingungswellen rasten das lange Seil entlang, das wie eine Basssaite zu dröhnen begann.

Gesteinsmassen lösten sich von der Steilwand und stürzten ins Meer. Ein heftiges Beben erschütterte die Insel.

«Die Insel bricht auseinander!», brüllte Andy.

«Beruhige dich», mahnte Nell. Copepod bellte wie wild.

Der Korb pendelte kippelnd hin und her, während ringsum Felsbrocken aufs Wasser klatschten. Wellenkämme ergossen sich über den Rand.

«Spring ins Boot, wenn wir darauf zuschwingen», sagte Geoffrey.

«Soll das ein Witz sein?», schnaubte Andy.

Andy rührte sich nicht, Geoffrey versetzte ihm einen Stoß. Schreiend landete er im Zodiac.

Geoffrey wandte sich den Hendropoden zu und zeigte auf das Boot. «Springen, okay?»

21:20 Uhr

«Trident, *wie sieht's aus? Ist der Schaden repariert*?», erkundigte sich die *Enterprise* über Funk.

«Ähm, wir synchronisieren gerade die Magnetometer», antwortete Warburton. Er verzog das Gesicht und wandte sich Marcello zu, der seine Christophorus-Plakette befingerte und Gebete vor sich hin murmelte.

21:21 Uhr

Aus dem bedrohlich schaukelnden Korb warfen Geoffrey und Nell die Musterkoffer in den Zodiac.

Zero sprang, so auch Copepod, von Andy gerufen. Der kleine Hund schien das Schlauchboot wiederzuerkennen und geriet außer sich vor Freude. Als Letzte machten sich die Hendropoden, Nell und Geoffrey daran, den Korb zu verlassen.

«Aufgepasst», rief Samir mit ängstlichem Blick über die Schulter.

Alle zogen den Kopf ein, als der Korb, von einer weiteren Welle herbeigeschleudert, gegen den Bootsrumpf prallte und an der Seite aufbrach.

«Allah Akbar!», schrie Samir, als fünf Hendropoden ins Boot kegelten und sich einer von ihnen mit drei Händen an seinen Beinen festhielt.

Nur noch Nell und Geoffrey befanden sich im Korb, der plötzlich absackte. Weit oben war das Seil gerissen und stürzte schlingernd auf sie herab.

«Geschafft», ächzte Nell, schon bis zum Bauch im kalten Wasser.

«Noch nicht», warnte Geoffrey. «Schwimm los, Nell, Beeilung!»

Kaum hatten sie zum Spurt durchs Wasser angesetzt, prasselten hinter ihnen die Seilschlingen auf den sinkenden Korb.

Auf halben Weg zum rettenden Boot trafen sie unversehens auf eine behaarte Körpermasse, die unter ihnen im Wasser trieb.

«Weiter, weiter!», brüllte Geoffrey.

Nell starrte in das weit aufgerissene Maul des riesigen Spigers, dessen Fratze wie aus einem Albtraum auf sie gerichtet war. Zu ihrem Entsetzen spürte sie ihren Fuß über den Kiefer schaben. Die langen Dornenglieder hoben sich langsam aus dem Wasser und versuchten mit letzter Kraft, wie es schien, nach den beiden zu greifen.

«Schneller!», schrie Andy.

«Komm, Mädchen!», rief Zero.

Vom Adrenalin getrieben, beschleunigte Nell ihr Tempo noch und kraulte an Geoffrey vorbei. Sie legte die letzten zehn Meter in wenigen kräftigen Zügen zurück, hielt sich an der Reling fest und streckte die Hand nach Geoffrey aus.

Samir brüllte durch den Trichter seiner Hände in Richtung *Trident*: «Holt uns rein!»

Gleich darauf setzte sich die Winde in Bewegung und drehte voll auf.

«Seht nur!», schrie Andy und zeigte steil nach oben.

«O neiiiiin», heulte Hender.

Der mächtige, weit ausladende Ast von Henders Baum war gebrochen und stürzte die Felswand herab – mitsamt den beiden kleineren Spigern, die an ihren schimmernden Haaren deutlich zu erkennen waren.

Nell hielt Geoffrey fest gepackt, verlor aber ihren Halt am Schlauchboot, das von der Winde nach vorn gezerrt wurde. Andy versuchte noch, sie beim Handgelenk zu erwischen, kam aber zu spät. Sie und Geoffrey blieben im aufgewühlten Wasser zurück.

«Komm, nicht nachlassen!», rief Geoffrey.

Nell warf einen Blick über die Schulter zurück und sah den riesigen Ast aufs Wasser donnern und eine Stoßwelle aufrühren, die sie und Geoffrey auf den Zodiac zuschleuderte.

Doch auch die beiden glühenden Spiger wurden von der Welle mitgespült – bis unmittelbar ans Boot heran.

Kreischend klammerten sich die Hendropoden aneinander fest, als die Welle über das Boot schwappte. Hender aber ging über Bord, versank bis zum Hals im Wasser und fuchtelte mit den Armen. Neben ihm trieben die Spiger, benommen vom Sturz in die Tiefe.

«Hender!», rief Andy.

«Andiiii!», zeterte Hender.

«Winde stopp!», brüllte Samir.

Die Hendropoden stießen spitze hohe Schreie aus. Vor

Angst wie gelähmt, starrten sie auf ihren Gefährten und konnten nicht helfen.

Zur Überraschung aller sprang Andy ins Wasser.

21:34 Uhr

Das schrille Pfeifkonzert der Hendropoden erreichte die *Trident*.

«Was ist da los?», fragte Cynthea.

«Keine Ahnung, aber bestimmt nichts Gutes», knurrte Kapitän Sol und schaltete die Winde aus.

21:34 Uhr

Andy hatte beim Sprung ins Wasser seine Brille verloren, erkannte Hender, der in die dunkle Tiefe gesunken war, von weitem aber an seinem schimmernden Fell. Er tauchte ab und zog ihn nach oben, wälzte den Koloss, der pfeifend nach Luft schnappte, auf den Rücken und schleppte ihn mit kräftig rudernden Beinen in Richtung Boot.

«Zieht ihn raus!», schrie er und schluckte Salzwasser.

Hender ächzte und zitterte am ganzen Körper.

«Noch ein kleines Stück, ihr habt es gleich geschafft», hörte Andy Nell rufen und mobilisierte seine letzten Kräfte.

Von Krämpfen geschüttelt, trieb der Spiger hinter Andy im Wasser.

Die vier Hendropoden im Boot wichen verängstigt zurück und suchten Deckung im Bug. Die Menschen lehnten sich über den Seitenwulst und streckten die Arme aus, Henders zitternden Händen entgegen.

Andy stieß ihn auf das Boot zu und hielt sich mit der freien Hand über Wasser.

Ohne einen Augenblick zu zögern, warf sich Nell der Länge nach in die Wellen und griff nach Henders Hand. Geoffrey hielt sie bei den Beinen gepackt und riss ihr bei dem Versuch, sie zurückzuhieven, einen Turnschuh vom Fuß. Die anderen umfassten Geoffreys Hüfte und zogen in gemeinsamer Anstrengung Nell und Hender aus dem Wasser.

Andy ließ von ihm ab und sah zu, wie der Koloss ins Boot gehievt wurde und, am ganzen Körper bebend, das Wasser aus dem Fell schüttelte. Plötzlich stürzte eine wuchtige Welle auf Andy herunter, die ihn umeinanderwirbelte und nach unten riss. Benommen tauchte er wieder auf, spuckte Wasser und sah sich einem verschwommen schimmernden Farbfleck gegenüber, in dessen Mitte ein schwarzes Loch klaffte.

«ANDY!», hörte er Nell schreien.

Der Spiger schlug mit den Beinen um sich und sperrte krampfend alle vier Kiefer auf.

«Dreh dich um und komm her, schnell!»

Ohne Orientierung schwamm Andy auf den Spiger zu.

Die anderen Hendros rückten aus dem Bug in die Mitte des Schlauchboots vor, das knöcheltief mit Wasser vollgelaufen war. Sie hielten einander fest, während einer von ihnen einen langen Arm ausstreckte, der sich wie der Ausleger eines Krans Andy entgegenreckte.

«Umdrehen, Andy!», brüllte Zero. «Verdammt, du schwimmst in die falsche Richtung.

Endlich erkannte Andy, dass der schimmernde Fleck, auf den er zustrebte, nicht Hender war.

Erschrocken wirbelte er herum und sah die Hand über sich schweben.

Er griff danach.

21:35 Uhr

«Zurück!», hörte Kapitän Sol seinen Zweiten Offizier aus dem Zodiac schreien und brachte die Winde wieder auf Hochtouren. Mit Blick hinauf zur Brücke rief er: «Anker lichten, Carl! Halbe Kraft voraus.»

Warburton nickte Marcello zu, der nach dem Funkmikrofon griff, sich kurz besann und dann im gelassenen Tonfall eines Flugzeugpiloten der *Enterprise* meldete: «Wir haben das Problem behoben und machen uns jetzt auf den Weg. Over.»

«*Gratuliere,* Trident», knisterte eine Stimme aus dem Lautsprecher. *«Gute Reise.»*

Warburton zwinkerte Marcello zu. «Danke, *Enterprise.* Auch gute Reise. Wir sehen uns in Pearl Harbor.»

21:38 Uhr

Die Hendropoden und Menschen stiegen aus dem halbüberschwemmten Zodiac aufs Deck der *Trident,* die inzwischen Fahrt aufgenommen hatte.

Die Mannschaft traute ihren Augen nicht angesichts der neuen Passagiere an Bord.

Cynthea filmte den historischen Moment mit vollkommen ruhiger Hand und schwenkte ihren Camcorder unter anderem auch auf Zero, der, tropfnass, aber sichtlich erleichtert, seinerseits Videoaufnahmen von ihr machte.

Geoffrey und Nell waren als Letzte im Zodiac zurückgeblieben, und während sich aller Aufmerksamkeit auf die Hendropoden konzentrierte, holte sie tief Luft und sagte: «Es gibt beinahe nichts, was attraktiver wäre als ein Mann, der in besonderen Momenten die richtigen Worte findet.»

Geoffrey grinste übers ganze Gesicht und reichte Thatcher den letzten Koffer. Als sie ihm aus dem Boot half, lächelte er sie an, runzelte die Stirn und fragte: *«Beinahe?»*

Die zitternden Hendropoden näherten sich der Mannschaft. «Danke, danke!», sagten sie an die Adresse jedes Einzelnen. Copepod grüßte die Besatzung mit lautem Gebell, doch das Wunder seiner Wiederauferstehung wurde kaum zur Kenntnis genommen, weil aller Augen staunend auf die Hendros gerichtet waren.

«Madone», hauchte Marcello und bekreuzigte sich hastig, als er aus dem Achternfenster der Brücke nach unten blickte.

«Die Hendros müssen duschen», erklärte Nell dem Kapitän. «Salzwasser bekommt ihnen nicht.»

«Gut, bringen Sie sie nach unten», sagte Sol. «Und sorgen Sie bitte dafür, dass sie sich nicht an Deck blicken lassen, jedenfalls so lange nicht, bis uns eingefallen ist, wie wir das erklären sollen.»

Nell und Geoffrey führten die Hendropoden in den Waschraum.

«Ich werde Copey was zum Fressen geben, Captain», sagte Andy.

«Tun Sie das. Kaum zu glauben, dass der Köter lebt. Tja, es passieren offenbar doch noch Zeichen und Wunder.»

«Ich nehme an, Sie sind der Kapitän», sagte Thatcher. Er hielt einen der an Bord gebrachten Aluminiumkoffer mit beiden Armen an sich gedrückt.

«Ja, und wer sind Sie, Sir?»

«Thatcher Redmond. Ich bin Wissenschaftler. Wo können wir unser Gepäck deponieren?»

Kapitän Sol sah vier weitere Koffer auf dem Poopdeck stehen. Er runzelte die Stirn. «Was ist dadrin?»

«Nur ein paar Artefakte der Hendropoden.»

«Hendro–»

«Unserer Gäste.» Thatcher lächelte.

«Aha, verstehe. Samir, würden Sie Mr. Redmond bitte helfen, diese Sachen zu verstauen? Ich schlage vor, in einer der leeren Steuerbordkabinen.»

«Wird gemacht, Captain. Da geht's lang, Mr. Redmond», sagte Samir und nahm zwei Koffer mit.

Cynthea drückte Zeros Hand an ihre Brust. «Sag mir, dass du jede Menge Filmmaterial hast, mein Liebling», gurrte sie.

Zero tippte auf die Stirnband-Kamera an der Schläfe, schaltete sie aus und setzte ihr das Gerät wie eine Krone auf den Kopf. Dann zog er einen Plastikbeutel voller Speichersticks aus der Tasche. «Cynthea, ich bin dein Herr und Gebieter für alle Zeit. Gewöhn dich daran, mein Herzchen.» Er setzte ein unverschämtes Grinsen à la Gary Cooper auf und drückte ihr einen feuchten Kuss auf die Lippen.

Als er, um Luft zu holen, von ihr abließ, wirkte sie um zehn Jahre verjüngt. «Aber, aber ...», schnurrte sie und hob kokett den Zeigefinger.

«Versprochen ist versprochen», flüsterte er ihr ins Ohr, und sie kicherte verzückt.

21:41 Uhr

Nell bat Hender, ihr zu folgen, worauf auch die anderen auf zwei Beine sprangen und mit den beiden über den Niedergang im Mittelrumpf der *Trident* nach unten stiegen. Neugierig und aufgeregt drehten sie ihre Stielaugen in alle Richtungen.

«Wohin gehen wir?», fragte Geoffrey, der das Schlusslicht bildete.

«Ins Fitnessstudio.»

«So etwas gibt es hier auch?»

«Sie wollten, dass wir alle einen Waschbrettbauch haben. Hast du die Show nicht gesehen?»

«Nein.»

«Gott sei Dank. Okay, Hender. Wir sind da.» Sie führte die Gäste in einen weißgestrichenen Raum voll glänzender Trimmgeräte. In einer Nische am anderen Ende waren Duschkabinen untergebracht und, davon abgetrennt, ein kleiner Umkleidebereich mit Spinden und Sitzbänken.

Nell öffnete eine der Kabinentüren und drehte den Wasserhahn auf.

«Nicht Wasser!», sagte Hender.

«Wasser okay. Kein Salz. Siehst du?» Sie hielt ihre Hand unter den Strahl und leckte die Tropfen davon ab.

Hender folgte ihrem Beispiel. «Okay.»

«Steig jetzt da rein und –»

Mehr brauchte sie nicht zu sagen, denn schon stand Hender unter der warmen Dusche und strahlte in allen Farben. «Oooooh.»

«Gut?»

«Guuuuut», seufzte Hender.

Nell lachte.

Die anderen Hendros ließen sich nicht lange bitten und schafften es ohne größere Umstände, die Armaturen zu bedienen.

«Mann, die kapieren wirklich schnell.» Geoffrey bemerkte, dass seine Hände zitterten. Obwohl oder gerade weil er durch und durch Wissenschaftler war, empfand er den Hendros gegenüber eine geradezu religiöse Bewunderung. Zu sehen, wie diese fremdartigen Wesen ihre Köpfe über die Trennwände reckten und aufgeregt miteinander schwatzten, kam für ihn einer Offenbarung gleich, einer Offenbarung jener Ehrfurcht einflößenden Lebenskraft, die aus Vorstellung Wirklichkeit werden ließ und sogar in toter Materie einen göttlichen Funken schimmern ließ. Als er sah, dass Nell ihn beobachtete, zuckte er bloß mit den Schultern.

«Ich weiß», murmelte sie.

Andy brachte einen Stapel Handtücher.

«Stell dir vor», sagte Nell. «Sie duschen tatsächlich!»

«WOOO-WAH!», brüllte plötzlich einer. Er riss die Tür auf, sprang nach draußen und tanzte tropfend über die Fliesen. Geoffrey stellte fest, dass das Wasser viel zu heiß war, und drehte am Regler.

«So, jetzt ist es besser. Alles okay», sagte er und sah, wie sich der Verbrühte beruhigte: Das feuerrote Fell nahm allmählich wieder die natürlichen Grün- und Blautöne an. Schließlich langte er mit dem Arm in die Kabine, verstellte selbst den Regler und prüfte mit fünf symmetrischen Fingern die Wassertemperatur. Dann gab er eine absteigende Tonleiter seltsamer Konsonanten von sich, auf die Hender aus seiner Kabine mit aufsteigender Lautfolge antwortete. Der grün-blaue Hendro stieg wieder unter die Dusche und machte behutsam die Tür hinter sich zu.

«Hoffentlich lassen sie ein bisschen heißes Wasser übrig», sagte Geoffrey. «Ich hätte auch eine Dusche nötig.»

«Ich will einfach nur aus den nassen Sachen raus»,

sagte Nell. «Und dann würde ich gern eine Woche lang schlafen. Andy, könntest du dich jetzt um unsere Gäste kümmern? Und zeig ihnen bitte ihre Kojen im Steuerbordrumpf.»

«Klar, Nell. Was hast du vor?»

«Shoppen», antwortete sie. «Kommst du mit, Geoffrey?»

Er runzelte die Stirn, sagte aber nichts und folgte ihr durch den Korridor in einen großen Raum.

Es war der größte begehbare Kleiderschrank, den Geoffrey je gesehen hatte. An langen Garderobestangen hingen jede Menge Kleidungsstücke, nach Konfektionsgröße und «Damen / Herren» geordnet.

«Das hier müsste dir passen.» Sie warf ihm Jeans und ein T-Shirt zu. «Unterwäsche und Socken sind dort», sagte sie und zeigte auf ein Regal neben der Tür.

«Unglaublich.»

«Ja», bestätigte sie und wählte für sich eine khakifarbene lange Hose. Aus einer Schublade holte sie ein T-Shirt, das dem von Geoffrey ähnlich war, Unterwäsche und Socken. «Das wär's. Gehen wir duschen.»

Auf dem Weg nach draußen fischte sich Geoffrey schnell noch eine Unterhose aus dem Regal. Nell machte das Licht aus und zog die Tür hinter sich zu.

«In einem schwimmenden Fernsehstudio unterwegs zu sein hat auch ein paar Vorteile», sagte sie.

«Reicht das Duschwasser für all die Leute, die hier an Bord sind?», fragte Geoffrey und eilte ihr nach.

«Klar. Das Schiff ist mit einer Entsalzungsanlage ausgerüstet, die über zehntausend Liter am Tag umwälzt.»

«Gut. Ich brauche nämlich jetzt ungefähr achttausend Liter.»

Als sie in den Fitnessraum zurückkehrten, hatten die Hendros ihren Duschgang beendet. Sie hielten Handtücher in den Händen und beobachteten Andy, der ihnen pantomimisch vorführte, wie man sich den Rücken abtrocknet. Zwei versuchten es ihm gleichzutun, doch dann ließen sie die Handtücher fallen und schüttelten ihr Fell einfach aus, so heftig, dass das Wasser in alle Richtungen spritzte. «Na ja, so geht's auch», bemerkte Andy. «Ah, da seid ihr ja wieder.»

«Hey, Andy.»

Nach Nell und Geoffrey kam auch Zero mit seiner Kamera und einem neuen Speicherstick zur Tür herein. «Hab ich viel verpasst?»

«Sie haben geduscht», berichtete Nell.

«Wow.»

«Okay, Hender.» Andy klatschte in die Hände. «Auf geht's.» Und an Nell gewandt: «Ich bringe sie jetzt in ihre Kabinen.»

«Ich komme mit», sagte Zero. «Du auch, Nell?»

«Nein, wir wollen erst einmal aus den nassen Klamotten raus und kommen dann nach.»

Andy musterte Geoffrey für einen Moment und richtete den Blick wieder auf Nell. «Verstehe.» Er lächelte und schüttelte Geoffrey die Hand. «Ich habe Ihnen noch gar nicht gedankt, Binswanger. Also ... vielen Dank.» Er nickte Nell zu und ging. «Mir nach, Hender!»

Die Hendros folgten Hender und Andy. Zero trabte mit laufender Kamera hinterher.

Nell machte die Tür zu.

«Ich schlage vor, wir machen es so: Wir ziehen uns in der Kabine aus; ich werde wahrscheinlich als Erste mit dem Duschen fertig sein und ziehe mich wieder an.»

«Ja, so müsste es gehen», nickte Geoffrey, froh darüber, dass es einen Spielplan gab.

Sie legten ihre frischen Sachen auf die Bänke vor der Spindreihe und streiften Schuhe und Socken ab.

Nell betrachtete ihren alten, ausgelatschten Turnschuh, dessen Gegenstück im Wasser verloren gegangen war. «Es waren meine Lieblingstreter», trauerte sie.

«Tut mir leid, aber zu verhindern, dass sich der Spiger deine Füße schnappt, erschien mir wichtiger. Gibt es auch Schuhe an Bord?»

«Klar. Ich werde mir später welche aussuchen.»

Sie gingen hinüber zu den Duschen und kamen sich aus irgendeinem Grund wie alberne Teenager vor, was aber keiner von beiden wahrhaben wollte, schließlich waren sie erwachsen und nüchtern denkende Wissenschaftler. Er stieg in die Duschkabine rechts außen, sie in die nebenan.

Sie legten ihre nassen Kleider über die Trennwand und drehten das Wasser auf.

«Hast du Shampoo in deiner Kabine?», fragte sie.

«Ähm, ja.»

Er reichte ihr die Flasche um die Ecke.

«Danke.»

Sie berührte seine Hand, als sie danach griff, und summte eine Melodie vor sich hin, während sie die Haare shampoonierte.

«Du bist eher fertig als ich, oder?»

«Ja.» Sie spülte sich ab und versuchte zu vergessen, dass sie beide nackt waren. «Brauchst du das Shampoo?»

«Nein, hier steht noch eine Flasche.»

Sie stieg aus der Kabine und griff nach dem Handtuch. «Ich ziehe mich jetzt an.»

«Okay, ich gucke nicht hin.»

Sie schlang sich das Handtuch um die Hüfte, eilte um die Ecke in den Umkleidebereich und dachte, während sie sich abtrocknete, an Geoffrey und Sex und an Sex mit Geoffrey. Um sich abzulenken, betrachtete sie die Fotos an den Spindtüren, Schnappschüsse von Jesse, dem Unausstehlichen, der wunderschönen Dawn, dem stets höflichen Glyn, dem prahlerischen Dante und all den anderen, und unversehens traten ihr Tränen in die Augen. Sie setzte sich auf die Bank, hielt eine Hand vors Gesicht und schluchzte leise.

«Nell», trällerte es plötzlich wie aus einer Klarinette. Erschrocken blickte sie auf und sah Hender mitten im Raum stehen. Er rieb sich mit einer Hand das Kinn und hielt den Kopf schief.

Schnell versuchte sie, sich mit dem Handtuch zu verhüllen, musste aber vorher aufstehen, weil sie darauf saß. Hender kam näher und musterte sie mit unverhohlener Neugier.

«Hallo, Hender.»

«Nell», flötete er sanft.

Als sie vor ihm zurückwich, blieb er stehen und schaute auf die Fotos an den Spindtüren. Er streckte seine Hände aus und berührte die Bilder derer, die vor vierundzwanzig Tagen auf der Insel ums Leben gekommen waren. Ihr zugewandt, schlug er die behaarten Lider auf und sagte: «Danke, Nell.»

Leise und mit gesenktem Kopf tappte Hender auf allen sechsen aus dem Raum.

Sie schniefte und schaute ihm nach, wischte sich dann die Tränen aus den Augen und langte nach der Unterhose.

«Ich komme jetzt!», rief Geoffrey und bog um die Ecke.

«Ich bin noch nicht angezogen.»

«Oh!» Geoffrey hob wie zur Abwehr die Hände, wobei ihm das Handtuch von den Hüften rutschte.

Wie schnell er wieder um die Ecke verschwunden war, überraschte ihn selbst. Beide prusteten vor Lachen.

«Okay, zieh dich an, meine Liebe. Wie lange brauchst du eigentlich?», wiederholte er.

«Geduld», entgegnete sie und warf ihr Handtuch in seine Richtung. «Das kannst du dir umlegen!»

22:17 Uhr

Nell und Geoffrey hatten sich ohne weitere Zwischenfälle angezogen, aus der überaus bunten Sammlung an Schuhen, die großzügige Sponsoren der TV-Show *SeaLife* zur Verfügung gestellt hatten, etwas Passendes für sich ausgesucht und betraten jetzt zusammen mit Samir und Andy die Brücke.

Thatcher sah sie die Treppe hinaufgehen und folgte ihnen.

Warburton, Kapitän Sol und Marcello hatten eine besorgte Miene aufgesetzt.

«Die Hendros sind in ihren Kabinen», berichtete Andy. «Sie wollen jetzt, wie es scheint, lieber allein sein. Als wir ihnen das Klo gezeigt haben, waren sie hellauf begeistert.»

«Und sie sind offenbar ganz verrückt nach Erdnussbutter», sagte Samir.

«Und Shrimps», ergänzte Andy.

«Wir sollten nach ihnen sehen.» Nell warf einen Blick auf Geoffrey, der nickte.

«Copey weicht Hender nicht von der Seite. Er hat es tatsächlich geschafft, ihn in seiner Kabine aufzuspüren.»

«Ach, dann ist der Hund also bei ihm», sagte Marcello. «Er hat in der Kombüse ein Steak heruntergeschlungen und ist dann weggeflitzt wie ein Blitz.»

«Wo ist Cynthea?», wollte Kapitän Sol wissen.

«Zusammen mit Zero, glaube ich.»

Warburton und Sol tauschten vielsagende Blicke.

«Wir müssen uns einen Plan zurechtlegen», meinte der Kapitän.

«Schon irgendwelche Ideen?», fragte Geoffrey. Er trug ein orangefarbenes T-Shirt mit *SeaLife*-Logo.

«Nicht so richtig», antwortete Warburton.

«Verstehe. Übrigens, mein Name ist Geoffrey Binswanger.»

«Willkommen an Bord, junger Mann.» Kapitän Sol schüttelte ihm die Hand und ließ den Blick zwischen Nell und dem gutaussehenden Wissenschaftler neugierig hin- und herwandern. «Hallo, Mr. Redmond. Warum stehen Sie da so abseits? Kommen Sie zu uns.»

Nell und Geoffrey drehten sich um und sahen Thatcher mit hochrotem Gesicht in der Tür stehen. Er winkte verlegen.

«Wie ich schon zu Carl sagte, gefällt es mir nicht, der Navy gegenüber heimlichzutun», sagte Sol.

«Captain, wir werden gerade über Funk gerufen», meldete Warburton. «Hier *Trident*, over.»

«Trident, *wie wir sehen, sind Sie jetzt in sicherer Entfernung. Der Präsident lässt Ihnen mitteilen, dass Sie Ihre Reise ohne weitere Auflagen fortsetzen können.*»

«Sehr gut, *Enterprise*. Danke für die Eskorte.»

«*Kein Problem,* Trident. *Gehört zu unserem Job. Laufen*

Sie bitte Pearl Harbor an. Sie werden dort ein letztes Mal gecheckt.»

Alle seufzten erleichtert, als Warburton das Funkgerät ausschaltete.

Thatcher räusperte sich. «Und was nun?»

«Wir sollten den Präsidenten anrufen», beschloss der Kapitän. «Er muss wissen, wen wir an Bord haben.»

«Warten wir so lange damit, bis die Navy abgezogen ist», schlug Nell vor.

«Sie dürfte noch eine Weile in der Nähe bleiben», gab Sol zu bedenken. «In zehn Stunden wird die Bombe gezündet.»

«Wie erreichen wir den Präsidenten?», fragte Thatcher.

Warburton zeigte auf ein Telefon, das in einer Aufladestation an der Wand hing. «Über Satellitentelefon. Wir brauchen nur die Null und den Landescode einzugeben.»

«Welchen haben denn die Vereinigten Staaten?», fragte Thatcher.

«Die Eins.»

«Aha.»

«Können wir dem Präsidenten trauen?»

«Uns bleibt wohl nichts anderes übrig, Andy», antwortete Geoffrey.

«Es ist riskant», warnte Nell.

«Der Präsident oder die Armee hat uns wissentlich auf der Insel zurückgelassen.»

Nell wurde blass. «Das können wir nicht mit Sicherheit sagen, Andy.»

«Riskanter wäre es, wenn wir ihn nicht anrufen», argumentierte Kapitän Sol. «Aber dennoch sollten wir es morgen tun. In zehn Stunden wird eine Atombombe gezündet, und dann möchte ich möglichst weit weg sein.»

«Kann uns wirklich nichts passieren?», fragte Nell.

«Laut Auskunft der Navy reicht ein Sicherheitsabstand von zehn Seemeilen. Die haben wir in zwanzig Minuten hinter uns gebracht. Trotzdem wär's mir lieber, wenn wir die Insel noch weiter hinter uns ließen. Ich schlage vor, dass sich jeder von uns in der Zwischenzeit ausruht. Wir haben morgen einen aufregenden Tag vor uns.»

«Captain», sagte Thatcher, «wo könnte man hier auf dem Schiff etwas zu essen bekommen?»

«Ach ja, hätte ich beinahe vergessen. Nell, würden Sie Mr. Redmond bitte zeigen, wo die Kombüse ist?»

«Doktor», korrigierte Thatcher.

«Wie bitte?»

«Doktor Redmond.»

«Oh ...»

Nell fiel ihm ins Wort: «Ich könnte auch einen Happen essen. Wie steht's mit dir, Geoffrey?»

«Ja, ich bin hungriger als ein Spiger.»

Sie lachte. «Mir nach, meine Herren.»

22:34 Uhr

Sie saßen an einem Tisch in der Offiziersmesse. Nell und Geoffrey machten sich mit Heißhunger über die Thunfischsandwiches her. Thatcher verdrückte einen vegetarischen Hamburger mit sauer eingelegtem Gemüse.

«Na, Thatcher, sind Sie immer noch der Meinung, dass wir die falsche Entscheidung getroffen haben?», fragte Nell.

«Diese Frage stellt sich nicht mehr», brummte Thatcher und wischte sich den Schnauzbart mit einer Papierserviette.

«Trotzdem, was denken Sie?», wollte sie wissen.

«Wie Geoffrey schon sagte, ähm … Binswanger? Irrtümer sind nicht ausgeschlossen. Das Redmond-Prinzip scheint hinfällig. Intelligentes Leben muss nicht zwangsläufig zur Umweltzerstörung führen. Die einen gewinnen, andere verlieren. Auf das Ergebnis kommt's nicht an. Was zählt, ist das Spiel.»

«Sie beweisen Größe», meinte Geoffrey.

«Nun ja.» Thatcher verbeugte sich.

«Ich hatte schon befürchtet, Sie wären voller Ressentiments gegen uns.» Nell stibitzte ein saures Gürkchen.

«Keineswegs! Es ist doch offenkundig, dass wir eine Art gerettet haben, deren Intelligenz mindestens ebenso weit entwickelt ist wie die unsere.»

«Wir sind noch nicht raus aus dem Gröbsten. Wer weiß, was geschieht, wenn der Präsident erfährt, dass wir die Henders gerettet haben? Wir sind seinen Entscheidungen auf Gedeih und Verderb ausgeliefert. Wenn wir ihm aber nicht Bescheid sagen, und sie erwischen uns mit den Henders, stehen unsere Chancen noch schlechter.»

«Wer ist mit ‹sie› gemeint?», fragte Thatcher und kniff die Brauen zusammen.

«Das weiß ich selbst nicht», gab Geoffrey zu. «Der Präsident. Die Navy. Die Trilaterale Kommission, die Bilderbergers, die Bruderschaft vom Berg Zion. Was soll's? Kein Hahn würde danach krähen, wenn dieses Schiff von der Bildfläche verschwände.»

Thatcher lächelte. «Ein kalkuliertes Risiko.» Er steckte sich den letzten Bissen in den Mund. «Tja, meine Lieben, ich bin ein alter Mann und brauche jetzt ein weiches Bett. Es war ein langer Tag.»

«Hat man Ihnen eine hübsche Kabine gegeben?», fragte Nell.

«Ja, durchaus.» Thatcher erhob sich.

«Gute Nacht», sagte Geoffrey.

«Gute Nacht.» Thatcher verbeugte sich lächelnd und ging.

«Unser Sandwich ist wirklich lecker», bemerkte Geoffrey nach einer Weile.

«Ja, nur vom Besten», sagte Nell. «Delphinfreundliche Thunfischprodukte.»

«Schauen wir mal nach unseren Hendros.»

«Sie können Gedanken lesen, Dr. Binswanger.»

23:01 Uhr

Nell führte Geoffrey durch die Korridore im Steuerbordrumpf, wo sie Cynthea und Zero vor einer der Kabinen antrafen.

«Wo ist Hender?», fragte Nell.

«Dadrin.» Cynthea zeigte auf eine Tür. Sie war sichtlich angefressen.

«Andy hat uns soeben rausgeworfen», sagte Zero.

«Warum?», fragte Geoffrey.

«Er meinte, Hender sei müde.»

Nell lachte und klopfte an. «Hi, Andy, ich bin's, Nell. Geoffrey und ich würden Hender gern gute Nacht sagen.»

«Klar, kommt rein.»

Cynthea runzelte die Stirn.

Die Tür öffnete sich einen Spaltbreit. «Aber jetzt nicht filmen, okay? Und Cynthea soll draußen bleiben.»

Nell schmunzelte. «Tut mir leid, Cynthea.»

Hender hüpfte auf seiner Matratze auf und ab, während Copepod mit aufgeregtem Gebell immer wieder auf die Koje sprang und zurück auf den Boden. Als die beiden zur Tür hereinkamen, stieg Hender vom Bett und kam mit ausgebreiteten Armen auf sie zu.

«Hallo, Hender», sagte Nell und schüttelte eine seiner Hände. Geoffrey ergriff eine andere. «Alles in Ordnung.»

«In Ordnung, Nell. Hallo, Geoffrey.»

Geoffrey lachte. «Hallo, Hender.»

«Haben unsere Freunde etwas gegessen, Andy?», fragte Nell.

«Ja, der Smutje hat drei Beutel gefrorener Shrimps für sie warm gemacht. Hat ihnen offenbar geschmeckt. Und auch Copey. Sie haben ihn von ihren Tellern naschen lassen.»

Nell lachte. «Es scheint ihnen also gutzugehen. Brauchen sie noch irgendetwas?»

«Nein, es geht ihnen gut.»

«Großartig», sagte Geoffrey und blickte auf Copepod, der um Henders Beine strich und mit dem Schwanz wedelte. «Okay, Hender? Ja?»

«Ja, Geoffrey. Okay. Danke, danke, danke.»

Copepod lief auf Nell zu.

«Copey, Schätzchen, du auch okay?» Sie lächelte und ging in die Knie, ließ sich von ihm belecken und kraulte das Fell zwischen den Schulterblättern. Der kleine Hund blinzelte ekstatisch.

«Copey gut», flötete Hender.

«Er weicht nicht von seiner Seite», bestätigte Andy. «Hender, der Hundeflüsterer. Er könnte im Fernsehen damit auftreten.»

«Vielleicht wird er das noch.» Nell schmunzelte. «Und was ist mit den anderen? Wie geht es ihnen?»

«Sie schlafen schon. Sie haben geduscht, gegessen, sind aufs Klo gegangen und eingepennt, kaum dass sie im Bett waren.»

«Na bitte.» Geoffrey grinste. «Okay, gute Nacht, Hender. Bis bald. Okay?»

Nell nahm den Koloss in die Arme und flüsterte: «Sicherheit, Hender. Jetzt in Sicherheit.» Doch noch während sie die Worte aussprach, kamen ihr Zweifel, ob sie recht behalten würde.

«Sicherheit, Nell», erwiderte Hender und reagierte auf ihre Berührung mit warmen Fellfarben.

Geoffrey sah zu und staunte über das Schauspiel.

«Bis bald, Geoffrey und Nell.» Hender nickte. «Okay, schlafen, richtig?»

«Ja, schlafen. Richtig», salutierte Nell.

«Gute Nacht.» Geoffrey winkte.

«Gute Nacht, gute Nacht», schnurrte Hender, mit vier Händen winkend.

23:14 Uhr

«Er lernt unglaublich schnell», flüsterte Nell, als sie die Kabinentür zugezogen hatte.

«Ja, enorm.» Geoffrey gähnte. Ihm wurde plötzlich bewusst, dass er vor einunddreißig Stunden das letzte Mal richtig geschlafen hatte. «Wo auf diesem Schiff könnte ich mich langmachen?»

«Mir nach.» Nell führte ihn in den Backbordrumpf.

«Hier», sagte sie. «Meine Kabine. Keine Sorge, auch ich bin hundemüde.»

«Du bist voller Überraschungen.» Geoffrey grinste schief. «Gibt's keine freien Kabinen an Bord?»

«Vielleicht», antwortete sie. «Das weiß ich nicht so genau.»

Sie schaltete das Licht aus, stieg auf ihr Doppelbett und warf ihm eins ihrer Kissen zu.

«Waagerecht ist es ja … Gut, einverstanden.» Er streckte sich auf seiner Seite aus und kehrte ihr den Rücken.

Es war kühl in der Kabine. Nell schmiegte sich von hinten an ihn.

«Keine Bange», sagte sie. «Ist bloß ein Kuschelreflex, gut zu beobachten auch bei nordamerikanischen Wölfen.»

«Tatsächlich?»

«Im Grunde bei allen Säugern.»

Er lachte.

«Weil's schön warm hält», flüsterte sie. «Schlaf gut.»

Geoffrey fühlte sich wohl mit dieser Frau, die so nah bei ihm lag. Er spürte ihren Atem im Nacken. «Ist dir schon mal aufgefallen, dass die Namen vieler Wissenschaftler Ähnlichkeit mit ihrem jeweiligen Forschungsgebiet haben?», fragte er schläfrig. «Ich werde irgendwann eine empirische Studie durchführen und eine kleine Monographie zu diesem Thema verfassen.»

Sie kicherte und gähnte.

«Bob Brain zum Beispiel, der berühmte südafrikanische Anthropologe und Entdecker der Hominiden mit großem Gehirn.»

«Steve Salmon, der Fischkundler.»

«Mitchell Byrd, der Ornithologe.»

«Ich hatte mal einen Zahnarzt namens Bud Bitwell.»

«Nein.»

«Doch.»

«Ein Künstlername, oder?»

«Ich glaube nicht. Würde aber zu ihm passen, dass er sich einen zulegt. So etwas müsstest du in deiner Studie mit berücksichtigen.»

«Und da wäre natürlich Alexander Graham Bell.»

«Stimmt.»

«Der hat es mir schon als Kind angetan. He, und unser großer Geologe aus England, Dr. Livingstone.»

«Ich hatte einen Geologieprofessor mit Namen Mike Mountain.»

«Mein Botanikprofessor hieß Mike Green.»

«Sehr schön.»

«Und wie steht's mit Charles Darwin?»

«Hä ...?»

«Als Schöpfer des Darwinismus.»

«Nun ja, ich weiß nicht. Wie Isaak Newton, Begründer der Newton'schen Physik.»

«Ganz zu schweigen von Freud.»

«Selbst wenn man Freud nicht erwähnt, ist er immer mit im Spiel.»

Sie schmiegte sich enger an ihn und seufzte schläfrig. «Genau.»

«Du bist wirklich ein Fall, der in keine Schublade passt.»

«Tja, Namen sind in der Tat sehr aufschlussreich, Dr. Binswanger. Womöglich bist du da einer wichtigen Gesetzmäßigkeit auf der Spur», flüsterte sie ihm in den Nacken, zu müde, um ihren Kopf zu bewegen. «Mal sehen. Nach deiner Theorie müsste ich ...»

«Wenn Namen einen Einfluss auf ihre Träger haben,

müsstest du dich meiner Theorie nach mit Enten oder Schnabeltieren beschäftigen.»

«Ich hatte tatsächlich mal eine Hadrosaurier-Phase und war ganz verrückt nach Entenschnabelsauriern.» Sie kicherte.

«Na bitte, meine Theorie wäre also verifiziert.»

«Du bist ein Genie. Und was bedeutet Binswanger?»

«Nun ...»

«Ich weiß: Ein Binswanger ist bisweilen schlicht und einfach nur ein Binswanger.»

«Hoho.»

Zum ersten Mal seit langem fühlte sie sich plötzlich ganz sicher. Sie glaubte auch ihn und die Hendros in Sicherheit zu wissen und spürte, wie wichtig ihr dieses Bedürfnis nach Geborgenheit war. Es versetzte ihr einen Stich, daran zu denken, dass in weniger als neun Stunden alles Leben auf Henders Island vernichtet sein würde.

«Du musst mir bei Gelegenheit erklären, wieso du glaubst, dass Hendropoden unsterblich sein könnten», murmelte sie.

«Versprochen», sagte er. «Träum süß, mein Liebling.» Die Worte kamen ihm überraschend selbstverständlich über die Lippen.

«*Hmm*, ja, danke, du auch.» Sie lächelte, und bald darauf waren beide eingeschlafen.

17. September

2:29 Uhr

Thatcher drückte auf die Krone seiner Indilgo-Armbanduhr und beleuchtete mit dem schimmernden Zifferblatt die Luke, vor der er stand.

Er öffnete die Verriegelung und schlich in den Lagerraum, wo die Aluminiumkoffer verstaut waren, nahm dann die Uhr vom Handgelenk und suchte in deren grünlichem Schein nach dem Koffer, den er markiert hatte.

Er griff danach und eilte auf leisen Sohlen zum Regieraum im Steuerbordrumpf. Er klopfte an die Tür, um sich zu vergewissern, dass niemand darin war, und schlüpfte hinein.

Der Raum war dunkel. Peach hatte sich in seine Kabine zurückgezogen und seine Computer in den Ruhezustand heruntergefahren. Die roten LCD-Leuchten blinkten wie kleine Augen.

Thatcher öffnete den Koffer, seine Pandorabüchse, und schüttete den Inhalt aus. Sechs Hendersratten purzelten auf den Boden. Sie schienen tot zu sein, fingen aber bald zu zucken und zu krabbeln an.

«Willkommen an Bord des Motorschiffes *Pest*, ihr kleinen Bastarde», flüsterte er. «Seid fruchtbar und mehret euch.»

Leise zog er die Tür hinter sich zu. Der Gang war leer. Zu hören war nur das Wummern der Maschinen. Er rannte los in Richtung Achterdeck.

Eine Minute später sprang er in den großen Zodiac, der immer noch zwischen Backbord- und Mittelrumpf im Schlepp der *Trident* hing. Er zog seinen Leatherman aus Tasche elf und zerschnitt mit der gezahnten Klinge die Nylonleine.

Das Schlauchboot fiel im Kielwasser der *Trident* zurück.

«Wer zuletzt lacht, Dr. Binswanger», dachte er triumphierend, als der Trimaran in der Frühlingsnacht verschwand.

Er griff nach dem Satellitentelefon, das er aus dem Humvee mitgenommen hatte, und fischte aus einer anderen Westentasche seinen GPS-Navigator. Das Licht reichte gerade aus, um die Tastatur am Telefon zu erkennen. Er tippte eine Nummer ein.

Schon nach dem zweiten Rufzeichen meldete sich eine grantige Stimme.

«Stapleton! Wusste ich doch, dass Sie noch auf sind, alter Freund ... Wie bitte? Na schön, dann sind Sie halt jetzt wach. Ich bin's, Thatcher. Ja! Ich brauche Ihre Hilfe, *mon frère*. Ich musste runter vom Schiff und treibe jetzt in einem Schlauchboot durch den *Südpazifik*. Im Ernst. Sie ahnen nicht, wie ernst es mir ist. Die ganze Geschichte jetzt zu erzählen würde zu lange dauern. Notieren Sie sich meine GPS-Koordinaten, bevor die Verbindung abbricht: 45, 34 Grad, 23 Minuten, 1 Sekunde südlicher Breite – 135, 17 Grad, 12 Minuten, 51 Sekunden westlicher Länge. Informieren Sie die Navy! Alles Weitere erkläre ich Ihnen später. Ich brauche Ihre Hilfe, mein Freund. Haben Sie endlich was zum Schreiben? Okay, ich wiederhole –»

7:09 Uhr

Die Frühlingssonne der südlichen Hemisphäre ging über der Kimm auf und wärmte das Gesicht des schlafenden Zoologen Thatcher Redmond.

Das Satellitentelefon läutete in seiner Westentasche und weckte ihn aus einem seltsamen Traum, in dem er sich auf einem Floß im offenen Meer treibend gesehen hatte.

Er richtete sich im Heck des großen Zodiac auf und starrte auf die riesige Breitseite der Kriegsfregatte *USS Nicholas.* Stapleton hatte seinen Hilferuf weitergeleitet.

«Ja, hallo», meldete sich Thatcher am Telefon. «Mein Name ist Dr. Thatcher Redmond. Ich muss mir wohl letzte Nacht den Kopf gestoßen haben, über Bord gegangen und in dieses Schlauchboot gestürzt sein», improvisierte er fahrig. «Es sei denn, jemand hat mutwillig nachgeholfen.»

«Waren Sie auf diesem Schiff dahinten, Sir?», fragte der Anrufer, der sich anscheinend an Bord der Fregatte befand.

Thatcher drehte sich um und sah die *Trident* am Horizont, die er meilenweit weg wähnte.

«Ja», antwortete er und ging in Gedanken blitzschnell mehrere Spielzüge durch. «Das Schiff ist verseucht mit gefährlichen Tieren, die verbotenerweise mit an Bord genommen wurden. Ich habe als Wissenschaftler einen guten Ruf zu verteidigen und bin entsetzt über das verantwortungslose Verhalten einiger weniger.»

«Sie sagen, Tiere der Insel seien auf dieses Schiff geschmuggelt worden, Sir?»

«Ja. Gefährliche Tiere. Von Henders Island.»

Es war lange still in der Leitung. Das Schlauchboot schaukelte auf den Wellen.

Plötzlich ertönte eine laute Stimme aus Lautsprechern an Bord der Fregatte. «EIN RETTUNGSHUBSCHRAUBER DER *USS STOUT* WIRD IN SPÄTESTENS EINER STUNDE HIER SEIN UND SIE AUS DEM WASSER HOLEN, SIR. HABEN SIE EIN WENIG GEDULD.»

Die Fregatte nahm Fahrt auf und steuerte mit schrillem Alarm auf die *Trident* zu.

An den Rand des Schlauchboots gelehnt, schaute Thatcher lächelnd der *USS Nicholas* nach und klopfte alle Taschen seiner Weste ab, in der Hoffnung, noch etwas zu knabbern darin zu finden.

7:15 Uhr

Vom Nebelhorn geweckt, tauchten nach und nach die Besatzungsmitglieder der *Trident* schlaftrunken auf dem Vorderdeck auf. Drei Schiffe der Navy steuerten aus unterschiedlichen Richtungen auf sie zu.

Kapitän Sols Stimme schepperte durch die Außenlautsprecher: «Alle Mann an Deck! Wir müssen auf Befehl der Navy unser Schiff verlassen.»

Geoffrey und Nell eilten auf die Brücke, wo sich Peach und Cynthea, Zero und Andy um Kapitän Sol und seinen Ersten Offizier geschart hatten.

Dort angekommen, hörten sie einen Navy-Offizier mit scharfer Stimme über Funk sagen: «*Alle Passagiere sind aufgefordert, sich an Deck zu versammeln. Sie werden von uns an Bord genommen. Es ist Ihnen ausdrücklich untersagt, Gepäck oder sonstige Gegenstände mit sich zu nehmen. Die* Trident *wird versenkt.*»

Die Stimme schien keinen Widerspruch zu dulden und wiederholte die Forderungen.

«Sagen Sie ihnen, dass wir den Präsidenten zu sprechen verlangen!», rief Nell.

Kapitän Sol ergriff das Mikrofon. «Hier spricht Sol Meyers, Kapitän der *Trident.* Wir haben eine Bitte, die wir direkt an den Präsidenten richten möchten.»

«Trident, *Sie werden unseren Anordnungen unverzüglich Folge leisten. Ist das verstanden?*»

«Das war's dann wohl», murmelte Zero.

«He, Moment», sagte Geoffrey. «Wir befinden uns doch in einem schwimmenden Fernsehstudio, oder?»

Cynthea schüttelte den Kopf und verzog das Gesicht. «Nach Dantes Tod hat die Navy uns die gesamte Senderanlage demontiert.»

«Ich habe noch das Videofon», sagte Peach.

«Peach!» Cynthea legte ihm die Hände auf die Schultern.

Peach reichte ihr ein zweites drahtloses Headset, das er die ganze Zeit am Hals getragen hatte.

«Du bist mein Held!», frohlockte Cynthea.

«Ich weiß, Boss.» Peach rannte los, gefolgt von Zero.

«Beeilung», rief sie den beiden nach.

Cynthea setzte sich den Kopfhörer auf und rückte das Mikro zurecht. «Stell dich mit dem Ding ins Vorschiff, Peach, und sieh zu, dass die Kriegsschiffe ins Bild kommen. Wir werden einen Menschenschild bilden.»

Sie griff nach dem Satellitentelefon, wählte eine Nummer und zwinkerte Nell zu. «Hi, Judy, hier ist Cynthea Leeds. Verbinde mich bitte mit Barry, Schätzchen.»

Kapitän Sol blickte mit sorgenvoller Miene durch das große Fenster auf die rasch näher rückenden Schiffe.

7:16 Uhr

Peach und Zero eilten durch den Gang zum Regieraum. Kaum hatte Zero die Tür geöffnet, sprangen ihm fünf Hendersratten entgegen.

Sofort schlug er die Tür wieder zu, gerade noch rechtzeitig. Kalter Schweiß brach ihm aus. «Scheiße, Scheiße, Scheiße!» Er starrte Peach mit großen Augen an.

Weiter unten im Gang kam Hender aus seiner Kabine, gefolgt von Copepod. Er sah die beiden, gähnte und kratzte sich mit vier Händen an Kopf und Bauch. Plötzlich schien er etwas zu hören oder zu riechen. Er erschrak. Er ließ sich auf vier Beine fallen und trippelte eilends herbei. Der Hund blieb ihm knurrend auf den Fersen.

«Ooooooh!», tönte Hender wie eine auf der Tonleiter nach oben steigende Klarinette.

Sekunden später waren die anderen Hendropoden zur Stelle. Sie scheuchten die Menschen fort, öffneten vorsichtig die Tür zum Regieraum, huschten einer nach dem anderen hinein und schlugen die Tür hinter sich zu.

«Bist du endlich so weit, Peach?», fragte Cynthea über Funk.

«Ähm, es gibt hier eine Verzögerung, Boss», antwortete Peach durch sein Headset.

«Dafür haben wir keine Zeit!», blaffte sie.

Zero schüttelte den Kopf.

Doch Peach ließ sich nicht aufhalten. Er holte tief Luft, biss die Zähne aufeinander und verschwand im Regieraum, wo er in aller Eile seine Sachen zusammenkramte: Videofon, Kamera, Laptop und Mikrofone. Die Hendropoden schwirrten um ihn herum und wehrten die Ratten ab, die ihn zu attackieren versuchten. Eine erwischte ihn mit scharfer Klaue an der Stirn, streifte aber an ihm vorbei und stürzte zu Boden, getroffen von einem flachen schwarzen Stein, den einer der Hendros auf sie geschleudert hatte. Peach fasste sich an den Kopf. Aus einer Wunde an der Stirn sickerte Blut, was ihn aber nicht weiter störte.

Schnell hatte er seine Sachen eingepackt und sprang nach draußen. Die Hendropoden blieben zurück und schlugen die Tür hinter ihm zu. Als er an sich herabblickte, sah er zu seinem Entsetzen, dass sich eine Ratte in seinem Hosenbein verbissen hatte. Er schrie aus Leibeskräften, worauf sich die Tür wieder öffnete, ein behaarter Arm nach draußen langte und die Ratte von der Hose pflückte. Gleich darauf war die Tür wieder zu.

«Komm jetzt!», brüllte Zero.

«Und was ist mit denen dadrin?»

Copepod bellte und kratzte mit den Pfoten an der Tür.

Plötzlich kam Andy um die Ecke. «Wo ist Hender?»

«Im Regieraum», antwortete Zero.

Andy griff nach dem Knauf, wurde aber von Zero zurückgehalten.

«Geh auf keinen Fall da rein. Aber bring die Hendros, wenn sie gleich rauskommen, nach oben, und zwar schnell», sagte Zero und eilte Peach nach.

7:18 Uhr

Thatcher stopfte sich eine Handvoll Studentenfutter in den Mund und genoss die Aussicht: Vor dem Bug der *Trident* stoben mächtige Wasserfontänen auf, emporgeschleudert von Granaten, die zur Warnung abgefeuert wurden.

Der Zodiac glitt im Kielwasser über einen weißen Teppich aus unzähligen Luftblasen, aufgewühlt von den Schrauben der Fregatte.

Er grinste zufrieden, sooft eine weitere Detonation schallverzögert über das Wasser rollte. Die Passagiere an Bord der *Trident,* so spekulierte er, würden sich glücklich schätzen können, wenn sie denn am Leben blieben, und wenn sich die Wellen der Empörung gelegt hätten, wäre gewiss niemand von ihnen imstande, die gegen sie erhobenen Vorwürfe zu entkräften. Es war außerdem sehr wahrscheinlich, dass die Hendropoden zusammen mit den Ratten an Bord getötet werden würden, sobald die Navy das Schiff unter Kontrolle hatte.

Thatcher war überzeugt davon, eine wasserdichte Geschichte vortragen und dank seiner Reputation glaubwürdig bleiben zu können. Unabhängig vom Ausgang des ganzen Skandals, würden die anderen die Zweifel an ihrer Integrität nie ausräumen können. Aller Wahrscheinlichkeit nach stünde er am Ende besser da als je zuvor, auch wenn ein Wunder geschähe und die anderen überlebten. Er würde nur gegen sie aussagen müssen und als Augenzeuge berichten können, dass sie extrem gefährliche Lebewesen von der Insel heruntergeschmuggelt und sich damit der Anordnung des Präsidenten widersetzt hatten. Und der Ort des Verbrechens wäre von einer Atombombe in Schutt und Asche gelegt.

Leider hatte er, anders als geplant, alle Aufmerksamkeit der Navy auf die *Trident* lenken müssen. Seine Rechnung würde darum nicht ganz aufgehen, denn er hatte darauf spekuliert, dass die gefräßigen Ratten das Schiff übernehmen und schließlich an Land gehen würden, wenn es irgendwo nach langer Irrfahrt strandete. Die

Saat der Vernichtung des Menschen hätte aufgehen können, während ihm im fernen Costa Rica eine genussreiche Schonfrist bis zu seinem natürlichen Lebensende geblieben wäre. Was für eine großartige Show hätte sich ihm geboten, wenn die menschenzentrierten Ökosysteme rund um den Globus eins nach dem anderen in sich zusammenbrächen.

Sei's drum. Er konnte eigentlich getrost davon ausgehen, dass Besatzung und Passagiere der *Trident,* als Terroristen verdächtigt, in einer Konfrontation mit der Navy ums Leben kämen. Nachteile für ihn gab es nicht wirklich.

«Tja, Dr. Binswanger», verhöhnte Thatcher den jungen Wissenschaftler im Geiste und zitierte das Redmond-Prinzip, «der freie Wille ist zu allem imstande und wird seine Pläne verwirklichen.» Er biss sich auf die Unterlippe, als ihm bewusstwurde, dass er nicht nur die Theorie des freien Willens entwickelt hatte, sondern auch der lebende Beweis dieser Theorie war. Er schüttelte sich vor Lachen über diesen Gedanken. Nachdem er seinen eigenen Sohn umgebracht und die Vernichtung seiner eigenen sowie zahlloser anderer Spezies vorprogrammiert hatte, war das Redmond-Prinzip kategorisch bestätigt, und zwar ganz allein durch sein Wirken.

7:20 Uhr

Die Schiffe der Navy rückten näher. Weitere Warngeschosse explodierten dicht vor der *Trident.*

«Beeilung, Cynthea», drängte Kapitän Sol. Über Funk gab er klein bei: «Wir folgen Ihren Anordnungen! Wir folgen Ihren Anordnungen!»

«Alle Mann an Deck, Captain!», hieß es wieder von der anderen Seite.

Cynthea hielt das Telefon ans Ohr gepresst. «Barry, wir schreiben Fernsehgeschichte! Nein, es ist mehr als das, Schätzchen. Komm schon, gib dir einen Ruck, SAG JA.»

7:21 Uhr

Während sich die Mannschaft auf dem Deck des Vorschiffs versammelte, installierten Zero und Peach das Videofon und warfen immer wieder flüchtige Blicke auf die beiden riesigen Navy-Schiffe, die sich steuer- und backbords näherten.

7:21 Uhr

«Hender», rief Andy durch die Tür zum Regieraum. «Wir müssen nach oben.»

7:21 Uhr

Von sanften Wellen im Kielwasser der Fregatte geschaukelt, beobachtete Thatcher das martialische Manöver der Navy.

Plötzlich entdeckte er zwischen Schwimmflossen und Taucherflaschen eine Dose Planters Cashews. Er griff danach, öffnete den Deckel und stellte zu seiner Enttäuschung fest, dass nur noch wenige Nüsse darin waren.

7:21 Uhr

Wild entschlossen verhandelte Cynthea am Telefon mit den Produzenten von *SeaLife*. Schließlich spielte sie ihre letzte Trumpfkarte aus: «Es könnte gut sein, dass wir alle GETÖTET werden, Barry – LIVE im Fernsehen!»

7:22 Uhr

Cynthea rannte von der Brücke nach unten in Richtung Vorschiff und schrie: «Okay, Klappe zu. Wir gehen auf Sendung. Keine Fragen. Wo sind sie?»

Die auf dem Vorderdeck versammelte Mannschaft vor dem Hintergrund der dräuenden, massiven Kriegsschiffe passte perfekt ins Bild. Aber kein Hendropode war zu sehen.

Cynthea kam mit fliegenden Haaren herbeigerannt, stellte sich vor die Kamera und gab die Reporterin. «Die Überlebenden der *Trident*-Besatzung werden jetzt von der US Navy bedroht und vor die Alternative gestellt, von Bord zu gehen oder mit Mann und Maus unterzugehen. Warum?» Nervös warf sie einen Blick zurück auf den Niedergang in der Hoffnung, die Hendros träten endlich in Erscheinung. «Weil wir eine ganz außergewöhnliche und bemerkenswerte Spezies vor der Vernichtung gerettet haben.»

Wieder platzte eine Granate. Unmittelbar vor dem Bug.

7:23 Uhr

«Wir müssen los, Hender», brüllte Andy. «Kommt endlich raus, dalli, dalli!»

Als er nach dem Knauf langte, ging die Tür plötzlich nach innen auf.

Hender stand vor ihm. «Okay», sagte er. «Hi, Andy.»

Copepod kläffte.

7:23 Uhr

Cynthea sah Andy kommen. Die fünf Hendropoden folgten dichtauf.

Backbords war das erste Schiff der Navy bis auf wenige Meter herangerückt. Es ragte haushoch über ihnen auf und drohte, die *Trident* zu rammen.

Aus den Lautsprechern dröhnte es: «SIE SIND AUFGEFORDERT, DAS SCHIFF UNVERZÜGLICH ZU VERLASSEN. ES IST IHNEN UNTERSAGT, GEPÄCK VON BORD ZU BRINGEN. BEI ZUWIDERHANDLUNG WIRD GESCHOSSEN.»

Als die Hendropoden sahen, wie von einer Kanone an Bord des Zerstörers ein scharfer Wasserstrahl auf den Trimaran gespritzt wurde, versuchten sie Reißaus zu nehmen.

Andy hielt Hender zurück. «Nein, alles okay. Keine Angst. Komm!»

Von Hender mit sanften Summ- und Klicklauten ermutigt, folgten auch die anderen Hendropoden Andy auf dem Weg zum Vorschiff.

Hinter ihnen kroch eine letzte Hendersratte aus der Niedergangluke und wetzte ihre spitzen Greifarme.

Die Hendropoden waren gerade in den Bildausschnitt der Kamera gerückt, als die kleine Bestie im hohen Bogen durch die Luft geflogen kam. An Henders Seite knurrte Copepod warnend.

Geradezu lässig blockte Hender den Sprung der Ratte mit einem der Hinterläufe ab und versetzte ihr einen Tritt, der sie über die Reling ins Wasser schleuderte.

Mit wild zuckenden Gliedern versank sie im Meer.

Nell, Geoffrey, Andy, Kapitän Sol, Warburton, Cynthea, Samir, Marcello und die übrigen Besatzungsmitglieder nahmen die Hendropoden in ihrer Mitte und bildeten einen menschlichen Schutzschild.

Eingeschüchtert von der allgemeinen Aufregung und dem Anblick der riesigen Schiffe, gingen die Hendros in Deckung.

11:24 Uhr EDT

Im Situation Room des Weißen Hauses waren auf etlichen Plasmabildschirmen alle größeren Fernsehkanäle eingeblendet.

Der Präsident und seine Berater aber starrten nur auf einen Schirm – denjenigen, der die vom Zerstörer *USS Stout* aufgenommenen Bilder in Direktübertragung zeigte.

«Captain Bobrow, können Sie mich hören?», fragte der Präsident den Kommandanten der *Stout.*

«Ja, Sir.»

«Ich will sehen, wer da an Deck ist.»

«Jawohl, Sir.»

Die Kamera zoomte das Vorschiff der *Trident* heran, auf dem die Besatzung dicht beieinanderstand.

«Ist das nicht Nell?», fragte der Präsident. «Nell Duckworth, wenn ich mich richtig erinnere. Ich dachte, sie wäre bei dem Unfall auf der Insel ums Leben gekommen. Und das da ist doch Dr. Binswanger.»

Alle Anwesenden waren wieder einmal beeindruckt von dem außergewöhnlichen Gedächtnis des Präsidenten für Namen und Gesichter.

«Was geht da vor sich, Wallace? Stellen Sie das Feuer ein, Captain Bobrow. Sofort, verdammt. Haben Sie mich verstanden?»

«*Ja, Mr. President. Aber es sind nicht wir, die schießen, sondern die Kameraden von der* USS Nicholas.»

«Ich wiederhole: Feuer einstellen, sofort.»

«Jawohl, Sir!»

«Was ist das … da, inmitten all dieser Leute?», fragte der Verteidigungsminister.

«Holen Sie das Bild noch näher heran, Captain Bobrow.»

«Ja, Sir, wir versuchen es.»

Plötzlich flog die Tür auf. Der Pressesprecher hastete herbei. «Mr. President! Schalten Sie den Discovery Channel ein, Sir!»

«Wie bitte?»

7:25 Uhr

«VERLASSEN SIE DAS SCHIFF. OHNE GEPÄCK. BEI ZUWIDERHANDLUNG WIRD GESCHOSSEN!», dröhnte es aus Megafonen.

«Hier sind die erstaunlichen Bewohner von Henders Island», rief Cynthea triumphierend ins Mikro.

Marcello küsste sein Christophorus-Abzeichen.

Cynthea streckte den Arm aus, hielt aber plötzlich verwirrt inne. Die Hendropoden waren nicht zu sehen. «Was ist passiert? Wo sind sie?»

16:25 Uhr GMT

Weltweit saßen sechs Millionen Menschen vor ihren Fernsehapparaten, als plötzlich alle laufenden Programme unterbrochen und Videoaufnahmen von der *Trident* live eingespielt wurden.

Schon zwei Minuten später war das Publikum auf über zweihundert Millionen angewachsen. Und die Zahl stieg weiter, während die TV-Satelliten auf ihren Umlaufbahnen das eingespeiste Filmmaterial in Echtzeit in die ganze Welt sendeten.

11:26 EDT

Der Präsident hörte, was Cynthea Leeds im Vorschiff der *Trident* zu sagen hatte. Von den «erstaunlichen Bewohnern» aber nichts, und niemand war zu sehen. Was meinte sie bloß?

«Der Präsident der Vereinigten Staaten und die Navy schicken sich an, nicht nur uns zu töten, sondern auch eine bislang unbekannte hochintelligente Spezies zu vernichten, die das gleiche Recht hat, auf unserem Planeten zu wohnen wie wir.»

Von den Lautsprechern der *Stout* dröhnte es im Hintergrund: «*TRIDENT,* SIE WIDERSETZEN SICH STRIKTEN ANWEISUNGEN DER US NAVY. WENN SIE IHR SCHIFF NICHT IN DREISSIG SEKUNDEN VERLASSEN HABEN, WERDEN WIR SIE UNTER BESCHUSS NEHMEN.»

«Das gefällt mir nicht, Mr. President», sagte der Verteidigungsminister. «Warum missachten diese Leute unseren Befehl? Sind sie verrückt geworden?»

7:27 Uhr

Immer wieder schepperte es aus den Lautsprechern: «VERLASSEN SIE SOFORT DAS SCHIFF.»

«Die US Navy setzt ihren Countdown fort und scheint entschlossen, uns zu töten», erklärte Cynthea.

Es wurde still, unerträglich still. An Bord der *Trident* starrte alles auf die Uhr und zählte die Sekunden mit. Die Warnschüsse waren eingestellt worden, doch niemand wusste, ob dies ein gutes oder schlechtes Zeichen war.

Andy duckte sich und flüsterte in eines der Ohren, von dem er hoffte, dass es zu Hender gehörte: «Auf jetzt, Hender, zeig dich!»

Plötzlich tauchte Hender auf. Sein Fell schillerte in hellen Farben, als er mit flötender Stimme ausrief: «Hallo, Leute. Danke für uns retten.»

Auch die anderen Hendropoden richteten sich zur vollen Größe auf, winkten in die Kamera und flöteten unisono: «Danke, danke, danke.»

11:27 Uhr EDT

«Wie … was jetzt …?» Dem Präsidenten fiel die Kinnlade herunter.

Fassungslos starrte er seinen Verteidigungsminister an und richtete dann den Blick zurück auf die Mannschaft der *Trident*, die verängstigt, aber entschlossen dem Ultimatum getrotzt hatte.

Eine halbe Milliarde Zuschauer – die allesfressenden Augen der Menschheit rund um den Globus – sahen Hendropoden vor sich.

Viele lachten und hielten das, was ihnen geboten wurde, für einen Gag. Andere kniffen die Brauen zusammen und dachten, man wolle sie auf den Arm nehmen. Etliche reagierten entsetzt, während manche vor lauter Ergriffenheit zu weinen anfingen und von einem Wunder sprachen. Wiederum andere zitterten vor Angst und sahen ihr Ende gekommen.

In Echtzeit wurde die Welt auf den Kopf gestellt. Den meisten, die zusahen, war auf Anhieb klar, dass sich alles menschliche Fühlen und Denken von Grund auf verändern würde, und schon hatte in Wohnzimmern, Cafés, Bars und Studentenwohnheimen auf allen fünf Kontinenten der Streit darüber begonnen, wie dieser historische Einschnitt zu bewerten sei.

«Schockschwerenot», sagte der Präsident.

7:28 Uhr

Peach schwenkte die Kamera auf das zweite Schiff der Navy, das sich längs des Steuerbordrumpfs der *Trident* näherte, während am Horizont ein drittes Schiff zu sehen war.

Nell riss Cynthea das Mikrofon aus der Hand. «Mr. President, ich hoffe, Sie sehen uns, und flehe Sie an: Verschonen Sie diese ganz besonderen Lebewesen.»

Cynthea staunte über Nells Chuzpe und flüsterte ihr zu: «Na bitte, da haben wir's endlich: unser kleines Drama. Gute Arbeit, Nell.» Dann nahm sie das Mikro wieder an sich und rief: «Wir und der Rest der Welt werden erfahren, wie über ihr und unser Schicksal entschieden wird.»

Marcello sah den Sekundenzeiger seiner Uhr über die 30-Marke hinwegticken, legte eine Hand auf Henders Arm und schloss die Augen.

Hender tätschelte seine Hand und Andys Schulter, während seine Augen in unterschiedliche Richtungen spähten.

Bald darauf fingen die Lautsprecher an Bord des Zerstörers wieder zu scheppern an. Eine dröhnende Stimme meldete: «DER PRÄSIDENT HAT DAS ULTIMATUM AUFGEHOBEN. WIR BITTEN UM ERLAUBNIS, AN BORD KOMMEN ZU DÜRFEN.»

«Drama!», triumphierte Cynthea.

Freudenrufe erschallten, und alles fiel sich – artübergreifend – in die Arme.

7:29 Uhr

Eingekeilt zwischen Boden und Seitenschlauch, steckte, wie Thatcher bemerkte, ein Gefäß mit blauem Deckel. Aha, vielleicht waren da noch ein paar Nüsse zu finden. Er kam um vor Hunger.

Er zog das Gefäß hervor, öffnete den Deckel und schaute hinein.

Henderswespen und Drillwürmer schwirrten daraus hervor, ihm geradewegs ins Gesicht und in die Augen. Schlagartig wurde ihm bewusst, dass es sich um eines von Henders Glühgläsern handelte, mit denen er die *Trident* zu Hilfe gerufen hatte.

In Sekundenschnelle hatten sich Drillwürmer durch seine Augenlider und die Gummihaut des Bootes gebohrt. Schreiend fuchtelte Thatcher mit den Armen, verfing sich dabei in den Seilen und Gurten der Tauchausrüstung und spürte, wie die Luft aus den Schläuchen entwich. Schon faltete sich das erschlaffte Boot über ihm zusammen, hinabgezerrt von den schweren Außenbordmotoren. Unter Wasser gefangen und starr vor Entsetzen, glaubte er, grelles Licht explodieren zu sehen, als sich die Würmer durch seine Sehnerven fraßen. Dann wurde es dunkel, und dann war da nichts mehr.

8:12 Uhr

Vom Luftwaffenstützpunkt Whiteman in Missouri startete ein mattschwarzer Tarnkappenbomber und raste mit doppelter Schallgeschwindigkeit im Tiefflug über den Südpazifik.

«He, Zack! Das Ding bricht ja von ganz allein auseinander», bemerkte der Copilot.

Im Anflug auf die Insel war zu erkennen, wie ein großer Teil der Uferklippen ins Meer stürzte.

«Verdammt. Okay, an die Arbeit», sagte der Pilot.

Kurz bevor die Maschine auf Höhe der Insel war, öffnete sich der Bombenschacht und entlud eine B83-Wasserstoffbombe. Gleich darauf löste sich aus ihrem hinteren Teil ein Fallschirm, an dem eine Megatonne Sprengkraft auf das Ziel hinabtrudelte.

Als die Maschine im Steilflug nach oben ging und beidrehte, bohrte sich die Bombenspitze zehn Meter tief in den felsigen Kern der Insel. Von der Erschütterung des Aufpralls angelockt, schwärmten zahllose Ratten, Wespen, Würmer und Spiger herbei und versammelten sich um das kreisrunde Loch im Boden. Der Zünder war auf eine Verzögerung von hundertzwanzig Sekunden eingestellt, um den Piloten Gelegenheit zu geben, in Sicherheit zu fliegen, ehe der Sprengsatz explodierte.

«Das ist wahrscheinlich die teuerste Razzia aller Zeiten», sagte der Pilot nach dreißig Sekunden, als der Tarnkappenbomber die Insel bereits über neun Meilen hinter sich gelassen hatte und im weiten Bogen immer höher stieg.

«Guck dir das an, Zack!»

Die beiden Männer schauten über die breite Karbon-Graphit-Tragfläche hinweg und auf die Insel zurück, über der ein greller Lichtblitz in Form einer riesigen Glühbirne aufzuckte.

In Sekundenbruchteilen riss die Explosion einen dreihundert Meter breiten und achtzig Meter tiefen Krater in die Insel.

Vier Sekunden später war alles Leben abgetötet, eingedampft und zu Rauch geworden. Aus Sand wurde Glas. Felsen schmolzen, glühende Lava, ein Inferno, das hell wie die Sonne strahlte.

Aus Sicht der Piloten öffnete sich die Insel wie eine gelbe Rosenblüte.

«Sieh nicht zu lange hin», warnte Zack. «Es verbrennt dir die Netzhaut.»

«Wir sind jenseits der Neun-Meilen-Grenze», sagte der Copilot. «Und trotzdem ist die Hitze bis hierher zu spüren.»

Das intensive Licht wurde schwächer. Stattdessen türmte sich ein gewaltiger Trichter aus dichtem Rauch auf, der bald bis in die Stratosphäre reichte.

«Wir müssen zusehen, dass uns die Druckwelle nicht erreicht», sagte der Pilot und beschleunigte die Maschine bis zur Schallgrenze.

«Delta One an Basis. Ziel überflogen, Auftrag ausgeführt. Verstanden?»

«Verstanden. Auftrag ausgeführt. Kommt nach Hause, Jungs.»

18. Dezember

6:34 Uhr

Nell und Geoffrey standen Seite an Seite im Vorschiff der *Trident* und betrachteten die purpurne Morgenröte.

Geoffrey neigte den Kopf und musterte sie verschmitzt. «Was ich noch fragen wollte: Was wäre denn attraktiver als ein Mann, der die richtigen Worte findet?»

«Einer, der weiß, wann er lieber den Mund halten sollte.»

Er hob ihr Kinn und küsste ihre lächelnden Lippen.

6:35 Uhr

Versteckt im Niedergang, stand Zero und filmte die Szene. Cynthea flüsterte ihm aufgeregt ins Ohr. «Hast du das im Bild?»

Zero zwinkerte ihr mit dem linken Auge zu, was so viel wie «Yup» bedeutete.

Wie aus dem Nichts tauchte Hender plötzlich mit breitem Grinsen neben den beiden jungen Wissenschaftlern im Vorschiff auf.

«O Mann …», flüsterte Cynthea. «Draufhalten, *draufhalten, Baby*!»

Hender trat zwischen die beiden und herzte sie mit vier Armen. Gemeinsam schauten sie dem ungewissen Morgen entgegen.

Anhang

Landtiere

Stamm: *Parathropoda*	Unterstamm: *Pentapoda*	Klasse: *Syminsectaformes*
Unterklasse:	Abteilung: *Henderhymenophtera*	Familie: *Rotaformicidae*

Tellerameise

Rotaformica hendersi

Die Tellerameise war die erste auf Henders Island entdeckte Spezies. Sie verfügt über ein ringförmiges Gehirn. Sie wird nicht größer als eine Münze. Dieser im Rudel jagende Räuber trägt drei Generationen Nachwuchs mit sich.

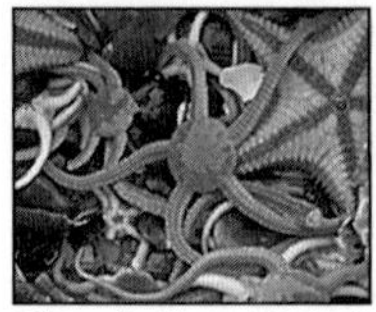

Gibt es eine Verwandtschaft mit Seesternen?
Nein, Tellerameisen sind entfernte Verwandte von Insekten.

Anmerkung von Hender: *Sie waren die am meisten gefürchteten Tiere auf unserer Insel. Um ihnen auszuweichen, bewegten wir uns fast ausschließlich durch Baumwipfel, da sie sich meist in Bodennähe aufhielten.*

Zoetrop-Augen
Tellerameisen bewegen sich über paarweise angeordnete Gliedmaßen an der Peripherie ihres flachen runden Körpers. Ihre über den Rand verteilten Augen wirken wie die Sehschlitze eines Zoetrops und erfassen selbst bei rasend schneller Rotationsbewegung zusammenhängende Bilder.

Nano-Räuber
Wenn Tellerameisen angreifen, springen Tausende mikroskopisch kleiner Jungtiere vom Rücken und beteiligen sich an der Jagd. Sobald die Nano-Räuber eindringen, verbrennt das Opfer von innen.

Reproduktion
Tellerameisen tragen ihren Nachwuchs in einem spiralförmigen Geburtskanal mit sich. Die Jungtiere bringen ihrerseits Jungtiere in fraktaler Folge hervor, sodass jede Tellerameise im Grunde eine Kolonie Tausender von Individuen ist.

Fortbewegung
Tellerameisen können sich über den Rand rollend oder auf einer der beiden Seiten liegend fortbewegen. Gleichfalls sind sie in der Lage, in weiten Sätzen durch die Luft zu schwirren. Ihre Gliedmaßen verkürzen sich dann zu harten Werkzeugen, die das Opfer beim Aufprall aufreißen.

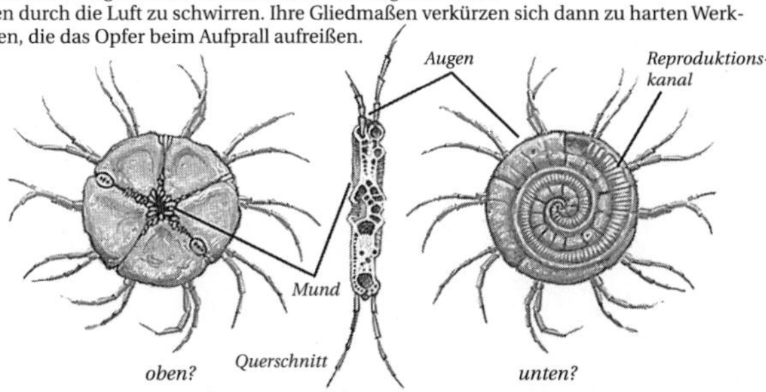

Dicke: *1 bis 10 mm*	Reproduktion: *hermaphroditisch, lebendgebärend*	Nahrung: *Allesfresser*

Aus: Geoffrey Binswanger-Duckworth, Nell Duckworth-Binswanger und Andrew Beasley, *Henders Island: Ein Naturführer,* 1. Auflage, S. 27.

Landtiere

Stamm: *Arthropoda*	Unterstamm: *Crustacea*	Klasse: *Malacostraca*
Unterklasse: *Hoplocarida*	Abteilung: *Horridocarida*	Familie: *Rodentocarididae*

Hendersratte

Rodentocaris hendersi

Das überaus geschickte und aggressive Raubtier ist mit dem Fangschreckenkrebs verwandt und bewegt sich rasend schnell auf neun «Beinen», wenn man den katapultartigen Schwanz mitzählt.

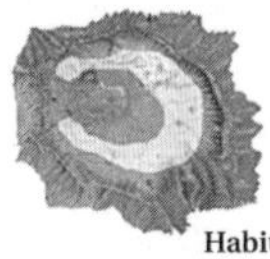

Habitat
Die Ratten halten sich vornehmlich im Dschungel auf, jagen aber auch in allen anderen Zonen der Insel, scheuen Salzwasser.

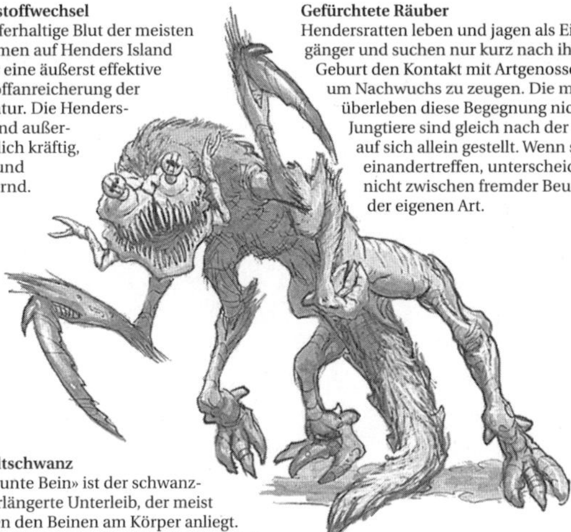

Energiestoffwechsel
Das kupferhaltige Blut der meisten Organismen auf Henders Island sorgt für eine äußerst effektive Sauerstoffanreicherung der Muskulatur. Die Hendersratten sind außergewöhnlich kräftig, schnell und ausdauernd.

Gefürchtete Räuber
Hendersratten leben und jagen als Einzelgänger und suchen nur kurz nach ihrer Geburt den Kontakt mit Artgenossen, um Nachwuchs zu zeugen. Die meisten überleben diese Begegnung nicht. Jungtiere sind gleich nach der Geburt auf sich allein gestellt. Wenn sie aufeinandertreffen, unterscheiden sie nicht zwischen fremder Beute und der eigenen Art.

Katapultschwanz
Das «neunte Bein» ist der schwanzartig verlängerte Unterleib, der meist zwischen den Beinen am Körper anliegt. Wenn die Ratte angreift, nutzt sie den mit Dornen bewehrten Schwanz als Katapult und springt bis zu zehn Meter weit, was dem Dreißigfachen ihrer Körperlänge entspricht.

Jagdverhalten
Mit Hilfe des Katapultschwanzes und der beiden Hinterläufe fällt die Hendersratte mit großer Schnelligkeit und Wucht über ihre Beute her und schlägt blitzschnell mit den spitzen Fangarmen zu, die das Opfer durchbohren und zerschneiden. Selbst der flinke Mungo hat gegen sie keine Chance. Die Tarsen (Klauenglieder) der kleinen Greifarme am Kiefer zerteilen die Beute in mundgerechte Stücke.

Aus: Geoffrey Binswanger-Duckworth, Nell Duckworth-Binswanger und Andrew Beasley, *Henders Island: Ein Naturführer,* 1. Auflage, S. 39.

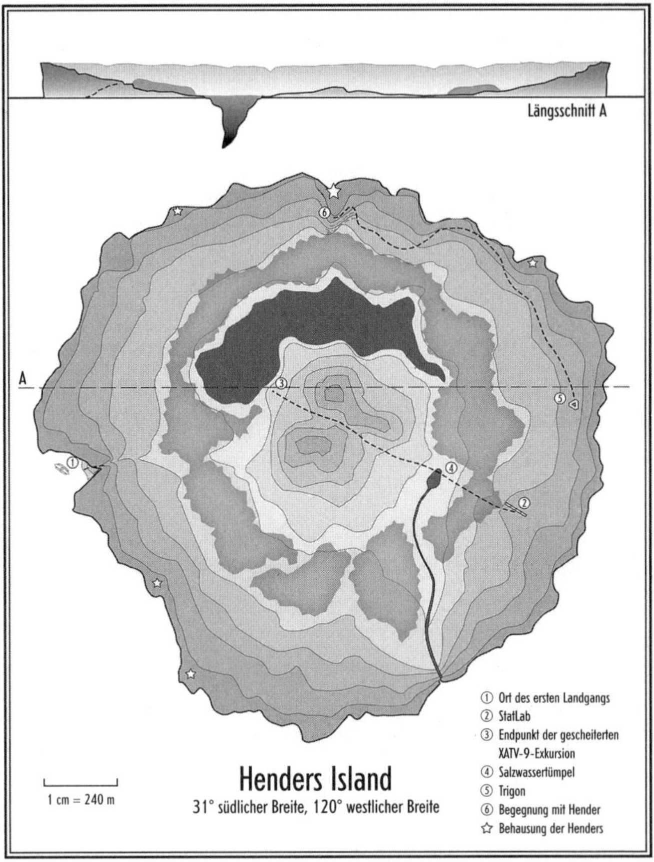

Karte von Henders Island

Erste Skizzen eines Spigers, angefertigt von
Nell Duckworth an Bord der *Trident,* 26. August.

Erste Skizzen eines Spigers, angefertigt von
Nell Duckworth an Bord der *Trident,* 27. August.

Danksagung

Dank an Dr. Donald Lovett, einen der führenden Spezialisten in Sachen Osmoregulation bei Krustentieren; er hat mich mit seinen Ideen begeistert und immer wieder geduldig zur Vorsicht ermahnt, gerade dann, wenn mein Ausflug brenzlig wurde.

Michael und Jennifer Limber, Mike Fahy, Daren Bader, Phil Steele, Kate Jones und viele andere halfen mir dabei, das Ökosystem von Henders Island zu ersinnen.

Dank an Stephen Jay Gould für seine phantastische Reise durch die Evolution, die sein Buch *Wonderful Life* ist.

Dank an Dr. Michael E. Dawson und den Associates of Cape Cod Inc. für ihre Führung durchs Labor, die im Buch Geoffrey Binswanger macht. Und an Dr. Mark McMenamin, der mich schon vor Jahren darüber aufklärte, dass das von mir am kalifornischen Marble Mountain gefundene Fossil nichts weiter ist als der Abdruck von Algen und einem Trilobitenbein, die vor Urzeiten aus dem Meer angespült wurden. Ist doch toll!

Dank schließlich an Charles Darwin – und Happy Birthday to you.

Leseprobe

DANIEL SUAREZ

daemon

DIE WELT IST NUR EIN SPIEL

THRILLER Deutsch von
Cornelia Holfelder-von der Tann

Sebeck ging durch den Flur zu seinem Arbeitszimmer. Dort ließ er sich in den Schreibtischstuhl fallen und schaltete den Computer an. Während der Rechner hochfuhr, schob Sebeck einen Spiele-Joystick beiseite und warf zwei Limodosen in den Papierkorb. Er rief in die Küche hinüber: «Chris, wie oft muss ich dir noch sagen, dass du aufräumen sollst, wenn du hier drinnen fertig bist!» Keine Antwort.

Der Desktop erschien. Sebeck aktivierte sein E-Mail-Programm und klickte auf «Senden / Empfangen». Er wartete, während 132 Mails heruntergeladen wurden. *Verdammter Spam.* Als die Mails angezeigt wurden, gingen die Betreffs von «Blutjunge Teens» über «Nigeria-Flüchtling braucht Hilfe» bis zu «Lolitas stehen auf Hengstschwanz».

Er suchte in seinem Posteingang nach der FBI-Mail. Sie war ziemlich weit oben und hatte den Betreff «Fall Nr. 93233 – CyberStorm / Pavlos». Die Absenderadresse war boernerh@fbi.gov. Sebeck doppelklickte auf die Mail.

Als sie sich öffnete, wurde der Bildschirm merkwürdigerweise dunkel. Dann erschienen die Worte «Audio-Test». Die Festplatte mühte sich ab. Sebeck starrte verwirrt auf den Schirm. Was war das? Gleich darauf verschwanden die Worte, und an ihrer Stelle erschien jetzt das körnige Videobild eines Mannes. Sein Alter und sein genaues Aussehen waren wegen der schlechten Videoqualität kaum zu bestimmen. Es war eine dilettantische Aufnahme – mies ausgeleuchtet, und das Hauptmotiv klebte am Bildrand.

Der Mann wirkte dünn und blass – was noch dadurch verstärkt wurde, dass er vor einem nichtssagenden weißen Hintergrund stand. Er war völlig kahl und trug etwas, das wie ein Krankenhausnachthemd aussah.

Was zum Teufel war das, irgendein FBI-Laborbericht?

Sebeck brauchte ein paar Sekunden, um zu kapieren, dass das Video bereits lief. Der Mann wankte leicht – wobei das Bild immer wieder kurz in bunte Mosaikfliesen zerfiel. Dann blickte er direkt in die Kamera und nickte grüßend.

«Detective Sebeck. Ich war Matthew Sobol. Technischer Leiter von CyberStorm Entertainment. Inzwischen bin ich tot.»

Sebeck beugte sich vor, den Blick auf den Bildschirm geheftet.

«Wie ich sehe, sind Sie mit den Mordfällen Joseph Pavlos und Chopra Singh befasst. Um Ihnen unnötigen Zeitaufwand zu ersparen, sage ich Ihnen: Ich habe beide getötet. Warum, werden Sie bald wissen. Aber Sie haben ein Problem: Da ich tot bin, können Sie mich nicht verhaften. Und wichtiger noch: Sie können mich nicht stoppen.»

Sebeck starrte wie gelähmt auf das Video.

Sobol fuhr fort: «Da Sie aber wohl oder übel versuchen müssen, mich zu stoppen, möchte ich diese Gelegenheit nutzen, Ihnen viel Glück zu wünschen, Sergeant – das werden Sie nämlich brauchen.»

Das Bild verschwand, und jetzt war da wieder sein Posteingang.

Sebeck war zunächst außerstande, sich zu rühren. Als er es schließlich konnte, leitete er die E-Mail an seine Dienst-Mailadresse weiter.

Neal Decker und die anderen drei FBI-Agenten saßen im abgedunkelten Seminarraum des East-County-Präsidiums und verfolgten konzentriert eine Projektion von Sobols Video. Sebeck, Mantz, Burkow und der Vizechef des Ventura County Sheriff's Department, Stan Eichhorn, schauten mit. Aaron Larson bediente den Beamer, an den ein Laptop angeschlossen war.

Auf der Leinwand flimmerte Sobols körniges Konterfei. «... möchte ich diese Gelegenheit nutzen, Ihnen viel Glück zu wünschen, Sergeant – das werden Sie nämlich brauchen.»

Das Bild gefror. Sobols Zuhörerschaft pfiff durch die Zähne und begann lautstark zu diskutieren. Larson machte Licht an. Agent Decker starrte immer noch auf die leere Leinwand. Schließlich kam er zu sich und trat nach vorn.

«Meine Herren, das ändert alles.» Decker sah Agent Straub an. «Wann kommt das IT-Forensikteam, Tom?»

«Ist schon auf dem Weg vom Oxnard Airport hierher.»

«Lassen Sie es sofort zu CyberStorm bringen. Wo sind die Alcyone-Computer?»

«Letzte Nacht noch per Flugzeug nach Washington gegangen.»

«Gut. Hoffentlich geben die Festplatten noch etwas her. In der Zwischenzeit sollen die Forensiker das CyberStorm-Netzwerk durchkämmen. Es muss auf Selbstzerstörungssequenzen durchsucht werden, und dann wenden wir uns schwerpunktmäßig Matthew Sobol zu.» Er zeigte auf den Projektor. «Machen Sie den Forensikern eine Kopie von dieser Videodatei.»

Larsen meldete sich. «Ich habe schon Kopien auf CD gebrannt. Wenn Sie möchten, mache ich gern noch mehr.»

Decker hob die Hände. «Das bringt uns zu einem

wichtigen Punkt. Ich will strikte Geheimhaltung, was diesen Fall betrifft.» Er sah die Beamten der örtlichen Polizei an. «Das heißt kein Wort zu Freunden oder Familienmitgliedern und erst recht kein Wort an die Presse. Wir müssen die Kontrolle darüber behalten, welche Informationen rausgehen.»

Sebeck zeigte auf die Leinwand. «Hat jemand schon mal was von diesem Sobol gehört?»

Decker sagte nichts. Er sah lediglich ein paar Aktenordner auf einem Tisch neben ihm durch und schob dann einen zu Sebeck hinüber. Die Akte trug die Aufschrift «Matthew Andrew Sobol».

«Wie? Sie kannten den Mann schon?»

«Ist am Donnerstag gestorben. Wir dachten zuerst, er könnte ein weiteres Mordopfer sein, aber es war ein Gehirntumor. Er litt schon jahrelang daran. Er war der Gründer der Firma. Hatte zu allem Zugang. Passt alles. Bis auf das Motiv.»

Straub übernahm. Die beiden waren wie ein altes Ehepaar. «Seine Sekretärin sagt, Sobol sei dement gewesen. Paranoid und heimlichtuerisch. Mit Fortschreiten der Krankheit sei es immer schlimmer geworden. Letztes Jahr habe er schließlich aufhören müssen zu arbeiten.»

Sebeck blätterte in der Akte. Sie war voller medizinischer und psychologischer Unterlagen. «Hatte er das Know-how, um diese Todesfalle bei CyberStorm zu bauen?»

Decker und Straub wechselten wissende Blicke. Decker nahm die Akte wieder an sich. «Sobol hatte bei einem Intelligenztest im Jahr 1993 einen IQ von 190. Wegen seiner Doktorarbeit über polymorphe Verschlüsselung wollte ihn die NSA direkt von der Stanford-Universität weg rekrutieren. Aber er gründete stattdessen eine Computerspielefirma und machte schon mit Anfang zwanzig Millionen. Er hätte mehr als ausreichende Fähigkeiten gehabt.»

Sebeck wusste, er konnte das entweder schweigend hinnehmen oder den Mund aufmachen. Er überlegte noch einen Moment, ehe er beschloss, sich zum Idioten zu machen, indem er redete. «Aber der Anruf dieses angeblichen FBI-Agenten? Da ist doch noch jemand an der Sache beteiligt.»

«Wir haben hervorragende Techniker, Sergeant. Mal sehen, was die finden. Aber ich werde Ihr Handy, Ihr Privat- und Ihr Diensttelefon abhören lassen müssen.» Er wandte sich an Straub. «Sorgen Sie auch dafür, dass Sebecks Provider sämtliche eingehenden Mails an die Forensiker weiterleitet. Ich kann doch mit Ihrer Unterstützung rechnen, Sergeant?»

Sebeck nickte. «Sicher. Ich muss es meiner Frau und meinem Sohn sagen, aber ja, selbstverständlich.»

Straub schrieb etwas in ein kleines Notizbuch. «Ich brauche Ihre Unterschrift unter diversem Papierkram.»

Sebeck trommelte ungeduldig mit den Fingern auf den Tisch. «Hören Sie, ich bezweifle ja nicht, dass dieser Sobol ein brillanter Kopf war, aber ich bin nicht überzeugt, dass dieses körnige Video wirklich Matthew Sobol zeigt. Wenn er so ein Genie gewesen ist, hätte er doch sicher was Besseres zustande gebracht. Man kann ja das Gesicht kaum erkennen.»

Zustimmendes Gemurmel ging durch den Raum.

Decker blieb ungerührt. «Wir werden es von Spezialisten analysieren lassen.»

Sebeck gab nicht auf. «Ich glaube, irgendein Cyber-Storm-Beschäftigter hat diese Morde begangen und will sie jetzt seinem verstorbenen Boss in die Schuhe schieben. Der Mörder hat ja offensichtlich Zugang zum CyberStorm-Netzwerk, und soweit ich es mitgekriegt habe, gibt es dort eine Menge gewiefte Leute. Wenn Sie mich fragen, ist das Video getürkt.»

«Wir sind beide keine Experten, Sergeant. Warten wir ab, was das Forensikteam herausfindet.» Decker sah in die Runde. «Okay, bitte mal zuhören. Wir müssen mehr Fakten in die Hände kriegen. Chief Eichhorn, ich benötige Ihre Kooperation und auch Ihre personelle Unterstützung.»

Eichhorn nickte. «Was immer Sie brauchen.»

«Matthew Sobol hatte hier in der Nähe ein 30-Hektar-Anwesen. In einer Stunde etwa müssten wir den Durchsuchungsbefehl haben. Ich werde Leute für die Abriegelung des Grundstücks brauchen.»

Larson kaute immer noch an Deckers erstem Satz. «*Dreißig* Hektar?»

Decker nickte. «Ja. Unser Mr. Sobol verfügte über beträchtliche Vermögenswerte. Insgesamt etwa dreihundert Millionen Dollar.»

Alles pfiff durch die Zähne.

«Detective Sebeck mag durchaus recht haben: Möglich, dass an dieser Sache noch weitere Personen beteiligt sind, aber wir müssen der Sobol-Spur nachgehen. Vasquez, ich muss wissen, ob es zwischen Sobol und den beiden Opfern irgendwelche Unstimmigkeiten oder berufliche Rivalitäten gab. Ich will, dass die Familien der Opfer eingehend befragt werden. Finden Sie heraus, ob vielleicht sonst irgendjemand mit Sobol aneinandergeraten ist. Und jemand von NCAMD soll seine Krankengeschichte genau aufarbeiten. Straub, Sie gehen mit dem Forensik-Team zu CyberStorm. Informieren Sie mich, sobald es irgendetwas Neues gibt.»

Decker nahm einen schriftlichen Bericht von einem der Tische und wandte sich an Sebeck. «Sergeant, in Ihrem Tatortbericht im ersten Mordfall fehlen entscheidende Informationen. Insbesondere zu der Drahtseilwinde. Wir brauchen Hersteller, Modell, Seriennummer –»

Sebeck unterbrach ihn. «Ich habe die Spurensicherung nach dem zweiten Mord zu CyberStorm abgezogen. Wir wollten das noch vervollständigen.»

«Jetzt ist Ihre Chance, es zu tun.» Decker warf ihm den Bericht, einen Plastikbeutel mit einem Torschlüssel und einer Fernbedienung hin. «Ich will wissen, wann die Winde gekauft wurde und wer sie installiert hat. Vielleicht kann uns derjenige ja sagen, welche Arbeiten noch durchgeführt wurden. Und finden Sie auch heraus, ob es eine Errichtungsgenehmigung gibt. Ich möchte den ergänzten Bericht so schnell wie möglich auf meinem Schreibtisch haben.»

Mantz sah Sebeck an. «Ich fahre zum Bauamt, Pete.»

Sebeck fühlte die Wut über diesen öffentlichen Rüffel heiß durch seine Adern pulsen. Er atmete durch und versuchte, einen klaren Kopf zu bewahren. Er war es nicht gewohnt, so behandelt zu werden. «Gut. Ich wollte sowieso nochmal an den ersten Tatort.»

Das Telefon des Seminarraums klingelte, und Vasquez nahm ab. «Neal. Die NSA», sagte er nach einer Weile an Decker gewandt.

Decker übernahm: «Meine Herren, wer nicht vom FBI

ist, möge jetzt bitte diesen Raum verlassen. Chief Eichhorn, richten Sie sich auf die Durchsuchung des Sobol-Anwesens am frühen Nachmittag ein.»

«Geht klar.» Eichhorn und seine Leute fanden sich zügig aus ihrem eigenen Seminarraum eskortiert. Die Tür schloss sich hinter ihnen, und die fünf Männer standen auf dem Flur.

Sebeck wedelte mit dem beanstandeten Bericht. «Reizender Vormittag.»

Eichhorn deutete auf das Schriftstück. «Ich möchte Ihren überarbeiteten Bericht sehen, bevor Sie ihn Decker geben.» Er wandte sich an die anderen. «Burkow, Larson, Sie kommen mit mir. Wir müssen irgendwie Leute zusammentrommeln.» Sie verschwanden in Richtung der Büros.

Mantz klopfte Sebeck auf den Rücken. «Lassen Sie sich von diesem Typen nicht ärgern, Pete. Ich stoße zu Ihnen, sobald ich auf dem Amt fertig bin.» Mantz eilte den Flur entlang.

Sebeck sah ihm nach. In diesem Moment kamen zwei FBI-Agenten aus einem Vernehmungszimmer. Sie geleiteten einen der Verdächtigen von Alcyone-Versicherungen auf den Flur hinaus – einen erschöpft aussehenden Jon Ross. Ross hatte seine Laptoptasche über der Schulter und klappte gerade sein Handy auf. Einer der Agenten wandte sich ihm zu, um ihm die Hand zu geben. «Vielen Dank für Ihre Kooperation, Mr. Ross. Uns ist klar, dass das für Sie beruflich lästig war.»

Ross steckte sein Handy ein. «*Lästig?* Gerade hatte ich auf meiner Mailbox eine Nachricht der Alcyone-Anwälte. Sie drohen mir mit einer Klage und haben meinen Vertrag annulliert. Außerdem habe ich SMS von zwei weiteren Kunden, die meine Projekte erst mal ausgesetzt haben, was ich zweifellos Ihnen verdanke.»

«Bitte denken Sie daran, uns mitzuteilen, wo wir Sie erreichen können, falls Sie die Stadt verlassen.» Der Agent reichte Ross eine Visitenkarte. «Und die Staaten verlassen Sie bitte gar nicht.»

Ross starrte auf die Karte. «Die *Staaten* nicht verlassen? Ich habe nächsten Monat ein Projekt in Toronto.» Er musterte die ungerührten Gesichter der Agenten, steckte dann die Karte ein. «Besteht vielleicht die Möglichkeit, dass mich jemand nach Woodland Hills zurückbringt?»

«Fragen Sie beim Sheriff's Department. Aber schneller dürfte es gehen, wenn Sie ein Taxi nehmen.» Beide Agenten steuerten rasch auf die Tür des Seminarraums zu, klopften zweimal und schlüpften hinein. Ross stand auf dem belebten Flur und starrte ihnen nach.

Sebeck rief ihm zu: «Wie ich sehe, sind die Feds rücksichtsvoll wie eh und je.»

Ross sah ihn misstrauisch an.

Sebeck ging auf ihn zu und streckte ihm die Hand hin. «Detective Sebeck.»

«Ich weiß, wer Sie sind, Sergeant. Sie waren gestern Abend auch bei Alcyone.»

«Kann ich Sie irgendwohin mitnehmen?»

«Ich rufe mir ein Taxi.»

«Ach, kommen Sie, das ist doch das Mindeste, was ich tun kann. Wie's aussieht, waren Sie der Pechvogel bei dem Ganzen. Ich fahre sowieso gerade weg.»

Ross zögerte, nickte dann. «Danke.»

Sebeck und Ross fuhren ein paar Minuten schweigend dahin. Ross war ganz mit seinem Smartphone beschäftigt. Er fuhr mit dem Finger mehrere Bildschirmseiten hinunter und las konzentriert. Schließlich blickte er auf. «Interessant.»

Sebeck sah kurz zu ihm hinüber. «Was?»

«Bin endlich dazu gekommen, die Nachrichten zu lesen. Nett zu wissen, was man mir beinah in die Schuhe geschoben hätte.»

Sebeck sagte nichts.

«Ihr Mordfall ist überall in den Schlagzeilen. Hier, das sind Sie.» Ross hielt das Smartphone hoch. Es zeigte eine Nachrichten-Website mit einem Foto von Sebeck bei der Pressekonferenz.

Sebeck sah kaum hin. «Es ist nicht mehr mein Fall.» Ein paar Sekunden fuhren sie schweigend weiter. «Sie sind also so eine Art Computer-Consultant, richtig?»

«Ja. Ich plane relationale Datenbank-Managementsysteme.»

«Wie kommt ein junger Mann wie Sie an so wichtige Kunden?»

«Mundpropaganda. Ich bin gut in meinem Job. Aber Sie wirken auch ziemlich jung für einen Detective Sergeant.»

Sebeck zog eine Grimasse. «Ich habe früh angefangen.» Sie kamen an die Auffahrt zum Freeway 101, aber Sebeck fuhr weiter geradeaus, über die Brücke zur anderen Stadthälfte.

«Sergeant, Sie sind gerade an der Auffahrt vorbeigefahren.»

«Ich muss erst noch kurz woandershin. Sagen Sie, kann ich Sie ein paar Computersachen fragen?»

Ross wirkte unsicher. «Worum geht's?»

«Um dieses Virus bei Alcyone. Alle dort haben gehofft,

dass Sie ihnen helfen könnten. Demnach verstehen Sie also eine Menge von Viren?»

«Das habe ich doch alles schon dem FBI erzählt. Ich bin nicht mehr verdächtig, schon vergessen?»

Sebeck machte eine begütigende Geste. «Ich weiß, ich weiß. Aber unser Computerexperte hat gerade mal genug Ahnung, um es mit Hobby-Hackern und Drogendealern aufzunehmen.»

«Sergeant, das FBI hat die Cyber-Abteilung für solche Sachen. Die brauchen meine Hilfe nicht.»

«Das FBI fragt Sie ja auch nicht.»

Ross sah Sebeck an. «Ah ... verstehe.» Er deutete mit den Händen Riesenschlagzeilen an. «Fall von Provinzcop gelöst.»

Sebeck funkelte Ross finster an. «Ich versuche nur, einen Killer aufzuhalten.»

«Offen gestanden, Sergeant, denjenigen zu finden, der diese Männer umgebracht hat, dürfte Ihnen ganz schön schwerfallen. Das ist letztlich ein Fall für IT-Forensiker, und in diesem Bereich ist das FBI um einiges besser gerüstet.»

Sebeck beschloss, volles Risiko zu gehen. «Und wenn ich nun sagen würde, ich weiß, wer der Mörder ist?»

Ross zuckte sichtlich zusammen.

«Nein, nicht Sie.»

«Hat mich das FBI deshalb gehen lassen?»

Sebeck nickte. «Und wenn ich Ihnen außerdem sagen würde, dass der Mörder zum Zeitpunkt der Morde bereits tot war?»

Ross sah einen Moment verwirrt drein – aber dann schien ihm ein Licht aufzugehen. «Das kann nicht Ihr Ernst sein.»

«Sicher! Was meinen Sie denn – wäre es möglich?»

«Heilige Scheiße, es ist Ihr Ernst.»

«Die Feds glauben, dass es so ist. Aber ich nicht. Ich glaube, dass der wahre Mörder bei CyberStorm sitzt und dem toten Mann die Morde nur anhängen will.»

«Es geht um Matthew Sobol, stimmt's?»

Sebeck sah Ross verdutzt an. «Wo zum Teufel haben Sie das her?»

Ross zeigte auf sein Smartphone. «In den Nachrichten steht, dass Sobol diese Woche an einem Gehirntumor gestorben ist. Er ist Ihr toter Killer, habe ich recht, Sergeant?»

Sebeck ging auf, dass er Probleme bekommen konnte. «Was auch immer Sie hier mitkriegen – kein Wort an die Medien, Freunde oder sonst irgendjemanden. Wenn ich auch nur *glaube*, dass Sie nicht dichtgehalten haben, kriege ich Sie wegen Behinderung polizeilicher Ermittlungen dran. Verstanden?»

«Bei mir ist Ihr Geheimnis sicher. Aber wenn ich Sie wäre, würde mich das mit Sobol mehr beunruhigen. Wenn wirklich *er* dahintersteckt, ist es mit diesen beiden Morden nicht getan.»

«Wieso kennt außer mir jeder diesen Sobol?»

«Ich bin Hardcore-Gamer, Sergeant. Sobol war eine Legende. Er hat die Onlinespiele-Industrie mit aufgebaut.»

«Legende hin oder her, wie könnte ein Toter wissen, wann er seine Todesfallen zu aktivieren hat? Da hätte er doch genau vorhersehen müssen, an welchem Tag er stirbt.»

«Nicht unbedingt.» Ross hielt wieder sein Smartphone hoch. «Er könnte auch die Nachrichten lesen.»

«Erzählen Sie mir keinen Science-Fiction-Schwachsinn.»

«Sergeant, für ein Computerprogramm ist es eine Kleinigkeit, Website-Content zu überwachen. Das ist nichts weiter als Text. Sobol hätte nicht mehr zu tun brauchen, als ein Programm zu erstellen, das Websites auf bestimmte Formulierungen scannt – auf seinen Nachruf zum Beispiel oder auf Artikel über den Tod bestimmter Programmierer. Eine simple Keyword-Suche.»

Sebeck ließ das auf sich wirken. «Dieses Virus, das Sie bei Alcyone-Versicherungen gestoppt haben – könnte dies das Programm gewesen sein, das auf Sobols Tod gewartet hat?»

«Möglich. Und es hat Pakete an Tausende von IP-Adressen gesendet.»

«Was für Pakete?»

«Befehle vermutlich.»

«An *Tausende* von Adressen?»

Ross nickte.

«Himmel. Würden die Feds das herauskriegen?»

«Klar doch. Der Programmtyp, den ich bei Alcyone gestoppt habe, ist ziemlich gängig. Ein sogenannter *Daemon*. Er läuft im Hintergrund und wartet, bis ein bestimmtes Ereignis eintritt. Gewöhnlich ist es etwas Simples, zum Beispiel ein Druckauftrag. In diesem Fall wäre es die Nachricht von Sobols Tod. Dann aktiviert er sich.»

«Und löst die Todesfallen aus.»

Ross nickte. «Möglich wär's.»

«Da gibt es nur ein Problem. Sobol könnte mich nicht anrufen. Ich habe aber heute Morgen einen Anruf von jemandem bekommen, der sich als FBI-Agent ausgab. Er hat mir gesagt, ich solle meine E-Mails checken – und darüber bin ich dann auf Sobol gekommen. Also koordiniert doch jemand anders das Ganze.»

Ross schüttelte den Kopf. «Es könnte VOIP gewesen sein – Internet-Telefonie.»

Sebeck sah ihn grimmig an. «Bin ich in eine verdammte Zeitmaschine geraten? Habe ich die letzten zehn Jahre verschlafen oder was?»

«Bei Unternehmen ist Internet-Telefonie seit Jahren üblich. Es spart Telefonkosten, wenn man gesprochene Kommunikation über Internetserver laufen lässt statt über Ferngesprächsleitungen.»

«Sie wollen mir erzählen, dass dieses Daemon-Programm mit Leuten telefonieren kann?»

«Eine vorher aufgezeichnete Botschaft über eine Telefonleitung ablaufen zu lassen ist leicht. Der Daemon könnte nach Maßgabe dessen, was er in den Nachrichten gelesen hat, die Sequenz steuern und die Anrufe timen.»

«Dann ist es also kein Computer, der da spricht? Jemand muss die Nachricht vorher aufgenommen haben?»

«Vermutlich ja. Obwohl es auch Programme gibt, die Text-Streams in ziemlich überzeugende synthetische Stimmen umsetzen. Rufen Sie mal bei der Reservierung irgendeiner Fluggesellschaft an – da sprechen Sie ziemlich bald mit einem Computer. Solche Programme benutzt man, um Flugpläne, Kreditkartenkontostände und dergleichen durchzugeben.»

Wieder fuhren sie ein Weilchen schweigend weiter.

Schließlich seufzte Sebeck. «Na ja, wenigstens haben Sie den Alcyone-Server gestoppt. Das wird die Pläne des

Mörders durcheinanderbringen – ob er nun tot ist oder lebt.»

Ross schien nicht sonderlich beruhigt. «Sie sollten wirklich mal eins von Sobols Spielen spielen, Sergeant.»

Der Thriller «DAEMON. Die Welt ist nur ein Spiel» von Daniel Suarez erschien im März 2010 im Rowohlt Taschenbuch Verlag (rororo 25245).